HAVEN FALL

Ouvrage originellement publié par Bloomsbury YA
sous le titre : *Havenfall*
Texte © 2020, Glasstown Entertainment

GLASSTOWN ENTERTAINMENT

© 2022, Bayard Éditions pour la présente édition
18, rue Barbès, 92128 Montrouge
ISBN : 979-1-0363-1878-8
Dépôt légal : février 2022
Première édition

SARA HOLLAND

HAVEN FALL

Traduit de l'anglais (États-Unis)
par Éric Moreau

bayard

À tous ceux qui un jour ont eu le sentiment
de n'être à leur place nulle part.

BRÈVE INTRODUCTION AUX ROYAUMES ADJACENTS

Fiordenkill

Fiordenkill est presque entièrement recouvert de glace et de givre. D'une beauté céleste, ce monde scintille de ponts de glace et de palais édifiés en briques de neige tassée. Le soleil s'y fait rare, mais le ciel s'illumine d'aurores boréales et d'étoiles par milliers. Les soldats y chevauchent à dos de loup et d'immenses ours peuplent les forêts. Les arbres donnent des fruits enchantés, insensibles au gel qui emprisonne leur peau chatoyante.

On dit les Fiordiens nobles, intrépides et parfois énigmatiques. La magie de Fiordenkill peut guérir la chair et faire pousser les végétaux.

Ardant

La gigantesque planète d'Ardant est écrasée par la chaleur de deux soleils, et trois lunes éclairent son ciel nocturne. De prodigieuses et interminables tempêtes s'abattent si fort sur ses déserts, ses mers démontées et ses plaines sans cesse foudroyées que le sol semble y trembler en permanence. La magie élémentaire, que ses habitants ont déversée pendant des millénaires sans jamais s'inquiéter des conséquences, a ravagé ce monde et a rendu la grande majorité de ses terres inhabitable.

Dans un passé récent, le prince d'Argent a recouru à ses formidables pouvoirs pour dompter les tempêtes et ériger une muraille autour de sa cité-État, Oasis. Depuis, il règne en paix en protégeant ses sujets des cyclones. La quasi-totalité des Ardantins réside dans l'enceinte de la ville, après avoir pour cela renoncé à manier les éléments. Les seuls à ne pas y vivre sont les nomades, qui préfèrent affronter la foudre, les ouragans et les vents brûlants pour conserver leur magie.

Solaria

On sait très peu de chose sur Solaria, tout petit monde coupé des autres, où foisonne une magie puissante et extrêmement instable. On pense que ses habitants nous ont en grande partie inspiré les génies maléfiques, les démons et les vampires qui peuplent nos mythologies.

D'aucuns les nomment « dévoreurs d'âme ». On raconte que Solaria n'a aucun soleil visible, mais qu'elle est baignée par la lumière ardente d'un ciel doré. Bien que les Solariens puissent prendre des apparences multiples, sous leur forme bestiale leur sang est toujours bleu foncé.

La porte menant à Solaria a été condamnée après un tragique accident survenu à Havenfall il y a des années. Les Solariens ne sont plus les bienvenus à l'auberge et ne font plus partie de l'alliance scellée par le Traité de paix entre les membres du Dernier cercle des Royaumes adjacents. Selon la rumeur, des Solariens se seraient échappés dans les autres mondes avant la fermeture du portail, et ils continueraient à les parcourir.

Haven

Haven est le monde que nous nommons la Terre. C'est le seul qui soit dépourvu de magie naturelle, raison pour laquelle il a été choisi comme territoire neutre pour les interactions entre les peuples. On a caché l'existence des autres mondes aux habitants de la Terre. C'est la règle d'or que tout un chacun doit respecter, les êtres humains ne pouvant pas vivre ailleurs. En effet, leur constitution ne leur permet pas de survivre hors de Haven plus de quelques heures.

Omphalos : l'auberge Havenfall

Les mondes s'entrecroisent tous à Havenfall grâce à un réseau de portes reliées par des galeries percées sous les montagnes Rocheuses. Nous, les Aubergistes, sommes les gardiens de ces souterrains depuis toujours. Il existe autour de ces portails un périmètre au sein duquel tous les hôtes de l'auberge peuvent respirer sans crainte de dépérir, comme ce serait normalement le cas dans un autre Royaume que le leur.

L'auberge a été bâtie dans le village de Haven, ainsi nommé parce qu'aux yeux des autres peuples la bourgade et l'auberge représentent notre monde tout entier.

Par le passé, on pouvait accéder à de nombreux autres mondes depuis Havenfall, mais au fil des siècles certaines portes ont été fermées par les forces incommensurables qui régissent les mondes. Seul le portail menant à Solaria a été scellé volontairement, pour la protection des Royaumes adjacents restants.

Le Sommet annuel pour la paix

Le jour le plus long de notre année, les Fiordiens peuvent admirer dans leur ciel nocturne une aurore boréale éclatante et multicolore, et Ardant connaît une éclipse simultanée de ses trois lunes. C'est le solstice. Chaque année, ce jour-là, des voyageurs peuvent franchir sans danger les portails menant à Havenfall.

Au cours de cette conjonction exceptionnelle, l'auberge accueille son Sommet annuel pour la paix, où des délégués des différents Royaumes négocient des accords commerciaux et politiques la journée, et la nuit dansent dans la salle de bal pour fêter la diversité et l'unité des tous les hôtes de l'établissement.

PROLOGUE

Lorsqu'il prend sa première inspiration dans un autre monde, Marcus a l'impression d'avoir été frappé par un éclair. Les poumons humains ne sont pas faits pour l'atmosphère d'Ardant. Il ignore de combien de temps il dispose avant qu'ils ne tiennent plus et le contraignent à repartir par la porte chatoyante qui mène à Haven.

Pourtant, tout nouvel Aubergiste se doit de se rendre dans chacun des Royaumes restants, au moins une fois. C'est ce que son arrière-grand-mère Annabelle, qui a dirigé Havenfall pendant près d'un siècle, lui a expliqué avant de mourir. Marcus ne cille donc pas, d'autant plus que vingt nobles ardantins attendent en demi-cercle autour du portail, les écailles de leurs joues scintillant à la clarté orangée. Tous sont réunis, curieux d'entendre le nouveau Gardien des portails. Derrière eux, des amas d'édifices métalliques miroitent sous un ciel de la couleur du brasier.

À Havenfall, tout n'est que festivités, faste, esprits laissant libre cours à leur spontanéité, à mille lieues de cette cérémonie officielle. Le temps de Marcus est venu. Le livre qu'il a apporté pèse entre ses mains.

Il ne va en lire qu'une page. Le traité de paix comporte d'autres éléments qu'il n'aura pas le temps de mentionner : les noms des émissaires ayant péri à l'auberge lors du soulèvement des Solariens, le décret ratifiant la décision de sceller la porte vers Solaria à l'aide d'une magie ancestrale, la promesse faite à Havenfall de pourchasser tous ceux qui s'étaient échappés. Un passage rappelant à Haven, Fiordenkill et Ardant que, même cent ans après, des Solariens scélérats circulent encore dans leurs mondes.

Certains rejettent la faute du bain de sang sur les humains, sur Haven. Marcus le sait. C'est à présent son devoir, en tant que Gardien de l'auberge, d'assurer la sécurité de tous. Pas seulement celle des Ardantins et des Fiordiens, mais aussi celle de sa sœur Sylvia et de ses enfants, qui un jour hériteront de Havenfall et des responsabilités qui y sont associées.

Il doit remémorer à tous le serment qu'ils ont prêté. Il lève l'ouvrage à reliure de cuir, qui jusqu'alors n'avait jamais quitté la bibliothèque de l'auberge, et lit à voix haute les premières lignes de ses vieilles pages craquelées, pour déclarer à l'assemblée que Havenfall n'a pas oublié.

PAR CE TRAITÉ,
ARDANT, FIORDENKILL ET HAVEN
SCELLENT LEUR ENTENTE.

Les représentants d'Ardant, Fiordenkill et Haven sont alliés dans la paix et s'unissent par le présent traité contre les intentions guerrières du peuple de Solaria.

La circulation des personnes, le commerce et les relations diplomatiques entre Solaria et le reste des mondes reliés, y compris Haven, sont rompus et désormais interdits ; toute infraction à ce traité sera considérée comme une trahison et sanctionnée comme telle, ainsi qu'il a été établi par le traité entre les Royaumes alliés d'Ardant, Fiordenkill et Haven, par ailleurs connus sous l'appellation de « Dernier cercle des Royaumes adjacents ».

H

1

La gare routière de Denver sent le diesel et le goudron, le café froid et la sueur des voyageurs. Elle résonne des grincements et des vrombissements des cars, des vieux haut-parleurs annonçant les arrivées entre deux éruptions de grésillements, des pas lourds des retardataires qui courent pour ne pas rater le départ. Tout se mélange en un brouhaha confus, et, tant que je distingue les montagnes par la baie vitrée, baignées par la lueur dorée du soleil de l'après-midi, je peux m'imaginer ailleurs. Dans les plaines d'Ardant bombardées par la foudre, ou dans les déserts blancs dont les délégués fiordiens m'ont parlé, où les tremblements de terre sont si fréquents que les étendues enneigées se soulèvent et se rident telle une mer pâle.

Même sans me projeter dans un autre monde, cette gare délabrée, malgré le vacarme et l'agitation qui y règnent, est préférable à l'endroit où je me trouvais il y a une demi-heure.

À l'odeur de détergent et aux salles pleines d'échos de la prison de haute sécurité où ma mère est incarcérée depuis plus de dix ans.

Je m'arrête devant le tableau des horaires et hisse mon sac de voyage plus haut sur mon épaule. Je regarde l'écran vétuste pour tenter de chasser toutes ces images de ma tête : le visage de maman derrière le plexiglas rayé, ses yeux mornes et éteints. On a l'impression que plus rien ne l'affecte, qu'elle se moque de son sort.

Je cligne énergiquement des paupières, me concentre sur les destinations et les horaires qui tremblotent au-dessus de moi. *Omaha, 14 h 25.*

C'est le car que je suis *censée* prendre, pour passer l'été chez mamie Ellen, ma grand-mère maternelle, et faire un stage à l'agence d'assurances qu'elle dirige. Papa ne veut pas que j'aille à l'auberge Havenfall ; il préférerait que je n'y remette jamais les pieds. Il ne comprenait pas l'attachement de maman pour cet endroit, et celui que je ressens le dépasse tout autant. C'est comme s'il sentait le scintillement de magie qui s'accroche à moi quand j'en reviens, et ça le rend soupçonneux. Il insiste pour que je fasse une activité qui étoffera mon dossier d'inscription à la fac l'année prochaine.

C'est vrai que Havenfall n'apparaît pas dans les moteurs de recherche. Y travailler ne me permettra pas d'ajouter une ligne sur mon CV. Mais il n'y a qu'en été que je puisse y passer du temps. J'y vais tous les ans depuis que je suis toute petite. Plus j'avance vers l'âge adulte, et plus il est important que je montre à oncle Marcus de quoi je suis capable, que je peux me rendre utile. Si tout va bien, à cette date l'été prochain, quand je prendrai la direction de la montagne, je n'aurai pas qu'un sac pour l'été. Marcus m'aura désignée pour lui succéder le jour où il prendra sa retraite, et je m'installerai à l'auberge une bonne fois pour toutes.

Alors, non. Pas question d'aller à Omaha. Une brillante carrière dans les assurances, ce n'est pas l'avenir que je veux me préparer.

Je me sens tendue, presque agitée, et je n'arrête pas de jeter des coups d'œil vers les montagnes qui forment des traînées bleues dans le lointain. Comme si j'allais m'effondrer si je ne respire pas leur air très bientôt. Je consulte de nouveau le tableau des départs, survole les lignes où s'affichent Boise, Laramie et Salt Lake City, et descends jusqu'à Haven. *15 h 50*. Porte 8, la dernière, celle qui donne sur l'emplacement envahi de poussière tout au fond de la gare.

Je promène le regard dans le hall, où la lumière du soleil se réverbère sur les hauts plafonds. Il n'y a que deux personnes dans la zone d'attente, un jeune avec un sweat à capuche qui dort allongé en travers de quatre sièges, et un homme d'une quarantaine d'années, aux cheveux blonds dégarnis, qui lit un journal jauni. Je me rends à l'autre bout et m'assieds par terre sur la moquette sale, à côté de l'unique prise qui, je le sais d'expérience, fonctionne, et mets mon téléphone à recharger pour le long trajet qui m'attend.

Il faudrait que j'envoie un SMS à Marcus pour le prévenir de mon arrivée, mais, au moment de le rédiger, une vive appréhension me submerge. Et s'il me répondait de ne pas venir ? D'écouter mon père ? Cette seule pensée m'est presque insupportable. Je verrouille mon téléphone et le pose face au sol, puis je serre fort le poing. Si je débarque à l'improviste, il ne pourra pas me renvoyer. J'y serai bientôt, je vais retrouver ma chambre qui donne sur la vallée, et à la nuit tombée je danserai dans la salle de bal avec Brekken.

Chaque fois que je monte dans la montagne, j'ai le sentiment de me couper de tout le reste. Dans l'air moins dense, je deviens quelqu'un d'autre. Je suis Maddie Morrow, la nièce digne de confiance de Marcus et, je l'espère – si je mène bien mon jeu et fais bonne impression aux ambassadeurs des Royaumes adjacents – l'héritière de l'auberge Havenfall. Pas Maddie Morrow, la fille au grand frère décédé, la fille à la mère condamnée à mort.

Et merde. J'avais réussi à oublier tout ça un moment. Après avoir quitté la salle des visites du centre pénitentiaire de Sterling, pendant le trajet en bus jusqu'à la gare routière et le temps de m'installer dans ce coin, j'ai réussi à ne pas penser à eux. Mais voilà qu'une déferlante de souvenirs me revient et me soulève le cœur : les regards insistants et les chuchotements qui m'accompagnent partout – dans les couloirs du lycée, au supermarché, et même à la maison, où papa et sa femme Marla ne me lâchent pas des yeux, comme s'ils craignaient que je pète un câble à tout moment, comme si maman m'avait transmis le mal qui l'accable.

Mais le pire dans tout ça, c'est maman. Son apathie. Quand sa condamnation à mort a été prononcée, j'avais espéré que, peut-être, le choc la pousserait à se défendre. À avouer qu'elle n'a pas tué Nathan il y a onze ans. Même si personne d'autre que moi ne la croyait vraiment, cela aurait suffi à lui éviter une exécution.

Pourtant, quand je me suis assise face à elle ce matin, devant le panneau de plexiglas, elle m'a présenté le même visage morne que d'habitude. Elle a juste cligné des yeux, lentement, lorsque je lui ai répété pour la millième fois : *J'étais là. J'ai vu la créature monstrueuse qui est entrée chez nous. Elle s'est introduite par la fenêtre ; il y avait des éclats de verre par terre.*

Là encore, elle m'a donné la même réponse, à mi-voix : *C'était dans ton imagination. On voit ce qu'on veut voir, ma puce, mais les monstres n'existent pas, il n'y a que des gens qui commettent des actes terribles. Je n'étais pas dans mon état normal, et j'ai commis un acte terrible. Ne cherche pas d'explications là où il n'y en a pas.*

Mais ça ne s'est pas passé comme ça. Je sais ce que j'ai vu cette nuit-là, même si c'était par l'interstice entre les deux portes d'un placard. Avant que la lampe du plafond se brise et nous plonge dans l'obscurité, j'ai vu la forme sombre du monstre qui se précipitait vers mon frère. J'ai entendu son rugissement. Puis, tout à coup, les hurlements ont cessé et Nate avait disparu, le sol de la cuisine était maculé de sang.

Ma mère n'est pour rien dans la mort de Nathan ; l'assassin est un monstre venu d'un monde banni.

Et quelqu'un, ou quelque chose, l'a poussée à endosser la responsabilité du crime. Peut-être redoutait-elle les conséquences pour Havenfall si elle révélait la vérité.

Que pouvais-je y faire, moi ? On ne peut pas raconter aux gens qu'en fait votre frère a été tué par un monstre. J'aurais eu droit à toutes sortes de commentaires peu charitables. *Tarée. Menteuse. Foldingue.*

À Havenfall, c'est différent. Je ne me suis livrée qu'à quelques personnes, mais elles me croient. Je dois m'y raccrocher. C'est tout ce que j'ai.

Par réflexe, je jette un coup d'œil à mon téléphone, craignant que papa ait deviné comme par magie que je ne me dirige pas vers Omaha. Je le mettrai au courant quand il sera trop tard pour faire demi-tour. Je n'ai qu'une barre de réseau, et celle-ci risque de disparaître quand nous serons dans la montagne, mais ce n'est pas grave. Tous ceux à qui je veux vraiment parler sont là-haut, au sommet. Je vais les revoir bientôt, et, de plus, personne à Havenfall ne sait à quoi sert un téléphone. Pour eux, c'est juste un drôle d'objet qui clignote.

Un sourire jusqu'aux oreilles, je repense à un souvenir de l'été dernier. J'avais enfin convaincu papa de m'acheter un smartphone, et, mon premier soir à l'auberge, Brekken et moi nous sommes éclipsés dans la grange, où je lui ai fait découvrir *CandyCrush*. J'aurais tellement aimé avoir une vidéo de lui en train de jouer : Brekken, toujours du plus grand sérieux, avec sa posture de soldat, ses manières nobles et sa beauté véritablement d'un autre monde, courbé sur l'écran, le rouge montant à ses oreilles ornées de bijoux, grommelant des jurons fiordiens chaque fois qu'il perdait une vie. Je n'ai jamais pris Brekken en photo, bien sûr. Même si Marcus ne m'impose pas la règle « pas de téléphone à l'auberge » que doivent respecter tous les humains qui pénètrent dans Havenfall, il attend de moi que je ne fasse pas de bêtises. Une vidéo qui fuiterait sur les réseaux serait une catastrophe, et jamais je ne mettrais en danger mon lieu de quiétude. Mon héritage. Mon chez-moi.

Je n'ai pas besoin d'une photo, de toute façon. Je vais bientôt voir Brekken en chair et en os.

À 15 h 55, le car à destination de Haven arrive enfin. Il a l'air plus vieux que les autres ; sa tôle est rayée et de la rouille mange les pourtours de ses roues. C'est toutefois le cœur plus léger que je monte à bord. Le chauffeur, homme fluet au visage fripé, m'adresse un sourire radieux.

– Comment elle va, la demoiselle ?

– Super, je réponds sincèrement en lui rendant son sourire, avant de me délester de mon sac et de m'asseoir quelques sièges derrière lui.

Il n'y a pas grand monde dans les rangées : une femme âgée au fond, emmitouflée comme si on n'était pas en juin mais en plein hiver, une jeune maman tenant dans ses bras un bébé en pleurs, et les deux hommes que j'ai croisés dans la gare. Le moteur fait un bruit de ferraille, et le toit métallique au-dessus de ma tête est si bosselé qu'on le croirait enfoncé par une chute de gros grêlons.

Pendant les quatre heures qu'il nous faut pour atteindre les montagnes, je finis par m'assoupir contre la vitre et plonge dans des songes agités. Je rêve que maman et Nate font le voyage jusqu'à Havenfall avec moi, comme cette fois où nous étions petits, mon frère tripotant les osselets en argent que Marcus lui avait offerts pour sa naissance. Ma poitrine se gonfle de joie.

Mais, quand j'appelle Nathan et que tous les deux se tournent vers moi, c'est ma mère que je vois, vêtue de sa salopette ocre de détenue et l'air amorphe. Mon frère ouvre de grands yeux, dans lesquels je distingue le reflet d'une forme, une ombre monstrueuse…

Ébranlée, je suis contente qu'une secousse provoquée par un nid-de-poule me réveille. Le soleil, qui amorce sa descente au moment où nous entamons notre ascension, baigne tout le paysage d'une lumière dorée. La route étroite étreint le versant ; à notre droite s'élancent les façades rocheuses creusées dans le flanc de la montagne, parfois recouvertes de filets anti-éboulis, et à notre gauche des pins verts tapissent la vallée. Après l'étendue immense et étincelante de Denver et sa périphérie, la chaîne montagneuse renvoie l'image d'une force phénoménale dressée contre la poussée de la civilisation, dont les traces s'étiolent rapidement, et bientôt nous ne traversons plus que de vieilles bourgades minières délabrées. Des maisons décrépites et des caravanes bancales sont nichées entre le roc et les pins.

Mon rêve s'attarde dans mon esprit, mais j'expire, imaginant que je l'expulse de mes poumons comme une bouffée de vapeur. J'entrouvre ma vitre, mets mon casque sur mes oreilles, et me concentre sur le froid mordant de l'air montagnard. Des calottes de glace scintillent au soleil, et le ciel encadré par les pics irréguliers paraît étrangement plus vaste. À l'horizon, je distingue des colonnes de pluie translucides.

Nous sommes presque arrivés.

Omphalos. Un mot grec que Marcus m'a enseigné. Dans sa traduction littérale, il signifie « nombril ». Le centre de tout. Là où tout commence. Où tout est relié.

Sur les routes de plus en plus raides, le car toussote et grince. Ma musique couvre presque tous les bruits, mais je sens quand même le véhicule qui vibre tout autour de moi, pareil à une bête de somme pantelante, pendant qu'il gravit les lacets. La structure métallique tremble tant que mon siège en polyester usé ne peut amortir les vibrations. Pour ne rien arranger, tout ce qui nous sépare du précipice est un garde-fou qui semble à peine capable de résister à un gros coup de vent. Un bref instant, j'imagine ce qui se passerait si le conducteur perdait le contrôle. Quel effet ça ferait de dégringoler dans le vide, de transpercer la tendre nappe de brouillard et de s'enfoncer dans l'obscurité béante de la forêt en contrebas.

De se briser comme du verre.

Je cligne de nouveau les paupières et sors mon téléphone ; il est temps de prévenir mon oncle Marcus que nous approchons. Le SMS est expédié, et j'espère qu'il y prêtera attention malgré la vive animation du Sommet de Havenfall, festivités annuelles qui célèbrent la paix qui règne entre nos trois mondes, et qui sont sur le point de commencer.

– Pourquoi tu fronces les sourcils comme ça ?

Une voix rocailleuse me parvient à ma droite à travers ma musique. Je me détourne en espérant que ce n'est pas à moi qu'on s'adresse, mais l'homme assis dans la rangée d'à côté, celui qui lisait le journal à la gare, me regarde, ses lèvres entrouvertes laissant paraître ses dents tachées par la cigarette. Je retire mon casque à contrecœur.

Ce type doit habiter Haven. Il porte une chaîne ornée d'un pendentif en forme de larme, fait du même argent nacré qu'on ne trouve, dit-on, que dans les vieilles mines entourant le village.

Pourtant, je ne l'y ai encore jamais croisé.

Je lui décoche un sourire poli.

– Non, je suis contente qu'on arrive, c'est tout.

Il frotte son pendentif entre ses doigts. Il a la peau tannée par le soleil et les yeux très clairs.

– Tu vas à Haven ?

– Ouaip.

Je ne peux pas m'empêcher de faire claquer mes lèvres sur le *p* final. C'est une question idiote : il ne reste plus qu'un arrêt, ce qu'il sait forcément.

– Je vais chez mon oncle.

– Tu es d'ici ? Ton visage me dit quelque chose.

La méfiance enserre mon cœur, mais je la repousse et secoue la tête. Haven compte moins d'un millier d'habitants, et le bourg est niché très haut, accessible seulement par de petites départementales tortueuses. Il se peut que cet homme m'y ait vue. Mais il ne pourrait se souvenir de m'avoir rencontrée à l'auberge : Havenfall nous en protège.

– Non, je vais juste dans la famille.

– Eh bien, enchanté.

– De même, je mens, serrant de mauvaise grâce la main qu'il me tend.

Il a la peau moite, sa poigne est trop forte. Lorsqu'il sourit, je remarque plusieurs plombages faits du même argent pâle que son pendentif.

À mon grand soulagement, il ne me pose pas d'autres questions une fois que je me suis détournée vers la vitre. Nous montons toujours plus haut sous le couchant, la pression atmosphérique baisse et mes oreilles se bouchent. Des nuages qui approchent par l'ouest couvrent le ciel orangé et plongent dans l'ombre les coteaux accidentés. Le chauffeur ralentit à cause du vent qui souffle plus fort. On ne croise presque plus aucune bourgade, désormais ; les seules traces d'habitation sont une cabane ou une épave de voiture par-ci, par-là. Le paysage, lui, devient de plus en plus beau, malgré les nuages qui s'amassent. Le brouillard descend peu à peu, s'enroule autour des arbres et allonge ses vrilles sur la chaussée, mais ce spectacle est presque réconfortant tant il donne l'impression que nous sommes seuls au monde.

C'est là une autre particularité de Haven : le temps y est très étrange. Les gens du coin le savent, et cette curiosité décourage les éventuels visiteurs. Il existe par ailleurs d'autres mesures, d'autres précautions destinées à assurer la sécurité de ce lieu secret. Alors que nous passons devant le panneau décoloré qui annonce *Bienvenue à Haven*, j'observe les arbres de part et d'autre de la route. Mon oncle emploie une dizaine de personnes pour monter la garde à l'extérieur du village toute l'année. Je sais que je ne verrai pas ces vigies. Elles sont postées en retrait dans la forêt, dans des cabanes ou d'anciens miradors de chasse. Chargées de contrôler qu'aucun élément magique ne quitte les limites de la bourgade.

Ça n'est pas arrivé depuis longtemps, et, lorsque ça se produit, l'explication est généralement anodine : une femme de chambre qui emporte une bouteille de vin fiordien sans se rendre compte du pouvoir de son contenu, ou un noble qui, pour tromper l'ennui, s'aventure un peu trop loin à cheval dans les bois. Mais régulièrement, à intervalles de quelques années, un délégué tente de sortir de la magie en contrebande pour s'enrichir. J'ignore de quelle peine est punie cette infraction, mais je n'ai jamais revu les contrevenants.

Les nuages finissent par crever, et c'est sous un crachin que, au détour d'un virage, nous apercevons Haven, poignée d'habitations accrochées à flanc de coteau, envahie par les arbres et la brume. Une rivière translucide serpente sur le versant avant de disparaître dans la vallée en contrebas. Mon cœur s'affole, car Havenfall est juste après la prochaine crête. Le brouillard scintille tel un mirage. Je jette un coup d'œil derrière moi et vois mes compagnons de voyage le front collé aux vitres, et le bébé qui observe tout de ses grands yeux bleus.

Nous atteignons le carrefour situé à l'entrée du village, où d'habitude Marcus vient me chercher en 4 × 4. Un peu plus loin se trouve la supérette, gros bâtiment de rondins entouré des quatre côtés par une galerie, et d'où se déverse une lumière jaune accueillante. Deux femmes qui discutent sous le porche dans des fauteuils à bascule regardent le car qui s'arrête et les passagers qui en descendent. Je suis soulagée de voir sortir le type aux dents argentées, ses plombages étincelant lorsqu'il m'adresse un sourire enjôleur avant d'entrer dans le magasin. Puis l'inquiétude me reprend. Marcus n'a pas dû recevoir mon SMS. Il n'est pas là.

Alors que la porte se referme, le chauffeur croise mon regard dans son rétroviseur.

– Quelqu'un vient te chercher ?

Je hoche la tête, m'accrochant à mon exaltation d'être là. Non, ce n'est pas de l'exaltation. C'est un besoin. Havenfall, mon oncle et ses amis, Brekken, ne sont plus qu'à un gros kilomètre.

– On peut attendre cinq minutes, mais ce tas de boue n'ira pas plus loin sur ces satanées routes.

Il donne une tape sur son tableau de bord avec un mélange d'affection et d'agacement, puis ajoute :

– En plus…

Il montre du doigt les nuages menaçants qui arrivent par le nord, les rideaux de pluie dans le lointain. Même s'il ignore pourquoi, il sait que le temps est toujours capricieux aux abords de Havenfall.

– Désolée de vous retenir.

Ma voix se grippe tandis que je pivote dans mon siège et tente de joindre Marcus. Mais je n'ai pas de réseau.

– Mon oncle ne devrait pas tarder.

Mais les cinq minutes s'écoulent, et encore cinq autres. Personne ne vient.

Les lumières de la supérette se sont éteintes, ses portes sont fermées. L'orage est tout proche, les pins alentour oscillent sous le vent. J'ai la bouche sèche, la boule au ventre. Le bus qui tourne au point mort gronde sous mes pieds.

J'ai l'habitude qu'on m'oublie. Je préfère ça aux sourires narquois et aux regards mauvais auxquels j'ai droit lorsqu'on me remarque. Quand on est celle qui n'a pas d'amis, la meuf bizarre, la fille de la tueuse de Goodwin Lane, mieux vaut passer inaperçue. Mais c'est différent avec Marcus. Il m'a toujours fait une place à Havenfall. Il a toujours été là, au carrefour, à l'arrivée du car.

Jusqu'à maintenant, en tout cas.

Je fouille dans mon sac à dos pour en sortir mon parapluie, puis je remonte l'allée centrale vers le chauffeur, regrettant de ne pas avoir pris un imperméable.

– Je vais m'avancer dans le village, j'annonce. Ça capte mieux un peu plus haut, en général.

C'est faux, mais j'ai soudain hâte de quitter ce car, en dépit de la pluie. Cet homme ne va pas moisir ici. Et moi non plus.

Il fronce de nouveau les sourcils.

– Tu es sûre ? Je n'ai pas envie que tu sois dehors quand la foudre va tomber.

Il désigne la route d'un geste.

– À huit cents mètres, il y a un petit restau qui reste ouvert toute la nuit. Demande à Annie d'utiliser son téléphone pour…

– D'accord.

Je l'ai coupé sans en avoir eu l'intention, mais la perspective de passer un instant de plus loin de Havenfall m'est insupportable.

– Ça va aller, ne vous inquiétez pas.

Il n'a pas l'air ravi, cependant il tire sur le levier d'ouverture des portes. Un air frais à l'odeur de pins et de pluie s'engouffre dans le car et me donne la chair de poule. C'est l'odeur de Havenfall. Mais ma nervosité revient au galop.

– Sois prudente, insiste le chauffeur lorsque je m'arrête sur les marches pour ouvrir mon parapluie. S'il y a des éclairs, frappe chez quelqu'un ou accroupis-toi dans un fossé.

– Merci. C'est promis.

Je lui souris. Mes remerciements sont sincères, mais pas ma promesse.

Il laisse tourner son moteur sans démarrer tandis que je gravis la Grand-Rue déserte et sombre, au son mouillé de mes vieilles Converse qui s'enfoncent dans la boue. La pente est si raide que j'en distingue l'inclinaison, et je grogne intérieurement en songeant à la marche pénible qui m'attend. La bretelle de mon sac de voyage me scie déjà l'épaule, et mon parapluie de mauvaise qualité ne survivra pas longtemps au vent de Haven.

J'adresse un dernier sourire et un signe de la main au chauffeur. Puis j'entame la longue montée en direction de Havenfall. Ce n'est pas un peu de marche et de pluie qui vont m'empêcher de me rendre au seul endroit où j'ai vraiment ma place.

2

Dans leur grande majorité, les habitants de Haven ne savent rien – à ma connaissance – de Havenfall, des Royaumes adjacents et du Traité de paix que nous commémorons chaque été. Tout le monde, en revanche, sait que ce lieu n'est pas comme les autres, qu'il est traversé par un souffle de mystère venu d'un autre monde.

Diverses histoires y circulent, chez le coiffeur, dans la queue à la caisse de la supérette, entre voisins sous les porches affaissés des maisons. On raconte qu'un petit village qui se dressait autrefois à cet endroit a disparu sans laisser de traces. Qu'un gourou de secte a poussé un groupe d'adeptes à se jeter d'une falaise. Qu'une expédition d'explorateurs s'y est aventurée au début du XIXe siècle, dans le but de cartographier les Rocheuses, avant que tous ses membres disparaissent eux aussi. On prétend que la montagne possède une volonté propre. Elle peut être magnanime ou cruelle. Si vous y venez avec de mauvaises intentions, vous serez assailli par la pluie, la grêle, et des vents assez puissants pour provoquer des éboulements et précipiter des rochers sur votre chemin. Mais, si vous y venez pour trouver refuge, le brouillard vous enveloppera comme une couverture protectrice et vous cachera de ce que vous fuyez.

Les résidents savent que c'est un endroit où l'on peut se volatiliser, même s'ils ignorent pourquoi. On n'est plus vraiment dans le comté de Briar, dans le Colorado. On est *ailleurs*.

Renonçant à garder les pieds secs, je relève la tête pour observer le village, où les autres passagers du car se sont dispersés. Je longe quelques maisons de bardeaux encastrées à même le flanc rocheux, pourvues de galeries en bois branlantes avec une vue imprenable sur la vallée. Des visages apparaissent aux fenêtres à mon passage. Puis vient le bureau de Poste et ses panneaux d'affichage placardés d'avis d'information. C'est là qu'on échange les potins, qu'on doit se rendre si l'on veut se tenir au courant de la vie locale. On y trouve Debbie, une postière au regard perçant, qui travaille là du plus loin que je m'en souvienne. Elle me salue toujours en m'appelant par mon prénom et me demande des nouvelles de Marcus quand je viens récupérer un colis.

Il y a la maison du Dr Abram, le médecin *et* vétérinaire, qui n'est sans doute pas habilité à pratiquer mais à qui tout le monde fait quand même confiance. L'épave renversée d'un camion à bestiaux qui a basculé dans le fossé il y a des années et que personne n'a jamais dégagée semble désormais abriter une famille de coyotes. J'aperçois une queue maigrelette qui disparaît derrière une plaque de tôle rongée par la rouille.

Le village a perdu en envergure, tout comme Havenfall. L'auberge se trouvait jadis à la croisée d'innombrables mondes, chacun y possédant sa propre porte, mais toutes sauf deux ont été condamnées par enchantement. Il ne reste que trois mondes : Ardant, Fiordenkill, et Haven, le nom que donnent à la Terre les habitants des Royaumes adjacents. C'est de là que le village tire son nom. Mais, bien que ni le village ni l'auberge ne soient plus ce qu'ils étaient, l'atmosphère y paraît toujours chargée de possibles. Havenfall est la zone neutre entre tous les mondes, un carrefour paisible et magique.

Je passe devant le *diner,* petit restaurant de brique bas et allongé, d'où j'aurais dû appeler Marcus. Je suis presque certaine que c'était autrefois une sorte d'usine, mais à présent je distingue par ses fenêtres embuées une poignée de clients attablés dans des box aux banquettes en vinyle. J'essaie de voir si je connais quelqu'un parmi eux. Parfois, des hôtes venus de Fiordenkill et d'Ardant s'aventurent à l'extérieur s'ils souhaitent discuter de sujets trop polémiques pour l'auberge, ou s'ils éprouvent de la curiosité pour notre monde. Ne reconnaissant personne, je poursuis mon chemin.

De toute façon, je n'ai pas envie d'être dehors lorsque la nuit tombera. J'ai beau savoir que les portes menant à Solaria ont été scellées après le traité consécutif à la guerre il y a plus de cent ans, l'inquiétude me transperce malgré tout comme un courant électrique quand je me rappelle que nous ne sommes jamais tout à fait en sécurité. Des tas de Solariens sont entrés dans notre monde avant le traité, et tous n'ont pas été retrouvés. Ils sont capables de changer d'aspect, de s'adapter et de vivre parmi nous – de s'acclimater dans n'importe quel monde. Ils adoptent une forme monstrueuse lorsqu'ils sont affamés, tuent leurs victimes à coups de griffes et de crocs avant de dévorer leur âme, mais le reste du temps ils prennent l'apparence qu'ils veulent. Ils peuvent se faire passer pour des humains et respirer notre air indéfiniment.

Nous autres, humains et habitants des autres Royaumes adjacents, ne pouvons tenir plus de quelques jours, ou quelques semaines pour les plus robustes, dans un autre monde que le nôtre avant de suffoquer comme un poisson hors de l'eau. Nous ne sommes pas faits pour voyager d'un monde à l'autre. Sauf à Havenfall.

C'est pourquoi l'auberge est unique. La magie qui l'imprègne la rend différente, en fait un lieu sans danger. C'est le seul endroit où les émissaires des différents mondes peuvent se mêler les uns aux autres.

Je frémis et allonge le pas, dépasse le motel à l'abandon, aux vitres si sales qu'on ne voit plus au travers, et qui pour une raison inconnue n'a jamais été démoli ni réaffecté, alors qu'à Haven on privilégie le recyclage et la débrouille afin d'éviter toute interaction avec l'extérieur. Une voiture accidentée devient un poulailler, la charpente d'une cabane de mineur incendiée sert de terrain de jeu improvisé, un ancien abri antinucléaire devient un bar. (Où, comme Brekken et moi l'avons découvert, on ne fait pas crédit.)

Quand je quitte le village et poursuis mon ascension vers Havenfall, la pluie se calme assez pour que je puisse me passer de mon parapluie. Mais le crépuscule s'assombrit vite bien que les nuages s'éloignent, et c'est alors que je regrette de ne pas avoir réfléchi davantage à cette partie de mon plan. Il n'y a pas de réverbères, et les pins qui bruissent alentour coupent toute lumière en provenance de l'auberge plus haut ou du village en contrebas. Nous sommes encore entre chien et loup, mais bientôt je n'aurai plus que la lune et les étoiles pour m'éclairer.

Alors que je marche sur le bord de la route depuis une demi-heure, scrutant le sol en plissant les yeux pour ne pas trébucher, un bruit de moteur, un peu en arrière sur la route, me pousse à me détourner.

Une moto fonce droit sur moi !

Je m'écarte d'un bond au moment où elle prend le virage en rugissant.

Le cœur battant à se rompre, je vois le conducteur faire une embardée. Ses pneus dérapent sur le chemin de terre, sa moto se couche et lui échappe. Il fait quelques roulades pendant que l'engin glisse sur les gravillons, avant de terminer sa course dans les broussailles entre les arbres, le moteur s'éteignant en crachotant.

J'ai lâché mon sac de voyage et plaqué les mains sur ma bouche. Je me précipite vers le motard, qui se relève avec difficulté.

– Ça va ?

Il porte un casque, un de ces modèles noirs et brillants qui donnent l'air d'un Martien, et un blouson en cuir. Il le retire et… oh ! Ce n'est pas un homme, en fait : deux nattes d'un blond roux retombent de part et d'autre d'un visage pâle en forme de cœur.

– Ça pourrait aller mieux.

Elle est jolie. Sous sa bouche large et fine, une cicatrice blanche qui barre son menton semble indiquer que ce n'est pas sa première chute. Des cernes soulignent ses yeux foncés flamboyants. Elle s'essuie les lèvres d'un revers de la main.

– Qu'est-ce que tu foutais au milieu de la route ?

Elle touche le pendentif en argent à son cou, comme pour s'assurer qu'il est encore là.

– Je suis désolée, à cause du brouillard je…

Je m'apprête à lui suggérer qu'elle aurait pu y aller mollo dans les virages, mais je remarque alors la traînée rouge en travers de sa joue.

– Merde, tu saignes.

Affolée, je sors précipitamment mon téléphone, sans trop savoir si je dois appeler Marcus ou les secours. Si la blessure est grave, je ne suis même pas sûre qu'une ambulance pourrait monter jusqu'ici.

Elle me saisit vivement le poignet avant que j'aie pu me décider. Elle serre trop fort, d'une main très chaude.

– Ce n'est pas la peine. Je n'ai rien. Je me suis juste mordu la langue.

Elle me lâche et crache du sang par terre, puis part à grandes enjambées vers sa moto, les poings crispés.

– Cette moto, c'est toute ma vie, par contre, alors t'as intérêt qu'elle roule encore.

– Désolée, je marmonne de nouveau, désemparée.

Il y a quelques secondes à peine, j'étais furieuse, puis en proie à la panique, et maintenant, tandis que je lui emboîte le pas, c'est la culpabilité qui m'assaille.

– Tu es du coin ? je lance d'une voix forte. Il n'y a personne que tu peux appeler ? Je ne suis pas sûre que ce soit une bonne idée de remonter là-dessus tout de suite.

Elle me foudroie du regard tout en extirpant sa moto des broussailles. Excepté le rétroviseur gauche, qui est tordu, la machine a l'air en bon état, mais je n'y connais rien en motos, et vu la chute qu'elle a subie...

Une fois que la fille l'a ramenée sur la route, elle la stabilise sur sa béquille et se tourne vers moi avant de croiser les bras.

– T'occupe, rétorque-t-elle. La vraie question qui me chagrine, c'est ce que tu fabriques en vadrouille dans le noir.

Autour de nous, la chorale des grenouilles et des grillons repart doucement. Je n'avais pas remarqué qu'elle s'était tue.

Je relève le menton, m'efforçant d'adopter la même attitude qu'elle, bien que je ne puisse pas être très intimidante avec mes cheveux mouillés et mon parapluie.

– Je vais à l'auberge Havenfall.

– Tu parles d'une coïncidence, moi aussi !

– Pour y faire quoi ?

Chaque été, Marcus embauche toutes sortes de gens pour le sommet. Les réunions, fêtes et autres évènements nécessitent d'engager plus de femmes de chambre, de garçons d'écurie, de cuisiniers et autres domestiques. Pourtant j'ai du mal à imaginer cette fille capable de se fondre dans le décor comme on l'attend du personnel. De plus, tous les nouveaux employés auraient dû arriver la semaine dernière, quelques jours avant les délégués, pour se préparer.

– J'ai vu une annonce dans le journal pour un poste de jardinier, répond-elle d'un air détaché. J'ai pensé que c'était un bon plan.

– Tu es en retard, je rétorque sèchement.

Je ne voulais pas que ça sorte de cette façon, mais l'adrénaline qui a déferlé dans mes veines quelques instants plus tôt a fait voler mes filtres en éclat.

– Enfin, ne t'inquiète pas, je tempère. Je suis sûre que ce n'est pas grave.

Me sentant rougir, je me baisse en vitesse pour récupérer mon sac.

– Je serais moins à la bourre si tu ne t'étais pas baladée au milieu de la route.

– Et toi, si tu n'avais pas pris ce virage à fond…

Je m'interromps. Ça ne m'avancera à rien de m'énerver.

– Bref, ce n'est pas en se disputant qu'on arrivera plus vite.

Havenfall doit se trouver à moins de huit cents mètres, maintenant ; je ressens sa proximité, sa traction insistante pareille à la ficelle d'un cerf-volant. Je ne tiens pas à m'embrouiller avec cette fille. Je veux juste atteindre l'auberge, alors je tente un geste d'apaisement :

– Je m'appelle Maddie.

– Taya, répond-elle, sans pour autant saisir la main que je lui tends.

Elle me dévisage de ses yeux presque noirs, à l'expression indéchiffrable, et cet examen me glace, me donne envie de rentrer sous terre. Ça me renvoie à ma vie à Sterling, aux regards malveillants que j'y subis sans cesse, qui me contraignent à garder la tête basse et à marcher vite pour ne pas me faire remarquer.

Mais, ici, je ne suis pas la même personne, pas dans la montagne, pas à Havenfall. Sans me laisser impressionner, je soutiens son regard, même si j'y décèle une forme de danger. À Havenfall, je suis courageuse. Je n'ai pas le choix, si je veux prouver ma capacité à préserver la paix que nous fêtons à chaque Sommet, à protéger les portails menant aux mondes enchantés disparus. L'*omphalos*.

À la fin de son séjour, de toute façon, il ne lui restera aucun souvenir de tout ça. Marcus y veillera. Personne ne se rappelle rien – à part moi.

Finalement, après un haussement d'épaules, Taya regagne sa moto et tourne la tête vers moi.

– Bon, alors, dit-elle au bout d'un moment. Tu viens ?

La surprise me fige. Il y a encore quelques instants, je ne serais montée sur une moto pour rien au monde, mais j'ai soudain une conscience exacerbée de la nuit qui tombe et de la distance qu'il me reste à parcourir. Je jette un coup d'œil à l'engin. Taya détecte sûrement mon hésitation, car elle affiche un sourire carnassier.

– Je suis bonne pilote, je te le promets. Mais, si tu es inquiète, je te prête mon casque.

– Je n'ai pas besoin que…, je commence, mais Taya revient vers moi et m'enfonce son casque sur la tête.

En partie charmée mais aussi agacée, je l'observe tandis qu'elle repart à grands pas vers son véhicule, l'air certaine que je vais la suivre.

Elle s'arrête et me lance un regard par-dessus son épaule, un sourcil haussé.

– Sauf si tu préfères y aller à pied. Toute seule. Dans le noir. Avec les coyotes.

Ne trouvant rien à lui rétorquer, je la rejoins.

– Alors, il faut juste que je… euh…

Taya a déjà enfourché sa moto, qui démarre dans un rugissement.

– Installe-toi derrière moi et accroche-toi.

Je suis ses instructions, nerveuse, tout en m'efforçant de ne pas la serrer trop fort. Je ne me rappelle pas depuis combien de temps je n'ai pas été si proche de… qui que ce soit. Mais Taya est détendue, à l'aise lorsqu'elle me saisit les mains et les place de sorte qu'elles lui entourent la taille au lieu d'être posées sur ses hanches. Je dois alors me glisser plus près d'elle, ma poitrine pressée contre son dos.

– Désolée, je bredouille, contente qu'elle ne puisse pas me voir rougir.

– Pas de problème, répond-elle d'un ton distrait, avant de passer une vitesse.

Puis l'engin s'élance, et sous le rugissement du moteur je l'entends qui expire brusquement par la bouche ; par réflexe, j'ai serré de toutes mes forces dès que la route rocailleuse s'est mise à se dérouler sous nos roues.

– Tu peux arrêter de me broyer le ventre ?

– Désolée ! je m'excuse de nouveau, en ajustant mon étreinte et en essayant de respirer normalement.

Je vois bien, à l'allure tranquille à laquelle les arbres défilent, que nous ne roulons pas vite, mais, sur la moto qui vrombit, j'ai l'impression que nous fonçons.

– Et toi, comment tu connais cet endroit ? me crie Taya en négociant en douceur la courbe raide d'un lacet.

Nous fendons l'air frais et humide qui siffle autour de nous. Les derniers nuages s'éloignent rapidement, révélant quelques scintillements d'étoiles dans l'obscurité qui s'épaissit.

– C'est mon oncle, le patron.

Je suis obligée de répéter ma réponse, que le vent a emportée la première fois.

– Tu pourras lui glisser un mot en ma faveur ? demande Taya.

Une petite flamme de fierté s'anime dans ma poitrine.

– On verra ça.

Je me risque à ôter ma main de sa taille pour pointer le doigt devant nous, où la silhouette d'une crête enténébrée se découpe sur le ciel.

– Reste concentrée jusqu'à ce qu'on ait franchi ça.

Taya tourne légèrement la tête pour me jeter un coup d'œil.

– Qu'est-ce qu'il y a, là-haut ?

– Tu verras.

Nous y sommes presque. Les montagnes sont bien plus imposantes que depuis le car. L'air vif et frisquet embaume les pins et les fleurs sauvages. D'autres étoiles à l'éclat encore hésitant apparaissent. Puis…

Nous passons la crête. Malgré le vrombissement du moteur, j'entends Taya avoir un hoquet ébahi.

Mirror Lake s'étend devant nous, entaille argentée en forme de croissant qui réfléchit à l'identique le ciel nocturne de part et d'autre de la ligne noire du pont qui le traverse. L'eau présente un aspect de soie indigo parsemée de diamants, et le reflet de la lune, qui ondoie au beau milieu du lac, semble briller de sa propre clarté. À l'autre bout, éclairée par les rayons pâles des lunes jumelles et la lumière dorée qui se déverse de l'intérieur :

Havenfall.

Mon oncle m'a raconté que ce lieu a été rebâti des centaines de fois au fil des siècles, et je sais que c'est la vérité : les portails dans ses sous-sols étaient déjà là bien avant les humains, depuis des temps immémoriaux.

Ces souterrains, et les structures que les gardiens des portails ont édifiées au-dessus, ont été ensevelis par des avalanches, ravagés par les flammes, et par deux fois démolis lors de conflits ayant débordé d'autres mondes – Fiordenkill, Ardant, Solaria et la multitude d'autres qui à un moment dans l'histoire ont ouvert un accès sous ces montagnes. L'auberge actuelle a été construite par mon arrière-arrière-grand-mère, après la destruction par un incendie de la maison qui se dressait à cet emplacement. C'est en tout cas ce qui ressort des journaux qu'elle a laissés et des récits que Marcus a entendus dans son enfance. Nous ignorons qui l'a précédée, et pourquoi cette personne l'a choisie pour lui succéder.

On a pourtant du mal à imaginer que l'auberge n'est pas là depuis toujours, tant elle a l'air hors du temps, tant elle paraît à sa place. Le bâtiment est énorme, accolé au flanc de la montagne, de sorte qu'il semble presque surgir de terre. Immense bâtisse de cèdre et d'ardoise, sertie d'escaliers et de balcons. Derrière, une cascade se transforme en torrent sinueux qui embrasse l'auberge tel un ruban argenté avant de se jeter dans le lac. Devant, un large parvis pavé accueille automobiles et attelages, peinture rouge cerise se mêlant au bois verni, pare-chocs chromés côtoyant les flancs des chevaux.

Manifestement, Haven – pas le village, mais le monde, la Terre – ne possède pas sa magie propre. C'est la raison pour laquelle les autres Royaumes le considèrent comme un territoire neutre. Mais je ne peux m'empêcher de penser que l'étincelle qui jaillit dans ma poitrine face à ce spectacle est à sa façon une forme de magie.

Nous descendons en roue libre en direction du lac. Le dos de Tanya s'est raidi, ses doigts sont crispés sur les poignées. Elle arrête la moto avant que nous ayons atteint le pont de bois et pose un pied au sol.

– Qu'est-ce qui se passe ? je lui demande, d'une voix si aiguë et haletante que j'en suis gênée.

J'ai envie de sauter à terre et de finir le trajet en courant. Ma fatigue semble s'être évaporée. Taya, elle, reste figée.

– Ça fait beaucoup d'eau, commente-t-elle faiblement.

– Nous n'allons pas traverser à la nage. Il y a un pont.

– J'ai vu, merci.

Lorsqu'elle se détourne pour me décocher un regard agacé, une de ses nattes fouette le côté de mon casque. Elle descend de la moto, me forçant à m'agripper au guidon pour rester en équilibre. Son intonation me fait l'effet d'un souffle glacial. Je descends à mon tour et retire le casque, les jambes engourdies et le cœur battant à toute allure après notre virée.

J'ai moins de mal à regarder Taya quand elle dirige ses yeux noirs sur le lac plutôt que sur moi. Elle est plus menue que je l'ai cru au départ, plus petite que moi, et son gros blouson cache en fait une constitution fluette. Elle a le visage fermé.

– Ça ne craint rien, je reprends. Regarde, toutes ces voitures sont passées sans problème.

– Pars devant si tu veux, répond-elle, toujours très raide. Je vais traverser à pied, alors j'irai moins vite.

Elle m'a rendu un fier service en m'emmenant, alors qu'elle est tombée à cause de moi, même si les torts étaient partagés. Ça ne me paraît pas correct de l'abandonner comme ça.

– Je reste avec toi.

Elle fait la moue, mais elle hoche la tête, et nous nous engageons au-dessus de l'eau, Taya poussant sa moto sur la voie unique et moi la suivant de près. Elle tressaille chaque fois que les vieilles planches grincent sous nos pas. Si elle a remarqué la sécheresse du sol malgré les trombes d'eau qui se sont abattues sur Haven, elle le garde pour elle.

À mi-chemin, une bourrasque qui déferle de la montagne secoue les arbres et le pont, et Taya se fige. Je manque de la percuter.

– Pardon, chuchote-t-elle.

– Ce n'est rien.

Je suis sincère, cette fois, parce que je sais ce que c'est d'avoir des peurs irrationnelles.

– Nous bloquons le passage, commente-t-elle.

– Il est tard. Ça m'étonnerait que quelqu'un d'autre arrive ce soir.

Ma réponse semble ne pas lui parvenir. Elle regarde droit devant elle, l'air ailleurs. Il me vient alors une idée pour détourner son attention. Si elle reste là tout l'été, ça ne devrait pas être très grave si je lui confie quelques secrets.

– Mon oncle dit que cette eau te montre sous ton meilleur aspect, je déclare, en allant vers la rambarde à ma droite. Tu veux jeter un coup d'œil ?

Un rire nerveux lui échappe.

– Pas trop, non, répond-elle, avant de baisser la béquille et de me suivre quand même.

Comme nos images se forment à la surface, je regrette presque qu'elle ait accepté.

J'avais oublié pourquoi j'évitais toujours ce lac quand, petite, je courais partout aux abords de l'auberge avec Brekken. Lui, son reflet lui correspond à la perfection, mais moi, Mirror Lake me renvoie autre chose que ce que je vis et rien à quoi je pourrai jamais aspirer. La Maddie du lac a l'air sereine et heureuse. Même sans être souriante, cette Maddie semble plongée dans la plénitude, comme si aucune attaque, aucun tourment de l'existence ne pouvait l'atteindre. Cette fille, ce n'est pas moi. Pas celle qui se sent toujours à vif à cause des méchancetés qui ont transpercé sa peau pour se ficher dans son cœur, s'entortiller avec les rameaux vénéneux de souvenirs douloureux pour créer une masse lourde, dense et bardée d'épines. La Maddie du lac n'est qu'une émanation de la magie qui imprègne Havenfall. Une illusion.

L'esprit moins tranquille, je jette un coup d'œil à Taya en espérant qu'elle ne contemple pas mon reflet. Elle n'en fait rien. Les sourcils froncés et la bouche pincée, elle a l'air préoccupée, même si son image correspond à peu près à ce que je vois.

Avant que j'aie pu prononcer un mot, elle s'accroupit, ramasse un caillou coincé entre deux planches du pont, et le lâche dans l'eau. Le bruit qu'il produit en s'y enfonçant me fait tressaillir. La surface noire et argentée se ride de cercles concentriques et entraîne nos reflets par le fond.

– Mes parents sont morts dans un accident, leur voiture a basculé dans le vide du haut d'un pont, me confie-t-elle d'une voix calme, sans me regarder. Comme ça, tu sais.

– C'est horrible. Je suis vraiment désolée.

J'aurais voulu avoir une réaction plus intelligente.

Elle hausse les épaules.

– Je m'en suis remise. Je ne suis pas super fan des grandes étendues d'eau, par contre.

Agrippée au garde-corps, elle me fixe de ses yeux insondables. Un chagrin pesant et froid m'envahit.

– Et toi ? reprend-elle. Qu'est-ce que tu fais ici, au lieu de rester chez toi pour bosser, ou t'amuser, ou ce que font les gens normaux de leur été ?

Ma méfiance ressurgit, mes défenses s'enclenchent. Elle m'a confié un secret, et maintenant elle attend que je lui rende la pareille. Le fait que nous ayons frôlé la mort toutes les deux un peu plus tôt incite Taya à me faire confiance, mais ce n'est pas réciproque.

– Je me sens moi-même, ici.

Personne n'est responsable de ce qui est arrivé à ses parents. En ce qui me concerne, en revanche… les secrets que je cache sont terribles. Le regard dirigé vers l'eau, vers celle que je pourrais être, je sais que je refuse de porter le fardeau de ces souvenirs à Havenfall. Ils appartiennent à mon passé, mais ce lieu est mon avenir.

Il ne peut pas en être autrement.

3

À l'autre extrémité du pont, Havenfall se détache sur le ciel étoilé, dressant devant nous sa hauteur imposante au bout d'un chemin pavé tortueux. Deux gardes émergent des arbres pour contrôler notre identité. Ce sont des humains, mais l'un d'eux porte une cape en fourrure fiordienne et l'autre un manteau à écailles ardantin. En leur présentant son permis de conduire, Taya observe leurs étranges tenues d'un air perplexe. Je me réjouis que leurs épées soient dissimulées sous les pans de leurs vêtements. Et aussi que Taya ne voie pas les autres gardes, qui, je le sais, sont cachés dans les arbres pour veiller à ce que personne n'entre dans l'auberge sans autorisation.

Ils nous font signe de passer, et de la musique nous parvient faiblement tandis que Taya et moi approchons. La fébrilité me gagne à la vue des fenêtres illuminées d'un éclat doré, et je dois me faire violence pour ne pas foncer tout droit jusqu'à la porte. Au lieu de cela, j'emmène Taya garer sa moto aux écuries, que Marcus a aménagées pour qu'elles servent aussi de garage. La tête de côté, elle affiche un air intrigué lorsque nous prenons un box contigu à celui d'une immense jument alezane.

– C'est la première fois que je vois un hôtel comme ça, commente-t-elle en fourrant ses clés dans sa poche.

À la faible lumière, son pendentif paraît briller du même éclat nacré que l'argent de Haven, que les osselets de Nathan, et je me demande si elle dit la vérité quand elle prétend n'être jamais venue ici. Pourquoi mentirait-elle à ce sujet, en fait ?

– Où est-ce que tu as grandi ? je l'interroge pour combler le silence.

C'est peut-être mon imagination, mais, tandis que nous remontons vers la porte monumentale de l'auberge, Taya semble se raidir.

– Un peu partout, répond-elle au bout d'un moment. C'est ça d'être placée dans des familles d'accueil.

Elle s'exprime d'une voix douce, d'un ton détaché, où pointe toutefois un soupçon de défi. Je le décèle, parce que, dans ma vie, j'ai employé la même technique avec un nombre incalculable d'interlocuteurs « compatissants ». Se contenter des faits, étudier leur réaction. Plus ils affectent une compassion mielleuse, plus il est probable qu'ils ne s'adressent à vous que pour vous soutirer des détails macabres.

Je prends donc le temps de déterminer comment rebondir, la main tendue de côté pour caresser les fleurs en bordure du chemin. Ici, le sol est rocailleux et la végétation pousse mal, mais les jardiniers, avec l'aide d'un peu de magie fiordienne et de pluie ardantine en période aride, ont réussi à faire sortir de terre mûriers et rosiers, aux couleurs vives même dans la pénombre du soir. Des bouleaux s'alignent le long le chemin, et le lierre qui couvre les murs en cèdre donne à l'auberge un aspect pittoresque.

– Quel endroit tu as préféré ? je lui demande finalement.

D'un ton intéressé, mais pas indiscret. Une question qui la concerne elle, pas son histoire tragique. C'est réussi : elle semble agréablement surprise.

– Roswell, répond-elle avec un petit sourire aux lèvres. J'ai habité chez un couple de personnes âgées. Un peu chelous – ils prétendaient qu'ils avaient vu des OVNIS, tout ça –, mais gentils. La ville est naze, par contre le désert est magnifique.

– Beurk, ça a l'air horrible, je commente en frémissant pour de faux. Un trou paumé au milieu de l'Arizona et que des cactus à des kilomètres à la ronde.

J'imagine une immense étendue plate brûlée par le soleil, parsemée de plantes épineuses et d'arbres chétifs, écrasée de chaleur. Pas de murmures de pins, pas de vent à l'odeur de brouillard, aucune montagne comme celles qui nous entourent telles des sentinelles silencieuses, imposantes et rassurantes.

– C'est au Nouveau-Mexique, en fait. Il y a aussi des collines, des dunes…

Elle se tait lorsque nous atteignons la porte à deux battants, qui semble sortie d'un château de conte de fées.

Grande ouverte, elle donne sur un vaste vestibule aux cloisons lambrissées s'élevant jusqu'à un haut plafond voûté, éclairé de lanternes suspendues aux murs. À l'autre bout, un escalier à double révolution encadre une embrasure en arcade, drapée d'une tenture verte, mais la pièce n'est occupée que par une table installée sur le côté, sur laquelle repose une carafe de vin en cristal, et un gros fauteuil où Graylin, mari de Marcus et seul membre du comité d'accueil de Havenfall, est assis.

Quand nous entrons, Graylin lève la tête du livre qu'il est en train de lire – un recueil de poèmes de Walt Whitman.

– Maddie ! Et…

Il s'interrompt en voyant Taya, perplexe, puis reporte son attention sur moi et se lève. Avec sa grande taille – plus d'un mètre quatre-vingts –, sa peau brune et ses yeux noisette, il a un physique imposant, et malgré les nombreuses années qu'il a passées avec Marcus de notre côté du portail magique, il dégage encore un petit quelque chose de surnaturel. En tant qu'érudit des Royaumes, il se rend de temps à autre à Fiordenkill pour donner des conférences. Il a une démarche si aérienne qu'on l'imaginerait capable de traverser la forêt en hiver sans laisser d'empreintes dans la neige. Bien qu'il soit de la famille, je me sens impressionnée et mal à l'aise en sa présence, comme chaque fois que je rencontre un habitant des Royaumes. Mais l'accolade dont il m'enveloppe est réconfortante, quoiqu'un peu brusque et osseuse.

– Ce que ça me fait plaisir de te voir ! gronde-t-il de sa grosse voix, colorée d'un léger accent.

Puis il s'écarte, sourcils froncés, et poursuit :

– Je croyais que tu ne venais pas, cette année.

Marcus n'a pas reçu mes textos, visiblement.

– J'ai changé d'avis, je réponds, en m'efforçant de paraître désinvolte. J'espère que ça ne pose pas de problème.

– Bien sûr que non.

Graylin me fixe longuement en clignant des paupières ; à la douceur que je lis dans son regard, je devine qu'il est sans doute au courant pour ma mère et sa récente condamnation à mort. N'ayant pour rien aux mondes envie d'en parler, j'incite Taya à s'avancer.

– Graylin, je te présente Taya, dis-je rapidement. Elle a envoyé sa candidature pour travailler dans les jardins…

À ces mots, Graylin se tourne vers elle et lui sourit.

– Très bien. Maddie va t'emmener voir Willow, la gouvernante. D'accord, Maddie ? Mais d'abord…

Il saisit la carafe entre ses longs doigts, sert deux verres et nous les tend.

– Un peu de vin pour fêter le début de l'été ?

Taya me jette un coup d'œil hésitant, et je lui souris d'un air rassurant, même si je ressens un pincement de regret. Pendant la demi-heure qui vient de s'écouler, nous avons tissé un curieux petit lien qu'il me semble dommage d'effacer. Mais c'est seulement parce que je souffre de la solitude, je suppose. Manquer de se faire percuter par quelqu'un à moto, ce n'est pas la meilleure façon d'entamer une amitié.

J'incline mon verre contre mes lèvres fermées pour faire mine de boire, et Taya suit mon exemple pour de vrai. Je résiste à l'envie de passer la langue sur mes lèvres pour goûter le vin de baies aux notes florales.

L'effet sur Taya est immédiat. Étourdie, elle cligne des yeux et vacille un peu. Graylin la prend doucement par le bras et l'assoit dans son fauteuil, d'où elle balaie les environs du regard comme si elle découvrait le vestibule.

Il est indispensable que les employés oublient un temps leur vie d'avant et acceptent la réalité de la magie, dois-je me répéter. Et il est indispensable qu'ils boivent un autre verre avant de repartir à la fin de l'été, pour oublier tout ce qu'ils ont vu à Havenfall et ne pas trahir ses secrets. Tellement indispensable qu'autrefois les gardiens des portails chargeaient des Solariens de retrouver quiconque révélait l'existence des autres mondes. Ce n'est évidemment plus possible aujourd'hui. Aussi recourons-nous au vin, fait à partir de fruits enchantés de Fiordenkill, pour éliminer tout risque de fuites.

Quelques murmures se sont bien échappés au fil des années, bien sûr. Marcus pense que, dans un passé très lointain, il existait d'autres *omphalos*, d'autres lieux où les Royaumes convergeaient, et que nos mythes – dragons, vampires, djinns, fées et consorts – sont originaires d'autres mondes. Ces mythes, les récits qui se fraient un chemin dans les sociétés humaines, présentent parfois des similitudes troublantes avec les Royaumes. Graylin affirme que la ressemblance de Narnia avec Fiordenkill ne peut être une coïncidence.

– Désolé de ne pas être venu te chercher, Maddie, déclare-t-il en m'ôtant mon sac de voyage et mon sac à dos des épaules avant que je renverse la carafe. Tu as téléphoné ?

– C'est de ma faute. Je me suis décidée à la dernière minute.

– Tu es toujours la bienvenue, évidemment. Mais il faut que je te mette en garde, ajoute-t-il d'un ton d'excuse. L'Héritière est revenue cet après-midi. Alors Marcus risque d'être une peu… distrait.

– L'Héritière ? je m'exclame, surprise.

Cette élégante femme âgée fait partie des meubles à Havenfall ; elle y possède même sa suite privée dans l'aile nord. Elle insiste pour qu'on l'appelle « l'Héritière », comme si elle n'avait jamais eu de nom ou avait préféré s'en défaire. D'apparence humaine, elle se meut toutefois avec une langueur légèrement surnaturelle. Elle prétend être une aristocrate issue de la haute noblesse fiordienne qui souhaite passer le crépuscule de sa vie à l'endroit qu'elle aime le plus, Havenfall. Nul ne croit à cette version, pas plus qu'on ne sait vraiment d'où vient cette femme. Elle raconte des anecdotes et des potins provenant de tous les Royaumes, et, chaque été, elle a toujours eu un petit cadeau pour moi : des friandises fiordiennes au goût de rayons de soleil ou une figurine en verre ardantine qui siffle un air quand on la brandit au vent.

Tout cela a cessé l'année dernière. À mon retour au mois de juin, elle n'était plus là, sa suite était vide, et Marcus n'a rien voulu m'expliquer hormis le fait qu'ils étaient brouillés.

– Ils se sont réconciliés ?

– Je n'en sais rien, répond Graylin, dont la bouche se pince. Ils n'ont toujours pas l'air en très bons termes, même si Marcus et moi avons passé tout l'après-midi à lui installer tout son bazar dans ses appartements. Mais ton oncle refuse de me dire ce qui ne va pas.

– Ils trouveront bien un moyen d'arrondir les angles, j'affirme, contente d'apprendre que l'Héritière est de retour, mais troublée parce que ça ne ressemble pas à Marcus de faire des cachotteries – pas à moi, et encore moins à Graylin.

Taya se lève, un sourire niais aux lèvres, et je me rends compte que je suis incapable de la regarder en face. Je sais que le vin, l'enchantement, est nécessaire pour empêcher que l'existence de cet endroit soit révélée au grand jour. Mais, sans que je m'explique pourquoi, je la préfère renfrognée.

– Tu as sans doute hâte de faire un brin de toilette et de te joindre à la fête, reprend Graylin. Tu pourrais juste accompagner… euh…

– Taya, je lui rappelle.

Celle-ci incline la tête vers moi, les yeux brillants.

– … Taya, merci, dans l'aile du personnel, et Willow lui indiquera où s'installer, conclut Graylin, avant de me sourire. Je vais charger quelqu'un de préparer ta chambre.

Il nous congédie d'un geste de la main, et mes remords s'estompent lorsque je fais signe à Taya de me suivre et m'engage par le côté droit de l'escalier, mes pieds s'enfonçant dans l'épais tapis rouge et or. De la musique s'échappe par la tenture verte, les étranges mélodies envoûtantes de l'orchestre élémentaire ardantin se mêlant aux rires des délégués, et je dois fournir un gros effort de volonté pour ne pas faire demi-tour et foncer en direction des bruits. J'ai l'impression d'être éveillée depuis des semaines, que ma visite à la prison ce matin remonte à une éternité. Il faut que j'appelle papa pour le prévenir que je ne suis pas dans le Nebraska, et j'ai des courbatures d'être restée assise si longtemps dans le car et à cause de l'ascension à moto. Mais je suis enfin à Havenfall, et c'est tout ce qui compte.

À l'approche du salon commun défraîchi situé à l'entrée de l'aile du personnel, rires et bavardages nous parviennent avant même que nous ayons passé l'angle, tonitruants et décomplexés sous l'effet du vin amnestique. Le premier jour de service, Willow expose aux employés humains les rudiments à connaître sur les Royaumes adjacents et le Sommet de la paix, le strict nécessaire pour qu'ils puissent faire leur travail et ne disjonctent pas au cas où ils apercevraient un enchantement météorologique ou un scintillement d'écailles. Cela peut sembler surprenant, mais tout le monde encaisse plutôt bien ces révélations. Ce lieu a la faculté de faire accepter la magie à ceux qui y résident. Il les happe, les prend dans son giron jusqu'à la deuxième dose de vin amnestique qu'on leur délivre en août.

Sur Ardant et Fiordenkill, les portails ne sont pas un secret comme sur Terre. Dans leur majorité, ceux qui assistent au Sommet sont des aristocrates, nobles fiordiens ou soldats ardantins haut placés. Mais chaque délégation comporte également des civils, qui viennent en renfort aux humains chargés du service ou de la sécurité. Être choisi pour un de ces postes est, paraît-il, un immense honneur, aussi leur attribution constitue-t-elle une récompense pour les jeunes gens les plus prometteurs.

Ces heureux élus, qui considèrent bien souvent leur été à Havenfall comme une grande fête dépaysante, apportent vin et mets délicats à troquer avec les humains. Cette année ne fait pas exception.

Des canapés en velours usé ceignent le salon de détente lambrissé, occupé essentiellement par des humains, auxquels se mêlent néanmoins quelques employés fiordiens ou ardantins. Plusieurs bouteilles de vin sont posées en équilibre précaire sur les tables ou les accoudoirs. Quelqu'un a branché une vieille télé toute carrée, et un jeune Fiordien aux oreilles ornées de pierres précieuses destinées à montrer la fortune de sa famille, rit à gorge déployée devant *Jeopardy !*

La bande de Boulder, quatre étudiants qui viennent travailler ici depuis trois ans, ont réussi à entraîner des femmes de chambre nouvellement arrivées dans une version insolite de bière-pong, qu'ils pratiquent avec des gobelets en bois fiordiens et du vin ardantin violet. Je m'étonne que Marcus les ait autorisés à revenir, même s'ils ne gardent aucun souvenir de l'été dernier. L'un d'entre eux, Jayden, s'est introduit en catimini dans les souterrains, où il a franchi la porte menant à Fiordenkill. Renvoyé *manu militari* par les Fiordiens, on l'a retrouvé suffoquant et les extrémités gelées, à peine conscient.

C'est seulement grâce aux pouvoirs guérisseurs de Graylin qu'il a encore tous ses doigts et orteils. Marcus se plaît à me rappeler que la magie de Havenfall ne se limite pas aux fleurs, au vin et à la musique. Elle est puissante et dangereuse, c'est un courant qui vous noiera si vous ne gardez pas la tête sur les épaules.

À un immense bureau installé dans une encoignure se trouve Willow, la splendide Ardantine que Graylin a nommée gouvernante. Elle a un petit air d'Amal Clooney, si la peau de celle-ci scintillait d'un délicat motif d'écailles sous une certaine luminosité. On raconte qu'elle évoluait dans la haute société ardantine avant qu'une mésaventure s'envenime et la force à quitter Oasis, la dernière cité-royaume d'Ardant. S'il lui pèse d'être coincée ici désormais, à discipliner des humains souvent ivres afin qu'ils assurent la bonne marche de Havenfall, elle n'en laisse rien paraître, sauf en se montrant d'une efficacité implacable.

Quoi qu'il en soit, elle se lève précipitamment dès qu'elle me voit et m'enveloppe d'une embrassade parfumée. Je la connais depuis toujours, et je la considère presque autant de ma famille que Marcus et Graylin.

Tout le monde à Havenfall, du moins tous les émissaires, m'accepte sans réserve. C'est profondément déroutant de passer du statut d'exclue de service à celui d'amie de tous. Je sens bien qu'on me voit comme un élément distrayant, un second-couteau, et pas l'égale de Marcus. Mais, cet été, je suis décidée à modifier le regard qu'on porte sur moi, prête à prouver que je suis apte à m'installer définitivement à Havenfall quand j'aurai dix-huit ans, et à prendre un jour la succession de Marcus.

– Madeline, dit Willow d'un ton chaleureux, en me tenant par les épaules pour m'observer de la tête aux pieds – examen qui, comme d'habitude, ne lui laisse pas une forte impression. Tu m'as l'air un peu débraillée.

Sa remarque ne m'empêche pas de sourire.

– Je suis désolée. J'ai passé la journée dans un car.

– Tu ne peux pas aller à la salle de bal dans cette tenue.

Elle entortille autour de son doigt une mèche pendante de mes cheveux courts.

– Je vais me changer. C'est promis.

Je me détourne vers Taya, qui attend dans l'embrasure d'un air hésitant.

– Mais, d'abord, je t'amène une autre employée. Je sais qu'elle est en retard, mais elle est très bien. Elle m'a accompagnée jusqu'ici à moto.

J'adresse un sourire d'encouragement à Taya et me pousse le temps que Willow trouve son nom dans son énorme registre. Très vite, Taya a la clé de sa chambre au creux de sa main, et une première mission : se présenter au chef jardinier le lendemain matin à huit heures précises pour tailler les haies.

Avant de se retirer, Taya me rend mon sourire.

– Hé, Maddie, c'est ça ?

Surprise qu'elle se souvienne de mon prénom après avoir bu le vin, je hoche la tête.

– Je m'appelle Taya. Merci pour la visite.

Puis elle s'en va.

J'évacue l'étrangeté de cet échange et me retourne vers Willow, me parant de nouveau de mon sourire.

– Alors, comment ça se passe pour l'instant ? je lui demande.

– Oh, c'est un bazar sans nom, comme d'habitude, répond-elle, en fendant l'air d'un revers de la main négligent. Nous avons déjà frôlé la mini-catastrophe quand Marcus s'est rendu compte que nous n'avions pas assez de vin pour ce soir, alors je n'ai même pas eu l'occasion d'aller écouter les ragots. Tu crois que tu pourrais m'en récolter quelques-uns pour m'éviter de mourir d'ennui à mon bureau ?

Elle pose une main sur son cœur avec une gravité feinte, et je souris de plus belle, assaillie par la joie d'être là. Au milieu des bavardages, du bourdonnement de la télé et des bribes de musique éthérée qui montent du rez-de-chaussée, je me sens grisée par toute cette animation. L'ambiance est tellement à l'opposé de Sterling, où l'atmosphère qui prédomine est celle d'un silence de plomb perturbé seulement par le vrombissement du trafic autoroutier. Petite, après que j'ai emménagé avec mon père, les insultes volaient déjà, me blessaient comme des coups de couteau. *Tarée. Ta mère la tueuse.* Dans la cour de récréation, dans le bus de ramassage scolaire, les rares fois où j'ai commis l'erreur de vouloir jouer avec les enfants du quartier. Maintenant, les noms d'oiseaux se sont calmés, on se contente de regards chargés de mépris ou de pitié qui semblent chaque fois me transpercer.

– De quoi veux-tu que je m'occupe ? je demande à Willow, repoussant ces pensées pour revenir à l'instant présent.

Là où on veut de moi, là où on a besoin de moi.

– Je vais te mettre au bar. Fais boire les délégués comme des trous et vient me raconter ce qui se passe dans ma ville.

Ses yeux assoiffés d'informations brillent d'un vif éclat.

Une demi-heure et une rapide douche plus tard – rapide, car malgré tous les attraits de Havenfall, on n'est jamais sûr que la tuyauterie antédiluvienne fournisse assez d'eau chaude –, je me laisse tomber lourdement sur mon lit, enveloppée dans un peignoir de bain bleu très douillet, et je compose le numéro de papa. Pour calmer la nervosité qui gronde dans mon ventre lorsque le téléphone sonne, je promène le regard dans ma chambre, me concentrant un instant sur chaque objet familier qui s'y trouve. L'étagère chargée de volumes impressionnants traitant de l'histoire des Royaumes, que j'ai dû oublier de rapporter à la bibliothèque l'an dernier. La petite fenêtre et la montagne qui se découpe sur le ciel étoilé. Le dessus de lit sur lequel je suis assise, formé de losanges entrecroisés de soie ardantine et de velours fiordien, cadeau de Marcus à ma mère quand je suis née. Nate en avait un lui aussi, mais j'ignore où il est.

La voix de papa vient interrompre ces tristes pensées :

– Allô ? Maddie ?

En fond sonore, j'entends le bourdonnement étouffé de la télé. Je l'imagine dans notre salon encombré, épuisé après sa longue journée passée à réparer des réseaux électriques et des câbles à haute tension, renversé dans son fauteuil inclinable, mais à présent inquiet, à cause de moi.

En un quart de seconde, ma mélancolie s'envole et mon stress revient.

– Salut, papa, dis-je en tripotant le bord de la courtepointe. Comment ça va ?

– Pas trop mal.

Il a l'air méfiant ; il sent qu'il y a un problème.

– Marla est allée chercher une pizza et on va regarder le match. Et toi ? Ça y est, tu es chez ta grand-mère ?

Je devrais me sentir coupable de lui avoir désobéi pour venir ici. Mais c'est difficile alors qu'un si grand soulagement m'envahit, chasse ma morosité. J'ai l'impression de respirer pour la première fois depuis des mois. Pourtant, je m'efforce de prendre un ton penaud lorsque je réponds :

– Non. Papa, je... Je suis allée à Havenfall, à la place.

La télé se coupe. Un long silence s'installe, et, tout en tordant le dessus de lit entre mes doigts, j'essaie de l'analyser. Est-il en colère ? Déçu ?

Lorsqu'il reprend la parole, c'est toutefois d'un ton résigné :

– Maddie. Tu aurais dû me prévenir.

– Tu ne voulais pas que j'y aille.

Même si ce n'est pas mon intention, j'ai l'air sur la défensive.

– Oui, c'est vrai. Je ne pense pas que ce soit bon pour toi d'être là-bas. Tu as encore un monde tout entier à explorer.

Il y a des mondes tout entiers ici aussi, ai-je envie de rétorquer. Mais je me tais, papa ne connaissant pas l'existence des Royaumes adjacents, de leur magie. Il est déjà venu à l'auberge – j'ai un vague souvenir de nous quatre y séjournant pour Noël, quand j'étais toute petite –, mais seulement en hiver, lorsqu'elle est vide.

– Ici aussi j'apprends des trucs, papa. Marcus me montre l'aspect commercial de l'auberge, m'explique comment tenir les comptes et tout ça.

Je mets la charrue avant les bœufs, mais je donnerais cher pour que ça devienne la vérité. Cet été, je vais m'efforcer de me former, de me rendre utile, afin que Marcus me laisse m'installer à temps plein quand j'aurai eu mon bac l'année prochaine. Ce que papa ne comprend pas, c'est qu'en venant à Havenfall, je ne cherche pas à me cacher. Je me construis une vie dans le seul endroit où je peux servir à quelque chose. Il y a des années, je n'ai pas su protéger maman et Nate, et Havenfall est tout ce qui reste de notre famille. Je n'y renoncerai jamais.

– Je ne pouvais pas faire autrement, papa, dis-je, l'émotion perçant dans ma voix malgré mes efforts. Je suis désolée. Ne sois pas fâché.

– Je ne suis pas fâché. (Il soupire.) Je sais que tu as traversé une année difficile, avec… ce qui s'est passé pour ta mère. Et tu es presque une adulte, maintenant. Tu es assez grande pour prendre tes décisions toute seule. Mais je veux quand même que tu commences à réviser pour ton bac pendant que tu es là-bas. On est d'accord ?

Des larmes perlent au coin de mes yeux.

– Promis. Et je vais prévenir mamie.

– Non, pas la peine, dit-il d'un ton las. Je vais m'en occuper. Juste après avoir appelé ton oncle pour lui dire de te tenir à l'œil.

J'essuie mes joues mouillées.

– Merci.

– Sois prudente, Maddie, déclare-t-il plus bas, d'une voix gagnée par l'inquiétude. Je me fais du souci pour toi.

– Je sais, oui.

C'est la vérité. Un peu honteuse, j'agrippe la courtepointe. J'ai conscience que papa se préoccupe de moi, qu'il ne me souhaite que le meilleur. Nos avis divergent sur ce qui est le mieux pour moi, voilà tout. Il ne mérite pas que je lui mente.

Je me rappelle lui avoir parlé de portails et de magie quand j'étais toute petite, son grand sourire amusé et la façon dont il m'avait alors ébouriffé les cheveux en m'encourageant à cultiver mon imagination. À un moment donné, j'ai fini par comprendre pourquoi maman ne lui avait jamais dévoilé que tout était vrai. Ce mensonge ne nuit à personne, et révéler la vérité équivaudrait à tirer à pile ou face entre deux conséquences : bouleverser les notions que papa a du monde, ou passer pour une folle à ses yeux. L'image de mon visage à la surface de Mirror Lake me revient à l'esprit lorsque je lui dis que je l'aime et raccroche, éprouvant culpabilité et soulagement à parts égales.

Après avoir dompté mes cheveux en désordre pour obtenir une coiffure qui ressemble à quelque chose, j'ouvre le placard et examine la garde-robe colorée d'inspiration fiordienne et ardantine qui m'attend patiemment depuis l'été dernier. Ma combinaison de prédilection Doc Martens/blouson en toile ne sera pas acceptable dans la salle de bal, alors j'enfile une culotte d'équitation en velours et ma veste ardantine favorite. Elle est en lin bleu foncé, dotée de boutons dorés et de bandes d'écailles noires et brillantes le long des manches. Par souci d'équité (Marcus me recommande toujours de prendre garde à ne pas privilégier un Royaume en particulier), je me pare les oreilles de joyaux à la mode fiordienne. Brekken et moi nous les sommes percées l'été de nos douze ans, cachés dans ma chambre, avec une bougie et une aiguille. L'opération aurait pu tourner au désastre, mais il a fait preuve d'une infinie précaution pour réaliser deux rangées de trous sur le pourtour de chacune.

Je sélectionne trois bijoux pour chaque oreille : un bleu, un vert et un argenté, ces couleurs symbolisant la paix entre les trois Royaumes adjacents restants. J'applique un fard gris sur mes paupières et du mauve sur mes lèvres, et, pour la première fois depuis très longtemps, je souris en me regardant dans le miroir.

Ma chambre, belle pièce pourvue d'une lucarne orientée vers l'ouest, est située au bout de l'aile Fiordenkill. La vue que j'ai du soleil couchant au-dessus des montagnes est la plus sublime de tout Havenfall, et, en prime, je dispose d'un raccourci, un escalier étroit et excentré essentiellement utilisé par le personnel, qui m'amène directement au couloir où se trouvaient autrefois les chambres des hôtes solariens.

À présent, le couloir est condamné par des planches de pin, personne ne voulant plus loger là. Ce serait lâche de ma part de faire le grand tour rien que pour éviter d'en approcher, mais le simple fait de passer devant me donne des sueurs froides. C'est troublant de songer que des Solariens dormaient dans une chambre semblable à la mienne, avec un avant-toit en cèdre et des fenêtres offrant une vue sur les montagnes.

L'âge a gauchi les planches, ouvert entre elles des interstices assez larges pour qu'on voie de l'autre côté. Après le bannissement des Solariens, mon arrière-arrière-grand-mère a repeint les murs et le plafond de cette partie des dortoirs d'un bleu clair agréable, briqué les sols pour leur conférer une vive brillance qui étincelle encore sous les toiles d'araignée, mais personne n'a jamais voulu y résider. Annabelle n'a pas pu effacer les entailles profondes creusées dans les murs par des griffes, les taches de sang par terre.

Enfants, Brekken et moi nous étions un jour lancé le défi de regarder par les interstices pour voir derrière. Mais, lorsque je m'étais agenouillée et avais pressé le visage contre le bois, une ombre fugace m'avait tellement effrayée que j'avais bondi en arrière et failli dégringoler dans l'escalier. Déjà chevaleresque à dix ans, Brekken m'avait rattrapée et serrée dans ses bras jusqu'à ce que j'arrête de trembler. Après cet épisode, je m'étais renseignée sur l'évènement qui se déroulait dans la bibliothèque. À l'époque où les tunnels de Havenfall ouvraient sur trois mondes au lieu de deux, quand des gardes entouraient le domaine pour empêcher les humains d'entrer et les Solariens de sortir, une querelle politique s'était soldée par le geste horrible d'un délégué solarien, qui avait arraché le cœur à une princesse ardantine pour le dévorer.

Après la guerre qui avait suivi, on avait condamné la porte conduisant à Solaria, et depuis les anciennes chambres réservées à ses émissaires étaient restées vides. Trop de mauvais souvenirs, trop de mauvaises ondes. Même les employés humains chargés de leur entretien, qui ignorent ce qui s'y est passé, sont rebutés par cette partie de l'auberge, comme l'atteste la couche de poussière dans l'escalier, assez épaisse pour que j'y laisse des traces de pas. *Les Solariens sont partis*, je me répète.

Mais ils ne le sont pas tout à fait. L'un d'eux a tué mon frère à Sterling il y a onze ans. Il est possible que ce monstre soit encore dans notre monde. Qui sait combien d'autres ont pu se faufiler à travers les mailles du filet ?

Pourtant, nous n'abordons pas ces sujets à Havenfall. Les résidents seraient horrifiés d'apprendre comment Nathan est mort, pourquoi ma mère est incarcérée à la prison de Sterling, alors que, malgré ses nombreux défauts, elle n'a pas tué mon frère. Je n'en ai jamais parlé à personne, à part Brekken et Marcus, car l'aspect le plus important de cette histoire menacerait la paix qui a été négociée ici il y a fort longtemps, raison pour laquelle le Sommet se tient tous les ans. Marcus s'est contenté d'informer les autres représentants qu'il avait perdu son neveu et que sa sœur était partie vivre ailleurs. D'un certain point de vue, c'est la vérité.

Marcus me répète depuis toujours que le but du Sommet est de perpétuer le souvenir des Accords qui scellent l'alliance entre Ardant, Fiordenkill et Haven. Mais si on creuse un peu plus, si on en lit les termes, leur véritable cause est plus funeste. C'est la menace de Solaria.

Je chasse ces pensées sombres. Ce n'est pas le moment de sombrer dans une humeur maussade. J'ai un travail à accomplir. Et quelqu'un à retrouver.

En descendant l'escalier, je constate que la salle de bal est pleine de monde. J'ai beau avoir déjà vu ce spectacle d'innombrables fois, je m'arrête un instant pour l'admirer.

Havenfall. Enfin.

Le Sommet pour la paix ne commence officiellement que demain, mais on a l'impression que la plupart des délégués sont arrivés. Des habitants des trois mondes scintillent presque sous les lustres de cristal qui déversent leur éclat sur leurs cheveux brillants, leurs chapeaux à plumes et leurs foulards de soie. Les membres du personnel, humains ou autres, zigzaguent entre eux avec des plateaux chargés de petits fours délicats et de boissons pétillantes. Rires et voix aux sonorités des trois langues s'élèvent jusqu'à moi. Quelques gardes, essentiellement des humains aux ordres de Sal Fernandez, le fidèle responsable de la sécurité de Marcus, sont postés à intervalles réguliers le long des murs. Leur présence est plus une formalité qu'autre chose – il n'a pas été nécessaire de défendre Havenfall depuis fort longtemps –, mais elle me rassure.

Dans l'angle se trouvent les trois musiciens de l'orchestre et leurs étranges instruments animés de magie ardantine. Une femme, au lieu de pincer les cordes de son espèce de harpe, les fait vibrer avec de petites flammes jaillissant au bout de ses doigts. Un homme produit des carillons en faisant tourner de la glace au-dessus d'un cerceau en bois et en la frappant à l'aide d'un maillet. Un drôle d'engin constitué de tubes dorés enveloppe la scène et émet des notes mélancoliques chaque fois qu'un des artistes y injecte de l'air en plaquant la paume sur un embout. On dirait une version *steampunk* du jeu *Attrap'Souris*, dont les sons seraient à la fois tristes et vigoureux. La magie élémentaire qui coule dans le sang ardantin m'émerveillera toujours autant.

La salle de bal, déjà immense, paraît encore plus vaste avec les miroirs qui bordent ses murs sur deux côtés, et les fenêtres tout au bout offrent une vue magnifique sur les montagnes et Mirror Lake sous le clair de lune. Au lieu de chercher mon oncle, comme je le devrais, je ne peux pas m'empêcher de parcourir l'assemblée du regard pour tenter d'y trouver quelqu'un d'autre. Un garçon aux épaules larges et aux cheveux qui flamboient de reflets roux. Son nom tourne en boucle dans ma tête tel un tube de l'été. *Brekken. Brekken. Brekken.* Je ne sais pas ce que je ferai quand je le verrai, mais mon instinct me souffle que c'est l'année où il faut se lancer, dire quelque chose, provoquer du concret. J'ignore si c'est dû à un reste de l'adrénaline qui m'a envahie sur la moto ou à mes craintes de ne pas être la bienvenue, mais je me sens débordante de courage, voire intrépide.

Je me glisse derrière le bar et me sers un verre de vin, estimant que c'est aussi bien de mettre tout de suite à profit cette assurance inattendue, et tout à coup…

– Maddie !

La voix de mon oncle me parvient de ma gauche. Alors que je me détourne, il émerge de l'assemblée, accompagné de l'Héritière.

Malgré la multitude qui les presse l'un près de l'autre, je décèle entre eux une grande distance, pareille à un bloc de verre. Marcus est de petite taille et très soigné, il a des cheveux noirs bouclés, une barbe fournie, des yeux doux et une aisance incroyable. Il s'est toujours entendu à merveille avec tout le monde, surtout avec l'Héritière, bien qu'en cet instant tout dans leur apparence semble les opposer : lui dans son costume démodé, et elle habillée comme une impératrice douairière chassée du trône. Ce soir, elle porte une robe de velours. Sa longue natte argentée lui entoure la tête à la façon d'une couronne. Les cheveux de Marcus, eux, forment des épis d'une longueur inhabituelle, signe qu'il n'a pas cessé d'y passer nerveusement la main.

– Maddie, répète-t-il, en me donnant une accolade dans l'espace exigu au bout du comptoir. Je viens d'avoir ton père au téléphone. Je suis navré de ne pas être venu te chercher, j'ai complètement raté ton SMS…

– Ce n'est pas grave, je le coupe, en lui rendant son étreinte. On m'a déposée.

Je m'écarte un peu et lui souris.

– Merci de me laisser passer l'été ici.

Un coin de ses lèvres se recourbe.

– Tu es toujours la bienvenue, voyons.

Je devine qu'il se sent coupable de me permettre d'échapper à mon stage en entreprise, mais il sait bien que Havenfall est toute ma vie. Ça, au moins, je peux compter dessus.

Nous mettons fin à notre embrassade, et je me tourne vers l'Héritière, sans trop savoir quoi lui dire ni comment me comporter. Dois-je ignorer la tension palpable entre eux ? Dois-je feindre que tout est normal ?

– Madeline.

Comme toujours, elle ne recourt pas à mon diminutif, et son sourire est aussi chaleureux que d'habitude malgré la fraîcheur de ses relations avec Marcus.

J'ai ma réponse, je suppose.

– Exactement la jeune femme que je voulais voir, déclare-t-elle gentiment.

– Votre Altesse.

Je sors un verre du placard derrière moi, veillant bien à prendre un des plus raffinés, au bord doré.

– Vous désirez boire quelque chose ?

– Ça fait une éternité que je ne t'ai pas croisée, très chère. Nous avons des tas de choses à nous raconter.

Elle me serre brièvement le bras de sa main potelée, chaude et sèche.

– Mais d'accord, un peu de champagne, je te prie.

L'Héritière répète partout qu'elle s'attelle à la rédaction d'une histoire de Havenfall. Tous les ans, elle invite des personnes des trois Royaumes dans sa suite pour un thé et des pâtisseries, et de longs entretiens détaillés. Depuis le temps, elle doit détenir l'équivalent d'une encyclopédie en témoignages. Mais personne n'a jamais rien lu de son ambitieux projet, et certains murmurent que ce sont des balivernes, que ses notes ne sont que du vent.

Si elle n'écrit pas, que fait-elle dans notre monde ? Et pourquoi est-elle revenue à Havenfall ?

Alors que le trio de musiciens entame un morceau plus rapide, je cache ma déception de ne pas encore avoir vu Brekken et lui donne son champagne.

– Votre livre avance bien ?

Je m'efforce de prendre un ton détaché en feignant de ne pas remarquer le malaise qui règne entre Marcus et elle.

Elle me livre la même réponse que d'habitude, c'est-à-dire un haussement d'épaules élégant et un léger soupir. Mais cette fois, alors que je m'apprête à poursuivre, elle ajoute :

– Il y a tant de mondes dont les accès ont été fermés à tout jamais, déplore-t-elle d'un ton triste. Comment puis-je écrire à propos de tous les Royaumes adjacents si je ne peux m'entretenir avec aucun de leurs habitants ?

Une sensation de froid m'envahit. L'Héritière m'a un jour raconté la grande beauté des représentants solariens, soit sous leur forme humaine pour participer aux pourparlers, soit sous la forme bestiale qu'ils reprenaient pour s'aventurer dans les montagnes au clair de lune. Elle m'a confié que les Solariens étaient le peuple le plus libre d'entre tous, et jamais je n'oublierai la curiosité à l'état pur qui transparaissait dans sa voix.

– Mais, pour certains mondes, il vaut mieux qu'ils soient condamnés, je lui fais remarquer. Vous n'avez pas besoin de vous adresser à des Solariens pour savoir pourquoi on a scellé leur porte...

Parce que les victimes, fiordiennes, ardantines, humaines, se rappellent. Moi, je me rappelle.

Marcus se raidit. Il me lance un regard de mise en garde : *Attention à ce que tu dis.*

L'Héritière agite négligemment la main, comme s'il s'agissait d'une évidence, tandis qu'un couple d'Ardantins en tunique argentée semblable à une cotte de mailles passe à côté de nous. Le simple fait d'évoquer Solaria est mal vu à Havenfall, comme si prononcer ce nom allait faire surgir les monstres. Je dois donc garder pour moi ma conviction profonde, même si je n'oublierai jamais, évidemment, que mon frère est mort sous les griffes d'un habitant de ce monde maudit. Une fois de plus, je me demande combien d'entre eux se cachent encore sur Terre, capables de changer de forme, se repaissant d'âmes humaines.

Après un bref silence gêné, l'Héritière sourit de nouveau et contemple l'assemblée.

– Bien sûr, acquiesce-t-elle. Moins il y a de Solariens, mieux nous nous portons.

Je me sens toujours gelée. Je voudrais aller chercher Brekken, mais on ne quitte pas l'Héritière sans qu'elle vous ait donné congé.

– Que s'est-il passé l'été dernier ? je lâche soudain. Pourquoi êtes-vous partie ?

Bien qu'il fasse semblant de ne pas écouter notre conversation, Marcus fronce les sourcils, et l'Héritière fixe sur moi ses yeux glacials. Je dois fournir un gros effort pour rester immobile, ne pas m'excuser ni retirer ma question.

– Madeline, dit-elle calmement.

Son visage est impassible, sa voix plate, mais sa réponse m'emplit d'une vive appréhension.

– Comme pour les Solariens, il est parfois préférable d'enfermer le passé à double tour et de jeter la clé.

4

L'aura sévère de l'Héritière semble avoir dissuadé les convives d'approcher du bar, mais, lorsqu'elle se retire dans sa chambre pour la nuit, les délégués affluent vers moi et, les uns après les autres, commandent différents vins et spiritueux. Ce travail me plaît : il m'occupe les mains, et les conversations qui me parviennent sont intéressantes, me fournissent de nombreux ragots à ranger dans ma besace pour les ramener à Willow. À force de servir vin et champagne, mes gestes deviennent vite des automatismes.

Ce que j'adore à Havenfall, en plus de tout le reste, c'est qu'il n'y a pas ici plus banale que moi. Les Fiordiens et les Ardantins y apportent des récits dignes de feuilletons à l'eau de rose ou de contes fantastiques : chaque été, à chaque sommet, on raconte de nouveaux potins au sujet d'une princesse fiordienne qui tombe amoureuse d'un modeste chevalier, ou d'un soldat ardantin héroïque repoussant à lui seul un orage gigantesque qui menaçait

Oasis. Fiordenkill est balayé par des tempêtes de neige qui blanchissent la planète entière, et Ardant a été si dévasté par des cyclones d'énergie magique que la quasi-totalité de ses habitants a dû se retrancher dans la seule ville qui tienne encore debout. Alors, à côté de ça, tout le monde se fiche de savoir que je vis dans un mobile-home, que j'ai les cheveux courts, que j'aime à la fois les filles et les garçons, ou que ma mère est en prison.

Assis à une extrémité du long bar parfaitement lisse, Marcus bavarde avec deux délégués que je connais vaguement : Lonan, un Ardantin qui a épousé une autre déléguée ici même l'année dernière, et Nessa, une Fiordienne vêtue d'une longue robe verte provocante. Je jette une oreille à leur conversation, qui tourne autour d'un des sujets de commérages favoris des Fiordiens : Enetta, la princesse splendide mais irresponsable d'un pays insulaire de Fiordenkill. Nessa s'enflamme, car, chose impensable, l'altesse royale est en retard pour le sommet.

– Qu'importe quand elle arrivera, j'interviens, en me saisissant de la carafe pour resservir Nessa.

Marcus me décoche un regard, sourcils haussés, et je lui souris. *Tu vois ? Moi aussi je peux assurer l'animation. Tu peux me faire confiance.*

– Les portes de Havenfall lui sont toujours ouvertes, dis-je à la Fiordienne. J'ai hâte de la rencontrer.

Le fonctionnement de la magie qui régit les portails n'est pas encore complètement clair pour moi, mais je sais qu'ils sont plus stables l'été. Tous les ans lors du solstice, les Royaumes entrent dans une sorte d'alignement. Sur Terre, c'est le jour le plus long de l'année, Ardant connaît une éclipse de ses trois lunes, Fiordenkill assiste à une pluie spectaculaire d'étoiles filantes. Une conjonction entre les différents mondes permet à un grand nombre de voyageurs de franchir les portes de Havenfall. Le reste du temps, ceux-ci sont moins fiables ; ceux qui les empruntent peuvent provoquer d'étranges charges magnétiques dans le ciel de Haven ou faire trembler la terre.

Marcus et Willow établissent un planning précis des départs de l'auberge. À la fin du sommet, les dirigeants des Royaumes rentrent au bout de deux semaines, alors que les dignitaires moins haut placés restent plus longtemps, chargés de régler dans les détails les engagements pris dans les grandes lignes par leurs supérieurs. Le retard de la princesse est regrettable, mais le passage d'une seule personne après le solstice ne constitue pas un risque assez important pour lui interdire l'accès et entamer la bonne volonté de la délégation fiordienne.

J'agite négligemment la main, comme pour écarter ce sujet politique.

– Lonan, où est votre charmante épouse, cette année ?

L'Ardantin paraît momentanément surpris que je m'adresse à lui, mais il finit par sourire, ses dents trop nombreuses trahissant ses origines d'un autre monde. Je me demande quelle apparence il aurait sur sa planète.

– Elle est enceinte, annonce-t-il joyeusement, et tu sais que selon nos coutumes elle ne peut voyager dans son état.

– Puisse la terre la fortifier, dis-je, me souvenant juste à temps que Lonan et sa femme puisent leur magie dans cet élément.

Je m'attelle à aligner les coupes à boire sur le plan de travail du fond, en espérant en entendre davantage sur la princesse indisciplinée, mais Nessa jette un coup d'œil à Lonan et prend congé. Elle n'aurait pas dû médire d'une altesse royale, je m'en rends compte. Pourtant, ici, tout le monde a entière confiance en Marcus. Pourrai-je un jour remplir ce rôle, entendre parler des tourments d'un monde où je n'irai jamais, apaiser les angoisses et ménager les ego avec quelques mots bien choisis ?

L'été dernier, j'ai étudié la politique des Royaumes adjacents dans des livres que j'ai « empruntés » dans le cabinet de travail de Marcus. Alors, quand l'orchestre interprète un morceau encore plus entraînant et que tous les émissaires abandonnent le bar pour aller danser, je saisis l'occasion pour me pencher par-dessus le comptoir de marbre vers mon oncle.

– Est-ce que c'est cette année que tu vas enfin m'autoriser à assister aux assemblées ?

– Pas encore. Peut-être l'an prochain.

Il affiche un léger sourire, que je remarque à peine, car au même instant quelqu'un apparaît dans l'escalier à l'autre bout de la salle.

Épaules larges, cheveux cuivrés, traits saisissants.

Brekken.

Un grand sourire s'étire sur mon visage.

Il a changé. Je mets un petit moment à comprendre pourquoi, puis l'explication me frappe brusquement. Il est en tenue de soldat, une cape de fourrure nouée au cou. Ses cheveux coiffés en arrière sont tirés derrière ses oreilles ornées de joyaux – rouges, aux couleurs de sa famille –, et sa tunique est brodée d'un motif mêlant feuilles et épées. Brekken a atteint sa majorité au cours de cette année et rejoint l'armée du Haut Conseil. Son rêve depuis toujours.

Ça y est, il me voit enfin. Nos regards se vrillent l'un dans l'autre, comme joints par leur propre force gravitationnelle. Avec un sourire fendu jusqu'aux oreilles, il me fait un signe de la main. Aussitôt, j'oublie toutes les conventions. Presque par réflexe, je fais un pas vers l'escalier.

– J'ai encore besoin de toi, Maddie.

La voix de Marcus m'arrache à ma rêverie. Brekken va devoir attendre. Marcus et Havenfall ont la priorité. Je me détourne vers mon oncle et son air inquiet. Il a regardé dans la même direction que moi et vu Brekken. Mais, en une fraction de seconde, il retrouve son sourire.

– Tu voudrais bien aller me chercher une bouteille de champagne fiordien dans mon bureau ? me demande-t-il.

Déception et impatience flambent en moi.

– Bien sûr. Accorde-moi juste une seconde.

Je commence à m'éloigner, mais Marcus m'arrête d'une main sur l'épaule.

– Brekken est un soldat, maintenant, Maddie, dit-il, la voix basse et grave.

– D'accooooooord, je réponds, en laissant traîner la dernière syllabe. Et alors ? Où tu veux en venir ?

– Il est aux ordres du Haut Conseil.

– Raison de plus pour aller le féliciter. (Un court instant de malaise me saisit.) Ce n'est pas en accord avec les *conventions* ? J'irai chercher le champ' quand je l'aurai salué.

Mon trouble doit paraître sur mon visage, car mon oncle s'empresse d'ajouter :

– Oui, mais… quand même… ne passez pas tout votre temps ensemble. Ça risque de jaser, tu le sais.

– Non, je ne le sais pas, je rétorque d'un ton cinglant malgré moi. Qu'est-ce qui se dirait ?

Et pourquoi devrais-je m'en soucier ?

– En tant que gardiens des portails, nous sommes tenus à la neutralité. Personne ne doit penser que nous favorisons un Royaume par rapport à l'autre. C'est notre travail. Notre responsabilité. Si tu veux diriger Havenfall un jour, en tout cas.

– Bien sûr que je le veux, je réponds vivement. Tu le sais bien. Plus que tout au monde.

Tout à part peut-être Brekken.

Marcus n'a pas tort, mais il s'adresse à moi comme à une gamine, et ça m'agace.

– Tu as bien épousé un Fiordien, toi.

– Graylin n'a jamais été soldat.

Je déglutis, m'efforçant de garder mon calme même si mes jambes se sont mises à flageoler. Le pire, c'est que Marcus a raison ; je sais qu'il prend garde à toujours partager son temps équitablement entre Fiordiens et Ardantins. La fonction première de Havenfall et du sommet pour la paix est de fournir un territoire neutre entre les Royaumes adjacents. Fiordenkill et Ardant étant les deux seuls qui restent, il est d'autant plus important de pérenniser la paix.

Mais ma cervelle de moineau n'a jamais fait le lien avec *Brekken*. Nous ne pouvons pas être ensemble. Soudain, les larmes me piquent les yeux.

Je serre les poings de toutes mes forces. Je ne peux pas, je ne veux pas, pleurer devant Marcus, les représentants et tous les autres. Je sais que Havenfall n'est pas parfait, mais ce lieu est censé me revenir, c'est le refuge qui le temps de l'été compense le reste merdique de l'année. Bizarre qu'un endroit régi par tant de règles strictes, de préceptes et de protocoles ait pu, pendant tout ce temps, être pour moi synonyme de *liberté*.

– Ce que nous faisons ici, c'est dangereux, Maddie, poursuit Marcus.

Il me sourit d'un air doux, mais son regard est on ne peut plus sérieux.

– Pour maintenir l'équilibre, nous devons nous efforcer de contenter tout le monde. Cet endroit, et ce qui s'y passe, est de la plus haute importance, et je n'y renoncerai pour rien au monde, mais je ne veux pas te voir souffrir encore une fois.

Encore une fois.

Il s'interrompt, faisant pivoter son verre entre ses doigts, puis relève les yeux vers moi. Je sais qu'il essaie de trouver les mots justes pour me répéter ce qu'il me dit tous les ans, de façon détournée.

Tout ceci, c'est notre histoire. Notre héritage. Être gardien de l'auberge exige du courage, de la diplomatie, et la volonté d'agir pour le bien commun. Tout le monde n'est pas taillé pour cette tâche. Ça ne sera pas facile, mais tu es forte.

Cette idée fait son chemin dans ma tête. Elle déclenche la crainte toujours tapie dans un coin de mon esprit, la peur que des mots ou des actes malheureux puissent me faire perdre Havenfall. Je pourrais commettre un faux pas et m'attirer les foudres des délégués, ou laisser échapper le secret et tout gâcher. Depuis toute petite, cet endroit est le seul qui ait jamais compté pour moi. Sans Havenfall, je n'aurais rien.

Il est parfois préférable d'enfermer le passé à double tour.

Je serre fort mon porte-clés d'autodéfense en forme de tête de chat, dont les oreilles métalliques pointues me piquent la paume, et me focalise sur cette infime douleur physique pour chasser l'autre, plus profonde, le temps de sortir de derrière le bar. J'ai besoin de prendre l'air. Il faut que je parle à Brekken.

Si je le croise en descendant au sous-sol, on ne pourra pas me soupçonner de favoritisme, non ?

De plus, les représentants, tous autant qu'ils sont, nous ont vus jouer ensemble lorsque nous étions enfants, nous qui étions toujours à zigzaguer entre leurs jambes dans la salle de bal, à faire des dégâts dans les jardins, ou à nous ébattre dans Mirror Lake. Ça m'est pénible de penser que tout doit changer.

Dès que Brakken entre dans mon champ de vision, mon cœur s'emballe, les sombres inquiétudes qui débordaient en moi à gros bouillons s'atténuant pour ne former qu'un léger frémissement. J'ai envie de me précipiter à son cou, mais, les Fiordiens n'étant pas portés sur les embrassades, je m'arrête à un pas de lui. J'ai été bien inspirée, parce qu'il tient deux verres d'une boisson pétillante dans ses mains.

– Maddie, s'exclame-t-il, radieux, les yeux du même bleu indescriptible que les montagnes dehors. Ce que je suis content de te voir !

– Moi je te reconnais à peine, je le taquine, bien que ma plaisanterie tombe à plat tant j'ai le souffle court. C'est comment d'être un soldat ?

Brekken sourit, le regard brillant d'une immense fierté. C'est son rêve depuis que nous sommes tout petits, quand déjà il m'entraînait au maniement de l'épée avec des bâtons que nous ramassions dans le jardin, ou quand, dans ma chambre à l'étage, nous simulions des batailles avec des peluches. Il me tend un des verres. L'alcool sucré me réchauffe la poitrine.

– C'est difficile, répond-il. Parfois ennuyeux, et on a froid.

– Qu'est-ce qu'ils te font faire ? je m'enquiers, sincèrement curieuse.

Fiordenkill est en paix pour le moment, avec Haven, Ardant, ainsi qu'au sein de ses propres frontières, entre les différentes cités-États enneigées qui constituent ce monde.

– Oh, ceci, cela.

Son sourire s'élargit. Il est incapable de cacher la fierté que lui procure d'être enfin soldat.

– Rien de très captivant. On collecte les impôts, on protège les ports de négoce.

– Vous défendez le palais contre les ours géants ?

Fiordenkill compte beaucoup d'animaux semblables aux nôtres – ours, loups, cerfs –, mais tous sont gigantesques. Des chevreuils de la taille de chevaux, des ours deux fois plus grands que moi, même à quatre pattes. D'après les récits de Brekken, en tout cas.

– Ça arrive. Pas assez souvent à mon goût. Mais c'est un honneur de servir le Haut Conseil. Et regarde ! J'ai une épée.

Il la sort de quelques centimètres de son fourreau en cuir, avant d'en relâcher la poignée pour la laisser glisser, juste le temps que j'entraperçoive un éclat d'argent et de rubis.

– Il vaudrait mieux que tu m'en obtiennes une aussi, je le provoque. Sinon, je ne ferai pas long feu pendant nos combats.

Brekken s'illumine d'un large sourire et s'apprête à répondre, mais ses mots s'éteignent lorsque quelque chose derrière moi l'arrête net.

C'est un jeune Ardantin qui vient vers nous d'une démarche fluide, quelqu'un que je n'ai jamais vu par le passé – j'en suis certaine, sinon je m'en serais souvenue.

Il semble avoir à peu près notre âge, un peu plus peut-être, bien que les Ardantins vieillissent plus lentement que les humains. De grande taille et de carrure athlétique, il a les traits francs et les yeux gris, sa peau et ses cheveux d'un blond argenté dégagent un curieux éclat métallique, comme s'il ne s'était que grossièrement rincé après avoir été plongé dans un bain d'argent fondu.

Lorsqu'il arrive à notre hauteur, Brekken s'incline, et instinctivement je l'imite. Je remarque alors un homme plus âgé derrière lui, tout aussi grand, mais d'une minceur hors du commun, vêtu de noir, portant des rangées de bracelets et de colliers en argent de Haven.

De sa voix grave et puissante, le jeune homme nous invite à nous redresser.

– Allons, pas de ça entre nous. Je suis un simple invité, ici, au même titre que vous.

– Votre Altesse, dit Brekken.

Un frisson me parcourt lorsque, très intimidée, je comprends de qui il s'agit. J'ai entendu des récits au sujet du prince d'Argent. C'est lui qui a fondé l'immense ville d'Oasis alors qu'il sortait à peine de l'enfance, érigeant tout autour d'elle un rempart magique pour abriter ses sujets des tempêtes élémentaires qui ont décimé la population d'Ardant. *Imagine si un type enrayait à lui seul le changement climatique.* C'est ainsi que Marcus m'avait présenté les choses, un jour. Le prince d'Argent règne désormais sur cette cité, et donc sur la majorité des habitants de ce monde, ceux-ci étant concentrés dans l'enceinte d'Oasis, à l'exception d'une poignée de nomades qui chérissent assez leur indépendance pour affronter la foudre, les ouragans et les vents brûlants.

En plongeant le regard dans les yeux caves du prince d'Argent, je me prends à faire le calcul dans ma tête, à essayer d'associer les histoires que j'ai entendues au sujet du jeune homme qui dresse sa haute taille devant moi. Il doit être âgé de vingt-trois ou vingt-quatre ans – pas beaucoup plus que moi, pourtant j'ai l'impression de sentir la puissance qui émane de lui tel un champ de force. Ses pouvoirs doivent être d'une ampleur incommensurable pour qu'il parvienne à repousser les tempêtes assaillant Oasis. C'est la première fois qu'il participe au Sommet, puisqu'il était le seul à même de protéger de la destruction la dernière ville d'Ardant. S'il est là aujourd'hui, je suppose que les tempêtes se sont enfin calmées.

Willow pensait que ça n'arriverait jamais. Pour plaisanter, elle répétait sans cesse qu'elle était chanceuse d'avoir été bannie, qu'elle vivrait plus vieille que tous les malheureux coincés dans un monde à l'agonie. En présence du prince, de sa sérénité et de sa puissance, je me sens un peu pétrifiée.

– Soldat, dit-il, en inclinant la tête vers Brekken.

Puis il se tourne vers moi et semble réfléchir.

– Et toi, tu dois être Madeline.

Il y a assez peu d'humains à Havenfall à part les saisonniers, aussi n'est-il pas étonnant qu'il me reconnaisse. Mais ça me fait quand même bizarre. Moi qui prends toujours soin de ne pas me faire remarquer, je suis désarçonnée que le prince d'un autre monde s'adresse à moi par mon prénom.

Il ne nous présente pas l'autre homme – un serviteur, son garde du corps ? Braquant sur moi ses yeux couleur acier, il commente :

– Tu as l'air préoccupée.

Brekken me décoche un vif coup d'œil. Les règles déterminant l'art de la conversation à Fiordenkill et Ardant ne sont pas les mêmes que les nôtres. La majorité des Fiordiens qui viennent à Havenfall préféreraient se trancher un doigt plutôt que parler de leurs sentiments, alors que les Ardantins, eux, attachent une grande valeur à la vérité et la franchise.

Mon ventre se noue. Je suis préoccupée, c'est vrai, mais je ne veux pas que Brekken le sache. Pourtant, je ne peux pas me montrer grossière devant le monarque. Je ne peux pas mettre en péril la relation de Havenfall avec un Royaume tout entier.

– Ce n'est rien, dis-je, en m'efforçant de sourire. C'est juste la fatigue.

Le prince d'Argent incline lentement la tête de côté. C'est un peu déroutant.

– Vraiment ?

Il n'emploie pas un ton de reproche ; il est seulement curieux.

Derrière lui, l'homme aux bracelets d'argent, présence silencieuse et inquiétante, scrute tout de ses yeux incolores.

Brekken fait un pas en avant, comme pour s'interposer entre le prince et moi, mais je l'arrête en crochetant mon petit doigt dans le sien. Ses actes ont des implications plus profondes maintenant qu'il est soldat, et ma susceptibilité ne mérite pas un incident diplomatique.

– En fait…

Je choisis mes mots avec soin, cherchant une version de la vérité qui satisfera le prince d'Argent.

– Havenfall est l'endroit qui compte le plus pour moi. Ce n'est pas qu'une fête qui a lieu chaque été. C'est chez moi.

Je regrette aussitôt d'avoir tenu ces propos. Brekken ouvre des yeux ronds, et j'ai l'impression d'en avoir trop révélé.

– Chez toi ? s'enquiert le prince.

Il emploie un ton si détaché que nous pourrions bavarder du sujet le plus banal. Pourtant, des picotements parcourent ma peau. Pourquoi, alors que c'est sa première visite dans les Royaumes adjacents, visite qu'il doit préparer depuis des années, se soucie-t-il des sentiments de la nièce de seize ans de l'Aubergiste ? Que lui souffle à mon égard son intuition ardantine ?

– À la fin de cet été, Marcus décidera si je peux rester pour de bon.

Je me regarde dans le miroir mural. Les pierres précieuses à mes oreilles scintillent à la lumière tamisée, rires et musique s'entremêlent partout alentour et nous enveloppent tel un écheveau velouté.

– Ça fait… beaucoup de pression, quoi.

Je me sens alors idiote. Le prince d'Argent a sauvé son peuple des phénomènes dévastateurs qui ont rayé de la carte la majeure partie de son monde. Il porte à lui seul les barrages qui protègent les vies des habitants d'Oasis. Et c'est moi qui lui parle de pression ?

Il m'adresse néanmoins un sourire compatissant.

– Nous vivons une époque dangereuse, dit-il.

Son regard croise le mien dans la glace. Il semble émettre sa propre clarté ; je comprends pourquoi ses sujets lui sont si dévoués. En l'observant, j'ai le sentiment de descendre une route de montagne en lacet. C'est très impressionnant. Il émane du prince une aura de puissance gigantesque. L'air crépite d'électricité autour de lui.

– D'un autre côté, ajoute-t-il, je perçois que tu as l'habitude du danger.

Je me tourne vers lui, surprise et méfiante.

– C'est-à-dire ?

Une réminiscence m'apparaît fugacement, comme ça se produit souvent – ma mère et mon frère recroquevillés dans la cuisine pour s'abriter de l'ombre noire qui s'abat sur eux. Le hurlement déchirant de mon frère. Mais je la repousse, saisie par l'affolement, redoutant que ce souvenir déborde et paraisse à la vue du prince d'Argent. Comme s'il pouvait voir que je m'étais cachée, que j'avais laissé un Solarien tuer Nathan.

– Je comprends les craintes de Marcus, dit le prince, toujours impassible. Mais les épreuves nous forgent tels que nous devons être. Et nous placent à l'endroit *exact* où nous devons être. Tu ne trouves pas ?

Bien qu'il ne soit encore qu'un parfait inconnu, je me sens éperonnée par ses paroles, ravie qu'il porte son attention sur moi. Je hoche la tête, le cœur battant.

Brekken se racle la gorge, et le prince sourit. Comme j'aimerais savoir à quoi ressemble sa vie chez lui, dans son monde déchaîné balayé par des périls phénoménaux.

– Bien, je dois vous laisser, annonce-t-il. J'ai été enchanté de vous rencontrer tous les deux.

Il nous salue d'un signe de tête l'un après l'autre, puis se retire d'un pas rapide.

C'est seulement après son départ que je me demande ce qu'il a voulu dire par *époque dangereuse*.

Brekken se tourne vers moi, les sourcils froncés.

– Ça va ?

– Bien sûr.

Je pars d'un rire qui, à ma grande surprise, est authentique.

Peut-être que Marcus a raison de ne pas être rassuré, comme l'a dit le prince d'Argent. Celui-ci m'a effectivement paru dangereux, tout comme Brekken, d'une certaine manière, avec son uniforme aux lignes nettes et ses yeux où je pourrais me perdre. Mais la connaissance que j'ai de ces gens, et celle qu'ils ont de moi, ne rend tout cela que plus grisant.

Havenfall est certes dangereux, mais j'en suis une des actrices. J'en fais partie.

Je bois une gorgée de mon vin. Une chaleur pétillante déferle dans ma gorge, me chauffe la poitrine. Enhardie, je retire son verre à Brekken et pose les deux sur une console. Puis je m'autorise ce que je brûlais de faire tout à l'heure et lui passe les bras autour du cou au moment où commence un nouveau morceau. Je prends déjà un risque en bravant l'injonction de Marcus. Autant profiter de ma témérité tant qu'elle dure.

Mon ventre se dénoue lorsqu'il m'entoure de ses bras. Je hume alors un parfum de neige, et sens la fraîcheur de sa joue contre la mienne. Je me demande à quoi ressemblent le climat et les paysages hivernaux de Fiordenkill. Je n'ai fait que les entrapercevoir quand s'ouvrait la porte dans les souterrains de l'auberge, mais je me représente des montagnes tapissées de neige, de la glace scintillant sur les lacs, des châteaux chauffés par de grands feux chatoyant derrière leurs fenêtres. À l'exception de la zone protégée de Havenfall, Ardantins et Fiordiens ne peuvent voyager hors de leurs mondes sans dépérir, et les humains n'ont pas la constitution nécessaire pour tenir plus d'une heure ou deux dans Fiordenkill ou Ardant. Certains ont tenté de survivre plus longtemps, et, selon les descriptions qu'on trouve dans les livres, ils ont subi une mort horrible, semblable à la noyade.

Mais ce n'est pas impossible. Un jour, quand j'étais petite, un Ardantin a atteint en courant la station de ski de Telluride avant de s'effondrer. Marcus a dû envoyer une équipe faire boire du vin de baies, ou acheter leur silence, aux skieurs qui avaient vu un homme couvert d'écailles mourir dans la neige. Je caresse parfois le rêve qu'un jour on découvrira le moyen de surmonter les limites de nos organismes. Que je pourrai visiter Fiordenkill au bras de Brekken.

Il s'écarte de moi, les mains sur mon bras, et pose sur moi un regard plein d'une tendresse qui se mue vite en inquiétude.

– Maddie, dit-il, d'une voix basse et douce. On peut aller ailleurs ? Juste tous les deux ?

Je hoche la tête, une sensation aussi pétillante que le champagne bouillonnant en moi.

– Tu as mis le temps. Tirons-nous d'ici.

5

Après avoir apporté à Marcus le champagne qu'il gardait dans son bureau, Brekken et moi nous éclipsons de l'auberge sans nous faire repérer, une autre bouteille de vin serrée entre les longs doigts de Brekken. Nous nous faufilons à travers les jardins et nous réfugions dans la grange, où nous passons devant quelques voitures rutilantes et la moto de Taya. J'éclate de rire quand Brekken fait un bond en arrière, effrayé par un ébrouement de la jument.

– Ce n'est qu'un cheval.

– Il n'y en a pas, chez nous.

Il me regarde d'un air vexé, puis allonge prudemment le bras pour flatter l'animal. À l'évidence, il le fait pour ne pas perdre la face.

– Ils sont tellement… grands, commente-t-il.

– Dit le soldat qui se promène à dos de *loup* géant, je le taquine.

– Nos loups ne sont pas si hauts que ça. Et ils n'ont pas de sabots acérés.

Je ravale un autre rire. Je ne devrais pas être trop moqueuse : il y a de cela plusieurs siècles, Fiordenkill était en guerre avec Tural, un monde peuplé de centaures. On trouve encore de rares empreintes de leurs sabots dans les sous-sols. Mais l'accès à ce monde ayant été condamné au dix-huitième siècle, j'ai du mal à prendre au sérieux les peurs de Brekken.

– Toi et moi, nous n'avons pas la même notion du danger.

Repensant aux propos du prince d'Argent, je grimpe l'échelle pour rejoindre le grenier à foin. Aux murs sont accrochés râteaux, vieilles herses et outils dont j'ignore la fonction. Par un trou dans le toit, on aperçoit le ciel nocturne. Je jurerais que les étoiles sont plus nombreuses à Havenfall que partout ailleurs, et la lune semble toujours extrêmement basse. Comme si les corps célestes détectaient la présence des portails et s'en rapprochaient dans l'espoir de sentir la brise d'un autre monde.

Tandis que j'attends Brekken près d'une balle de foin, je crois comprendre pourquoi Marcus et moi sommes en désaccord. Lui et moi avons des conceptions différentes de ce qui est dangereux. Marcus croit que c'est Havenfall, les soldats et leurs épées, les falaises et les bassins profonds, les portes dans les caves, les tensions politiques omniprésentes, même lorsque les représentants boivent et rient ensemble. Peut-être que ça l'est. Mais pas autant que rester à Sterling le serait pour moi. Je déteste la façon que tout le monde a de me regarder, comme si j'étais sur le point de craquer ou d'exploser, créant ainsi une sorte de prophétie qui se mord la queue. Rien n'est plus dangereux que la solitude qui m'enserre parfois, aussi froide et douloureuse que des fers.

Quand Brekken me rejoint, le silence est soudain retentissant. Il s'arrête, sa silhouette se découpant devant l'ouverture dans le toit, et l'espace d'un instant une drôle d'expression se peint sur son visage, hésitante et figée. On entend la musique et le bruit lointains qui nous parviennent du bal, mais nous pourrions tout aussi bien être dans un autre monde. Des souvenirs tourbillonnent dans mon esprit tels des pétales dans le vent : lui petit garçon, nous deux en train de chasser des scarabées ou de grimper aux arbres pour y chercher des nids. Le lien qui nous unit subsiste, mais il est devenu si tendu et électrique que j'en ai le souffle court.

Puis Brekken sourit, se déleste de sa cape, et c'est comme si nous ne nous étions jamais quittés. Il l'étend sur la balle de foin, et nous nous asseyons dessus, moi à demi allongée et lui en tailleur. Cela fait dix ans que c'est notre habitude, depuis qu'il est venu à Havenfall pour la première fois, à sept ans. Il accompagnait sa mère déléguée. C'était le premier été après la nuit la plus horrible de ma vie. J'étais encore sous le choc après l'arrestation de ma mère, après ce qui était arrivé à mon frère.

Nous étions alors les résidents les plus jeunes de Havenfall, trop jeunes pour pouvoir participer aux festivités, aussi Marcus nous avait-il isolés dans ma chambre.

Notre baby-sitter était une femme de chambre qui s'esquivait au bout d'une demi-heure, mais peu importait. Brekken et moi vivions déjà dans notre bulle, captivés l'un par l'autre. J'étais surtout surprise de le fasciner, moi aussi. Pas pour les raisons dont j'avais l'habitude chez les autres. Pas parce qu'il avait vu une photo de moi aux informations, mon visage rond bouffi par les larmes tandis qu'un huissier me tirait par la main pour me faire sortir d'une salle d'audience, cliché généralement accompagné de la photo d'identité judiciaire de ma mère au-dessus de son surnom : *La tueuse de Goodwin Lane*.

Ce garçon magnifique (même enfant il était déjà beau) était émerveillé par *moi*. Mes taches de rousseur et mes petits doigts, mes jouets et mon amour pour les chevaux à cause duquel, j'en suis quasi certaine, il m'a prêté tout un temps un caractère héroïque, à moi qui n'avais pas peur d'affronter ces monstres terrifiants. Ce premier été passé à ses côtés, j'ai eu le sentiment d'être à nouveau quelqu'un, pendant ces journées passées à gambader dans Havenfall et courir dans les jambes des adultes, à lui apprendre des blagues « Monsieur et madame ont un fils » (il n'a jamais vraiment maîtrisé le principe), et à explorer les bois aux abords de l'auberge, même si nous n'étions pas autorisés à nous amuser dehors, tout le monde craignant qu'un Solarien soit encore en cavale.

Cette fascination ne s'est jamais estompée pour moi, mais j'ignore s'il en va de même pour Brekken, alors assis en face de moi, occupé à déboucher adroitement la bouteille de vin. Je ne sais pas s'il pense à moi quand il n'est pas à Havenfall, quand il accomplit ses tâches de la journée, chevauche à dos de loup, aiguise son épée ou regagne sa couchette dans sa caserne. J'ignore quel est son état d'esprit sur de nombreux sujets.

Il me distrait alors de mes réflexions en sortant quelque chose de la besace qu'il porte à la ceinture. C'est un livre doré sur tranche, pas plus grand que sa main, à la reliure parée d'une soie rouge foncé qui luit au clair de lune. La langue de l'inscription imprimée sur son dos m'est inconnue, mais un frisson me parcourt lorsque Brekken me la traduit.

– *Iavalar*. Ça signifie « poèmes », m'explique-t-il avec un sourire.

Il me remet l'ouvrage, qui conserve la chaleur de son corps.

– C'est un recueil de Stimarya, une des plus grandes poétesses de Myr. Certains trouvent sa poésie trop fleur bleue, mais moi je l'ai toujours admirée.

Je rougis en caressant la tranche lisse du livre.

– Merci, c'est adorable, je murmure.

Brekken me rapporte tous les ans des cadeaux de Fiordenkill, mais d'habitude ce sont des babioles : boucles d'oreilles fantaisie ou porte-bonheur à l'effigie d'animaux sculptés dans la pierre, ou encore, quand nous étions enfants, jolis cailloux et feuilles qu'il ramassait dans la forêt. Rien d'aussi personnel que ce présent.

– Il faudra que tu m'apprennes ce qu'ils signifient.

– Pas besoin, dit-il avant de tendre le bras pour ouvrir le recueil et de le maintenir avec deux doigts. Je les ai déjà traduits.

Je baisse les yeux sur les pages, ma peau s'échauffant à la proximité de sa main. En effet, le texte imprimé d'un poème composé dans l'exotique langue de Myr occupe la page de droite, mais, sur celle de gauche, l'écriture compacte et soignée de Brekken couvre le papier d'encre bleue. J'isole quelques phrases – « la neige étend sur nous sa toison laineuse, les tendres étoiles brillent bas dans le ciel » – avant que Brekken gronde d'un rire guttural et referme le livre.

– Ne les lis pas tout de suite, sinon je vais être gêné.

Il me reprend le recueil et le glisse dans la poche de ma veste, d'un geste familier, naturel.

– Que dirais-tu de le garder pour l'automne ? suggère-t-il.

Je remue un peu, à la fois contente et embarrassée, et le plancher du grenier grince légèrement. Mon malaise est peut-être dû à ce qu'a dit Marcus tout à l'heure – « Ça risque de jaser » –, ou de la fière allure qu'a Brekken en tunique de soldat, la broderie qui l'orne accentuant la puissance de ses épaules et le bleu de ses yeux.

– D'accord. Mais je n'ai rien prévu pour toi, moi.

Étant donné que je n'étais pas sûre de venir avant le tout dernier moment, à la gare routière.

Ses yeux et ses dents brillent dans l'obscurité lorsqu'il sourit.

– Ça ne fait rien. Je suis là, ça me suffit.

Presque inconsciemment, je me penche plus près de lui. Je dois me contenter de ces trois mois passés auprès de lui chaque été. Je n'ai ni photos ni vidéos à garder en souvenir, et il n'y a aucune chance que je parle de lui à quelqu'un le reste de l'année. *Il y a un mec qui me plaît. Du genre elfe guerrier. Canon, intrépide, pas beaucoup le sens de l'humour, mais c'est peut-être dû au fait qu'on ne connaît pas le sarcasme dans son monde. Et il ne me prend pas pour une tarée, ce qui ne gâche rien.*

Il sort un paquet de cartes de sa poche de poitrine. Des images dorées en décorent le verso.

– Une partie de jeu des Grottes ? propose-t-il.

J'acquiesce d'un signe de tête, car c'est une autre de nos traditions. Un jeu idiot, un jeu d'enfants, mais c'est le nôtre, aussi mon cœur bat-il quand même plus vite.

– Alors, me demande-t-il, l'air espiègle, avant de couper le paquet en deux tas égaux et de m'en tendre un. Il s'est passé des trucs cette année ?

Il pose une carte. Le hasard fait que c'est celle de Fiordenkill, l'arbre blanc en fleurs symbolisant la magie qui anime le sang des habitants et leurs végétaux.

Brekken commence toujours par la même question, mais je n'ai aucune intention de lui parler du tremblement de terre qui s'est produit dans ma vie. Ces mots – *peine capitale* – sont glacials, lourds, horribles, sans appel. Ils n'ont pas leur place ici, sous les étoiles, entre nous deux. Je pose une carte à mon tour : Tural, représenté par la silhouette de centaure. Brekken affiche un sourire ravi et ramasse les deux, qu'il met de côté près de lui. Fiordenkill a gagné sa guerre contre Tural, victoire qui a poussé les centaures à fermer leur portail. Telle issue dans l'histoire, telle issue dans le jeu.

Indifférente à cette première défaite, je lui renvoie sa question.

– À toi de me le dire, je rétorque en tapotant la cape d'uniforme sur laquelle nous sommes assis.

La fourrure lisse et noire, pareille à du vison, ploie sous ma main.

– Que fait un soldat dans un reinaume en paix ? je demande.

J'abats une nouvelle carte et me mord la lèvre pour repousser le frisson qui me parcourt alors. C'est l'image d'une coupe en argent emplie de vin, ou de sang. Elle représente Solaria.

– On a toujours besoin de soldats.

Brekken boit une gorgée et me passe la bouteille.

– Au Haut Conseil…

Il laisse sa phrase en suspens lorsque ses doigts effleurent les miens.

– Il y a des tensions en permanence, en fait. Mieux vaut avoir une armée sous le coude.

Il me lance un coup d'œil. J'essaie d'ignorer la nervosité qui perce dans sa voix lorsqu'il s'enquiert :

– De quoi parlait le prince d'Argent, tout à l'heure ? Quelque chose te tracasse ?

Il pose sa carte, un blason constitué des quatre éléments, symbolisant Ardant. C'est moi qui l'emporte.

Ma poitrine se crispe.

– Ce n'est rien, c'est juste à cause de mon oncle.

C'est à mon tour de baisser le regard, afin de ne pas voir la réaction de Brekken.

– Il a l'air de penser que je ne comprends pas les risques que j'encours en passant l'été ici.

Je me rappelle les paroles du prince d'Argent, prononcées avec tant d'assurance : *Tu as l'habitude du danger*.

– Mais il se trompe. Je comprends tout à fait. Et je m'en moque.

Brekken tripote le bouchon de la bouteille, le fait tourner entre ses doigts.

– Je me suis toujours posé la question, tu sais, me confie-t-il. Pourquoi est-ce que tu continues à venir, alors que c'est d'ici que le monstre solarien s'est échappé, celui qui...

Il n'a pas besoin de terminer sa phrase. Nous en connaissons tous les deux la fin. *Celui qui a tué ton frère*.

– Il n'y a pas plus de danger à Havenfall qu'ailleurs, je réponds, d'un ton qui se veut léger. Il pourrait y avoir des Solariens partout sur Terre... sur Haven, pardon... s'ils s'y trouvaient déjà quand la porte de Solaria a été scellée. Et puis, s'il en reste, c'est ici que je suis le plus en sécurité.

Je lui donne un coup de poing taquin dans le bras.

– Vu que j'ai un soldat fort et courageux pour me protéger, tout ça.

Brekken sourit.

– Je n'hésiterais pas, tu sais.

– À quoi faire ?

Mon attention portée sur la carte que je joue, je suis un peu distraite. Haven – une balance au-dessus d'une épée – contre son Solaria. Encore gagné.

– Te protéger.

La gravité dans sa voix me prend de court. Il est très sérieux, expose juste un fait. Au fil des années, il a été témoin d'un grand nombre de mes émotions, que ce soit mes larmes versées pour Nate ou ma colère dirigée contre ma mère, mais il ne sait toujours pas quoi en faire, ne comprend pas le système de défense consistant à se réfugier derrière l'humour. C'est étrange, mais d'une certaine manière ça me plaît. Seule la vérité sort de sa bouche. Pas les platitudes hypocrites que les humains s'empressent de déballer au premier signe de malaise. *Personne ne pense que tu es folle. Tout va bien se passer.*

Au lieu de se défausser, Brekken glisse vers moi et me prend par l'épaule. Je m'appuie contre lui ; son corps est frais comparé au mien. Je repousse les cartes, soulagée de ne plus avoir à songer à Solaria, bien que je me sente bête de l'admettre.

Il reprend d'une voix douce :

– Alors, pourquoi tu continues à venir ? Tu as déjà tout un monde à explorer.

Ses paroles sont mélancoliques. Tout dans Haven le fascine, que ce soient les voitures, les grands dîners, ou le concept du bureau de Poste. Mais la magie protectrice millénaire s'arrêtant à la limite du village, il ne peut aller plus loin. De la même façon que je ne peux m'aventurer dans Fiordenkill ; cela équivaudrait à parier sur ce qui m'en chasserait en premier, le manque d'air ou les gardiens.

– J'ai d'autres raisons de revenir. La magie. Toi.

J'adopte volontairement un ton détaché pour ce dernier mot, un peu étourdie par l'alcool, à moins que ce soit le fait d'être contre lui.

– Bref, Marcus n'a pas d'enfants. Qui prendra sa suite quand il mourra ?

– Tu voudrais, toi ?

Je lève les yeux vers lui. Je m'efforce de cligner des paupières, ne voulant pas le regarder trop fixement, même s'il ne s'en apercevrait sans doute pas. Parfois, aux jours les plus maussades de l'hiver, quand je suis embourbée dans ma vie à Sterling, quand toute ma vie tourne autour de mes longs trajets à pied dans le froid glacial jusqu'au lycée, des examens de fin d'année et de la pause déjeuner que je passe seule au CDI, je songe à Brekken, qui ne me semble même pas réel. Comme s'il n'existait que dans mes rêves. Puis je reviens à Havenfall, et il éclipse tout le reste.

Quelquefois, il me semble que ces moments, le sentiment que j'éprouve en cet instant, sont la seule chose vraie dans mon existence.

– Peut-être, je réponds en toute franchise. J'ai d'abord beaucoup à prouver, mais je pense que oui.

– Je suis sûr que tu serais formidable.

Il a l'air d'hésiter, la bouche entrouverte, comme s'il s'apprêtait à me dire autre chose. J'ai une envie folle de toucher ses lèvres – de savoir si elles sont fraîches, comme tout ce qui vient de son monde, ou chaudes, brûlantes comme ma poitrine affolée, mon cœur déchaîné.

– Si tu prenais sa succession, qu'est-ce que ça signifierait pour… pour *nous deux* ?

Nous deux. C'est donc qu'il partage mes sentiments. Peut-être. Sinon j'ai vraiment perdu la boule.

Mais je ne crois pas me tromper. Pas à ce sujet.

Il est si près de moi, les yeux dans les miens. Dans la pénombre, j'ai du mal à les déchiffrer. On devine le parfum du vin sur son haleine, et les étoiles nimbent sa tête d'une auréole. J'ignore si c'est dû à l'alcool, au grand huit émotionnel qui m'a secouée ce soir, ou si cette pulsion couve depuis très, très longtemps, mais elle surgit en moi comme les bulles dans le champagne. Je me redresse, et la balle de foin s'incline légèrement.

– Nous deux ? je demande doucement.

Nos visages sont si proches que je sens ma respiration frémir.

– Nous deux, oui, murmure-t-il, ses mots frôlant ma peau telles des plumes.

Il comble l'espace qui nous sépare.

Ses lèvres trouvent les miennes.

Du plus doux des effleurements. Il reste ainsi, sans s'écarter, mais sans aller plus loin, et mon corps me paraît sur le point d'exploser.

J'ai l'impression que la Terre s'arrête de tourner, comme si elle retenait son souffle.

Tout à coup, nous nous embrassons. Sa bouche est d'abord d'une grande fraîcheur contre la mienne, puis elle se réchauffe. Une flambée de sensations m'embrase. Quelque chose s'éveille en moi ; mon cœur bat la chamade, et c'est presque trop de bonheur d'un coup de sentir Brekken qui me rend mon baiser, sa main qui m'entoure délicatement la nuque tandis que, de l'autre, il me caresse la joue. Des frissons délicieux me parcourent. Je devrais me servir de mes mains, moi aussi. Je les porte à ses hanches, puis dans son dos, touchant sa carrure robuste sous sa veste légère. Il soupire contre mes lèvres. J'en oublierais presque de respirer. Le vide se fait dans ma tête, je ne pense plus à rien à part son goût de vin et de neige…

Il s'écarte de moi et me fixe dans les yeux. Je relâche un souffle bien trop tremblant, et tente de déchiffrer l'expression de son regard. Mon cœur et mon esprit se livrent à une course de vitesse. À quoi pense-t-il ? Pourquoi suis-je incapable de le deviner ?

– Maddie.

Alors il sourit, et le clair de lune fait ressortir les traits anguleux de son visage, et une vive chaleur m'envahit lorsqu'il s'avance pour m'embrasser de nouveau.

Je me rapproche de lui. Mon pied heurte quelque chose. Comme de loin, j'entends un choc sourd, puis une odeur de vin me parvient. Mais seul compte le sang qui rugit à mes oreilles et le souffle de Brekken, toujours plus rapide, tout comme les battements de son cœur, lorsqu'il me prend par les hanches. Il empoigne la soie de ma veste, dont les écailles argentées frottent les unes contre les autres, puis il s'attaque aux boutons. Nous nous étreignons avec un empressement fougueux, et je me moque que ma veste soit abîmée, que l'étoffe se déchire. Que le vin se répande sur le plancher et dégouline sur les chevaux. Tout ce qui importe, c'est que je sente son cœur cogner contre le mien, son corps tremblant avec lui. Le monde tout entier et tous les autres pourraient s'effondrer autour de cette grange, je ne m'en soucierais pas.

Ce soir, Brekken est à moi.

*

J'ignore combien de temps nous sommes restés dans la grange, lèvres contre lèvres, nos pouls accélérant à l'unisson, nos souffles se mêlant dans l'obscurité, nos murmures et le rire surpris qui m'a échappé lorsque l'air frais a touché ma peau, tandis que ma veste et les cartes à jouer de Brekken tombaient par terre, sur le bois imbibé de vin.

J'aurais voulu aller plus loin. J'aurais voulu que ce soit ma première fois. Mais Brekken m'a sentie frissonner de froid, et, modèle de galanterie, il m'a promis que nous reprendrions plus tard où nous en étions.

À présent, étendue dans mon lit aux alentours de minuit, trop électrisée pour trouver le sommeil, je me sens enveloppée dans un cocon de bonheur, une sensation inédite pour moi. Rien ne presse, je me répète. Nous avons tout l'été. Nous avons ce moment passé tous les deux, et ce nouveau lien qui nous unit. Nous sommes au début de quelque chose, qui fleurit et s'épanouit entre nous.

Je n'ai jamais été du genre frivole, mais une vive euphorie m'enflamme la poitrine. Je me tourne et me retourne dans le lit, le lin rêche des taies d'oreiller me chatouillant les joues tandis que je me remémore le contact des lèvres de Brekken contre les miennes, ses mains fermes sur mes hanches me plaquant contre la porte de ma chambre lorsqu'il m'a donné notre dernier baiser de la soirée, son souffle dans mon oreille quand il m'a susurré : *Bonne nuit, Maddie.*

Le sommeil finit par s'insinuer en moi, mais ces sensations perdurent. Simples réminiscences, elles ont pourtant raison des inquiétudes de Marcus, de mes craintes de ne pas être acceptée, de ne pas être la bienvenue. Qu'importe si nous devons vivre dans le secret. Je passerai sans hésiter les trois mois de l'été dans la grange si ça me permet d'embrasser Brekken.

Je m'endors.

Puis un bruit fait irruption dans la brume de ma plénitude, aussi agressif et discordant que mes rêves étaient doux et sucrés.

Un grand fracas.

Un hurlement.

6

Il fait encore nuit, le ciel est teinté de violet à l'horizon.

D'autres cris.

Je me redresse, cherche ma lampe à tâtons dans le noir. J'ai l'habitude des cauchemars, mais les miens sont toujours identiques, construits autour des mêmes éléments. Maman vêtue de sa combinaison de détenue, ses yeux mornes – de magnifiques yeux vairons, mais sans la moindre lueur de vie –, des hommes sans visage en uniforme blanc qui la sortent d'une salle d'audience, ses jambes traînant par terre comme si elle avait renoncé ou était morte. Ou notre ancienne maison, une bande étroite de la cuisine – sol en linoléum, table très abîmée, murs gribouillés de traces de crayons de couleur – visible par l'écartement entre les portes du placard. Un bris de verre, le hurlement de Nate, et le cri de ma mère. *Non, laissez-le !* Puis moi qui m'extirpe du placard, les éclats de verre et le sang qui macule le lino, la traînée rouge qui s'étend jusqu'à la fenêtre par où un monstre a emporté mon frère. Maman dans l'angle, la tête entre les genoux, en larmes. Ses doigts ensanglantés eux aussi, les ongles cassés, comme si elle s'était accrochée de toutes ses forces à quelque chose qui avait fini par lui échapper.

Ce sont là des images que j'associe aux hurlements.

Mais ceux qui retentissent maintenant, je ne les reconnais pas. Ce ne sont pas les miens, ni ceux de ma mère ou de Nate. Et ils sont très nombreux. Pourquoi y en a-t-il autant ?

Je trouve enfin l'interrupteur et réussis à l'actionner malgré les tremblements qui secouent mes mains. Je porte encore ma tenue de soirée, mon collier orné d'un osselet qui appartenait à Nate, ma veste humide et tachée, et même mes chaussures. J'étais sans doute trop pompette pour les retirer quand Brekken et moi sommes revenus de la grange peu avant minuit, muselant mutuellement nos rires espiègles par des baisers. À peine ai-je posé les pieds par terre que d'autres hurlements, si c'est bien de cela qu'il s'agit, me parviennent du rez-de-chaussée.

Qu'est-ce qui se passe, bon sang ?

J'attrape mon téléphone et fonce dans le couloir, mais je fais volte-face en constatant que ma poche est anormalement légère, qu'il ne s'en élève pas le cliquetis métallique habituel.

Un vif effroi me gagne. Mes clés ont disparu. Je retourne en vitesse dans ma chambre pour voir si je ne les aurais pas laissées sur ma table de chevet, mais elles n'y sont pas non plus.

Il y a un problème.

Je dois bousculer des groupes de délégués ensommeillés pour descendre, leurs silhouettes graciles enveloppées dans des peignoirs de soie, des capes ou des couvertures. Les hôtes protestent avant de s'écarter sur mon passage, mais je me moque bien qu'ils soient en tenue de nuit ou qu'ils se demandent pourquoi ce n'est pas mon cas. D'autres se sont amassés au bout de la balustrade pour essayer de voir ce qui se passe en bas. Les cris ont cessé, remplacés par un brouhaha confus, des voix étouffées. Je m'arrête devant la porte de Brekken et frappe, mais je n'obtiens pas de réponse.

– Brekken !

J'actionne la poignée – c'est fermé à clé.

– Brekken, ouvre. C'est pas drôle.

Je reste là un long moment, la boule au ventre. C'est un soldat, maintenant. Quel que soit ce qui a provoqué les hurlements, est-il intervenu ? Ou encore... Une pensée, une idée affreuse, s'insinue dans un coin de ma tête.

Je me remémore l'expression de son visage dans le grenier, comme s'il hésitait à me confier un secret. Puis plus tard : ses mains se promenant sur moi, autour de ma taille, sur mes hanches, par-dessus ma veste, au-dessous.

Mes clés, qui ont disparu.

Je repars en courant, horrifiée d'avoir eu de tels soupçons.

Les étages inférieurs, le salon commun sont vides, silencieux. Il est donc plus facile d'identifier d'où proviennent les cris en sourdine : le long couloir au fond de l'auberge, qui descend vers le bureau de Marcus, et les tunnels aux portails s'ouvrant sur d'autres mondes.

Selon une règle tacite, je n'ai pas le droit d'y accéder, mais à cet instant c'est le cadet de mes soucis. Le corridor, en pente douce, s'incurve légèrement sur la gauche, vers le cœur de la montagne, les lampes à pétrole suspendues aux murs peinant à percer les ténèbres.

Willow remonte par ce passage, livide. Elle sursaute en me voyant. De toute évidence, on l'a tirée du lit : un peignoir de soie est noué fermement autour de sa taille, ses cheveux en bataille jaillissent en tous sens telles des flammes noires. Elle n'est pas maquillée, aussi ses écailles vertes scintillent-elles sur ses joues.

– Qu'est-ce qui se passe ? je demande, mes mots se bousculant dans un souffle. Qui a hurlé ?

Je m'attends à ce qu'elle me crie dessus, mais elle m'attrape par le bras et m'entraîne dans le bureau de Marcus, avant de refermer derrière nous.

La pièce a été saccagée, les sièges y sont renversés, tiroirs et placards sont ouverts. Toutes les lampes sont allumées, même la suspension que Marcus n'utilise jamais. Celle-ci baigne les lieux d'une lumière crue, conférant un air blême et maladif à ceux qui se trouvent dans le périmètre : Graylin, Sal le chef de la sécurité, et le prince d'Argent. Que fait-il ici ? Et les autres, pourquoi sont-ils là ? Et…

Marcus. Il est étendu sur le bureau, les yeux clos. Une décharge de panique me foudroie, aussi soudaine que brûlante. Pendant une fraction de seconde, j'ai à nouveau cinq ans, cachée dans le placard, d'où j'entends Nathan hurler, puis je ressors dans le silence et vois maman, assise dans une flaque de sang et des débris de verre, qui me fixe d'un regard vide.

– C'est quoi, ce bordel ? je lâche.

Graylin est debout à côté du bureau, un bras protecteur posé sur la poitrine de Marcus. Il lève la tête vers moi et me contemple d'un air abasourdi, perdu.

Il est en train de parler, ses lèvres remuent, mais à cause du sang qui rugit à mes oreilles je ne l'entends pas. Je m'approche de Marcus, dans la salle qui se brouille autour de moi, puis je bute contre quelque chose et trébuche. Je me rattrape à une des étagères encastrées, dont le bois mord ma chair, et je me tords sur moi-même pour jeter un coup d'œil en arrière. Une chose volumineuse, aux formes étrangement irrégulières, est enroulée dans un tapis.

– Qu'est-ce que c'est que ça ? je m'étrangle.

Mes pensées fusent en tous sens. Le bureau est dans un désordre sans nom, des tas de documents jonchent le sol. À l'autre bout de la pièce, une traînée de cendres s'éloigne de la cheminée. Une matière humide et foncée comme de l'encre suinte sur les dalles nues. Mon cœur cogne à se rompre et mes oreilles bourdonnent tandis que je m'efforce de comprendre ce que je vois.

Un cadavre

Du sang.

Saisie d'effroi, je m'élance vers le corps. Willow fait un pas en arrière, et Sal essaie de me retenir, mais j'ai déjà relevé un coin du tapis, tenaillée par la peur panique qu'il s'agisse de Brekken, qu'il lui soit arrivé malheur, que la chose qui semblait l'effrayer quelques heures plus tôt l'ait rattrapé.

Mais je vois alors un pelage indigo, des griffes, un œil injecté de sang, le tout trempé de sang bleu foncé.

Un monstre.

Un Solarien.

J'ai les paumes maculées de bleu. Pendant quelques secondes, je cesse de respirer. Je suis sûre que c'est la fin. Je vais mourir d'une crise cardiaque ici même, en cet instant précis.

En voir un dans ces circonstances, d'aussi près… C'est trop.

Quelqu'un me prend par le bras. Graylin. Les mains tremblantes, il me relève et m'éloigne.

– Par les cieux, Maddie, ne regarde pas.

Je le fixe, trop abasourdie pour penser. Puis la forme immobile de Marcus attire mon regard. Je ne distingue pas de blessures, mais il est d'une pâleur spectrale et inerte, sa poitrine se soulève et s'abaisse par mouvements à peine perceptibles. Le prince d'Argent arrête de faire les cent pas et se tourne vers moi. Il a l'air livide et furieux.

– Qu'est-ce qui est arrivé à Marcus ? je coasse, incapable de détacher la vue des yeux clos de mon oncle.

– Nous ne le savons pas encore, répond Graylin, en gardant la main sur mon épaule. Nous pensons que ce Solarien s'en est pris à lui.

Les yeux rougis soulignés par des poches brunes, il semble sous le choc.

Mon ventre se noue de plus belle. *Des dévoreurs d'âme.* Voilà ce que sont les Solariens. Ils se repaissent de l'âme de leurs victimes avant de détruire leur corps. Est-ce là le sort qu'a subi Marcus ?

La main droite de Graylin décrit des mouvements complexes, et l'air entre sa paume et la poitrine de mon oncle se met à chatoyer. De la magie curative fiordienne. *Mais peut-elle guérir des dégâts infligés par l'attaque d'un Solarien ?* Je l'ignore.

– Qu'est-ce qui s'est passé ? je bredouille, nauséeuse.

Le prince d'Argent s'approche, s'agenouille près du cadavre et soulève quelques instants le tapis. Je ferme les yeux tandis qu'un torrent de jurons dans une langue inconnue se déverse de ses lèvres. La température monte soudain dans la pièce, et un courant d'air chaud me fouette le visage lorsqu'il trempe les doigts dans le sang bleu. Dans son autre main, il serre un bracelet d'argent maculé de rouge.

– J'ai tué ce monstre après qu'il a massacré mon conseiller, explique-t-il d'un ton véhément, fureur et dégoût rayonnant de lui et infectant le bureau. Cette chose l'a *dévoré*. Il ne reste même pas un os.

Son conseiller.

L'homme filiforme aux yeux incolores, qui observait tout en silence dans la salle de bal pendant que je m'épanchais auprès de son maître.

Il est mort ? Dévoré ?

Le prince d'Argent lève le regard vers Graylin.

– Vous devez interroger la délégation fiordienne. Découvrez ce que le soldat faisait dans les sous-sols.

– Quel soldat ? je demande du tac au tac.

Le prince d'Argent me dévisage froidement, ses yeux flamboyant de soupçon.

– Celui qui était avec toi au bal.

Le soldat. Oh, non... Je me prends à secouer la tête, comme pour chasser ses paroles. J'ai envie de me pincer. Je suis encore dans un cauchemar, c'est obligé. Tout ça est complètement délirant.

– Graylin, je murmure d'une voix chevrotante qui menace de dérailler. Comment est-ce arrivé ? D'où sort ce Solarien ?

Mais Graylin ne semble pas m'entendre. Il a le regard rivé sur la magie qui s'écoule de ses mains et sur Marcus.

C'est Sal qui me répond, d'une voix chargée de regret :

– De la porte de Solaria.

Il se frotte le front avec le talon de ses mains.

– Une brèche y a été percée.

– Et cette chose s'en est échappée ? s'enquiert Willow, que je n'ai jamais vue si ébranlée. Comment ? Pourquoi maintenant ?

– Personne ne doit l'apprendre, déclare le prince

Mais je suis restée bloquée sur les mots de Sal, qui résonnent dans ma tête tels des coups de cymbales. *Une brèche*.

Une brèche dans le portail.

Assez grande pour laisser passer ce monstre, comme celui qui nous a arraché mon frère. Une violente sensation de déjà-vu m'étourdit.

– La porte est ouverte ? je demande, la voix rauque.

Personne ne me répond ; tous se contentent d'échanger des regards tendus. Mon pouls cogne comme un tambour de guerre dans mes oreilles. Ça ne peut pas être réel. C'est inconcevable. Je vais aller à cette porte, je verrai qu'elle est demeurée identique, juste une paroi de roche encadrée d'une arche poussiéreuse. Le cauchemar sera alors terminé et je me réveillerai.

– Maddie !

Graylin tente de me rattraper, mais je l'esquive et me précipite dans le couloir. Je jette un coup d'œil à ma gauche, ou le sol en pente s'enfonce dans l'obscurité.

– Maddie, n'y va pas.

Graylin s'approche de moi à pas prudents, comme on le ferait avec un cheval qu'on craint d'affoler. Sa voix déborde de douleur.

– Je t'en supplie, ne descends…

Une appréhension écœurante me submerge. Je n'ai pas envie de voir cette porte. Je veux retourner me coucher et faire comme si tout ça n'était qu'un cauchemar sorti tout droit d'un tableau de Jérôme Bosch. Mais c'est aussi chez moi, et je dois en avoir le cœur net. Il le faut.

Graylin me crie autre chose, mais je suis déjà partie en courant.

Je fonce dans le couloir jusqu'à la « croisée » – le carrefour où se rejoignent les souterrains menant aux différents portails, chacune des dizaines d'entrées de galerie m'invitant à pénétrer dans un autre monde.

Bien qu'aucun tunnel ne soit identifié par une inscription, je les connais tous comme ma poche et pourrais m'y repérer les yeux fermés. Un air vif et froid, inhabituel si profond sous terre, s'échappe à ma gauche. C'est l'accès au portail de Fiordenkill. Une bourrasque glaciale, à l'odeur de neige et d'air marin, en surgit. Des flocons sont projetés dans mes yeux, avant de fondre et de couler sur mes joues telles des larmes. Si je prenais le souterrain de gauche, je verrais un ciel blanc éclatant, les tours élancées d'un château. Puis une autre rafale m'atteint par la droite, sèche et très chaude celle-là, à l'odeur de fer fondu. Si je m'engageais dans ce tunnel, je pourrais admirer une ville au mur d'enceinte métallique, des bâtisses argentées se découpant sur un ciel orangé, la dernière cité d'un monde dévasté – non pas par l'industrie comme chez nous, mais par la magie. Il y a ensuite les galeries conduisant à des portes fermées, tunnels vides ne menant à rien, ouvertures sur des mondes qui ont périclité ou qui ont été bannis il y a des siècles, voire des millénaires.

Je pensais que Solaria était l'un d'eux. Mort, inoffensif.

La vue brouillée par les larmes, je m'engouffre dans le tunnel de Solaria, l'adrénaline bataillant avec ma fatigue. J'ai l'impression que mes jambes vont bientôt céder, chacune de mes inspirations me brûle la gorge. La galerie enténébrée s'enfonce si loin que je sens presque le poids des montagnes sur ma poitrine. Je sors mon téléphone pour m'éclairer. Ce n'est pas une paroi rocheuse que je vois alors, mais autre chose.

Une fissure.

Une brèche dans la masse de roc, derrière laquelle grouillent des ombres.

Des griffures marquent la pierre de part et d'autre de la crevasse.

La porte vers Solaria est entrouverte.

7

Les longs doigts d'une main pâle se referment sur mon bras, et mon cœur fait un bond. Je me dégage vivement et pivote pour me trouver face à Willow, dont le visage est blanchâtre dans l'obscurité.

– Maddie, halète-t-elle. Reviens. C'est dangereux, ici.

– Combien de Solariens sont passés ?

Ma propre voix me parvient comme si elle résonnait dans l'eau, étrange et lointaine.

– Maddie…

– Combien ?

– Je ne sais pas, répond-elle, sa peur faisant ressortir son accent d'Oasis. Personne n'en sait rien. Reviens, maintenant.

Je retourne à la porte et regarde par la fissure dans la roche lisse. Mon corps me semble raide et froid, difficile à contrôler. L'ouverture vers Solaria, une fêlure à peine large comme un doigt d'où suintent les ténèbres, m'attire de la même façon que m'aimantent les bords des précipices, me susurrant des pensées funestes. *Approche. Fais le grand saut*. Qu'y a-t-il derrière ? J'y décèle du mouvement, une vie maléfique. Je crois aussi entendre quelque chose de l'autre côté, un vrombissement grave et lointain, semblable au souffle d'un animal gigantesque.

– Il faut poster des gardes, dis-je bêtement tandis que Willow m'entraîne par le bras vers les étages. Nous devons empêcher une autre intrusion. Nous devons colmater la brèche.

Je garde pour moi la peur qui me taraude : que quelque chose, autre que ce monstre mort dans son tapis, se soit déjà échappé. *Qui est descendu dans les sous-sols, cette nuit ?* Quelqu'un est mort. Et Brekken, Brekken…

Mes pensées s'interrompent lorsque Willow et moi atteignons le bureau de Marcus. Graylin, Sal et le prince d'Argent lèvent tous le regard vers nous quand la porte claque. Les mains de Graylin sont tendues à plat au-dessus de Marcus comme celles d'un marionnettiste dont le numéro consisterait à faire apparaître une magie scintillante. Mais mon oncle n'a pas repris connaissance. Sal fait les cent pas, les mains dans les poches. On a poussé le cadavre sur le côté, et le prince d'Argent est assis dans le fauteuil qu'on a relevé, sa posture élégante détonnant avec ses bottes maculées de sang bleu. La tension est palpable dans l'atmosphère et sur les visages fermés. Je devine que je fais irruption au cœur d'une querelle dont les échos viennent seulement de s'éteindre.

Le prince d'Argent me fixe du regard, pas tout à fait soupçonneux, mais curieux, comme pour me jauger.

Il m'a vue en compagnie de Brekken dans la salle de bal. Se souvient-il que nous nous tenions la main, ou que Brekken s'était placé devant moi par un réflexe protecteur ?

Je ne peux pas laisser mes pensées se déporter vers Brekken, sinon je serai incapable de réfléchir ou de déterminer quoi faire ensuite. Je m'adosse au mur, m'efforçant de me focaliser sur le froid de la pierre contre mes épaules, cependant que Sal se retire en recommandant d'affecter plus de personnel aux tours de garde, afin que la croisée soit surveillée en permanence.

– Comment allons-nous sceller la porte ? je demande, m'entendant comme si quelqu'un d'autre posait la question, lorsqu'il n'y a plus dans la pièce que Graylin, Willow, le prince d'Argent, et la forme inerte de Marcus.

Tous se tournent vers moi. Les expressions que je lis sur leurs visages me déplaisent. Qu'ils aient l'air abasourdi (Willow), effrayé (Graylin) ou méprisant (le prince d'Argent), ils semblent savoir quelque chose que j'ignore. Je fixe mon attention sur Graylin, celui dont je suis la plus proche.

– Graylin, tu es un érudit.

Je déteste le ton suppliant qui perce dans ma voix.

– Annabelle et ses alliés ont fermé la porte solarienne il y a une centaine d'années, après la première attaque contre Haven. Comment s'y sont-ils pris ?

Je ne pense pas qu'il possède ces connaissances. Je le devine au désarroi qui se peint sur ses traits, mais je veux l'entendre de sa bouche.

– Nous l'ignorons, répond-il doucement. Nul ne le sait.

Mes genoux se mettent à flageoler. Je m'appuie plus lourdement contre le mur pour rester debout, les larmes me brûlant les yeux. La fonction d'Aubergiste consiste entre autres à conserver des archives méticuleuses de *tout* ce qui s'y passe. Je ne compte plus le nombre de fois où Marcus a insisté sur ce point.

– Comment c'est possible ?

– Annabelle ne voulait pas que ce savoir se répande, poursuit Graylin. Elle craignait que, si quelqu'un d'autre découvrait comment sceller les portes, cela expose Havenfall à des luttes intestines et à des alliances dangereuses. Elle a condamné le portail de Solaria et gardé toute sa vie le secret sur la façon de procéder.

Je me frotte les yeux, stupéfaite. La porte vers Solaria a été rouverte. Plus rien ne nous sépare d'un Royaume peuplé de monstres capables d'adopter n'importe quelle forme, de se déplacer à leur guise. À cause de l'imprévoyance d'une Gardienne des portails il y a un siècle, nous ignorons comment la refermer.

– Les hurlements, je reprends.

Le prince d'Argent me fixe du regard, la tête de côté.

– Je les ai entendus. Comme tout le monde.

Je me fais alors la réflexion que je ne sais pas *qui* a hurlé. Le conseiller du prince ? Marcus ? Non. Encore un mystère que je ne peux pas creuser pour le moment.

– Qu'allons-nous dire aux délégués ? Aux employés ?

Willow se mordille les lèvres.

– Pas la vérité, pour l'instant, répond-elle. Ça provoquerait la panique générale.

C'est la première fois que je la vois si confuse ; j'en suis traversée d'une compassion aussi vive qu'inattendue. Cette situation n'a aucune commune mesure avec les problèmes auxquels elle est confrontée d'habitude, bagarres d'ivrognes entre représentants ou employés dissipés s'esquivant pour faire des leurs dans les recoins sombres. Elle ne peut pas régler cette situation avec des mots apaisants ou quelques regards sévères bien sentis. Il s'agit d'une menace à l'encontre de Havenfall, où elle est chez elle autant que moi. Peut-être même davantage. Elle n'a nulle part ailleurs où aller.

Après un moment de silence, Graylin intervient :

– Il y a eu ce garçon, l'année dernière, qui a cru judicieux de tromper la vigilance de Sal pour s'aventurer dans Fiordenkill.

– Jayden, je précise sans enthousiasme.

Je me rappelle l'incident des orteils gelés, mais je ne vois pas où Graylin veut en venir.

– Nous pourrions dire qu'un autre employé a été blessé après avoir franchi un portail, poursuit-il d'un ton pesant.

On sent que cette suggestion lui coûte : je sais toute la valeur qu'il accorde à l'honnêteté. Mais ses yeux se baissent brièvement vers Marcus, ses épaules se relâchent.

Il reporte le regard sur moi, et je hoche la tête. C'est une bonne idée.

Willow fronce les sourcils, mais donne elle aussi son assentiment :

– Je vais annoncer qu'un de nos nouveaux employés s'est faufilé par la porte d'Ardant, qu'il a été pris dans une tempête solaire.

Je me représente ces tempêtes que Willow m'a décrites, ces phénomènes survenant quand l'atmosphère se comprime tant que la chaleur terrible des deux soleils la traverse sans rencontrer d'obstacle. Hébétée, j'improvise une fin à ce récit :

– Il a réussi à revenir, mais nous avons dû le conduire directement à l'hôpital.

– Le sommet va se poursuivre, donc ? s'enquiert le prince d'Argent.

Sa violente colère est retombée, et c'est maintenant lui qui semble le plus calme d'entre nous, s'exprimant d'une voix douce et égale malgré la proximité du cadavre du monstre qui a dévoré son serviteur.

Ses intonations posées atténuant ma panique, je me tourne vers lui pour examiner les angles abrupts et figés de son visage.

Sa magie a dompté les ouragans qui ont failli détruire tout un monde. Avec son aide, nous finirons bien par trouver un moyen de refermer le portail. Le seul autre choix qui s'offre à nous, de mon point de vue, serait de tout annuler – mettre fin au sommet et renvoyer les émissaires. Mais il faudrait pour cela agir *cette nuit*, tant que c'est encore le solstice. Et il m'est trop pénible d'imaginer

Marcus se réveillant dans une auberge vide et sans vie. Nous pouvons tout arranger – nous *allons* tout arranger.

– Oui, j'affirme.

Si ma voix est calme, c'est seulement parce que mon affolement s'est mué en torpeur, mais les autres n'ont pas besoin de le savoir.

– Nous n'aurons qu'à dire que tout ce vacarme a été causé par un membre du personnel, et poster des gardes dans les souterrains le temps que nous trouvions un moyen de colmater la brèche. Inutile de semer la panique alors que le Solarien est mort.

À supposer que ce soit le seul à s'être échappé. Je prends soin de ne pas regarder le tas ensanglanté que forme le cadavre enroulé dans le tapis.

Willow a l'air dépitée, mais déterminée.

– Parfait, dit-elle. Je vais répandre la nouvelle.

Puis elle s'en va d'un pas rapide, laissant la porte du bureau ouverte sur le couloir enténébré.

L'inquiétude m'assaille de plus belle, mais je sais que Willow est armée d'un couteau ; elle est capable de se défendre. Un peu plus loin en direction de la croisée, j'entends Sal qui s'adresse aux gardes, ses paroles indistinctes résonnant jusqu'à nous. Ayant recouvré ma stabilité, je vais à côté de Graylin et saisis le poignet de Marcus pour palper son pouls. Je le détecte, mais il est très faible. La peur me submerge de nouveau.

– Et s'il ne revient pas à lui d'ici demain ? je murmure à son mari, ayant une conscience aiguë du regard scrutateur que le prince d'Argent pose sur nous. Le sommet va commencer. Les délégués ont besoin de lui.

Tout ce qui se déroule à Havenfall repose sur l'action du Gardien des portails. Marcus fait des annonces chaque matin et chaque soir, au petit déjeuner et au dîner. Il assiste à toutes les rencontres officielles – réunions et négociations nécessitant une présence neutre pour assurer la modération entre les intérêts fiordiens et ardantins. Il résout les querelles. L'unique but du sommet est de rassembler les dignitaires les plus importants des différents mondes autour de la même table, pour pérenniser la paix. Mais tout cela ne peut avoir lieu sans Marcus.

De plus, c'est mon oncle. J'ai le plus grand mal à le concevoir, mais c'est le seul proche qui me reste du côté de ma mère, le seul à qui je puisse vraiment parler de maman et Nate. Si je le perdais…

Graylin pose une main réconfortante sur mon épaule.

– Ça va aller. Nous nous occuperons de ce problème en temps voulu…

– Non.

Ce mot, prononcé d'une voix douce, mais autoritaire, provient du prince d'Argent. Il s'est levé, et ce n'est pas Graylin qu'il regarde, mais moi.

– À quoi bon attendre ? nous demande-t-il. Une société sans chef est vulnérable. Il y a des mesures à prendre. Nous devons sceller la porte solarienne.

Je me tourne instinctivement vers Graylin, mais il secoue la tête.

– Ça ne peut pas être un ressortissant d'un autre monde, indique-t-il calmement. Les lois sont claires à ce sujet. Le Gardien de l'auberge, ou quiconque le remplace…

Il déglutit.

– … cette personne doit être neutre. Ce doit être un humain.

Je devine où il veut en venir, et la panique flambe de nouveau dans mon ventre.

– Sal, je suggère. Il pourrait s'en charger, lui.

Je ne suis pas prête. Pas encore.

Le prince d'Argent s'avance vers nous. Son visage et sa voix s'adoucissent quand il s'adresse à moi :

– Madeline, j'étais plus jeune que toi quand j'ai érigé la muraille protectrice autour d'Oasis. La jeunesse importe peu si l'on a l'esprit vif et le cœur robuste.

Mais je n'ai ni l'un ni l'autre, ai-je envie de rétorquer. Si j'étais forte, si j'étais intelligente, tout serait différent. Ma mère et mon frère seraient encore à mes côtés. Brekken aussi, peut-être, si j'avais été plus perspicace, si j'avais été plus attentive à ce que faisaient ses mains dans le grenier à foin. J'aurais pu l'empêcher d'agir, le forcer à s'expliquer.

– Je suis sûr que Marcus va bientôt reprendre connaissance, déclare Graylin en me pressant l'épaule de sa main gauche, tandis que de la droite il déverse de la magie dans la poitrine de Marcus. Mais en attendant nous serons à tes côtés en permanence, Maddie.

– Tu ne serai pas seule, renchérit le prince.

Son regard, stable et intense, est pour moi comme une ancre.

J'avale ma salive et pose soigneusement le poignet de Marcus le long de son flanc. Afin de m'accorder le temps de la réflexion, et de m'occuper les mains, je me baisse pour ramasser les papiers éparpillés tombés du bureau, prenant soin de ne pas toucher le sang bleu et poisseux qui macule le sol.

C'est logique, je suppose, qu'un habitant d'un autre monde ne puisse pas diriger Havenfall. Les tensions entre ces mondes baignés de magie n'ont cessé de fluctuer au cours des âges. Au dix-neuvième siècle, avant que la cité d'Oasis soit bâtie autour de la porte ardantine, le climat dévastateur de ce Royaume débordait parfois dans Haven et les autres planètes. Des gerbes de feu ou des vents suffocants et toxiques s'engouffraient dans les tunnels, assez puissants pour tuer sur le coup quiconque avait la malchance de se trouver sur leur route.

À l'époque, émissaires fiordiens et solariens avaient conclu une alliance secrète afin de condamner à tout jamais la porte d'Ardant. Les délégués ardantins les avaient pris en flagrant délit, déclenchant un affrontement qui s'était soldé par la mort d'une dizaine de délégués dans chaque camp. L'Aubergiste d'alors, en poste avant mon ancêtre Annabelle, avait mis fin aux violences en élaborant un traité en hâte : la porte resterait ouverte à condition que des manieurs de temps ardantins y soient postés en permanence pour garantir la sûreté du passage.

Mais, de toute évidence, le prince d'Argent n'a jamais pardonné l'éphémère complot fiordo-solarien destiné à couper son monde des autres Royaumes.

Et Brekken. Il a disparu, tout comme mes clés, et ça ne me dit rien qui vaille. C'est très mauvais signe. *Quel rôle mon ami peut-il jouer dans ces évènements ?* Son visage m'apparaît fugacement, son air rieur lorsqu'il s'est écarté de moi à ma porte. La légèreté de ma poche, où manquent les clés du bureau. Notre baiser, ses mains sur moi, sous mes vêtements.

Ça ne colle pas avec le garçon qui rapportait de son monde, pour me les offrir, cailloux polis et brillants, fragments de coquilles d'œuf aux couleurs vives, ou encore livres de poésie.

Mes yeux se brouillent de larmes, dont l'une s'écrase sur un papier que je suis en train de ramasser, une sorte de reçu manuscrit. Marcus est si méticuleux, si consciencieux pour être à la hauteur de ses responsabilités de garant de la paix. *Pitié, faites qu'il se réveille.*

La voix douce du prince d'Argent interrompt le tourbillon de mes pensées.

– Madeline ?

Ressaisis-toi, Maddie. Des gens comptent sur toi.

Je respire à fond, me redresse et relève le menton. La colère bout dans ma poitrine, mais je ne peux pas tomber sous son emprise. Les Solariens m'ont enlevé ma mère et mon frère. Je ne perdrai pas en plus Havenfall.

– Très bien, je lance à la cantonade.

Puis je soutiens le regard fixe du prince, puisant du réconfort dans le fait que Graylin est derrière moi.

– Dites-moi ce que vous avez vu, exactement.

Le prince d'Argent hoche la tête, s'appuie d'un air décontracté contre la bibliothèque et croise les bras. Il ne semble pas décontenancé par le cadavre de Solarien à ses pieds.

– Mon conseiller, Bram, et moi, quittions la salle du bal plus tôt dans la soirée, quand nous avons vu un soldat fiordien prendre la direction des souterrains. Ça nous a paru suspect, alors nous l'avons suivi.

Je déglutis nerveusement.

– Et vous êtes sûr qu'il s'agissait de Brekken de Myr ? Le soldat à qui nous avons parlé dans la salle de bal ?

Je m'évertue à garder un ton neutre. J'ai discuté avec des tas de gens, au bal. Le prince ignore qu'il existe un lien spécial entre Brekken et moi. Je tiens à ce que ça reste ainsi : je veux que personne ne sache, pas avant d'avoir élucidé ce qui se passe.

Le prince m'adresse un regard songeur.

– Oui, à peu près certain. Roux, avec des pierres rouges aux oreilles.

Son ton indique qu'il en est *tout à fait* certain, bien qu'il essaie de me ménager.

J'avais beau m'attendre à cette réponse, ce n'en est pas moins un coup dur. Sonnée, je m'appuie contre le bureau de Marcus, agrippant les papiers si fort qu'ils se froissent sous mes doigts. Tous les sentiments que j'ai éprouvés en embrassant Brekken me reviennent, mais ils sont déformés et altérés, la joie enivrante devient vertige écœurant, les picotements d'impatience dans mon ventre se transforment en nausée.

Au prix d'un gros effort, je garde une voix égale pour demander au prince :

– Que s'est-il passé ensuite ? Qu'avez-vous vu à la croisée ?

– Le soldat est entré dans la galerie solarienne, répond-il en baissant les yeux, le visage marqué par des regrets évidents. Je ne l'ai pas suivi. Je ne pensais pas que nous courions le moindre danger. J'ai cru… à un simple défi pour impressionner un autre soldat, ou une jeune femme…

Je me rappelle la mise en garde de Marcus, qui m'a conseillé de ne pas être vue avec Brekken. Si celui-ci est réellement impliqué dans l'intrusion du Solarien, et si *jamais* on découvre que nous nous sommes embrassés, on m'exclura des discussions comme celle-ci, de l'enquête destinée à déterminer comment une brèche a pu être percée dans la porte solarienne. Personne ne me croira capable de neutralité. Personne ne me croira digne de confiance.

– Qu'avez-vous fait, Bram et vous ? j'enchaîne.

Le prince plonge la tête entre ses mains. De sa part, les regrets paraissent insolites, incongrus.

– Pendant que Bram allait intercepter le garçon, je me suis rendu au bureau de l'Aubergiste, que j'ai trouvé dans cet état.

Il relève le regard et balaie la pièce d'un geste circulaire, désignant les tiroirs, les diverses preuves qu'on a fouillé les lieux.

– Puis j'ai entendu un hurlement qui provenait du bout du couloir. Je suis ressorti en courant et j'ai découvert cette *chose*, et plus de Bram. Seulement son épée.

Il montre du doigt le cadavre dans le tapis ; sa voix tremble d'une colère indignée.

– J'ai pourfendu ce monstre, mais c'était trop tard. Et le jeune Fiordien avait disparu. Il a dû ouvrir la porte de Solaria puis s'échapper par celle de Fiordenkill.

J'en ai l'estomac retourné par la nausée. Je suis assaillie d'innombrables questions. *Comment Brekken aurait-il pu ouvrir la porte alors qu'elle était fermée depuis près d'un siècle ? Il n'a aucune raison de le faire, ni la capacité. Pourtant, pourquoi serait-il descendu dans les souterrains ? Pourquoi m'aurait-il volé mes clés ?*

Ces inconnues font surgir tout un tas d'interrogations : si Brekken m'a menti, quelle est l'étendue de sa manipulation ? Tout ce qu'il y a eu entre nous n'était-il qu'une ruse, un stratagème ? Ma gorge se serre lorsque je contemple la forme inerte de Marcus. *Je suis désolée. Tu avais raison.* Les mouvements de sa poitrine sont presque imperceptibles. Je l'exhorte par la pensée à bouger, à se réveiller. Sans succès.

– Nous ne devons pas prendre de décisions hâtives, dis-je, m'efforçant de paraître vaillante. Nous n'en savons pas assez sur ce qui s'est passé pour porter des accusations.

Pas tout de suite, en tout cas. Nous devons éviter de créer la panique et trouver une solution pour sécuriser la porte. Sal devrait examiner la chambre de Brekken pour voir s'il a laissé des traces indiquant son implication ou son innocence. Quant à nous, nous pouvons fouiller Havenfall de fond en comble pour nous assurer qu'aucun autre Solarien ne s'est échappé.

Ce plan me semble si dérisoire que je m'attends à ce que tous les deux le rejettent, mais ils n'en font rien. Le prince d'Argent se dresse de toute sa hauteur imposante et incline la tête vers moi. Graylin, de son côté, m'adresse un hochement d'assentiment et un sourire triste.

– Nous ferons toute la lumière sur cette catastrophe, déclare-t-il en se tournant vers le prince. Je le jure. Nous tiendrons les rênes du Sommet jusqu'au réveil de Marcus, et les autres délégués et employés n'ont pas à savoir ce qui s'est passé ici cette nuit.

Le prince le fixe longuement du regard, mais donne tout de même son approbation.

– Très bien. Tant que c'est Madeline qui prend les décisions pour Marcus si celui n'est pas en capacité, et qu'elle est à la tête de Havenfall.

J'ai soudain l'impression de manquer d'air. Je comprends que l'auberge ait besoin d'un responsable neutre, mais quand le prince d'Argent le formule de cette façon…

À la tête de Havenfall. Mes pensées tourbillonnent autour de ces mots. Ce sera seulement pour cette nuit, mais quand même. Ça reste un choc.

– Quoi que nous fassions, reprend le prince après un long silence, nous devons commencer tout de suite.

– Je suis d'accord, répond Graylin, laconique, avant de me jeter un coup d'œil.

Il attend que je donne mon avis.

– Ça marche. Je veux dire : d'accord. Commençons tout de suite. Allons-y.

Aïe, aïe, aïe. J'ignore comment doit s'exprimer le responsable de Havenfall, mais certainement pas comme ça.

– Je dois me rendre auprès des miens, annonce le prince en allant vers la porte.

Il pose le regard sur Marcus, le visage marqué d'une curieuse expression. C'est de l'inquiétude, plus ou moins, mais pas pour mon oncle. Plutôt pour ce que son état signifie pour lui-même. Pour les Ardantins. Pour Havenfall.

Puis il disparaît.

Je me fais fugacement du souci pour lui, seul dans les souterrains alors que d'autres Solariens rôdent peut-être. Mais c'est idiot : j'ai le sentiment que c'est lui qui va nous protéger, pas l'inverse. Je m'écarte du bureau et me retourne de nouveau vers Marcus, évitant de regarder le Solarien et son sang. Il va falloir que nous nous en occupions, mais d'abord…

– On ne devrait pas l'emmener à l'hôpital ? je demande, en désignant mon oncle.

Ma voix s'éraille.

La peau brune de Graylin est devenue cireuse. Il secoue légèrement la tête.

– Il n'a que des blessures infligées par la magie. Les humains ne pourront pas les soigner.

Terriblement démunie, j'acquiesce, essayant sans succès d'empêcher ma lèvre de trembler. Maintenant que nous ne sommes plus que tous les deux, le courage de façade que j'affichais en présence du prince d'Argent m'a abandonnée.

Graylin s'en aperçoit, et le froncement de ses sourcils se relâche.

– Oh, Maddie, murmure-t-il, en s'approchant pour me serrer dans ses bras avec une affection dont j'avais un grand besoin. Ça va aller, poursuit-il dans mes cheveux. Vois ça comme un entraînement en vue du jour où tu hériteras de Havenfall pour de bon.

Des larmes roulent sur mes joues. Ce n'est pas pour moi que je devrais m'angoisser alors que des Solariens sont peut-être tapis dans les parages. Mais me retrouver catapultée à la tête de l'auberge en pareilles circonstances... Je me sens toute petite, j'ai l'impression d'être une enfant, de ne pas être prête. Ça me semblerait normal à Sterling, mais pas à Havenfall. Jamais à Havenfall.

– Et si Marcus ne reprend pas connaissance ? je demande, après un reniflement.

– Il reviendra à lui, rétorque fermement Graylin. Dans l'intervalle, il voudrait que tu prennes les commandes. On n'attend pas de toi la perfection, Maddie, mais tu es prête.

– Ça, ce n'est pas sûr, je chuchote, souriant pour m'armer de courage.

Car, apparemment, je n'ai pas le choix. Malgré tout, la confiance que m'accorde Graylin me fait chaud au cœur.

Il glisse les bras sous les épaules et les genoux de Marcus pour le soulever, spectacle qui me fait tressaillir. Bien que Graylin soit fort et agisse avec délicatesse, ça reste déroutant de voir Marcus porté comme un cadavre, la tête renversée en arrière, des éclats de ses iris bleus visibles entre ses cils. Un souvenir me revient de mon enfance : Marcus me faisant tournoyer dans la salle de bal en me tenant par les mains, l'impression que j'avais alors d'être en apesanteur. Malgré ce qui est arrivé à Nate et maman, Marcus m'a toujours paru invulnérable, roi joyeux en son petit royaume. Je n'ai plus que lui du côté de ma mère. Je ne peux pas le perdre.

– Attends ici le temps que je l'installe, tu veux bien ? suggère Graylin. Ensuite, je te raccompagne à l'étage.

– Et qu'est-ce qu'on fait de…

Malgré moi, je jette un coup d'œil vers le cadavre du Solarien.

Le sourire de Graylin, déjà chétif, s'efface.

– Je l'enterrerai plus tard.

Je me demande s'il viendra à bout des taches bleues sur le tapis. Un petit rire m'échappe, tant cette considération est triviale, et pourtant, dans mon état d'épuisement, ça me semble important. Marcus sera bientôt tiré d'affaire, et je veux qu'il constate que grâce à moi l'établissement aura continué à tourner comme une horloge.

Nous devons nous débarrasser du corps.

Et je ne veux pas me retrouver seule au sous-sol.

– Je vais t'aider, j'annonce à Graylin. D'accord ?

*

Je le précède de quelques pas sur le chemin qui nous conduit à leurs appartements, au cas où j'aurais besoin d'éloigner quelque émissaire en pleine promenade nocturne, car personne ne doit voir Marcus dans cet état. La première personne que nous rencontrons est Willow, qui emmène quelques agents de sécurité vers la porte solarienne. Elle observe Marcus d'un air inquiet, mais ne s'arrête pas pour nous parler.

Je sais que l'équipe qui la suit est constituée de membres du personnel, mais je ne les croise presque jamais. D'habitude, ils sont postés dans la forêt, et, à les voir ainsi rassemblés, la situation n'en semble que plus grave. Ce ne sont pas les étudiants fêtards que j'ai vus dans le salon commun tout à l'heure. Ce sont des hommes et des femmes à la carrure athlétique, vêtus de noir et armés d'un pistolet à la hanche. Malgré tout, j'ai peur qu'ils ne fassent pas le poids.

Graylin et moi atteignons enfin leur suite et installons Marcus dans le lit. Il est toujours inconscient, et Graylin consacre un moment à lui administrer une nouvelle dose de magie, alors que visiblement ces efforts répétés l'épuisent. Lorsque nous nous retirons dans le couloir du premier étage, il ferme la porte à clé, et j'ignore – je ne demande même pas – si c'est pour empêcher une éventuelle menace d'entrer ou Marcus de sortir.

Car, maintenant, nous devons nous occuper du cadavre.

Accompagnée par Graylin, qui tourne la tête dans tous les sens pour détecter la moindre anomalie, je monte au deuxième étage jusqu'à une réserve où Marcus entasse le bazar que délégués et employés oublient chaque été. Il ne me faut pas longtemps pour trouver ce que je veux : un immense sac de voyage à l'odeur de moisi conçu pour transporter du matériel de ski. Adressant une excuse silencieuse à son propriétaire, je l'enroule et le coince sous mon bras.

Dehors, la nuit – presque l'aurore à présent – est comme toujours magnifique. L'air est d'une douceur agréable. Caressé par un soupçon de brise fraîche, le ciel est moucheté d'étoiles, et un bouquet de senteurs nocturnes embaume le vent – eau du torrent, pins, terre et pierre. Les chants des grillons et des grenouilles retentissent partout alentour, mêlés au doux frémissement des branches d'épineux. Pourtant, l'obscurité semble plus dense que d'ordinaire, les ombres paraissent torturées et menaçantes. Chaque brindille qui craque sous nos pieds me fait sursauter et serrer la pelle plus fort, mon cœur me martèle la poitrine. Le clair de lune filtre faiblement à travers les arbres, aussi Graylin n'est-il qu'une forme sombre devant moi, silhouette déformée par le sac volumineux jeté par-dessus son épaule. Je veux que le cadavre du Solarien soit enseveli le plus loin possible de l'auberge, mais chaque pas qui nous éloigne des fenêtres illuminées de Havenfall me semble lesté d'un danger toujours plus grand.

Je ne participe pas beaucoup à l'excavation, consacrant plutôt mon temps à vérifier si nous sommes bien seuls pendant que Graylin creuse, avant de l'aider à reboucher la fosse, mais je n'en suis pas moins rebutée par cette tâche affreuse et traumatisante. Le bruit de la pelle qui s'enfonce dans la terre, puis celui de la terre qui recouvre la chair, m'ébranlent et me retournent l'estomac. Soudain, alors que je m'apprête à jeter une pelletée dans les ténèbres, je suis prise d'un haut-le-cœur, et mon outil m'échappe des mains.

Je sens que je vais vomir, mais je ne veux pas que ça se produise devant Graylin. Il a déjà assez de soucis comme ça pour ne pas en plus s'inquiéter pour moi.

– Je reviens, je lui lance d'une voix étranglée, avant de prendre congé en hâte, mon instinct me poussant à repartir par où nous sommes arrivés, en direction de l'auberge.

J'entends Graylin m'appeler en chuchotant, mais je ne m'arrête pas. Mon corps semble animé d'une volonté propre, résolu à me ramener à la sécurité confortable de l'auberge, à m'éloigner du sang, de la terre humide, des pelles et du pelage bleu.

Les carrés illuminés des fenêtres de Havenfall m'apparaissent derrière les arbres. Dans les étages, les délégués dorment, mais le rez-de-chaussée reste allumé en permanence. Le soulagement m'envahit, même si je sais que les lieux ne sont pas totalement sans danger, maintenant que la porte de Solaria est ouverte. Je suis morte de fatigue, effrayée et triste, et je n'ai qu'une envie : m'écrouler sur mon lit. Demain matin, j'aurai bien le temps de réfléchir à ce que nous devons…

Une forme bouge dans les ombres du jardin.

Je me fige, le souffle coupé net, sans assez d'air dans les poumons pour appeler Graylin à l'aide. Je suis au milieu de la pelouse, à mi-chemin entre les arbres et la bâtisse, à la merci d'un Solarien qui se serait échappé de son monde…

Mais la silhouette remue de nouveau, et je constate que ce n'est pas un Solarien, mais une personne, immobile sur le petit chemin qui serpente entre les rosiers. Cheveux blonds, blouson en cuir, grands yeux. C'est Taya. La fille qui a failli me percuter avec sa moto.

– Maddie ? lance-t-elle doucement, sa voix tout juste audible par-dessus le vacarme des grenouilles et des grillons. Tout va bien ?

Je reste pétrifiée. Avant que j'aie pu lui enjoindre de ne pas s'approcher, de lui dire quoi que ce soit, elle sort du jardin et traverse la pelouse vers moi.

Je voudrais échapper au clair de lune, afin de dissimuler le sang et la saleté qui maculent mes habits de soirée, à présent en guenilles, mais les environs n'offrent aucun abri. Je croise les bras sur ma poitrine.

– Qu'est-ce que tu fais dehors à cette heure-là ? je lui demande.

Le front de Taya se plisse.

– Je n'arrivais pas à dormir, du coup j'ai eu envie de me promener. Et toi ?

– Pareil, je réponds, ne trouvant pas d'autre prétexte, bien que celui-ci ne tienne pas la route étant donné mon allure.

Taya hausse un sourcil.

– Ouais, d'accord.

Elle m'observe des pieds à la tête, son visage perplexe s'éclairant soudain d'un sourire, avant de regarder alentour d'un mouvement exagéré.

– Alors, c'est dans ces bois qu'il faut aller pour fricoter ? Tu n'es pas venue toute seule, c'est ça ?

– Quoi ? Pas du tout ! je me récrie, d'une voix trop forte, stupéfaite et chargée de colère.

Puis je me rends compte que ce serait en effet l'explication la plus logique.

Mais sa remarque me fait penser à Brekken ; ma peur et mon sentiment de trahison reviennent au galop. Je m'écarte d'elle et prends une grande inspiration dans une tentative de me ressaisir.

Elle m'observe d'un regard méfiant.

– T'inquiète, je te juge pas, précise-t-elle. Tu fais ce que tu veux. Il y a des gens canons partout, ici, même si cet endroit est un peu bizarre.

J'ai soudain un nœud à l'estomac. Je comprends, maintenant : Taya est arrivée avec quelques jours de retard. Willow n'a sans doute pas eu l'occasion de lui faire un rapide tour d'horizon sur Havenfall et les Royaumes adjacents. Il n'y a pas que le Solarien dont je doive lui cacher l'existence, mais aussi tout le reste.

– Il y a des gens canons partout, je confirme, en m'efforçant de garder un ton badin. Mais, si tu veux fricoter, fais ça à l'intérieur, d'accord ? Au moins la nuit. Il y a un... Des invités ont aperçu un puma dans les parages.

Un sourire en coin se dessine sur ses lèvres. Je ne parviens pas à savoir si elle me croit.

– Si tu le dis, répond-elle lentement. Je m'en fiche, de toute façon. Je me suis fixé une règle : pas de filles pour moi cet été, pas avant d'avoir résolu quelques questions existentielles.

– Ah bon ? (Je cligne des paupières, oubliant un instant grenier à foin, Solarien et ténèbres.) Je ne vois pas le rapport.

Elle me sourit, ses dents luisent d'un blanc éclatant dans le noir.

– J'ai des choses importantes à régler. Et je ne voudrais pas me laisser troubler par une fille, tu vois ?

– Il n'y a rien de mal à se laisser troubler, dis-je, en songeant à Brekken, avant de me rendre compte qu'elle pourrait l'interpréter autrement.

Elle n'aurait d'ailleurs pas tout à fait tort.

Taya rit, et un rire m'échappe aussi, sensation qui me paraît étrange après avoir tant pleuré depuis quelques heures. Je me demande quelles tâches importantes elle veut accomplir. Je m'aperçois alors que j'ai décroisé les bras, qu'ils pendent mollement le long de mes flancs. Je me dépêche de les croiser de nouveau, en espérant qu'elle n'a pas vu le sang. Au moins, il est bleu, pas rouge.

La brève éclaircie de mon humeur s'efface et l'angoisse me reprend. Comment puis-je rire dans un moment pareil ? Graylin est encore dans la forêt, sans doute en train de m'attendre à côté de la tombe. Je me sens soudain minable et honteuse, comme aux funérailles de Nate, quand le pasteur s'était mis à parler des brebis égarées qu'on ramène à la bergerie et que j'avais éclaté de rire, sachant que Nate aurait été horrifié qu'on l'associe à une image aussi barbante. Tout le monde m'avait regardée, d'un air à la fois effaré et dégoulinant de pitié.

– Fais-moi plaisir, dis-je à Taya. Retourne à l'auberge. Va plutôt te promener en journée, le temps que nous… réglions ce problème de puma.

Son sourire s'estompe. Elle hausse les épaules et se tourne de trois quarts pour me jeter un coup d'œil.

– Tu ne rentres pas, toi ?

Je me balance d'un pied sur l'autre.

– Dans une minute. Vas-y, toi. Je te rejoins.

Elle sait que je mens. Ça se voit. La méfiance se lit de nouveau sur son visage. Elle hoche la tête, paupières plissées, puis repart à grands pas vers les portes de l'auberge.

Je la regarde s'éloigner quelques instants, avant de me détourner et de reprendre la direction des arbres. Une profonde fatigue m'accable, m'alourdit tant les jambes que je me contente de mettre un pied devant l'autre, éprouvant le plus grand mal à me concentrer sur autre chose, sur la prochaine étape. *Faire le ménage. Fermer les portes à clé*. Je suis incapable d'anticiper davantage sans que tout devienne vague et me semble insurmontable.

Résoudre ce problème.

8

Souvent, dans les films, le personnage principal se réveille en pleine nuit après un évènement traumatisant, et, ne se rappelant pas ce qui s'est passé, il goûte un moment de quiétude, puis tout lui revient avec fracas.

Pas chez moi. Avant même que mes souvenirs de la nuit m'aient rattrapée, un sentiment de malaise me taraude, lourd voile gris et poisseux. Quand l'alarme de mon téléphone me tire du sommeil, le nom de mon frère enflait dans ma gorge, hurlement prêt à jaillir. Je suis comme paralysée, les bras cloués le long de mon corps et la mâchoire verrouillée par quelque force invisible. Les secondes s'étirent, l'alarme braille de plus en plus fort jusqu'à retentir aussi fort que le hurlement dans ma tête, avant que le sort se rompe, que je parvienne à m'emparer de mon portable et l'éteigne.

Je m'extirpe du lit, la peau toujours maculée de glaise et de sang coagulé.

Quand j'ai enfin regagné ma chambre peu avant l'aube, j'étais trop éreintée pour faire autre chose que retirer mes vêtements dégoûtants et m'écrouler dans mon lit. À présent, je le regrette. En coagulant, le sang du Solarien est devenu noir et visqueux comme du goudron. Il colle mes cheveux en paquets, tache mon oreiller.

Je reste trop longtemps sous la douche, sans même me soucier que l'eau soit glaciale ; je veux nettoyer mon corps de toute trace de la nuit passée. Je n'ai sans doute dormi que quelques heures. Une grande fatigue alourdit encore mes membres et m'embrume la tête. Bizarrement, je n'en suis pas mécontente. Dans cet état, il m'est plus facile de me concentrer sur des idées simples.

Après le malheur qui a nous frappés, au tout début où je vivais chez papa, quand le chagrin m'accablait tant que je n'avais pas d'appétit, ne parvenais pas à dormir ou étais complètement apathique, mon père recourait toujours à la même méthode. *Comment fait-on pour avaler un éléphant ? Une bouchée à la fois*. Je n'avais pas compris tout de suite, mais c'était devenu un peu plus clair chaque jour, à mesure qu'il me faisait accomplir les tâches les plus élémentaires, me félicitait lorsque je réussissais les choses les plus insignifiantes – manger une demi-assiette de gratin, me brosser les cheveux. Petit à petit, j'ai envisagé ma tristesse, mes souvenirs, comme un éléphant à la forme nébuleuse qui me pistait partout la journée et m'écrasait la poitrine la nuit. Chaque fois que papa répétait « une bouchée à la fois », je faisais claquer mes mâchoires pour repousser le pachyderme, imaginant que j'avais des crocs capables de déchiqueter sa masse ténébreuse.

Aujourd'hui, je sais procéder par pensées simples. Je dois me concentrer sur un point à la fois. Sinon, tout déferlera violemment et me broiera.

Donc : me faire un shampoing, deux, trois fois, frictionner vigoureusement mes mèches courtes. Revenir dans ma chambre en peignoir pour évaluer les dégâts. Défaire les draps du lit et les fourrer dans le panier de linge sale. Prendre le recueil de poésie que Brekken m'a offert et le fourrer tout au fond de mon placard, dans le compartiment secret que j'ai découvert il y a plusieurs années derrière un panneau de bois amovible, où je ne l'aurai pas sous les yeux. Je ne peux toutefois m'empêcher de manipuler le livre avec soin, d'épousseter le sol avant de l'y déposer.

Je ramasse ensuite ma tenue de la veille et l'étends à plat, mon pantalon de cavalière en velours préféré et la magnifique veste ardantine aux manches écailleuses. Ils sont fichus, maintenant. Pas à cause du vin, de la saleté et du sang, qui les maculent, mais parce que je ne pourrai plus les porter sans que cela fasse ressurgir des souvenirs. La façon dont le regard de Brekken s'est illuminé quand il m'a vue en entrant dans la salle de bal. Ses mains délicates sur mes hanches. J'étais tellement sûre que c'était du désir que je lisais dans ses yeux. Mais du désir pour quoi ?

Dire qu'il y a seulement douze heures je descendais l'escalier pour me rendre à la réception, rayonnante du seul bonheur d'être à Havenfall.

Je secoue vivement la tête, comme si cela pouvait briser la chaîne de pensées insupportables qui se déroule à toute vitesse. Je dois trouver une ruse pour parer les questions des employés de la blanchisserie. Parcourant ma chambre d'un coup d'œil circulaire, mon regard s'arrête sur mon bureau et les stylos éparpillés dessus. Je prends un Bic et le casse en deux au-dessus de mes vêtements. De l'encre noire éclabousse mes draps, les habits, mes doigts. Avec précaution, je glisse les morceaux dans la poche de poitrine de la veste et vais me laver les mains. Pourvu que la présence du stylo suffise à expliquer les taches foncées de sang solarien. J'enfile un legging et un sweat à capuche, puis descends jusqu'à la suite de l'Aubergiste tel un zombie.

La plupart des hôtes dorment encore et ne sortiront que pour le petit déjeuner, mais je croise quelques lève-tôt. Je me dépêche de passer, la tête baissée. Même dans mes meilleurs jours, je ne suis bonne à rien tant que je n'ai pas avalé mon café. Mais, dans la dernière volée de marches, on m'attrape par l'épaule. C'est Nessa, la noble fiordienne avec qui j'ai discuté hier soir, vêtue d'un élégant tailleur en soie pour sa journée de pourparlers.

– Madeline, dit-elle, en vrillant ses yeux dans les miens. Qu'est-ce que c'était que tout ce vacarme, cette nuit ?

Je m'arrache à sa main, l'inquiétude dans sa voix ramenant à la surface la peur et les hurlements.

– Nous expliquerons tout après le petit déjeuner, je réponds pour gagner du temps, en espérant que cela la découragera, et m'échappe avant qu'elle ait pu tenter une autre question.

Lorsque je frappe à la suite de Marcus, c'est Willow qui vient ouvrir. Elle est plus calme que cette nuit, habillée d'un chemisier bleu impeccable, ses cheveux relevés en chignon tenus par des épingles en or. Elle est encore très pâle, elle a les traits tirés et des cernes sous les yeux. Elle sourit en me voyant, mais son sourire est ténu et dépourvu de sa chaleur habituelle. Après m'avoir fait entrer dans le salon, elle referme la porte.

La bonne odeur de café et de pain frais qui m'enveloppe dissipe un peu mon impression d'être une morte-vivante. Graylin est installé dans le canapé, un plateau posé devant lui sur la table basse. Mais lui aussi a l'air épuisé et inquiet. L'espoir qui lui a fait lever la tête à mon arrivée reflue aussitôt. Je vais m'asseoir à côté de lui, la poitrine serrée par l'appréhension. Willow prend une chaise et s'installe en face de nous.

– Il est toujours dans le même état, m'annonce-t-il, la voix râpeuse. Il accepte de boire de l'eau, mais il n'avale rien d'autre.

Il baisse la vue et secoue la tête.

– C'est étrange. Ce n'est pas un coma habituel. On dirait presque que son organisme est figé.

– Est-ce que c'est fréquent, après…

Ma voix se casse ; je prends une inspiration et réessaie :

– Après une attaque de Solarien ?

– J'ai essayé de me documenter à ce sujet, intervient Willow. Je n'ai trouvé aucun cas de victime qui aurait survécu à une dévoration d'âme. Alors je ne sais pas trop.

Graylin et elle échangent un regard. Je me rends compte que je suis la seule dans cette pièce qui ait assisté à une attaque de Solarien. L'espace d'un instant, je me revois dans la cuisine ensanglantée. Je tressaille. Est-ce ce qui est arrivé à Nate ?

Ça suffit. Je ne dois pas penser à ça.

– Je peux le voir ? je demande.

– Bien sûr.

Graylin m'accompagne à leur chambre et reste sur le pas de la porte tandis que j'entre.

L'aspect de Marcus n'a pas changé depuis cette nuit. C'est déroutant : sa poitrine bouge, il respire, mais il est trop inerte pour être en train de dormir. Je touche sa main, presque froide, et sens le faible frémissement de son pouls sous sa peau.

– Allez, je susurre. Dépêche-toi de te réveiller, d'accord ? Nous avons besoin de toi, ici.

Bien sûr, rien ne se produit. Tout à coup, c'est trop à encaisser. C'est comme parler à maman à travers le plexiglas de la prison – mots inutiles sombrant dans le néant. Larmes et panique montent en moi. Je me lève et repars vers la porte, incapable de reprendre mon souffle avant d'avoir regagné le salon.

– Est-ce que Brekken t'a dit quelque chose ? me demande Graylin. Il n'a toujours pas reparu, et Sal n'a rien trouvé de probant dans sa chambre. Toutes ses affaires y sont encore.

Il prend le téléphone de Marcus sur la table basse, tape le code PIN et fait défiler l'écran, le front plissé par la concentration.

– Non, je réponds d'une voix fluette. Il ne m'a prévenue de rien. Et malheureusement je vais avoir besoin d'un nouveau trousseau. Le mien a disparu…

Je laisse ma phrase en suspens, préférant éviter de diriger davantage les soupçons sur Brekken. L'instinct qui me pousse à le protéger reste puissant, une partie de mon cœur voulant encore le remercier pour toutes les occasions où il a porté le chapeau pour un vase que j'avais cassé, un chocolat chaud que j'avais renversé, ou un représentant que j'avais bousculé.

Willow me considère d'un air triste lorsque je reprends place sur le canapé.

– C'est peut-être trois fois rien. Un simple malentendu.

Je décèle pourtant qu'elle n'y croit pas vraiment. Elle me tend son jeu de clés et fait glisser vers moi une assiette de viennoiseries et de bacon grillé. Bien que je sois affamée, je ne peux rien avaler. La seule idée de manger me retourne l'estomac.

– Nous allons devoir fournir des explications aux délégués, déclare Graylin.

– Pour leurs réunions.

Mon cœur s'emballe, affolé par les scénarios catastrophe qui défilent dans ma tête. Au cours du sommet, Marcus est l'élément indispensable à tout et tout le monde, comme il aime à le répéter. Tout accord conclu pendant les pourparlers doit être validé par sa signature. Il apaise les esprits en cas de conflit et fait en sorte que les uns et les autres se quittent bons amis à la fin de la journée.

– Procédons par étapes, recommande Graylin d'un ton prudent, en nous rejoignant.

Nos regards se croisent. Avec ses poches sous les yeux, il a l'air aussi fatigué que moi. Je me demande si, comme moi, il n'a rien anticipé plus loin que l'aube. Si tout ce qui va advenir ensuite est pour lui aussi trop épouvantable à envisager.

Diriger Havenfall. C'est ce que je voulais, ce à quoi je travaille. Mais je pensais avoir dix ans, peut-être vingt, devant moi. Le temps de vivre ici et d'apprendre auprès de Marcus l'histoire des lieux, le protocole, les subtilités des interactions entre Fiordenkill et Ardant afin que nos étés soient rythmés par les bals et non par les affrontements. Je croyais que Marcus serait toujours là pour m'épauler.

Y a-t-il une autre solution ? Mettre fin au Sommet ? L'angoisse m'étreint lorsque j'imagine tout le monde en train de repartir par les portails. Ce serait déjà un cuisant échec d'abréger le Sommet, mais en outre ce n'est plus le solstice. Renvoyer plus de quelques personnes à la fois pourrait perturber l'équilibre, provoquer des tremblements de terre, ou des phénomènes plus graves, dans la montagne. Non. C'est inenvisageable.

– Que dois-je faire ? je demande.

– Tout noter. Consigner par écrit toutes les assemblées. Marcus n'en avait pas besoin, explique Willow, les traits déformés par une légère grimace. Il a une mémoire hors du commun.

C'est vrai que Marcus a une mémoire photographique. Associée à son charme, c'est elle qui fait de lui un formidable Aubergiste, qui lui permet de ne jamais oublier un rendez-vous ou un visage. Tous les ans, des marchands des deux Royaumes apportent des échantillons de produits, et ils se rencontrent avec leurs homologues pour conclure des accords commerciaux qui dureront le restant de l'année. Marcus est au courant de tout ce qui se passe entre les murs de l'auberge, connaît le déroulement de chaque journée sur le bout des doigts, sans faille. Une infime part de moi, un peu hargneuse, serait tentée de laisser entendre que j'aurais pu me rendre plus utile si mon oncle ne m'avait pas tenue à l'écart de ces tâches officielles, mais Graylin n'a pas besoin de ça.

– Je vais dire aux délégués qu'il est souffrant, j'annonce, en réfléchissant à haute voix.

J'ai un croissant entre les mains, bien que je ne me rappelle pas l'avoir pris. Je le dépiaute et éparpille les bouts sur mon assiette. La nervosité me noue les tripes.

– Je vais leur demander s'ils souhaitent que j'assiste à une réunion en particulier. Je vais préparer un planning.

Après un instant d'hésitation, Graylin hoche la tête. C'est un début de plan d'action, mais ni l'un ni l'autre n'ose préciser que ça ne me sera d'aucune aide au moment des assemblées. J'ignore tous des enjeux politiques, des courants sous-jacents à l'œuvre chaque année lors des pourparlers.

– Nous t'accompagnerons chaque fois que ce sera possible, ajoute Graylin. Certains délégués se méfient de nous plus que d'autres.

Il échange un regard triste avec Willow.

– À leurs yeux, soit nous sommes indignes de confiance à cause de notre fidélité envers nos terres natales, soit nous sommes des traîtres parce que nous les avons quittées.

Un étau me serre la poitrine. Tous les deux portent déjà un poids si lourd. Ce devrait être à moi d'être à la hauteur de ce défi. Mais il m'apparaît enfin concrètement que le Sommet n'est pas qu'une grande fête. La paix entre les Royaumes dépend de son bon déroulement.

*

Lorsque les émissaires se rassemblent dans la grande salle à manger, le soleil se déverse par les hautes fenêtres en verre dépoli, créant des carrés de lumière chatoyante sur le parquet de bois foncé. Les employés de cuisine ont disposé des montagnes de victuailles sur chacune des tables rondes. De la nourriture terrienne telle que viennoiseries, œufs, bacon et saucisses, des fruits ardantins aux couleurs de fleurs tropicales, et pour finir un épais potage brun à la viande et aux légumes servi pour le petit déjeuner traditionnel fiordien. Thé, café, et même alcools mélangés avec du jus de fruits ou des boissons chaudes, certains délégués aimant commencer très tôt les festivités. Je remarque toutefois que, tout le monde étant encore à cran, rares sont ceux qui touchent au spiritueux.

On pourrait croire à une matinée comme les autres, n'était le frémissement de tension qu'on perçoit dans l'atmosphère. Au lieu des salutations et des bavardages chaleureux qui d'ordinaire fusent de partout, on n'entend que des chuchotements. Je sens sur moi le poids des regards. Je ne peux pas m'empêcher de jeter des coups d'œil vers les chaises vides, près du fond, où Brekken et moi nous installons d'habitude, seuls à une table pour qu'il puisse me raconter des anecdotes sur les nobles fiordiens passant devant nous, et que moi je lui fasse part des potins que j'ai appris au bar la veille. Qui couche ou se querelle avec qui, qui a trop bu au point d'avoir été reconduit à sa chambre par Marcus, qui a le programme le plus chargé aux tables de négociations, et qui est là uniquement pour faire la fête.

Une part de moi espère encore que Brekken va entrer, s'asseoir et me gratifier de son sourire. Me rassurer en me disant qu'il va bien, qu'il peut m'expliquer où il était. Mais ça ne se produit pas. Sa chaise reste vide.

Tandis que les convives continuent à arriver, mes yeux ne connaissent pas le repos. Il y a des Ardantins aux tenues chatoyantes, des Fiordiens plus maussades. D'ordinaire, ils se mêlent les uns aux autres en signe d'unité, mais ce matin ils se regroupent entre compatriotes. Même les employés, qui papillonnent entre les tables pour servir le jus d'orange, le café et les cocktails mimosa, jettent des regards nerveux à la table d'honneur.

La place de Marcus est vacante. En entrant, j'ai hésité à m'y installer, mais je n'ai pas pu m'y résoudre. J'ai pris celle juste à droite, et Willow s'est assise à la place suivante. Graylin est de l'autre côté.

Le prince d'Argent est à une table à l'avant de la salle, avec l'Héritière, aujourd'hui vêtue d'une longue robe de velours, et quelques autres nobles des deux Royaumes adjacents. Il nous observe fixement. Puis il se lève et vient vers nous. Lorsque j'essaie de capter l'attention de l'Héritière, elle détourne les yeux, sans que je puisse déterminer si c'est délibéré ou une simple coïncidence.

– Madeline.

Le prince me salue, son regard métallique glissant alors vers Graylin et Willow. Son costume, d'un vert si foncé qu'il en est presque noir, luit à la clarté du soleil, d'une texture proche de la soie, mais qui semble capable d'arrêter une lame.

– Marcus n'a pas pu se joindre à nous ?

J'affiche un sourire poli, m'efforçant de me comporter comme si tout à allait bien, mais je tiens sur trois heures de sommeil, et je suis trop fatiguée et effrayée pour vraiment jouer la comédie.

– Pas encore, malheureusement.

Il se renfrogne et baisse la voix.

– J'ai réfléchi à un moyen de refermer la porte solarienne, annonce-t-il, en reportant son attention sur moi. Nous pourrions peut-être l'évoquer au cours du point sécurité de ce matin.

Un point sécurité ? Marcus ne m'a jamais laissée assister à l'un d'eux, mais je sais que ce n'est pas dans ses habitudes d'inclure les hôtes dans la routine aride du maintien de la sûreté à Havenfall. Pourquoi le prince d'Argent devrait-il y être convié ? Ces considérations filent dans ma tête en une fraction de seconde, le temps que je cligne des paupières d'un air décontracté.

– Bien sûr.

Je me demande brièvement si je dois lui enjoindre de ne pas venir, mais ça me semble risqué. Provoquer une crise diplomatique figure en première place des choses à ne *pas* faire aujourd'hui.

En outre, il a été témoin de ce qui s'est produit cette nuit. Quels secrets concernant Havenfall pourraient être pires ?

– J'ai formé une équipe constituée de mes meilleurs soldats, me confie-t-il, comme s'il reprenait une conversation que nous venions d'interrompre.

Sa voix, bien que basse par souci de discrétion, est assurée.

– Je ne leur ai encore rien expliqué, mais ils se tiennent prêts, en cas de besoin, à venir aider les forces défensives de l'auberge.

Les forces défensives. À l'entendre, Havenfall passerait pour une forteresse, alors que c'est un lieu conçu dans le seul objectif d'être accueillant. Un endroit en paix depuis si longtemps que Marcus n'a jamais privilégié la sécurité au détriment de la liberté de mouvement : il a engagé des gardes, mais fait en sorte qu'ils agissent dans la plus grande discrétion. Il répète toujours que des agents de sécurité postés dans tous les coins casseraient l'ambiance. À présent, en songeant au portail ouvert plusieurs mètres sous nos pieds, je ne peux pas m'empêcher de penser que c'est une défaillance.

Une fois que le prince a regagné sa table, Graylin se penche vers moi et me chuchote :

– C'est l'heure.

Saisie par le trac, je me lève. Un murmure de surprise bruisse dans la salle, comme si personne n'avait remarqué l'absence de Marcus jusqu'à présent.

– Bonjour, dis-je, en me coupant du bruit. Bienvenue à la première journée officielle du Sommet de Havenfall. Mon oncle Marcus, le Gardien de l'auberge, est malheureusement souffrant et m'a chargée de vous accueillir à sa place. C'est pour moi un immense plaisir que vous soyez tous là.

Je prends une grande inspiration.

– Je tiens à m'excuser auprès de ceux qui auraient été dérangés par le bruit cette nuit. Une employée s'est faufilée par le portail d'Ardant et en est rentrée blessée. Elle reçoit en ce moment même des soins à l'hôpital et se remettra, mais il lui sera interdit de revenir à l'auberge.

Je conserve une voix monocorde, comme je m'y suis entraînée en venant. Je m'efforce de donner une impression de calme, même si je suis dans tous mes états.

– Quoi qu'il en soit, en attendant que nous ayons pu déterminer si sa mésaventure n'a pas provoqué les soupçons des habitants de Haven, je dois à regret interdire toute allée et venue entre Havenfall et l'extérieur. Personne, qu'il soit délégué ou employé, ne doit quitter le domaine sans avoir obtenu l'autorisation de Graylin, Willow ou moi-même.

Surprise et appréhension se peignent sur les visages. Quelques marmonnements de protestation s'élèvent.

– Encore une fois, je vous présente mes excuses pour la gêne occasionnée, je reprends.

J'essaie d'imaginer comment Marcus s'exprimerait.

– Mais je sais que ça ne nous privera pas d'un Sommet... euh... festif et productif pour célébrer l'unité des Royaumes.

Si Marcus avait prononcé ces mots, l'assistance aurait poussé des vivats, mais, là, pas un seul ne retentit. Le feu m'empourpre les joues tandis que je bredouille des remerciements et me rassois. Les uns et les autres ont peut-être la gueule de bois après la soirée d'inauguration, ou ils sont fatigués d'avoir été réveillés en pleine nuit par des hurlements. On va dire ça.

Après le petit déjeuner, notre petit groupe des cinq de cette nuit – Graylin, Willow, Sal, le prince d'Argent et moi – redescendons dans les souterrains pour tenter de trouver un moyen de refermer la porte. Tout le monde est nerveux. Graylin est tendu, visiblement pressé de retourner auprès de Marcus bien qu'il soit allé prendre de ses nouvelles pendant le petit-déjeuner, Willow se tord les mains, et Sal serre les mâchoires d'un air sévère. Quant à moi, j'ai les mains moites et mon ventre ne se dénoue pas. Le long de ces tunnels dépourvus de lumière du jour, j'ai l'impression de replonger dans la nuit passée et ses terreurs.

Encore une fois, seul le prince d'Argent semble calme, et je ne peux que m'émerveiller de la sérénité avec laquelle il me précède pour s'enfoncer dans les ténèbres. Une longue et fine épée pend à sa hanche, sa poignée sertie de pierres précieuses scintillant à la lueur des lampes à huile. Nous autres aussi sommes armés : Sal porte deux pistolets à sa ceinture, Graylin et moi avons un poignard, et Willow a un couteau ainsi que sa magie atmosphérique. Les gardes de Sal, trois hommes et une femme, tous imposants et vêtus de noir, sont postés à la croisée, mais ils saluent Sal d'un signe de tête et s'écartent pour nous laisser passer. Que pensent-ils de tout cela ? Ils n'ont vraisemblablement jamais vu de Solarien ; à ma connaissance, l'attaque perpétrée contre mon frère a été la seule apparition recensée de l'un d'eux sur Terre depuis une trentaine d'années. Je me demande ce qui est le mieux : savoir à quoi ressemblent les monstres ou l'ignorer.

Alors que nous pénétrons dans le tunnel solarien, la roche semble absorber les bruits de nos pas. On a rallumé les lampes, et Sal et Graylin ont des torches électriques, mais les lieux me paraissent quand même trop sombres. Comme si l'obscurité était animée de vie, se mouvant et s'accroissant autour de nous. Nous atteignons le bout trop tôt à mon goût et nous trouvons face à la porte solarienne, la fissure dans le roc derrière laquelle on devine des ombres grouillantes.

Est-ce mon imagination, ou s'est-elle élargie ? Dans l'espoir que ma bravoure de façade se muera en vrai courage, je m'en approche et pose les mains sur la pierre de part et d'autre de la brèche.

Graylin s'étrangle.

– Maddie...

Il s'avance précipitamment, mais, rien ne se produisant, il ne m'éloigne pas de la porte. Quelques secondes s'écoulent dans un silence tendu. La roche froide semble vibrer très légèrement, mais ce n'est peut-être qu'une impression.

– On ne pourrait pas simplement pousser la pierre pour la refermer ? suggère Willow, d'un ton hésitant. Ça paraît presque trop évident, mais...

Elle n'achève pas sa phrase, le regard dirigé vers moi. Je hausse les épaules et m'écarte. Je ne sais pas par où commencer, et l'idée de Willow n'est pas plus mauvaise qu'une autre.

– Voyons voir..., reprend-elle en s'approchant du portail.

Elle l'examine sous tous les angles comme s'il s'agissait d'un puzzle ou d'une grille de sudoku. Puis elle jette un coup d'œil au prince d'Argent et lui demande avec courtoisie :

– Quel don possédez-vous, Votre Altesse ?

Je cligne des paupières et note pour plus tard que je dois questionner Willow – aurais-je dû m'adresser à lui de cette façon depuis le début ?

– La maîtrise du feu.

Il s'approche de la porte à son tour et passe ses longs doigts aux reflets métalliques sur le tracé irrégulier de la fissure.

– Moi, c'est celle de la terre, indique Willow. Si je pousse le roc de chaque côté, pourrez-vous le fusionner à la jointure ?

Graylin et moi nous écartons, échangeant des regards intrigués tandis que Willow et le prince se mettent en position. L'air scintille autour d'eux pendant qu'il se charge de magie. Les mains levées de Willow sont aussi stables que celles d'une statue. Elle ferme les yeux, expire, et *quelque chose* tourbillonne dans le souterrain, une force intangible qui me donne la chair de poule. Un grincement assourdissant émane de la roche, puis la paroi fissurée semble *s'élever*, grossir comme une montagne comprimée par deux plaques tectoniques. Le léger sifflement qui s'échappe de la brèche s'éteint, étouffé par le frottement de la pierre, et les ombres disparaissent.

Ensuite, le prince d'Argent s'avance. L'air au-dessus de ses paumes ondoie de chaleur comme une autoroute écrasée de soleil en plein été. Je sens le chaud sur mon visage lorsqu'il passe les mains sur la jointure, et à son contact la roche luit d'un éclat orangé et s'affaisse. *Elle fond*, scellant la brèche à la façon d'une soudure. Il poursuit l'opération jusqu'au sol, contraint à s'accroupir, puis se redresse et fait un pas en arrière tandis que le roc refroidit et durcit.

Pendant quelques instants, je crois qu'aucun de nous ne respire.

Puis un grondement retentit, suivi d'un craquement, le sol tremble et la paroi se déchire de nouveau. Des débris de pierre incandescents et fumants dégringolent et s'éparpillent. Un éclat brûlant rebondit contre mon tibia, mais je suis si horrifiée que je sens à peine la douleur.

La brèche vers Solaria a reparu, encore plus large.

*

Après que nous sommes repartis chacun de notre côté, Graylin pour aller veiller Marcus, Willow pour faire des recherches à la bibliothèque, et le prince d'Argent je ne sais où, je sors de l'auberge pour m'éclaircir les idées.

Ce n'était pas ce que j'avais en tête pour le deuxième jour de mes vacances. Avant d'aller dans le grenier à foin hier soir, Brekken et moi avions prévu assez d'activités intrépides pour nous occuper tout l'été. Nous devions gravir le pic le plus élevé des environs de Haven et faire de la luge. Nous devions monter à cheval dans les prés fleuris aux abords du village. Nous devions faucher du vin dans la cave et monter le boire sur le toit, sous les étoiles.

Au lieu de cela, je n'ai qu'une demi-heure avant la prochaine réunion à laquelle je dois assister, une négociation entre Lady Mima d'Ardant et Saber Cancarnette de Fiordenkill, qui doivent se retrouver dans l'observatoire pour troquer des pierres précieuses. À deux heures, des négociants de biens comestibles doivent présenter leurs marchandises dans la salle à manger. À quatre heures, s'il fait beau, des couturiers organiseront une exposition sur la pelouse. Je me répète cet emploi du temps en boucle, pour m'éviter de songer que je manque cruellement de préparation.

Après notre départ des souterrains, j'ai à peine réussi à conserver un air impassible, et encore moins à contribuer à l'effort commun. Le prince d'Argent a proposé de ceindre le domaine d'une barrière de magie atmosphérique ardantine, et il m'a offert un bracelet de cristal taillé qui en neutralise l'effet, me permettant d'aller et venir en toute liberté. Son poids à mon poignet me déplaît, tout comme il me déplaît que quiconque soit coincé ici. Il n'est pas impossible que d'autres Solariens se soient introduits dans Havenfall hier soir. Il est trop risqué pour les délégués de s'aventurer dans la forêt ou d'aller se promener au village.

Il existe évidemment une possibilité encore plus terrifiante : si d'autres Solariens se sont en effet échappés, ils ne se cantonneront pas à Havenfall, mais descendront chasser plus bas dans la montagne et détruiront des familles comme la mienne. Mais je n'y peux rien, à part tout tenter pour condamner la porte au plus vite. La façon de procéder doit forcément avoir été évoquée dans un des ouvrages de l'immense bibliothèque, et personne n'est mieux placé que Graylin et Willow pour dénicher ce savoir. À moi de faire en sorte que tout le monde garde son calme d'ici là, en espérant que le monstre tué par le prince d'Argent est le seul à s'être faufilé par la crevasse.

Je prends le chemin de l'écurie. Ce début de journée estivale est si beau qu'il est trompeur. Le soleil projette une douce chaleur depuis un ciel azur et la brise porte le parfum des pins, énorme mensonge censé me faire croire que tout va bien. Mes pensées et mon cœur continuent à tourner à plein régime. Je voudrais courir, brûler ce surplus d'énergie alimenté par ma nervosité, mais, même avec mon bracelet, je ne peux pas m'absenter. Quelle image cela donnerait-il de moi aux délégués ? Que je fuis à la première difficulté ?

La proximité des chevaux m'apaise toujours. Dans la chaleur odorante et la pénombre de la grange, je me rends aux box du fond, celui de Kitkat, ma ponette préférée. On la destinait normalement à servir de monture pour les enfants des émissaires lors d'excursions dans le domaine, mais elle est si têtue et fainéante qu'elle passe la majeure partie de ses journées à brouter et à déambuler. Elle pousse un petit hennissement quand je sors de ma poche la pomme que j'ai apportée et, une fois que je suis entrée dans la stalle et m'assois par terre, elle la mâche bruyamment, son nez velouté couleur chocolat frottant ma paume tendue.

Pourtant, même sa présence ne parvient pas à dissiper la tornade d'inquiétude qui se déchaîne en moi. Le grenier est visible par fragments à travers les planches au-dessus de ma tête, baigné d'une lumière poudreuse. Au plafond, je distingue la tache à l'endroit où j'ai dû renverser la bouteille de vin. Pendant que j'embrassais Brekken. La douce euphorie que j'ai ressentie alors a été remplacée par une douleur cinglante, ronce bardée d'innombrables questions absurdes en guise d'épines.

Où est-il ?

Qu'a-t-il fait ? Depuis combien de temps préparait-il son coup ?

Quand il m'a embrassée … était-il sincère ? A-t-il jamais été sincère avec moi ? Notre amitié n'était-elle depuis le début qu'un moyen pour lui de parvenir à ses fins ?

Tout paraissait si réel. Comment a-t-il pu me trahir ? Comment a-t-il pu me briser le cœur ?

Il ne pouvait pas échafauder un plan depuis si longtemps : nous n'étions que des *enfants*. Tenter d'identifier le point de bascule, le moment exact où nous sommes passés du réel au mensonge, à supposer que sa disparition soit bien ce qu'elle laisse craindre… ça me rendra folle. Pourtant, je ne peux pas m'empêcher de tout me repasser en boucle. D'abord le frisson quand je me rappelle ses lèvres sur les miennes, ses mains sur moi, puis la nausée de la culpabilité et la douleur de la trahison. Naïve… j'ai été naïve. Comme lorsque j'étais petite, quand je regardais par la fenêtre, que je voyais une ombre qui rôdait autour de la maison et que je me convainquais que ce n'était rien. Je suis trop facilement distraite par un ciel ensoleillé, un beau visage.

Aujourd'hui, Marcus en paie le prix. Tout Havenfall en paie le prix.

Des bruits de pas légers me font sursauter. Je n'ai pas entendu que quelqu'un était entré dans la grange. Je me redresse précipitamment, m'essuyant les yeux d'un revers du poignet à l'instant où la porte du box s'ouvre.

L'agacement se mêle à la honte lorsque Taya apparaît dans l'embrasure, un seau de nourriture dans les mains. Pourquoi surgit-elle toujours quand je suis au plus mal ?

Elle hausse les sourcils en me voyant. Elle a de gros cernes sous les yeux, signe qu'elle n'a pas dû dormir beaucoup plus que moi, mais autrement elle semble moins débraillée, vêtue d'un legging de sport, d'un T-shirt fin et d'une chemise à carreaux, dont elle a retroussé les manches sur ses avant-bras couverts de taches de rousseur. Des mèches de ses cheveux clairs s'échappent de la natte qui lui tombe par-dessus l'épaule.

– Je ne m'attendais pas à croiser l'Aubergiste ici, déclare-t-elle, en posant le seau devant Kitkat, qui s'ébroue avant d'y plonger le museau.

– Je ne suis pas l'Aubergiste, je réponds, en me levant et en époussetant le foin collé à mon pantalon.

Moi qui rêve depuis si longtemps de ce titre, il ne fait qu'ajouter à ma culpabilité et à ma peur.

– L'Aubergiste, c'est mon oncle. Je le remplace le temps qu'il se remette sur pied.

– Qu'est-ce qu'il a ?

– Euh… (Je n'avais pas réfléchi à cet aspect du mensonge.) Une mauvaise grippe.

– En été ?

– Ben oui, tout arrive.

Taya plisse les paupières, comme si, pour la deuxième fois en douze heures, elle devinait que je mens. Bizarrement, c'était plus facile de mentir à tous les délégués dans la salle à manger qu'à elle dans ce box exigu.

Je tente une diversion :

– Hier soir, tu m'as dit que tu avais des choses importantes à accomplir, je déclare, entortillant mes doigts dans la crinière de Kitkat pour me rasséréner. Qu'entendais-tu par-là ?

C'est une astuce que Marcus m'a soufflée quand il m'apprenait comment mettre les émissaires dans sa poche : tout le monde adore raconter sa vie. *Fais-les parler, aie toujours une question sous la main, et tu contrôleras la conversation.*

Elle cligne des paupières.

– Pourquoi tu veux savoir ça ?

– Simple curiosité, je réponds d'un ton détaché. Tu es un peu mystérieuse, tu vois.

– Dit la fille qui a surgi de la forêt à pas d'heure.

Elle me dévisage, un petit sourire en coin mettant fin à sa gravité de façade.

– Maddie, es-tu un loup-garou ?

Un rire inattendu m'échappe.

– Seulement si tu es un vampire. Toi aussi tu étais dehors, cette nuit.

Elle en a la pâleur, d'ailleurs, et les poches sous les yeux, qui ont un côté sexy. Le passé tragique, le blouson en cuir. Je me demande d'où proviennent nos mythes au sujet des vampires, s'ils prennent leur origine dans un des Royaumes.

Elle sourit et passe à côté de moi, son épaule effleurant la mienne dans l'espace exigu, et lève le bras vers la petite fenêtre percée en hauteur dans le mur de la grange. Elle fait pivoter sa main à la clarté du soleil.

– Je ne pars pas en fumée.

– Tu ne scintilles pas, non plus, j'enchaîne, avant de pousser un soupir de déception feinte. Et moi qui avais tant d'espoir.

– Comment ça ? Les gens trop vieux et trop normaux ne t'intéressent pas ?

Elle hausse de nouveau un sourcil, pas en signe de scepticisme cette fois, mais plutôt par provocation.

Je lui décoche un regard surpris.

– Pourquoi ? Tu as quel âge ?

Ses yeux me lancent des éclairs.

– Tu sais bien ce que j'ai voulu dire. J'ai dix-neuf ans, vingt en octobre.

J'ai déjà pris mon souffle pour lui renvoyer une réponse que j'espère pleine d'esprit, mais ses derniers mots me transpercent comme une lame.

Nate. Il aurait eu vingt ans en octobre, lui aussi. Son anniversaire est toujours le deuxième jour le plus affreux de l'année, juste après la date de l'attaque, de sa mort survenue en avril il y a déjà si longtemps.

Les larmes me montent aux yeux. Je ne peux plus rester ici.

– Désolée, je bredouille. Je viens de me souvenir qu'on m'attend.

Taya incline la tête de côté, perplexe, mais j'évite son regard. Je me contente de donner une tape d'excuse à Kitkat et sors précipitamment de l'écurie, chassant par gestes frénétiques la paille qui s'accroche à mes vêtements – son odeur me rappelle Brekken et fait tout ressurgir, les souvenirs de ce que nous avons fait un peu plus haut dans le grenier. Ses mains sur moi, son assurance, à mille lieues de ma nervosité. Comme s'il savait exactement ce qu'il voulait. Et moi qui m'imaginais que ce qu'il voulait, c'était *moi*.

Je serre les dents et repousse toute pensée me ramenant à Brekken ou à Nate. Pour ce qui est de perdre ceux que j'aime, je ne manque pas d'entraînement. Je dois me ressaisir en vitesse si je veux contribuer à la bonne marche de Havenfall. J'en ai bien conscience. Mais, pour l'instant, les larmes qui menacent constamment sont de nouveau là, me piquent les yeux, soumettent ma poitrine et ma gorge à une forte pression. Le seul moyen de ne pas y succomber semble être de rester en mouvement. De distancer la panique.

Je suis déjà loin quand je me rends compte que Taya a très habilement esquivé ma question sur ses grands projets. Ça n'a plus d'importance. Le moment est venu pour moi d'assumer ma première tâche en tant que Gardienne de l'auberge par intérim.

*

L'observatoire se trouve tout en haut du bâtiment principal de Havenfall. Sa petite coupole de verre se dresse au point culminant du toit, parfaite pour admirer le ciel d'été et les montagnes magnifiques visibles dans toutes les directions. Peut-être est-ce un effet de la magie des Royaumes, mais la verrière capture toute la clarté du ciel et la démultiplie sur la table de chêne verni. Même par les journées de mauvais temps, cette pièce est lumineuse et gaie. Les jours de soleil, la moquette bleu azur se fond dans le panorama et donne l'impression d'être dans le ciel. La nuit, sous les milliers d'éclats de lumière réfractés projetés par les fenêtres, on se croirait au cœur des étoiles.

C'est ici qu'une nuit, il y a quelques années, j'ai regardé vraiment Brekken pour la première fois et pensé : *Purée, ce qu'il est beau !* Nous y étions montés en secret pour que je puisse étaler ma science au sujet des constellations, mais mon univers avait été bouleversé. Depuis, je n'y ai jamais remis les pieds sans penser à lui, aux étoiles qui se reflétaient dans ses cheveux.

Cette fois, pourtant, je suis là pour les affaires. Les délégués réservent cette pièce quand ils veulent en mettre plein la vue à leurs interlocuteurs. Aujourd'hui, pour la première fois, l'occasion m'est offerte de faire bonne impression en tant qu'Aubergiste.

Peu après que je me suis assisse, les émissaires entrent. Lady Mima arbore un pendentif opalescent gros comme mon poing, qui semble presque luire sur sa combinaison d'un noir profond. Puis suit Saber Cancarnette, un Fiordien d'allure diaphane, aux cheveux, au teint et aux yeux si pâles qu'on dirait un fantôme, vêtu d'une longue cape en fourrure au tombé impeccable.

Au petit déjeuner, ils m'ont demandé d'assister à leur entretien, mais ils paraissent encore sceptiques à l'idée que je remplace Marcus. Et, pour l'instant, je ne peux pas le leur reprocher.

Graylin est là lui aussi, mais il m'a prévenue qu'il devait demeurer en retrait pour qu'on ne puisse pas penser qu'il interviendra dans le déroulement de la rencontre. Il salue les délégués et me donne une rapide pression sur l'épaule avant de s'asseoir à côté de moi. *Tu es la meilleure*, articule-t-il en silence, et j'essaie de sourire.

Les mains sur les cuisses, je m'efforce de rester immobile et la plus discrète possible pendant que Mima et Saber entament leurs négociations. Je découvre à cette occasion que les pierres précieuses dont les Fiordiens ornent leurs oreilles proviennent d'Ardant. C'est pourquoi elles constituent un tel marqueur de statut : seules les familles nobles disposent à Havenfall des relations nécessaires pour se les procurer. Encore un point à ajouter à la longue liste de ce que j'ignorais. Sous la table, je sors mon portable de ma poche et y jette un coup d'œil le temps d'ouvrir un document du bloc-notes. J'espère que les téléphones sont pour les négociants un concept assez étranger pour qu'ils ne remarquent que je suis en train de pianoter.

Mima sort une mallette remplie d'un assortiment époustouflant de joyaux. Des pierres similaires à des diamants qui semblent absorber la lumière du soleil et la recracher au centuple, des gemmes rouges qui luisent bien que la terre de la mine adhère encore à leur surface, des bleues qui paraissent naturellement formées selon un motif de flocon de neige, mais de la couleur du saphir et grosses comme ma main. De son côté, Saber, le Fiordien, déroule un petit rouleau d'étoffe blanche, auquel sont cousus des échantillons de fourrure constituant un arc-en-ciel de couleurs et de textures.

Sur Fiordenkill, m'a raconté Brekken, les pelages des animaux ne sont pas que noirs, gris, bruns ou fauves comme sur Terre. Ils sont bleus, rouges, or, verts...

Et voilà que je recommence à penser à Brekken. Ça n'apportera rien de bon. Je cligne énergiquement des paupières et tâche de me concentrer sur les transactions en cours.

Il n'existe pas de monnaie universelle pour les Royaumes adjacents, aussi les transactions reposent-elles sur le système du troc. Cette année, visiblement, la tendance est aux gemmes bleues en flocon, car c'est sur elles que Saber a jeté son dévolu. Après avoir marchandé, ils décident que trois caisses de ces pierres seront livrées à Fiordenkill dans le courant de l'année, en échange de sept caisses d'une fourrure violette rêche d'aspect chaud, d'une caisse d'une fourrure soyeuse noire tachetée d'or, et deux autres de pelages brillants d'un rouge profond.

Mais, alors que je commence à croire que je vais peut-être arriver au bout de cet entretien sans me ridiculiser, Mima ferme soigneusement sa mallette et se tourne vers moi.

– Qui s'occupe des canaux de transport, maintenant que Frederick a pris sa retraite ?

Elle s'exprime avec précision, chaque mot prononcé avec soin pour minimiser son accent ardantin.

– À qui devons-nous nous adresser pour organiser les livraisons ?

Ma bouche devient sèche. Je me souviens de Frederick, un vieil éleveur de bétail à la carrure imposante qui était dans le secret concernant Havenfall, et qui aidait Marcus à assurer le transport des marchandises entre les portails tout au long de l'année. Je me rappelle avoir eu une discussion avec lui l'an dernier, au bar, lors de laquelle il m'a expliqué qu'il prenait sa retraite et partait s'installer en Floride. Il m'a sans doute indiqué le nom de son successeur. Je l'ai sur le bout de la langue, mais impossible de m'en souvenir. Alors que le silence s'étire, le feu me monte aux joues.

Mon téléphone vibre en silence dans mes mains. Par réflexe, je consulte l'écran et vois un SMS de Graylin. LEE REISS.

– Lee Reiss, j'annonce immédiatement.

Puis un souvenir ressurgit – c'est l'assistante de Frederick au ranch, une femme plus jeune, très intelligente, qui semblait toujours en savoir un peu trop quand elle passait à l'auberge récupérer des colis dans son monospace cabossé.

– Ah oui, c'est ça, murmure Graylin, comme s'il venait de se le remémorer lui aussi.

Dès que les délégués regardent ailleurs, il me décoche un clin d'œil, et je lui souris timidement.

– Si vous voulez lui écrire pour planifier une livraison, Votre Seigneurie, je ferai en sorte que votre lettre lui parvienne. Quel est votre numéro de chambre ?

Mima soupire, peinant à dissimuler son exaspération.

– La trois cent quarante-neuf.

Je tape cette information sur mon téléphone et tente de déterminer quel ingrédient dans le drôle de cocktail d'émotions que je déguste aujourd'hui est le moins amer. La peur, la honte, le chagrin ou le sentiment de trahison ? Je fournis un effort pour ne pas m'excuser tandis que, après que nous nous sommes levés tous les quatre, je serre la main à Mima et Saber.

De toutes parts, les montagnes ressemblent à un tableau, le ciel est aussi bleu que les joyaux de l'Ardantine. Si seulement je pouvais m'imprégner de cette sérénité et y noyer la nervosité qui me ronge.

Tout ce que je vis là, me trouver dans la pièce où se déroulent les négociations, qu'elles soient commerciales ou politiques, serrer des mains et apprendre mon prénom aux délégués, c'est ce à quoi j'aspirais. Je dois me montrer à la hauteur, sinon ce n'est pas uniquement Marcus et moi que je décevrai, mais tous les occupants de l'auberge. Graylin et Willow, le prince d'Argent et l'Héritière, Jayden, Taya et tous les autres.

Je dois persévérer. Je dois m'améliorer.

Même si la magie semble s'être transformée en poison.

9

J'évite la salle à manger lorsque les hôtes s'y pressent pour le déjeuner, moment qui m'emplit toujours d'une grande nervosité. Rien de très différent pourtant de ce que je vis tous les jours au lycée, où je prends mon repas seule au CDI ou dehors, adossée au mur de brique, tournée vers le parking. Mais ça ne devrait pas être ce que je vis à Havenfall. Ici, c'est l'endroit où j'ai ma place, où je suis la bienvenue, où je peux être moi-même.

Pourtant je ne me sens pas la force d'affronter les délégués, leurs regards interrogateurs et leurs murmures inaudibles. Je veux me couper de toute inquiétude pendant une demi-heure. Si Brekken était là, il s'éclipserait avec moi et nous irions nous promener en forêt ou nous prélasser au bord de Mirror Lake. Mais il n'est pas là. Peut-être pourrai-je aider Willow à se charger d'une tâche banale ou jouer au ping-pong avec Taya.

Mais, quand je me glisse dans le salon commun plein de monde, elles sont justement l'une en face de l'autre, dans un coin. Je ne vois pas le visage de Willow, qui me tourne le dos, mais ses épaules trahissent une vive crispation. Je m'approche l'air de rien, comme si j'allais chercher un sandwich et des chips sur le buffet disposé contre un mur, et je tends l'oreille.

– J'ai été très claire : tout ce qui se trouve sous le rez-de-chaussée est zone interdite, déclare Willow d'un ton froid.

Elle s'exprime d'une voix basse, mais pas assez. Ma main se fige une fraction de seconde trop longtemps tandis que je prends un sandwich beurre de cacahuète-confiture. Sous le rez-de-chaussée ? Plus bas que le rez-de-chaussée, il n'y a que les souterrains.

– Je suis désolée, répond Taya, les joues fiévreuses, la posture raide et les bras tendus le long du corps. Sincèrement, j'ai oublié.

Je suis partagée, à la fois tentée de la plaindre et inquiète qu'elle se soit aventurée dans les tunnels. Je ne doute pas que Willow lui ait effectivement enjoint de ne jamais descendre au sous-sol, mais j'ai vu Taya dans les jardins cette nuit, aussi me paraît-il plus probable qu'elle se contentait de flâner sans mauvaise intention. Willow est capable de passer très rapidement en alerte rouge. Je sais néanmoins que sa peur, celle que nous éprouvons tous, n'arrange sans doute pas les choses. Décidant d'intervenir, je prends mon assiette en carton et m'approche d'elles d'un air embarrassé.

– Euh… pardon de vous interrompre, dis-je en les regardant l'une après l'autre. Willow, j'ai promis à Lady

Mima et Saber Cancarnette de les aider à organiser une livraison avec Lee. Tu te souviens de son adresse ?

Willow cligne des paupières et porte brusquement le regard sur moi. Sa colère se dissipe.

– Bien sûr, dit-elle, avant de revenir brièvement à Taya. Qu'on ne m'apprenne plus que tu es allée là où tu n'aurais pas dû, c'est compris ?

– Absolument, madame, répond Taya, tout miel.

Lorsque Willow se détourne et s'éloigne, Taya se rappuie mollement contre le mur et mime le geste de s'éponger le front.

– Merci, tu me sauves la vie, souffle-t-elle avec un sourire en coin.

– Pas de quoi.

Mais je ne suis pas venue que pour la tirer d'affaire. Si elle s'est rendue dans les tunnels, même si ce n'est qu'un accident, je dois découvrir pourquoi. Et si elle a vu quoi que ce soit.

– Alors, tu es descendue au sous-sol ?

Ma voix tremble légèrement.

Le sourire de Taya s'estompe.

– Je m'excuse. Je sais que je n'aurais pas dû m'aventurer dans...

– Je ne suis pas en colère. Je veux juste savoir ce qui t'y a conduit. On ne peut pas dire que ce soit joli.

Sol en terre battue, parois de pierre, atmosphère étouffante, obscurité. *Ténèbres. Monstres. Sang.* Je m'assois sur une ottomane usée et pose mon assiette sur mes genoux, l'appétit coupé.

– Rien de spécial.

Taya s'installe un peu plus loin devant moi, les mains entortillées sur ses cuisses.

– Je… on m'a donné congé quand le nettoyage de la salle de bal a été terminé, et quelque chose m'a poussée à descendre, je me suis sentie attirée.

Elle baisse la tête, comme si elle pouvait voir à travers le tapis tissé et le plancher, jusqu'aux galeries.

– Je ne dors jamais bien dans un nouvel endroit avant de l'avoir exploré de fond en comble.

Je perçois une certaine lassitude dans sa voix, comme si elle avait dû explorer trop de nouveaux endroits. Si elle est descendue après avoir fini le ménage dans la salle de bal, il devait être tard, après que tout le monde s'était couché, mais avant que je la croise dans le jardin. Peut-être s'y trouvait-elle au même moment que Brekken, si les accusations que le prince d'Argent porte contre lui sont vraies.

– As-tu vu quelque chose, en bas ? je m'enquiers.

Je retiens mon souffle sans vraiment savoir pourquoi ni quelle réponse j'ai envie d'entendre. Si je préférerais qu'elle ait aperçu Brekken ou pas.

– Pas dans les sous-sols, non, répond-elle en me fixant droit dans les yeux. Tu pourrais m'expliquer ce qui se passe, Maddie ? Hier, tu étais inquiète à cause d'un puma, mais ça m'étonnerait qu'un fauve rôde dans les tunnels.

Je bats des cils, décontenancée qu'elle bascule d'un air coupable à une attitude de défi.

– Eh ben…

Un autre grand classique parmi les conseils de Marcus me revient. *Les gens détectent les mensonges. Si tu ne peux pas leur livrer toute la vérité, donne-leur juste ce qu'il faut pour ne pas te les mettre à dos.* Tout en soutenant le regard de Taya, je concocte une nouvelle histoire dans ma tête, assemblant des pièces pour construire un récit qui, je l'espère, tiendra la route.

– En fait, tu avais raison : j'étais avec quelqu'un, la nuit dernière.

Ce n'est pas faux, pourtant je ne parle pas de ma sortie sinistre avec Graylin dans la forêt, mais du moment passé plus tôt dans le grenier à foin. Je ne suis même pas obligée de feindre la honte qui m'empourpre les joues.

– Avec un mec. Il… euh… il m'a volé mes clés.

Je dois m'interrompre pour prendre mon souffle. C'est incroyablement difficile de finir mon récit.

– Ensuite, il a disparu.

Taya demeure tout à fait immobile, les yeux braqués sur mon visage. Voyant que je ne vais pas entrer dans les détails, elle soupire lentement.

– C'est problématique, ça, dit-elle, d'une voix douce qui reste néanmoins audible dans le brouhaha de la salle.

Je déglutis.

– Ouais.

– C'est pour ça que tu essaies de déceler la moindre anomalie ?

Je hoche la tête et demande :

– Tu es sûre de n'avoir rien vu, du coup ?

Elle hésite.

– Pas dans les souterrains... mais j'ai remarqué un truc, ce matin.

Elle lance de rapides coups d'œil à droite et à gauche ; mon cœur s'accélère.

– Quoi, qu'est-ce que c'était ?

Elle se mord la lèvre encore un instant avant de prendre un journal roulé dans sa poche de blouson.

– Je ne voulais pas cafter, mais j'ai vu quelqu'un sortir de Havenfall, tout à l'heure, hors des limites du domaine. Malgré l'annonce que tu as faite au petit déjeuner.

Mon pouls s'emballe.

– À quoi ressemblait cette personne ?

– C'est une des hôtes. Une dame un peu âgée. Elle portait une longue robe violette et un chapeau carrément délirant.

Elle sourit, mais j'en suis incapable. Cette image s'est formée aussitôt dans ma tête. *L'Héritière*.

– Elle avait un grand sac et ce journal. Elle l'a laissé à la bibliothèque.

Elle me le remet avec un haussement d'épaules et ajoute :

– Ça t'évoquera peut-être quelque chose. On ne sait jamais.

Je déroule le quotidien et lis la date. C'est le numéro d'aujourd'hui. Le *Briar Star*. Une feuille de chou locale dont le contenu consiste principalement en articles traitant du temps (dont la seule constante est son étrangeté), en annonces pour des vide-greniers et en avis de recherche pour des animaux de compagnie perdus. J'éprouve un léger soulagement en constatant qu'on n'y parle pas de monstres fantastiques ou de meurtres aussi mystérieux que sanglants. Nous ne sommes pas tirés d'affaire pour autant.

L'Héritière n'a pu se le procurer qu'à un seul endroit. Elle est forcément allée au village. Mais comment ? Le prince d'Argent a ensorcelé les limites de la propriété. L'air qui entoure le périmètre est comprimé, sa gravité accrue par la magie ardantine est si forte que quiconque tenterait de franchir cette barrière invisible serait plaqué au sol, immobilisé jusqu'à ce que les gardes de Marcus viennent le chercher. Seuls Graylin, Willow, le prince et moi détenons les bracelets permettant de la traverser.

Alors comment l'Héritière est-elle sortie ? Et à quoi destinait-elle le sac ? Je rends le journal à Taya, déroutée par cette information.

– Je ne sais pas ce qui se passe, reprend-elle en me regardant avec insistance. Mais je veux bien en discuter avec toi, si ça peut t'aider. Tu peux me faire confiance.

La confiance. Ce mot me fait l'effet d'un coup de poignard, même si Taya l'ignore. Comment pourrait-elle se douter de l'expérience catastrophique que j'ai de la confiance ?

J'ai très envie de parler avec quelqu'un. Je ne suis là que depuis une journée, et je sens déjà que tout ce qui s'est passé tourbillonne en moi, ne demande qu'à s'échapper. Graylin et Willow ont assez de tracas comme ça, les émissaires s'empresseraient de cancaner, Marcus est inconscient, et Brekken, mon meilleur ami, a disparu. C'est peut-être préférable que je me confie à quelqu'un comme Taya, rien qu'un peu, plutôt que de tout garder rentré et risquer de tout déballer au premier délégué venu après avoir bu trop de champagne.

D'un autre côté, ce pourrait être à double tranchant. Les humains sont imprévisibles, et, si Taya parvenait à se procurer un téléphone ou quittait l'auberge, le vin amnestique ne suffirait pas à protéger les secrets de Havenfall.

Cela étant, si elle les répétait, qui la croirait ?

– Il n'y a qu'un moyen de découvrir ce que l'Héritière a derrière la tête, dis-je au bout d'un moment, choisissant de faire l'impasse sur la prudence pour cette fois.

Si je dois être l'Aubergiste d'un jour, je ne peux pas me tourner les pouces en attendant que les menaces se signalent poliment.

– Allons le lui demander.

*

Taya me suit en silence, quelques marches derrière moi, dans l'escalier qui nous mène à la chambre de l'Héritière. Nous nous engageons dans le long couloir tacheté de soleil du dernier étage. Il est bordé de fenêtres des deux côtés, et ne compte qu'une porte tout au bout : les appartements de l'Héritière.

Qu'a-t-elle derrière la tête ? Si tout cela s'était produit l'année dernière, je lui aurais peut-être demandé conseil. J'aurais pu lui confier que la porte de Solaria avait été rouverte. Elle fait partie des murs à Havenfall, et elle a toujours été gentille avec moi.

Toutefois, le visage de Brekken occupe encore un coin de mon esprit, me rappelant que je ne devrais me fier à personne. J'ignore ce qui s'est passé entre l'Héritière et mon oncle, et, Marcus étant *endormi* – je me refuse à qualifier autrement son état –, je dois avancer avec mille précautions.

Je frappe à la porte de l'Héritière, qui ne répond pas.

J'insiste, un peu plus fort, la nervosité bouillonnant dans mon ventre. L'Héritière a la réputation d'être capable de violentes colères lorsqu'on la dérange en plein travail d'écriture, mais, pour l'heure, m'attirer les foudres d'une vieille femme est le cadet de mes soucis. Nouvelle tentative.

Aucun mouvement derrière la porte.

Je vois Taya se balancer, changer de pied d'appui lorsque je plaque l'oreille contre le bois lisse. Elle a enfoncé les mains dans les poches de son blouson aviateur, les épaules voûtées et le visage légèrement renfrogné. De l'autre côté, je n'entends rien.

L'Héritière ne quitte presque jamais sa chambre, excepté pour ses longues promenades matinales, les repas, ainsi que les bals et les réceptions du soir. Sinon, elle reste enfermée dans sa suite, où elle travaille à son ambitieuse histoire des Royaumes. Elle ne s'est jamais beaucoup souciée de ce qui se passe en dehors de Havenfall. Quand je lui parle du monde extérieur, tout la stresse : la technologie omniprésente, les guerres, un mode de vie qu'elle ne comprend pas. Son intérêt s'est toujours cantonné à Havenfall, à l'auberge et aux relations entre les Royaumes.

C'est ce que je croyais, en tout cas. Animée par une idée soudaine, je sors la main de ma poche, mes nouvelles clés serrées dans mon poing.

Willow me ferait la peau si elle apprenait que je suis entrée dans la suite d'une déléguée sans autorisation, surtout celle de l'Héritière. Mais je ne parviens pas à me débarrasser de l'impression que quelque chose cloche. Et, officiellement, c'est l'auberge de *Marcus*. Au bout du compte, l'Héritière n'y est qu'une invitée – une invitée d'honneur et de longue date, certes, mais une invitée quand même. Et il est de la responsabilité de Marcus, et donc de la mienne, de veiller à la sécurité de tous.

Du moins est-ce ce que je me répète en m'emparant du passe-partout.

– Qu'est-ce que tu… Ah, d'accord, dit Taya, en relâchant son souffle lorsque j'insère la clé dans la serrure et la tourne avec précaution. On y va carrément ?

– Ça ne pose pas de problème, je mens. Je la connais.

– Ben voyons, tu ne sais pas comment elle s'appelle, mais tu la connais, rétorque-t-elle d'une voix cassante. La violation de la vie privée, ça te parle ?

La serrure cliquette sous mes doigts, et en l'entendant Taya se tait. Avant qu'elle ait pu protester davantage, je pousse le battant, doucement pour éviter qu'il grince. Si je veux aller au bout, il faut que j'agisse vite, avant le retour de l'Héritière. Mais, quand la porte s'ouvre, cette pensée s'évapore aussitôt.

Je suis déjà entrée dans cette suite très souvent sur son invitation. On n'y trouve rien que de très habituel chez une vieille dame, si toutes les vieilles dames avaient accès à trois mondes. Une abondance de rose, de porcelaine et de velours, des curiosités provenant de tous les Royaumes exposées dans des vitrines, des napperons en dentelle finement ouvragée sous des bocaux de bonbons brillants, et des étagères chargées de vieux livres dorés sur tranche rédigés dans toutes les langues. Ses affaires donnent une impression de luxe, d'éclat quelque peu fané. La caverne d'Ali Baba d'une voyageuse circulant entre plusieurs mondes.

Je n'y prête cependant presque aucune attention, car, sur son bureau, des tas d'objets en argent de Haven sont disposés en rangées bien nettes.

Taya me suit à l'intérieur et referme la porte. Elle pousse un sifflement admiratif.

– La vache ! Elle a fait une razzia à la boutique Tiffany ?

Je m'avance involontairement vers le bureau, le regard rivé au lustre éclatant de l'argent. La table de travail est couverte de théières et de statuettes, de coupes et d'argenterie, de bijoux, de pièces de monnaie et même de lingots bruts frappés du mot HAVEN. Tout brille, les objets semblent émettre leur propre clarté. Par terre à côté du bureau se trouve le sac, à présent vide, avec lequel Taya a vu l'Héritière.

– C'est quoi, tout ça ? je murmure.

Je n'attends pas vraiment de réponse, mais Taya m'attrape vivement le bras et serre un peu trop fort. Surprise, je me tourne vers elle.

– Ça ne nous regarde pas, dit-elle, plus pâle que d'ordinaire, ses taches de rousseur n'en ressortant que plus. On ferait mieux de partir.

– Si, *moi*, ça me regarde.

Je dégage mon bras et l'approche des objets, mais m'arrête juste avant de toucher le premier d'entre eux. C'est un collier, que j'ai l'impression d'avoir déjà vu quelque part.

– Je...

Je bredouille et laisse ma phrase en suspens. J'ignore ce qui se passe, mais ça ne me semble pas net. C'est aussi le cas de Taya, à en juger par sa raideur. Et le fait qu'elle a l'air sur le point de vomir sur le tapis brodé vert et or de l'Héritière.

J'ouvre le premier tiroir, dans l'espoir d'y découvrir le manuscrit de son livre. *Si ça se trouve, l'Héritière écrit au sujet du commerce de l'argent*. C'est la seule activité qui permette à Haven de survivre. Hôtes de Fiordenkill et d'Ardant en portent pour afficher leur importance. Cela signifie qu'on a été invité au sommet et qu'on a voyagé entre les Royaumes.

Mais le tiroir ne contient pas de manuscrit. Pas de livre. Il y a des liasses de billets, une vraie fortune.

J'ai le cœur battant, la boule au ventre comme si j'arrivais tout en haut d'un grand huit. Il y a tout un fatras de dollars, de pièces de monnaie en bois fiordiennes, de perles de verre ardantines, le tout fourré là-dedans au hasard et poussé vers le fond. Je n'ai jamais vu une telle somme, si énorme que c'en est vertigineux. Dans le monde réel, où l'argent est synonyme de possibilités, un dixième de ce trésor aurait réglé les problèmes de papa et Marla à tout jamais, mais en cet instant je n'éprouve qu'un violent effroi.

Dans le tiroir, il y a aussi des lettres et des reçus. J'en sors une liasse avec soin, provoquant un frottement de billets, de pièces et de perles. Sur le message du dessus, qui semble inachevé, de brèves lignes de texte sont tracées de l'écriture penchée et soignée de l'Héritière, sous la date d'hier.

Je vous retrouverai à la brocante lorsque le soleil atteindra son zénith le troisième jour du Sommet, avec la somme que vous demandez. J'exigerai une preuve que les objets recèlent bien de la magie.

Un cachet de cire verte que je connais bien en orne le coin en haut à droite. Une image de grand arbre en fleur. Ma nausée s'intensifie. C'est le sceau officiel de Myr, le reinaume fiordien dont Brekken est un serviteur, et qui abrite la porte donnant sur Haven. Il figure généralement sur les documents officiels, les lettres expédiées hors de Fiordenkill ou les contrats conclus à Havenfall. Pas sur des messages écrits en hâte sur un bout de papier, visiblement destinés à rester secrets.

C'est quoi, ce délire ? Une des premières choses que Marcus m'a confiées au sujet de Havenfall, c'est que sa magie réside dans ses occupants. Que les baguettes magiques, les épées enchantées ou les trésors ensorcelés n'existent pas. Ce sont les personnes, pas les objets, qui sont précieuses. Ce sont les personnes, pas les objets, qui recèlent la magie.

Et ce n'est pas tout… J'en sais extrêmement peu sur la façon dont mon oncle dirige Havenfall, mais jamais il n'autoriserait quiconque à faire commerce d'objets enchantés. L'auberge et tout ce qu'elle abrite doivent demeurer secrets. Par plaisanterie, nous aimons à répéter, mon oncle et moi, que ce qui se passe à Havenfall reste à Havenfall, et que seule cette règle garantit notre sécurité. Elle permet l'existence de ce lieu.

Depuis combien de temps l'Héritière l'enfreint-elle ? Son activité, quelle qu'elle soit, est peut-être la cause de sa brouille avec Marcus. J'étale les papiers sur le bureau, et les mots me sautent au visage : Brekken, argent, confidentiel, Aubergiste, coût. *Brekken. Brekken !*

Puis un autre objet rangé dans le tiroir m'attire l'œil. Il est en métal, mais pas en argent de Haven. Je le reconnais avant même de l'extirper d'un fouillis de factures.

Mon trousseau de clés, poing américain à oreilles de chat compris. J'en suis atterrée.

Pour la première fois, je me fais une raison : Brekken me l'a vraiment volé. Il m'a embrassée et m'a dérobé mes clés. Il est mêlé au trafic de l'Héritière.

L'espace d'un instant, je reste à fixer l'objet du regard, incapable de quoi que ce soit d'autre. Je voudrais pouvoir oublier cette découverte, évacuer l'humiliation, la trahison, la culpabilité. Je me sens faible sur mes jambes. C'est trop à encaisser. J'appuie la paume sur le coin du bureau assez fort pour en saigner.

Puis un hoquet d'affolement me ramène à l'instant présent. Je fais volte-face, les clés serrées entre mes doigts, juste à temps pour voir Taya reculer d'un pas maladroit. Elle se tient à côté de la table de chevet de l'Héritière, et un vase contenant un lis en argent bascule avant de se briser sur le plancher. Dans le silence, le fracas est assourdissant.

Après avoir fourré les clés dans ma poche, je rejoins Taya et la saisis par l'épaule, puis la guide jusqu'à un fauteuil dodu brodé de motifs de plantes grimpantes. Elle est livide, la peau presque verdâtre. Ses épaules tremblent.

– Qu'est-ce qui se passe ? je lui demande d'une voix rauque, encore désarçonnée.

Le regard perdu dans le vague, elle secoue la tête.

– J'ai eu… Je me suis sentie mal. Je suis désolée.

– Tu n'as pas à t'excuser.

Je retire ma main de son épaule. Je voudrais m'assurer qu'elle va bien, mais je redoute aussi que quelqu'un ait entendu le vacarme. Nous devons partir sans tarder.

Je rassemble en vitesse les débris de porcelaine, que je dépose avec précaution au creux de ma main. Puis je les enveloppe dans un mouchoir en papier et les jette dans la corbeille du bureau, avant d'y froisser quelques mouchoirs supplémentaires pour faire bonne mesure. J'espère que l'Héritière ne remarquera rien, ou qu'une femme de chambre passera avant qu'elle en ait eu l'occasion.

– Attends !

La voix fluette de Taya m'arrête net alors que je m'apprête à ramasser le lis en argent. Elle se lève et s'approche de moi d'un pas tremblant.

– C'est… c'est ça qui a provoqué mon malaise. J'ai touché la fleur, et j'ai senti quelque chose…

Elle n'achève pas sa phrase, se renfrogne.

Je lui souris, m'efforçant de paraître rassurante malgré l'inquiétude qui m'étreint. Peut-être est-ce un effet secondaire du vin amnestique dont je n'ai pas connaissance.

– Ce n'est que du métal. Une simple décoration. Tiens, regarde…

Je saisis la fleur et la glisse sous les mouchoirs dans la corbeille. Je fais comme si je ne percevais pas le bourdonnement étrange et désagréable qui émane de la tige argentée entre mes doigts. Ce doit être mon imagination. Une sensation fictive due à ce que Taya a dit. *Forcément, non ?*

Mon téléphone vibre dans ma poche. Cette diversion tombant à point nommé, je m'empresse de le sortir, mais mon soulagement s'évapore dès que je lis le SMS de Graylin : *La princesse fiordienne est arrivée.*

– Merde.

Tout me revient alors comme un raz-de-marée : les documents, les clés, l'Héritière, Brekken. Je ne sais pas à qui me fier, mais je dois quand même assurer le fonctionnement de cette auberge. Je retourne en hâte au bureau et rassemble les papiers, avant de m'immobiliser, les feuilles tremblant dans mes mains. Je ne peux pas les garder sur moi.

Taya m'observe, circonspecte, et, à la vue de ses yeux foncés braqués sur moi, une idée me vient. C'est risqué. Terriblement risqué, même. Mais, à ce stade, *tout* l'est. J'en suis rendue à choisir les options qui présentent le moins de danger. Et nous deux, nous sommes déjà liées par cette intrusion chez l'Héritière.

– Taya, tu pourrais me rendre un service ?

Son regard devient dur, méfiant. C'est un peu blessant, mais… c'est de bonne guerre. Jusqu'à présent, notre amitié, si l'on peut qualifier ainsi nos relations, a été cahoteuse : j'ai provoqué son accident de moto, j'ai surgi de la forêt en pleine nuit avec une tête de déterrée, je lui ai fait boire du vin amnestique, et je l'ai traînée jusqu'ici, où elle semble sur le point de vomir. On ne peut pas dire que nous soyons parties sur de bonnes bases.

À ma grande surprise, elle me répond lentement :

– De quoi tu as besoin ?

Je lève les papiers.

– On m'attend en bas, je dois filer. Tu peux cacher ça dans ta chambre un moment ? Je passerai les récupérer ce soir.

J'ai envie d'ajouter « et ne les lis pas », mais je sais que, si elle est comme moi, ça ne fera que l'inciter à le faire. De plus, je lui demande son aide. Ce n'est pas à moi d'imposer mes conditions.

Sa main appuyée sur le dossier du fauteuil pour se stabiliser, elle me fixe dans les yeux encore longuement. Puis elle hoche la tête et s'approche de moi.

– J'ai la chambre cinq cent quatre-vingt-huit.

Un profond soulagement me submerge.

– Merci, vraiment.

Taya pose les mains sur les papiers – et sur les miennes. Sa peau est fraîche, mais je sens son pouls palpiter sous ses paumes et ses doigts.

– N'empêche qu'à un moment donné, déclare-t-elle, le regard planté dans le mien, il va falloir que tu m'expliques ce qui se passe ici.

Je déglutis en tâchant de ne pas cligner des paupières.

– Bien sûr, je mens.

*

Taya et moi nous séparons devant le salon de réception, la luxueuse salle privée où nous accueillons les hôtes prestigieux. De son côté, elle part dissimuler les documents dans sa chambre, et du mien je pousse la porte de la pièce. Le papier peint, au motif de feuillage vert orné çà et là de dorures, et les palmiers disposés par Willow à des endroits stratégiques, confèrent aux lieux une atmosphère de forêt enchantée, saupoudrée de lumière par le soleil d'après-midi qui y pénètre par la lucarne. Graylin est en train de discuter avec la princesse Enetta, membre de la famille royale de Myr et cheffe de la délégation fiordienne à Haven pour cette année.

Brekken m'a expliqué qu'elle est sceptique quant à l'utilité de Havenfall et le bien-fondé de l'alliance avec Ardant, aussi a-t-on laissé entendre qu'elle ne viendrait pas, mais elle a dû changer d'avis.

Ce à quoi je ne m'attendais pas, c'est que le prince d'Argent soit là lui aussi, en train de faire les cent pas, l'air en colère.

Je marque une pause dans l'embrasure, le temps d'évaluer la situation, mais Graylin capte mon regard et me fait signe d'entrer tout en servant un verre à Enetta. Bien que je l'aie déjà vue lors de précédents sommets, je ne lui ai jamais parlé. Âgée d'une trentaine d'années, la peau hâlée d'une nuance un peu plus claire que celle de Graylin, c'est une jolie femme. Ses cheveux argent chatoyants ont été tirés en un maillage de fines tresses, et une cape faite d'une fourrure violette soyeuse lui enveloppe les épaules. Dessous, elle porte une tenue de voyage simple, mais élégante. Seules les pierres semblables à des diamants ornant le pourtour de ses oreilles indiquent qu'on a affaire à une altesse royale.

L'année de mes quatorze ans, je me suis morfondue pendant quinze jours, convaincue, pour une raison que je ne me rappelle pas, que Brekken était amoureux d'elle. Jusqu'au jour où Graylin m'a emmenée déjeuner au restaurant et m'a demandé pourquoi j'étais si grognon. J'ai fondu en larmes, avant de tout lui expliquer. Il a ri et m'a informé qu'un soldat fiordien ne pouvait pas épouser une princesse.

Tandis que j'entre en vitesse et fais la révérence, je me repasse en mémoire tout ce que Marcus m'a appris au sujet de la famille royale. Dans leur majorité, les décisions importantes à Myr sont prises par les membres élus du Haut Conseil, mais la famille royale garde des fonctions officielles, comme au Royaume-Uni. Ses membres sont respectés par tous, voire adulés. La princesse Enetta est très aimée. Je suis donc mal à l'aise de la voir suivre du regard le prince d'Argent qui déambule. Maintenant que j'y prête attention, je décèle chez elle une grande gravité ; on est loin de la jeune princesse inexpérimentée que Brekken m'a décrite. Mon estomac se noue. *Se peut-il qu'il m'ait menti aussi au sujet de la politique fiordienne ? Qu'est-ce que j'ignore encore ?*

Je me pare d'un sourire et me redresse.

– Votre Altesse. Bienvenue à Havenfall.

Enetta me regarde, mais ne me reconnaît pas. Ça n'a rien d'étonnant : elle est déjà venue lors d'étés précédents, mais jamais je ne l'ai approchée d'aussi près. En outre, les années passées, je n'étais qu'une enfant aux yeux des délégués, trop jeune pour qu'on me remarque.

– Je suis navrée que l'Aubergiste soit souffrant, déclare-t-elle de sa voix mélodieuse, marquée d'un léger accent. Je prends toujours beaucoup de plaisir à écouter ses récits. Quel drôle de monde que le vôtre.

– Il va se remettre, répond fermement Graylin sans me laisser l'occasion d'intervenir.

J'ignore si c'est pour rassurer Enetta, lui-même ou moi. En tout cas, cette affirmation fait sortir de ses gonds le prince d'Argent. Il fait volte-face au milieu de la pièce, si vite que pendant une fraction de seconde on ne voit de lui qu'un mouvement flou aux reflets métalliques.

– Vous n'en savez rien, fulmine-t-il.

Ses yeux se posent sur moi. Il ne m'avait même pas vue entrer.

– Madeline, cette princesse (il prononce ce mot d'un ton débordant de condescendance) n'aurait pas dû être autorisée à pénétrer dans Havenfall. Tout passage dans les portails fragilise davantage l'équilibre entre les Royaumes.

Surprise, je m'interpose aussitôt entre eux. Il n'a pas tort : le recours trop fréquent aux portails perturbe la magie qui maintient leur stabilité. Mais nous savions que la princesse allait arriver tard, et ce n'est pas sa faute si les portes ont déjà été empruntées au cours des dernières vingt-quatre heures. Et maintenant Enetta est offusquée.

– Je ne vous permets pas ! s'emporte-t-elle, en quittant son fauteuil.

Elle est presque aussi grande que lui, et ses yeux semblent étinceler.

À côté de moi, Graylin lève la main.

– Il est inutile de se montrer désagréable, dit-il d'un ton calme.

Mais je me rends compte avec stupéfaction que c'est de moi qu'Enetta attend une réaction.

– Tout va bien.

Je hausse la voix, balayant la pièce d'un coup d'œil circulaire pour m'adresser à tout le monde.

– La princesse Enetta sait qu'elle est la bienvenue à Havenfall. Sa venue était prévue.

Je tâche d'imaginer ce que ferait Marcus à ma place, d'entendre les mots qu'il emploierait et de m'en inspirer.

– Aucun danger ne pèse sur les portes.

Je capte alors le regard du prince et le soutiens, essayant de communiquer avec lui avec les yeux. *Restez calme. Ne cherchez pas le conflit.* Mais il semble toujours remonté. Après un long moment de tension, il incline la tête. Puis il quitte la pièce à grands pas, et je relâche mon souffle, en prenant soin de ne pas laisser paraître mon soulagement.

Ce n'est pas la solution élégante et juste que Marcus aurait trouvée.

Mais Marcus n'est pas là. Il n'y a que moi.

10

Lorsque je me traîne enfin dans l'escalier menant à l'aile du personnel, je suis sur les rotules. J'ai la migraine, mes membres sont lourds comme la pierre.

Dans le couloir, j'ouvre une fenêtre grinçante, avide de prendre une grande bouffée d'air, sors la tête et lève les yeux vers le ciel, tentant de puiser force et sérénité dans la magnifique voûte étoilée. Les astres ressemblent à des milliers de diamants éparpillés sur une toile de velours bleu. La musique du bal de ce soir résonne encore en moi, pareille au chant ensorceleur d'une sirène. Une partie de moi voudrait continuer à boire et danser jusqu'à ce que cette journée soit effacée de ma mémoire. Mais ça m'est interdit. Pour se divertir, les hôtes peuvent s'abandonner aux belles robes et aux bijoux, à l'alcool et à la musique, mais moi je dois garder les idées claires.

J'ignore comment Marcus réussit à s'en sortir. Après avoir installé la princesse Enetta dans sa suite et soigné son orgueil mis à mal par l'agressivité du prince d'Argent

(« Vous connaissez les Ardantins », lui ai-je dit, en souriant comme si nous échangions une plaisanterie complice, « ce sont des rustres »), j'ai dû prendre congé en hâte pour « écouter les requêtes et les griefs mineurs » des hôtes dans la salle à manger, comme prévu dans le planning. Puis j'ai enchaîné sur le dîner et le bal. Tout en restant affable, tout en repoussant la moindre incursion sournoise de pensées concernant Marcus, Brekken ou ce que j'ai découvert dans la chambre de l'Héritière.

Celle-ci n'a pas assisté au repas du soir, et, bien que je l'aie aperçue deux ou trois fois en train de danser dans la salle de bal, le temps que je quitte le bar et me fraie un chemin dans l'assemblée, elle était repartie.

Pourquoi Brekken et elle pourraient-ils avoir voulu rouvrir la porte menant à Solaria – un monde de ténèbres, un véritable enfer, si l'on se fie aux descriptions qu'en font les ouvrages de la bibliothèque ? Cela étant, comment croire à une coïncidence alors que Brekken a disparu peu après m'avoir volé mes clés ?

La peur que j'ai refoulée toute la journée ressurgit de plus belle, au point que je me sens au bord des larmes. La peur, mais aussi la colère. Parce que, si Marcus m'avait fait confiance plus tôt, s'il m'avait laissée participer à la gestion quotidienne de l'auberge, comme je l'en supplie depuis des années, je ne serais pas si dépassée aujourd'hui.

Tout le monde ou presque étant encore occupé à danser ou à travailler au rez-de-chaussée, il n'y a personne dans le couloir. Je marche quand même à pas de loup, pour éviter qu'on m'entende et me demande ce que je fais là. J'ai envisagé de raconter à Graylin que j'avais retrouvé mes clés dans le bureau de l'Héritière, mais je n'ai pas eu un moment seule avec lui depuis ce matin, et, qui plus est, il s'inquiète déjà suffisamment pour Marcus et n'a pas besoin que je lui rajoute des soucis. Je préfère qu'il se consacre à guérir mon oncle pour que celui-ci se réveille et nous aide à trouver une solution pour sceller le portail solarien, afin que la vie reprenne son cours ordinaire.

Pourvu que tout revienne à la normale bientôt. Je ne me sens pas à la hauteur.

Bien que je frappe très doucement à la porte de Taya, elle m'ouvre sur-le-champ. Elle me sourit, mais d'un air circonspect, empreint d'une certaine gravité. Elle s'écarte pour me laisser entrer, et la porte se referme derrière moi.

Sa chambre est toute petite. À cause de son arrivée tardive, tous les autres employés l'ont devancée pour choisir la leur, et celle qu'elle a récoltée est dépouillée, presque monacale. Son lit est fait au carré, son sac à dos usé est suspendu à son pied, et quelques hauts et pantalons sont accrochés dans le placard à côté de son blouson. Elle porte un T-shirt des Rascal Flatts, qu'elle a dû dégoter dans une friperie : elle n'a pas l'air du genre à écouter de la country.

Les papiers forment un tas sur sa table de chevet. Je m'en approche, mais à force de tout réfréner, de sourire, de serrer des mains, d'affirmer aux délégués que oui, évidemment que mon oncle sera bientôt remis, la pression est trop forte et je ne peux plus retenir mes larmes. Elles me brouillent la vue. Le dos tourné à Taya, je m'empare des feuilles à l'aveuglette et les parcours, m'efforçant de paraître occupée tout en clignant vigoureusement des paupières, mais je sens que mes épaules tremblent.

– Maddie.

Une main menue se pose sur mon bras.

– Dis-moi ce qui se passe pour de vrai. Je pourrai peut-être t'aider.

Elle s'exprime d'une voix douce, débarrassée de son sarcasme habituel, qui me scie les jambes. Je ne me retourne pas, ne la regarde pas.

– Tu ne me croirais pas.

Ces mots m'ont échappé ; j'en ai trop dit, trop vite.

– On parie ? J'ai vu des tas de trucs chelous, aujourd'hui.

– Je suis désolée, Taya, je ne peux pas.

Je serre les documents contre ma poitrine et manque de renverser la chaise en pivotant vers la sortie.

D'un pas, Taya se place en travers de mon chemin, à une vitesse dont, me semble-t-il, elle n'aurait pas dû être capable. Elle se dresse entre la porte et moi, les bras légèrement écartés, le visage d'un calme absolu.

– Non, rétorque-t-elle. Tu ne sortiras pas d'ici avant de m'avoir fourni des explications.

Je m'immobilise et m'essuie les joues avec ma manche. Ça m'agace de pleurer, en encore plus de ne pas réussir à m'arrêter. Marcus ne laisserait jamais un problème à l'auberge l'atteindre de la sorte.

– Je ne peux pas. C'est vraiment impossible. Je m'excuse.

– Et si je te disais que je suis déjà au courant ?

Désarçonnée, j'ai un temps d'arrêt. *Elle a lu les papiers.*

– J'ai lu les papiers, confirme-t-elle.

Tu aurais dû t'y attendre, Maddie, je songe vaguement.

Mais n'est-ce pas le cas ? Je savais que c'était possible, et je lui ai quand même remis les papiers. Peut-être que quelque part j'avais envie qu'elle y fourre son nez, histoire que j'aie enfin quelqu'un à qui parler.

– Et donc… qu'est-ce que ça raconte ? je demande prudemment, tâche compliquée par mes larmes et mon nez bouché.

– Par où commencer ? rétorque-t-elle en riant. Et d'une, que d'autres mondes existent. Qu'il y a des portails menant à ces mondes juste sous nos pieds.

Elle désigne ses rangers râpés, ou plutôt ce qui se trouve en dessous.

– J'aurais bien aimé rencontrer ton oncle, en tout cas. Il a l'air cool.

Elle sourit, mais je ne comprends pas ce que ça signifie. Croit-elle que c'est une plaisanterie ? Une sorte de blague ?

– J'ai questionné d'autres employés, poursuit-elle, et ils m'ont dit de m'adresser à Willow. Alors c'est ce que j'ai fait. Elle m'a confirmé que tout était vrai. Qu'elle avait voulu m'en parler avant, le premier soir, qu'elle l'avait expliqué à tous les autres. C'est pour ça que tout le monde fait comme si de rien n'était, quand on croise des gens avec des écailles sur les joues.

Je prends une grande inspiration, un soulagement timide naissant en moi.

– Tu es au courant pour les autres Royaumes, alors ? Et tu ne nous crois pas tous bons pour l'asile ?

Elle hausse les épaules, geste d'une décontraction trompeuse. Elle fait quelques pas vers moi et s'assoit au bord du lit, dont le vieux sommier grince sous son poids. La lumière a de jolis effets sur son visage, elle en atténue les angles et les ombres.

– J'ai un frère jumeau, me confie-t-elle doucement. Terran. Quand mes parents sont morts, on a été séparés et placés dans des familles d'accueil différentes. Je ne l'ai pas revu depuis que j'ai quatre ans. Mais je me rappelle les histoires qu'il inventait.

Alors que je m'apprête à sortir une banalité du genre « Je suis désolée », Taya secoue la tête pour m'enjoindre de la laisser finir.

– Il parlait sans cesse d'un lieu semblable à celui-ci, un palais qui contenait des portes menant à des mondes par milliers. Alors, quand j'ai lu ces messages, comment dire… J'ai eu l'impression que c'était un signe du destin.

Elle sourit d'un air penaud, comme si elle craignait que *moi* je ne la croie pas, alors que c'est moi qui retiens mon souffle, clouée sur place.

– Depuis que j'ai vécu à Roswell, conclut-elle, j'ai la conviction que nous ne sommes pas seuls dans l'univers.

Elle arque un sourcil pour me montrer qu'elle plaisante

à moitié. Je lui rends son sourire, sentant les larmes en train de sécher sur mes joues.

– Je te confirme que nous ne le sommes pas, je réponds après un moment de silence contemplatif. Même s'il vaudrait mieux parler du multivers, pas de l'univers.

– Tu joues sur les mots, rétorque-t-elle, sans cesser de sourire. Là où je veux en venir, c'est que, si tu es folle, je le suis aussi. Je te crois, moi.

C'est donc aussi facile que ça, aussi simple de partager la vérité au sujet des Royaumes adjacents avec quelqu'un d'autre.

Je me remémore les innombrables heures que j'ai passées, petite, à essayer de tout expliquer à mon père, lui qui pensait que j'inventais tout. J'ai le sentiment qu'on m'ôte un poids, si léger soit-il. Ça fait du bien d'être crue. D'être comprise.

– Maintenant que nous avons mis ça au clair, tu vas me dire ce qui ne va pas ? reprend Taya.

Elle croise les jambes en tailleur sur le dessus de lit, son sourire s'efface de son visage.

– C'est une longue histoire, dis-je en ravalant la boule qui se forme alors dans ma gorge. Je peux m'asseoir ?

Taya désigne d'un geste le fauteuil dans l'encoignure. Je m'y enfonce et replie les genoux contre ma poitrine. Je lui donne la version abrégée de tout ce qui s'est passé depuis notre arrivée à Havenfall, laissant de côté la plupart des éléments que je ne comprends toujours pas, notamment les disparitions du conseiller du prince d'Argent et de Brekken. Je lui explique qu'il existe un monde peuplé de monstres, que la porte qui y mène, en sommeil depuis longtemps, a récemment été percée d'une brèche, par laquelle une créature s'est échappée.

Ses yeux plissés vacillent, demeurant indéchiffrables tout au long de mon récit, mais elle ne dit rien. Pas avant que j'évoque le prince d'Argent qui a vu Brekken dans les souterrains.

– Si ça se trouve, il se trompe, commente-t-elle, en appuyant le menton sur ses mains croisées. Ou il ment.

Je cligne des paupières. De toutes les choses qu'elle aurait pu dire, je ne m'attendais pas à celle-là.

– Au sujet de Brekken ? Pourquoi mentirait-il ?

Elle hausse les épaules.

– J'en sais rien. Mais tu m'as dit que tu connais Brekken depuis toute petite. Je n'ai pas entendu ta conversation avec ce prince, là, dans le salon de réception, mais il avait l'air vénère que la princesse fiordique soit là.

– Fiordienne, je corrige.

Je me triture une petite peau, tire dessus jusqu'à avoir mal, avant de poursuivre :

– Visiblement, j'ai la fâcheuse habitude d'accorder ma confiance aux mauvaises personnes. Je devrais peut-être partir du principe que c'est toujours le cas, dorénavant.

Un petit gloussement amer m'échappe, et une question naît dans mon esprit au sujet du prince : Ai-je confiance en lui ?

La réponse sincère, c'est : « Je ne sais pas. » Il est charmant, un peu trop d'ailleurs. Mais il a sauvé son peuple. Il conduit la destinée des Ardantins. S'ils se fient à lui, pourquoi douterais-je de son honnêteté ? Je n'ai aucune raison de ne pas lui faire confiance.

– Si je dis ça, c'est que…, bredouille Taya au bout d'un long moment, l'air soudain étrangement mal à l'aise.

Son regard passe des papiers à moi, comme si elle hésitait à me faire une confidence.

– Je me suis documentée sur les Solariens.

Elle ouvre le tiroir de sa table de chevet et en sort un livre à reliure de cuir, jauni, frappé du titre *Histoire du royaume de Solaria* en lettres gaufrées.

– Là-dedans, il n'est dit nulle part qu'ils dévorent les gens, déclare-t-elle. Qu'ils aspirent les âmes, ouais, mais il n'y a rien au sujet de… tu vois, quoi.

Son nez se fronce de dégoût.

– Tu trouves ça logique qu'il ne soit rien resté du tout du conseiller du prince, toi ?

– Il y avait beaucoup de sang, je réponds machinalement, en repensant à l'horrible matière visqueuse sur mes mains et mes vêtements.

Mais je me souviens alors que c'était bleu, pas rouge. Y avait-il eu la moindre trace de rouge ? Peut-être que Sal, Graylin ou Willow en avaient nettoyé le plus gros avant que j'arrive dans les tunnels.

Un frisson m'ébranle à cette pensée, lorsque j'imagine du sang rouge maculant le sol de Havenfall. Rouge comme dans la cuisine, ce soir-là. *Le corps de Nate n'a jamais été retrouvé non plus.*

Je prends une profonde inspiration, et essaie de me représenter de l'air pur s'engouffrant en moi et chassant ces considérations morbides.

– C'est le prince d'Argent qui a le plus intérêt à découvrir la vérité, je déclare, peut-être un peu trop vivement. Bram était son ami.

– OK, c'était une idée comme ça.

Taya descend du lit pour faire les cent pas devant la fenêtre.

– Brekken m'a volé mes clés, j'ajoute.

– Rien ne le prouve, tempère-t-elle en contemplant les sommets. La seule certitude, c'est qu'à un moment elles n'étaient plus dans ta poche.

– Et on les a retrouvées chez l'Héritière.

À ce souvenir, je sens mes lèvres dessiner une moue contrariée.

Taya s'anime.

– Si ça se trouve, tu les as fait tomber, ou elle te les a prises dans la salle de bal.

Elle marque une pause, le regard dans le vague.

– Tu crois que c'est elle qui a ouvert la porte de Solaria ?

– Je ne sais pas comment ça serait possible. Je pensais que seul un Solarien pouvait le faire. Mais il semblerait qu'elle soit impliquée d'une façon ou d'une autre.

Mais pourquoi ? Par curiosité scientifique ? Par vengeance envers Marcus à cause de leur querelle de l'an passé ?

La peur souffle sur moi comme un vent glacé, charriant avec elle la menace de souvenirs terrifiants – une cuisine ensanglantée, du verre brisé. Ne voulant pas m'y enliser, je me force à me lever à mon tour et vais à la table de chevet, où je feuillette les papiers que nous avons volés dans la chambre de l'Héritière.

– Est-ce que tu y as trouvé autre chose ? je lui demande.

Elle me fixe en haussant les sourcils, comme pour me signifier « Évidemment ». Elle se hisse sur le rebord de la fenêtre, dos tourné à la lune et aux montagnes, jambes pendantes.

– Je crois que l'Héritière se livre à un trafic de contrebande entre les Royaumes.

J'ai soudain plus froid.

– Comment ça ? Un trafic de quoi ?

Mais l'image de sa chambre s'attarde dans mon esprit. L'abondance de bibelots, un véritable magot d'objets en argent disposés sur le bureau. Et le tiroir renfermant une fortune en espèces.

Taya s'approche de moi et tapote du bout des doigts le papier au-dessus de la pile. On dirait une feuille arrachée à un registre d'autrefois, noirci de descriptions d'artéfacts tracées de la main soigneuse de l'Héritière.

Théière en argent avec anse à motif de liane grimpante.
Pendentif avec chaîne en argent et pierre diamantine d'Ardant.
Anneau simple en argent.

Et ainsi de suite, avec des montants exorbitants notés en face.

Ce n'est pourtant pas le plus bizarre. À côté de chaque article figure un symbole dessiné à l'encre verte, évoquant un hiéroglyphe. Tandis que je fais courir mon index le long de la colonne, Taya se penche, extrait une autre feuille de la pile et l'aplatit sous la clarté de la lampe.

– Voici la clé qui permet de tout comprendre.

En effet, sur cette page apparaissent aussi les signes accompagnant les descriptifs. Abasourdie, je constate que chacun représente une aptitude magique provenant d'un des Royaumes adjacents. Guérison du sang : c'est fiordien. Maniement du vent, convocation de la pluie : ardantin. Vigilance : encore fiordien. Et ça continue. Il y a bien une trentaine de symboles sur cette feuille.

– Elle fait du trafic de magie, murmure Taya, d'une voix presque chargée de respect. C'est peut-être pour ça qu'elle voulait que la porte soit ouverte ? Pour en vendre dans un autre monde ?

– C'est absurde, je maugrée, en partie pour moi-même.

Les Solariens sont des monstres ; il est inconcevable que l'Héritière puisse faire affaire avec eux.

Mais cette affirmation est inexacte. Quelle que soit la réputation des Solariens, ils étaient jadis les bienvenus à Havenfall, au même titre que les Fiordiens et les Ardantins. Ils prenaient leur pleine part aux échanges commerciaux entre les Royaumes. Ils étaient nos alliés, jusqu'au jour où ils se sont retournés contre nous.

Pourtant, l'Héritière sait forcément qu'ils ne sont pas dignes de confiance. Je m'assois sur le lit, le cœur battant, m'efforçant de trouver un sens à tout ça. J'ai déjà entendu les délégués évoquer des rumeurs concernant des objets magiques – épées, coupes ou anneaux enchantés, imprégnés de magie des Royaumes adjacents. Tout comme sur Terre nous avons des récits où il est question de calices sacrés ou d'épées extraites d'une pierre. Marcus a toujours qualifié ces histoires de contes de bonnes femmes. Il persistait à répéter que les magies fiordienne et ardantine coulent dans le sang de leurs habitants. Qu'on ne peut pas les séparer d'eux.

Mais si les rumeurs étaient vraies?

– Bizarre, je commente, d'une voix qui se brise au lieu d'être légère et aérienne.

Je parviens systématiquement à la même conclusion : je dois refermer la porte solarienne au plus vite, pour empêcher quiconque de la franchir dans un sens ou dans l'autre. Tant qu'elle sera ouverte, l'auberge sera vulnérable, menacée par une plaie béante sous nos pieds.

Taya, qui s'est appuyée sur le bureau, visiblement incapable de tenir en place, lève les yeux vers moi.

– Quoi, qu'est-ce qu'il y a?

– C'est que…

Je me racle la gorge et rassemble mes pensées. Pour gagner du temps, je dépose les papiers sur la table de chevet et aligne soigneusement leurs bords.

– Je trouve toujours ça fou que tu me croies. Sur toute la ligne.

– Ne reviens pas là-dessus, je risquerais de changer d'avis.

Elle m'adresse un grand sourire taquin et me donne une tape sur l'épaule, avant de rappuyer les mains sur le bureau et de pencher la tête en arrière pour contempler le plafond aux poutres de chêne.

– Cet endroit a quelque chose d'étrange. Je le ressens. Et…

Elle baisse les yeux vers moi un instant, puis les relève, les joues marbrées de rouge.

– Mon frère me parlait tout le temps des autres mondes. Il me racontait que nous étions peut-être le prince et la princesse de l'un d'entre eux, et qu'un jour nous réussirions à y retourner. Je ne devrais pas me souvenir de ça. J'étais toute gamine, pourtant je me rappelle.

Puis son sourire s'estompe.

– À moins que j'aie tout inventé. Ce qui reste une possibilité.

– Non.

J'ai asséné cette négation avec une vigueur qui me surprend. Est-ce parce qu'en parlant ainsi de Terran, c'est comme si elle posait sur mon cœur un stéthoscope et entendait mes pensées au sujet de Nate ?

– Ce n'est pas parce que tu étais petite que tes souvenirs ne sont pas réels.

Les miens le sont.

– Tu m'as demandé quel était mon grand but dans ma vie, reprend Taya. Eh bien, je veux retrouver mon frère.

Elle part d'un petit rire saccadé.

– Dit comme ça, ça a l'air idiot.

– Pas du tout.

Une douleur compassionnelle m'étreint la poitrine. Je suis incapable d'imaginer ce qu'on peut ressentir.

– Je pourrais t'aider.

J'ignore pourquoi j'ai proposé ça. Ce n'était pas réfléchi. Ces mots sont sortis tout seuls. Mais je m'aperçois que je ne peux pas non plus les retirer. Je reste là bêtement, les yeux levés vers elle, quasi certaine qu'elle va me rire au nez.

Elle incline la tête de côté, et j'ai du mal à déchiffrer l'expression de son visage.

– Pourquoi tu ferais ça ?

– Parce que j'ai perdu un frère, moi aussi. Et je donnerais tout pour qu'on me le rende.

Encore incapable de la boucler.

Qu'est-ce qui fait que je ne me contrôle plus quand je suis face à Taya ? Depuis toujours, je m'enorgueillis d'être une tombe. Je n'ai jamais parlé de Havenfall à personne, à part à mon père, même si – ou peut-être justement pour cette raison – je savais qu'il ne me croirait pas. Je n'ai jamais parlé de Nate parce que je n'aurais pas pu raconter toute la vérité, et chaque fois le mensonge retournait le couteau dans la plaie au lieu de me soulager. Et voilà que je déballe tout à quelqu'un que je connais depuis à peine plus d'une journée, quasiment une étrangère.

Son visage s'est adouci.

– Je suis désolée. Est-ce qu'il est…

– Mort, oui. Nate est mort.

Je prononce ces mots très vite, comme si ça pouvait les rendre moins pénibles, mais rien n'atténue jamais la douleur. Les larmes menacent de nouveau de surgir. Je me dépêche de changer de sujet. Je pointe les papiers du doigt.

– Aide-moi à élucider cette affaire, et, dès que mon oncle ira mieux, je ferai tout mon possible pour t'aider à retrouver ton frère. Terran, c'est ça ?

– Terran, oui.

Les yeux songeurs qu'elle braque sur les miens sont si foncés qu'ils en sont presque noirs.

– Tope là.

Elle se penche vers moi le temps de me serrer la main, la poigne douce et chaude, puis reprend sa position de départ et souffle comme si elle était épuisée.

– Fiou. Cet été est déjà plus crevant que ce que j'avais prévu.

– C'est-à-dire ? je lui demande, relativement intriguée.

Elle hausse une épaule.

– La routine habituelle, quoi. Tuer le temps, oublier mon ex, gagner assez pour me lancer à la recherche de mon frère.

– Tu vas à la fac, au fait ? je m'enquiers, me souvenant qu'elle a dix-neuf ans.

Un air circonspect file sur son visage. C'est très fugace.

– Non. Gagner du fric, ça doit passer en priorité.

Son ton sans appel décourage toute réplique.

– Et toi ? enchaîne-t-elle.

Je crois déceler qu'elle me pose la question par simple politesse, mais un sourire radieux se dessine sur mes lèvres lorsque je pense à mon grand projet.

– Ouais. Je veux m'inscrire à des cours en ligne et vivre ici.

– Et après ?

Je hausse les épaules. C'est devenu chez moi une habitude d'adopter un ton volontairement détaché pour parler de Havenfall aux non-initiés – montrer l'attachement viscéral que je voue à cet endroit reviendrait à mettre à nu une blessure dans mon âme. Les gens de mon âge veulent de l'argent, une voiture, un courrier d'acceptation pour l'université, un copain ou une copine. Des désirs normaux, en somme. Moi, tout ce que je veux, c'est que Havenfall soit ma maison.

– Va savoir, je rétorque avec légèreté. Si ça se trouve, je reprendrai la direction de l'auberge, un de ces quatre.

Taya soutient mon regard, et j'ai l'impression déroutante qu'elle voit clair dans ma désinvolture de façade.

Pourtant, sa réponse n'en laisse rien paraître.

– Sympa comme projet.

*

En me réveillant le lendemain matin, je ne me sens pas du tout reposée, je n'ai presque pas fermé l'œil de la nuit. Des cauchemars ont agité mon sommeil, et, bien que je ne me les rappelle pas, je devine sans mal autour de quoi ils tournaient. Brèches dans les portails, monstres tapis dans des souterrains.

Je m'extirpe toutefois du lit, enfile mes habits les moins froissés – une robe courte à manches longues par-dessus un legging noir –, et descends d'un pas encore chancelant à l'appartement de Marcus et Graylin.

Comme hier, c'est Willow qui m'ouvre. Comme hier, Marcus est allongé sans connaissance sur le lit. Graylin est assis dans un fauteuil à côté de lui, un scintillement de magie s'écoule entre ses mains.

– Marcus a l'air d'aller un peu mieux, dis-je, d'un ton légèrement trop enjoué, mais c'est vrai.

Il semble avoir repris un peu de couleurs, les mouvements de sa poitrine sont plus amples et plus réguliers.

– Si tu le dis, bougonne Graylin, sans me regarder.

Il a l'air encore plus épuisé que moi. Sa peau a un aspect cireux et il a des poches brunes sous les yeux.

Willow, qui est allée me faire un café à la machine posée sur la commode, se penche et me chuchote à l'oreille :

– Graylin n'a pas dormi de la nuit. J'ai essayé de le convaincre de prendre une pause, mais peut-être qu'il t'écoutera plus.

Je hoche la tête et m'approche doucement.

– Graylin...

Il secoue la tête, toujours sans un regard pour moi.

– Je sais ce que tu vas me demander. La réponse est

toujours non. Il a perdu connaissance depuis trop longtemps. Je reste jusqu'à ce qu'il se réveille.

– Graylin.

Une vive crainte me saisit. Les Fiordiens résistent mieux que les humains au manque de sommeil, mais pas indéfiniment.

– Il voudrait que tu te reposes.

À ces mots, il relève enfin les yeux. Il a une mine affreuse, les traits creusés, l'air nauséeux et même… coupable. Se sent-il responsable de ce qui s'est passé ? *Ne t'accable pas*, ai-je envie de lui dire. *Si quelqu'un est fautif, c'est moi.* Moi, pour avoir laissé Brekken me duper. Je ne comprends toujours pas quel rôle l'Héritière et lui ont joué dans l'ouverture du portail solarien, mais le fait que tous ces évènements aient eu lieu la même nuit ne peut être une coïncidence.

Avant que j'aie pu formuler mes pensées, des coups à la porte nous font sursauter tous les trois. Étant la plus proche, je vais ouvrir, sans toutefois pouvoir m'empêcher de serrer ma tasse plus fort. Comme si un monstre tel que celui qui a tué mon frère allait toquer poliment ! Comme si je pouvais l'arrêter en lui jetant du café brûlant au visage…

Ce n'est qu'une fille, une des étudiantes de Boulder. Kimmy, je crois. Elle a l'air inquiète.

– Salut, désolée. Marcus est là ?

Bien que le lit soit dans un coin, je me positionne de sorte qu'elle ne puisse voir plus loin dans la chambre.

– Pas pour l'instant, pourquoi ? Je peux t'aider, peut-être.

Pourvu qu'il s'agisse d'un problème banal. Des toilettes bouchées, des chamailleries entre délégués, ou du vin renversé sur de la moquette blanche…

– Jayden a trouvé un chevreuil mort dans les bois, annonce-t-elle avant de se mordre la lèvre. Nous y sommes allés hier soir pour… euh…

Elle rougit.

– Ça, on s'en fiche.

Ce n'était pas mon intention de lui répondre si sèchement, mais à cause de l'inquiétude mes mots sont brusques et cinglants.

– Tant que vous n'êtes pas sortis du domaine, ce n'est pas grave. Mais qu'est-il arrivé à ce chevreuil ?

– On dirait qu'un puma l'a attaqué. Il était à moitié dévoré. Mais il y avait des empreintes de pas bizarres tout autour. Genre…

Elle avance la main paume vers le haut, doigts écartés.

– Elles étaient énormes, avec des griffes, mais il y avait aussi comme des traces de pouce. Ça fait longtemps que je suis plus scout, mais je crois pas que les pumas aient des pouces.

Je me crispe.

– Ouais, c'est clair.

D'accord, Maddie, me dis-je. *Pas de panique*. Ce n'est pas forcément ce que tu imagines.

– Un ours, peut-être ? je suggère. Ils ont cinq orteils.

Je combats une violente envie de rire.

Kimmy fronce les sourcils d'un air dubitatif.

– Ça se peut...

Je vois bien qu'elle n'y croit pas plus que moi.

– Je vais envoyer quelqu'un jeter un coup d'œil, je l'informe. En attendant, évite de te balader toute seule dans la forêt.

Elle acquiesce d'un signe de tête.

– Et préviens aussi les autres... Restez à l'intérieur, si c'est possible.

Une fois Kimmy partie, je retourne dans l'appartement. Les expressions sinistres de Graylin et Willow reflètent le sentiment qui enserre ma poitrine. La peur oppressante, agitée. La crainte que nous n'ayons pas assez persévéré dans nos efforts pour refermer la porte solarienne. Parce que maintenant, malgré les gardes que nous avons postés dans les tunnels, quelque chose d'autre s'est échappé.

– Je descends dans les souterrains faire un état des lieux, j'annonce. Si je ne suis pas revenue dans une demi-heure, prévenez la police.

C'est une plaisanterie vaseuse, qui ne fait rire aucun d'eux. Willow se lève, vite imitée par Graylin.

– Marcus s'en sortira sans nous quelques minutes, déclare-t-il en réponse à mon regard interrogateur. Pas question que tu y ailles seule.

*

Sal et six gardes – une équipe différente d'hier, Sal organisant des rotations pour que les souterrains soient surveillés en permanence – nous rejoignent à la croisée et nous accompagnent au tunnel solarien. Personne n'a rien vu d'inhabituel, et, même si aucun de nous ne le formule, je me demande si les autres pensent, comme moi, à la capacité des Solariens de changer de forme. Quelle est l'étendue de cette aptitude – un Solarien peut-il se transformer en rat, en papillon de nuit, en grain de poussière ? Comment pouvons-nous nous défendre contre une menace dont nous ignorons l'aspect ?

Dans le tunnel, hormis nos pas et nos souffles, on n'entend que le hurlement étouffé du vent qui s'engouffre dans le labyrinthe de roche : le sifflement glacé de la brise arctique fiordienne, et le rugissement chaud et furieux des bourrasques tempétueuses ardantines. Nous nous taisons tous. Nous nous contentons de nous enfoncer plus vite dans l'obscurité – Graylin et Willow ouvrant la marche, côte à côte, puis moi, et les gardes qui nous escortent.

Quand nous franchissons l'angle, il n'y a rien que les courants d'air et les ténèbres. La fissure dans la porte s'est encore élargie, et une terrifiante lueur orange s'en échappe. Je crois percevoir des hurlements de l'autre côté, sans pouvoir déterminer si ce sont ceux du vent ou de bêtes féroces.

Puis, la peau hérissée par l'effroi, je constate que les griffures sont plus nombreuses que la dernière fois.

Les longues entailles incurvées ressemblent à des blessures dans le roc.

Mon regard suit le cheminement des écorchures creusées autour de la brèche. Elles se poursuivent dans le couloir. S'estompent juste avant d'atteindre mes pieds. L'explication ne fait aucun doute, cette fois.

Un monstre solarien s'est introduit dans Havenfall.

11

Ce soir-là, accroupie devant la cheminée du salon de réception, je m'efforce de me concentrer sur mes profondes inspirations. Les mélodies lointaines de l'orchestre élémentaire flottent jusqu'ici depuis la salle de bal, mais la musique est presque étouffée par le martèlement de la grêle sur la lucarne, si puissant et assourdissant que la vitre, me semble-t-il, pourrait se briser et s'effondrer sur moi à tout moment.

Après ce que nous avons vu dans les tunnels ce matin, je me suis entretenue avec le prince d'Argent et la princesse Enetta, afin de les informer qu'un Solarien se cachait très vraisemblablement quelque part dans le domaine et que personne ne devait sortir de l'auberge. Le prince d'Argent s'est proposé de recourir à sa magie pour me permettre de gagner du temps. L'orage qu'il a déclenché s'est déchaîné toute la journée, faisant trembler les fenêtres et peignant le ciel d'une grisaille lugubre. À présent, il fait nuit, mais l'orage tarde à se calmer. J'ai un coup au cœur chaque fois qu'un éclair colore de rouge les vitres ou que le tonnerre gronde dans le lointain. C'est la première fois aujourd'hui que j'ai un moment seule, et la terreur que j'ai réussi à repousser le temps des entretiens parvient à percer mes défenses. Mon pouls s'emballe et ma poitrine me semble trop étroite, comme si mon cœur et mes poumons manquaient de place. De la sueur me dégouline dans le dos, mais j'ai froid, même en approchant les mains du feu. Des vrilles de panique ont trouvé des failles par où s'insinuer dans mon esprit, et elles tirent, tirent, tirent sans cesse.

Un Solarien rôde dans les parages. Il pourrait être absolument n'importe où.

Non. Je ne dois pas sombrer dans cette paranoïa. Quand nous sommes remontés des souterrains, Graylin m'a informée que l'aptitude des Solariens à changer de forme a des limites. D'après ce que l'histoire lui a enseigné, la plupart d'entre eux ne peuvent alterner qu'entre deux ou trois formes qui apparaissent au fil de leur vie. Ils ne peuvent pas prendre l'aspect de quelqu'un après un seul coup d'œil, ou rapetisser au point de devenir indétectables. Quand nous verrons le Solarien, nous le saurons. Je n'ai pas à avoir peur de Kimmy qui se précipite dans le couloir, un plateau d'argent à la main, ni du papillon de nuit qui, posé sur la fenêtre côté ouest, bat lentement des ailes sans que la pluie semble le gêner.

Pourtant, je ne peux pas m'en empêcher.

Chaque fois que je ferme les yeux, je me retrouve dans le placard de la cuisine, cartons, boîtes et conserves pressant contre mon dos et mes jambes, j'entends maman et Nate qui crient, je sens l'odeur chaude et cuivrée du sang par l'interstice entre les portes. Je ne vois rien, seulement des éclairs de couleur et de mouvement, pelage bleu, sang rouge…

Reprends-toi, Maddie. Je n'ai pas le temps de patauger dans ces horribles réminiscences, même si j'en avais envie. J'en cherche donc une plus agréable et m'y accroche, celle d'un conseil que papa m'a donné dans les premiers mois qui ont suivi le drame, quand je me réveillais en hurlant presque toutes les nuits à cause des cauchemars. *Tu as plus de souvenirs joyeux que de souvenirs effrayants, hein ? Ne laisse pas tant de place dans ta tête à ceux qui te font peur.*

Ça m'est difficile de repenser aux années qui ont précédé l'attaque, car tout ce qui m'en reste est parasité par la crainte – comme si j'avais dû savoir qu'un tel bonheur ne pouvait pas durer. Mais je me remémore ce moment où je marche jusqu'à l'arrêt de bus au bout de la rue, tenant la main droite de maman alors que Nate lui tient la gauche, des touffes de coton virevoltant autour de nous telle une neige estivale. Je me rappelle le déguisement de dinosaure qu'elle m'avait fabriqué pour Halloween, combien je me sentais grande et courageuse avec des griffes et une queue qui se balançait derrière moi. Je me revois allongée sous le sapin de Noël avec Nate, admirant les guirlandes lumineuses entre les branches qui ressemblaient à des galaxies de rouge et de vert.

Les idées moins encombrées, je relâche lentement mon souffle.

Je dois être plus forte que ça. Un monstre rôde dans le domaine de Havenfall, et une centaine de personnes comptent sur moi pour garantir leur sécurité. Même si elles ne le savent pas encore vraiment.

Ayant entendu des bruits de pas qui approchent, je me redresse juste avant que la porte du couloir s'ouvre et que Graylin, Willow, Sal, le prince d'Argent et Enetta entrent. Graylin porte un épais rouleau de cuir noir. À la vue de ses traits plus tirés que jamais, j'éprouve un pincement de tristesse. Ce qu'aime Graylin, c'est la poésie, la musique et Marcus. Je sais ce qu'il tient entre les mains, et il ne devrait pas avoir à le faire. Mais, l'air grave et déterminé, il pose le paquet sur la première table basse venue et le déroule avec soin, son contenu étincelant à la lumière douce.

Il a descendu un assortiment d'armes de l'ancienne armurerie, au premier étage, des armes qui, depuis que je viens, ne servent que de décoration, plutôt des pièces de musée qu'autre chose. Ce n'est plus le cas : Willow et moi recevons chacune une épée courte à lame courbe et fine, Graylin et Enetta se munissent d'étuis de ceinture accueillant des revolvers fiordiens à filigranes d'or, légers et élégants, étanches et chargés de capsules de poison au lieu de balles.

Quand nous étions enfants, Brekken et moi jouions à la guerre dans la forêt, nous prenant pour des soldats fiordiens. Nous nous affrontions avec des épées en bois ou tirions au pistolet à air comprimé sur des boîtes de conserve alignées sur des souches. C'est très différent de tenir une arme pour de vrai : la mienne est lourde et glissante dans mes mains moites tandis que nous descendons dans les souterrains. Demain, nous sortirons et tenterons de débusquer le monstre. Ce soir, nous allons réessayer de sceller le portail de sorte qu'aucun autre Solarien ne puisse s'échapper. La magie ardantine a échoué, mais la fiordienne se révélera peut-être plus efficace. Les Fiordiens sont capables de soigner la chair – espérons qu'ils peuvent guérir aussi le mal qui frappe la porte solarienne.

Il est difficile de déterminer si de nouveaux changements affectent le passage. La lumière orange est toujours là, des ombres vacillent et s'animent de l'autre côté. Cette fois, c'est Graylin qui s'avance, accompagné d'Enetta, et tous les deux se postent devant la porte, les yeux fermés et les mains posées sur la roche. Bien qu'ils se tiennent totalement immobiles, je sens presque les vibrations de leur magie, comme un courant marin. Graylin m'a expliqué un jour qu'il pouvait ressentir le mouvement de l'eau sous terre s'il le cherchait, de la même façon que je peux presser la gorge ou le poignet de quelqu'un pour palper son pouls. Il m'a expliqué que les montagnes sont des êtres vivants au même titre que lui ou moi, différents, mais non moins doués de vie. Je me demande ce que les montagnes sont en train de lui dire en cet instant.

Après quelques moments de silence – mis à part le bourdonnement inquiétant qui gronde de l'autre côté de la porte –, Enetta bouge. Elle sort un petit couteau de sa manche et trace une incision peu profonde au dos de sa main, qu'elle touche du bout des doigts avant d'étaler son sang sur la paroi.

– Euh…

La vue du sang me donne la nausée, et, même si sa faible trace est à peine visible dans ce tunnel obscur, un frisson me parcourt aussitôt.

– Qu'est-ce que vous faites ? je m'enquiers d'une voix tremblante.

Graylin s'apprête à me répondre, mais Enetta le coupe d'une voix agacée et pressante.

– Maintenant.

Ils se mettent à parler simultanément à voix basse dans une langue qui m'est inconnue. Le prince d'Argent s'approche de la paroi et de moi ; je sens sa chaleur dans le froid de la galerie.

Puis une sorte de charge électrique anime l'air, m'effleure la peau, et derrière le portail les ombres s'agitent soudain davantage, ondulent telles des algues dans le courant de la marée. Mais peu après elles redeviennent relativement tranquilles. Quoi qu'ils aient tenté, ça n'a pas fonctionné.

– Je n'aime pas ça du tout, déclare Enetta d'un ton froid, sans quitter la porte solarienne du regard, en pianotant du bout de ses doigts maculés sur la paroi d'un air songeur. Je n'ai pas amené les miens ici pour les mettre en danger. Si Havenfall n'est plus un endroit sûr, la délégation fiordienne repartira à Myr sur-le-champ.

Un grand désarroi m'assaille.

– Vous n'avez vraiment rien senti ? je m'enquiers.

Si les Fiordiens s'en vont, quelques jours après le solstice, leur passage risque de perturber l'équilibre du portail. Ce qui m'effraie presque davantage, c'est que le sommet puisse s'achever avant l'heure. Qu'une paix longue d'un siècle prenne fin parce que je n'aurai pas réussi à garder le contrôle de la situation en l'absence de Marcus.

– Il y a eu un ondoiement, déclare Graylin, avant de s'écarter et de se masser le front. Mais le portail n'a pas réagi à notre sang.

Une idée me vient soudain, et l'appréhension m'assèche la bouche, mais les mots m'échappent déjà, un excès de peur m'empêchant de réfléchir avant de parler.

– Essayez avec le mien, je suggère.

Graylin redresse vivement la tête et braque sur moi un regard d'une dureté stupéfiante.

– Non.

Sans vraiment le voir, je sens le prince d'Argent se déplacer. S'approcher.

– Ça pourrait marcher, Graylin, intervient-il, avec une douceur inhabituelle. Je n'ai pas une grande expertise de votre magie, mais si votre sort dépend de *qui* donne son sang…

Il me jette un coup d'œil en biais.

– Alors c'est une bonne idée. Le sang de l'Aubergiste aura peut-être plus d'effet.

– Je ne suis pas l'Aubergiste, je m'empresse de rectifier. Mais je suis originaire de ce monde. Ça pourrait jouer, vous pensez ?

Je regarde Graylin dans les yeux, l'adjurant de comprendre. *C'est pour Marcus. Pour tout le monde.* Sans même attendre son assentiment, j'avance vers Enetta et lui tends mon bras. Je suis si nerveuse que j'en ai la chair de poule. Je serais prête à presque tout si cela nous permettait de quitter plus vite les souterrains.

Enetta soupire et trace une fine ligne rouge sur le dessus de mon avant-bras. La morsure de l'incision est brève et inattendue, comme lorsqu'un médecin vous demande de compter jusqu'à trois et vous pique à deux. À peine ai-je le temps de lâcher un petit hoquet de surprise qu'Enetta me saisit par l'épaule et me pousse vers l'avant, avec une certaine douceur sans toutefois me ménager, et soulève mon bras pour le presser contre la paroi lisse et froide.

La charge électrique balaie de nouveau l'atmosphère et les ombres s'animent de mouvements effrénés. On ne dirait pas des algues, cette fois, mais plutôt des tentacules cherchant à saisir une proie. Je dois fournir un effort surhumain pour ne pas faire un bond en arrière lorsqu'elles jaillissent par la brèche et remuent en tous sens.

Après quelques secondes d'une vive tension, elles se retirent. La porte ne se referme pas.

C'est quand même un début.

– On devrait essayer avec du sang de Solarien, je suggère, la première étonnée d'être si calme.

Peut-être ai-je seulement épuisé mes réserves de peur, mais les autres n'ont pas besoin de le savoir.

– Nous organiserons une battue demain pour le débusquer, et quand nous l'aurons tué nous referons une tentative.

Avec le mouchoir que me passe Graylin, j'essuie le filet de sang sur mon bras, puis je me tourne vers Enetta.

– Princesse, si ce plan échoue, vos délégués et vous pourrez repartir si vous le souhaitez. Mais je vous en prie, accordez-moi une journée de plus pour régler le problème. Avec l'aide de vos guerriers, je suis sûre que nous aurons abattu le monstre avant le bal de demain.

Mes flatteries portent leurs fruits. La princesse acquiesce d'un signe de tête. Un sourire pareil à un rayon de soleil fend les nuages qui assombrissaient le visage de Willow. Graylin semble soulagé, et le prince d'Argent m'observe, l'air songeur et légèrement impressionné.

En dépit de tout le reste – la peur qui m'habite encore, le poids de la responsabilité, le caractère terrible de la situation –, j'éprouve un bref frisson de fierté. Je suis peut-être capable de réussir, après tout.

Nous nous séparons dans le vestibule et regagnons nos chambres respectives dans l'auberge à présent silencieuse. Le bal est terminé, mais la tempête continue de faire rage. Alors que je m'engage dans l'escalier couvert d'un tapis rouge et or, n'aspirant qu'à mettre mon casque sur mes oreilles pour me couper de tout, quelqu'un pose la main sur mon bras. Le prince d'Argent.

– Maddie…

C'est la première fois qu'il s'adresse à moi par mon diminutif.

– Puis-je te parler en privé un moment ?

J'ai un temps d'arrêt. Ai-je commis une erreur, un faux pas dans les souterrains ? Mais le prince sourit, d'un sourire différent de celui, digne et lissé, que je lui ai connu jusqu'à présent. Celui-ci est plutôt discret et subtil, presque teinté d'un air de connivence.

– Bien sûr, je réponds, en dissimulant ma nervosité.

On ne refuse pas un entretien avec le prince.

– Avez-vous un endroit en tête ?

– Suis-moi, m'enjoint-il du tac au tac.

Le prince s'élance dans l'escalier avec une vivacité juvénile. Je suis sur les rotules, mais lui semble de bonne humeur, plus enjoué que je l'ai jamais vu.

– Qu'est-ce qui vous réjouit autant ? je lui demande, très doucement pour ne pas réveiller les délégués. Nous n'avons pas réglé le problème du portail solarien.

– Oui, mais il a réagi à ton sang, rétorque-t-il avec un sourire large et franc. Nous sommes à deux doigts de le fermer pour de bon.

Nous atteignons le haut des marches sans que je m'en sois rendu compte. La porte vitrée de l'observatoire se dresse devant nous, et j'hésite, songeant soudain à Brekken, mais le prince fonce tout droit. Peu après, je le suis, désarçonnée, mais légère.

Dans l'observatoire, le fracas de la pluie contre la coupole est presque trop puissant pour que l'on s'entende parler. L'espace est inhabituellement sombre, la pluie étouffant la moindre lueur que le verre enchanté pourrait réfracter. Un épais brouillard étreint l'auberge et les montagnes. Je ne distingue même pas la lune à travers cette purée de pois, et de grosses gouttes éclatent sur les vitres avant de dégouliner.

Mais, dès que le prince d'Argent lève la main, tout s'arrête. La pluie s'évapore des carreaux, les nuages se dissipent au-dessus de nous, laissant un petit disque parfait de ciel nocturne limpide. Partout ailleurs, toutefois, le déluge dresse des murailles opaques et scintillantes de toutes parts. J'ai l'impression de me trouver dans une haute cathédrale élancée, édifice au sol de brouillard, aux murs de pluie et au plafond d'étoiles.

– Comment avez-vous fait ça ? je chuchote, médusée malgré moi. Je croyais que vous possédiez la magie du feu.

Le prince d'Argent va d'un pas tranquille vers une des portes à peine visibles et sors sur l'étroit balcon. Je le suis, gagnée par un autre accès d'émerveillement en voyant, sans la sentir, la pluie qui forme comme un rideau à quelques dizaines de centimètres de moi. La pierre du toit sous nos pieds est mouillée, mais nous, nous sommes secs. Le clair de lune scintille sur les pommettes écailleuses du prince.

– Je ne peux me contenter de protéger Oasis, de tenir les tempêtes à distance des murs de la ville. Je veux créer un monde où les Ardantins pourront prospérer, déclare-t-il.

Une étoile filante fuse au-dessus de sa tête.

– Dans dix mille ans, je veux qu'on se souvienne de moi comme de celui qui a sondé les confins inexplorés de la magie pour sauver son peuple.

Je lui lance un bref coup d'œil, surprise qu'il me fasse part ainsi de ses ambitions, sans détours. Son but est pourtant noble, non ? Fugacement, je me reconnais dans son discours, pensée très vite chassée par la culpabilité et la tristesse qui m'accablent depuis quelque temps. Il y a une semaine, si l'on m'avait posé la question, j'aurais donné une réponse semblable concernant la place que j'occuperais un jour à la tête de Havenfall. Sans aller jusqu'à dix mille ans, j'aimerais que dans cent ans les hôtes de l'auberge se rappellent mon nom.

Hélas, ce rêve a été balayé. Pour l'heure, je m'estimerais déjà chanceuse si nous arrivions au bout de l'été sans déplorer un autre meurtre.

Penchée par-dessus le parapet, j'étire le bras devant moi pour tenter de toucher la muraille de pluie. Elle est trop loin ; le vertige s'empare de moi. Avec une rapidité surnaturelle, le prince se précipite à mon côté, sa main chaude comme une flamme se referme sur mon épaule et me ramène doucement en arrière. Il m'adresse un petit sourire triste, comme s'il comprenait mon désir de sentir les gouttes sur ma peau.

– Attends. Regarde.

Il lève la main, et un morceau de nuage se détache de la masse ténébreuse, avant de dériver vers nous en semant des paquets de pluie. Des frémissements de foudre le traversent en silence. Peu après, l'eau s'abat dans ma paume, tiède, véhémente.

– À quels confins inexplorés pensez-vous ? je l'interroge.

Je songe aux objets en argent dans la suite de l'Héritière. J'ignore si les pouvoirs qu'elle a référencés dans ses registres sont réels ou si ce n'est qu'un subterfuge pour escroquer des humains crédules, mais ce que le prince est en train d'accomplir dépasse largement la maîtrise d'un seul élément. Cela sous-entend que Marcus se trompe, au moins dans une certaine mesure, à propos des limites de la magie. Le prince d'Argent ne me répond pas tout de suite. Je le regarde et constate qu'il m'observe aussi, empreint d'une expression calme, curieuse et déroutante.

– Je me réjouis d'avoir pu enfin venir au Sommet pour la paix, confie-t-il. Je suis de plus en plus convaincu que la magie n'est pas un phénomène propre à chacun de nos peuples, mais une force unique qui parcourt les différents mondes.

Il retourne ses mains jusqu'alors posées sur le muret de pierre et fait jaillir entre elles de tout petits éclairs, comme un chat jouant avec une pelote de laine. Des étincelles se forment entre ses doigts.

– Pense au solstice, par exemple : le jour le plus long ici, une éclipse dans ma ville, une aurore boréale à Fiordenkill. Une même force nous gouverne tous, elle existe partout. Nous pouvons puiser dedans grâce à nos capacités innées, mais il y a peut-être d'autres moyens.

– Comme des objets, par exemple ? je demande, d'un air faussement détaché.

Je ne suis pas tout à fait prête à lui parler de ce que j'ai découvert dans la chambre de l'Héritière, ne serait-ce que pour ne pas révéler la faiblesse du contrôle que j'exerce sur l'auberge. Mais sa théorie des multivers pourrait éventuellement expliquer en partie le butin qu'elle a amassé.

– Des objets, oui.

Il m'adresse un grand sourire, ses yeux reflétant les éclairs qui jaillissent de ses mains. Dans l'obscurité pourtant épaisse, il semble irradier de lumière, comme si sa peau concentrait le peu de clair de lune et de scintillement d'étoiles présents dans le ciel.

– Ou bien il existe un moyen pour que les humains y aient accès aussi. Ou pour que chacun puisse voyager sans danger entre les Royaumes, comme les Solariens.

Ses paupières se ferment et frémissent quelques instants.

– Ne le répète pas à Enetta, mais je donnerais cher pour assister à une aurore boréale fiordienne.

Je ris, mais sous mon amusement apparent les aveux du prince réveillent en moi un rêve dévorant. Combien de fois ai-je éprouvé cette même envie : celle d'explorer d'autres mondes, surtout Fiordenkill ? Brekken m'a tant parlé des aurores boréales, des ponts sculptés dans la glace étincelante, des loups géants courant si vite qu'ils ne perturbent même pas la surface neigeuse. J'ai toujours cru que je devrais me contenter des images que ses descriptions suscitaient en moi. Mais s'il existait une autre possibilité ?

– Depuis toujours, je voudrais avoir des pouvoirs magiques, je lui confie, avant de rire pour compenser la profonde envie qu'il décèle sans doute dans ma voix. C'est le cas de tous les humains, j'imagine.

J'essaie de ne pas penser au fait que c'était aussi mon rêve de visiter Fiordenkill en compagnie de Brekken. Hélas, même le prince d'Argent ne connaît pas d'enchantement capable de défaire une trahison, à mon avis.

– Je crois que tu en as déjà.

Une lueur brille dans le regard du prince, et, comme pour donner du poids à ses paroles, deux météorites fendent le ciel au-dessus de lui.

La fatigue aidant, j'ai l'impression d'y voir des présages. Lesquels, je l'ignore.

– Je suis convaincu que, si nos règnes coïncident ainsi, c'est le destin, poursuit-il.

Il effleure le dos de ma main avec les doigts, geste qui me stupéfie tant que j'en omets de le reprendre : je ne règne pas. Je ne suis qu'une…

Quoi ? Une concierge ? Une remplaçante ?

– Aubergiste, déclare-t-il doucement avec un sourire, comme s'il lisait dans mes pensées. Nous allons abattre ce Solarien, puis nous trouverons une façon de libérer le pouvoir qui sommeille en toi.

12

D'habitude, j'adore la pluie : son doux crépitement sur les toits, la façon dont elle lisse la lumière et la rend constante de l'aube au crépuscule. Elle calme mon esprit tumultueux, et grâce à elle je me sens protégée, comme dans un cocon. Quand il pleut à Sterling, papa ne me demande jamais pourquoi je ne sors pas avec des copines. Je peux rester blottie sous ma couette, à regarder de vieux films et me couper de tout quelque temps, comme si la marche du monde s'était interrompue rien que pour moi.

Mais il pleut si fort et depuis si longtemps que la nervosité gagne tous les occupants de Havenfall, moi comprise. C'est pleine d'appréhension que je descends l'escalier, en prenant soin d'éviter les endroits dont je sais qu'ils grincent, quoique, si les délégués arrivent à dormir malgré les trombes d'eau qui violentent les vitres, ce n'est pas un bruit dans l'escalier qui les dérangera. Ce n'est pas encore l'aurore, moment prévu pour que nous commencions la battue, mais je suis réveillée depuis qu'il est quatre heures, le crépitement assourdissant de la pluie sur le toit me ramenant brusquement à moi chaque fois que je glissais dans le sommeil. J'aurais dû me douter que c'était peine perdue. Mieux vaut que j'avale quelque chose avant de me lancer aux trousses d'un monstre dans la forêt. Même si j'ai déjà le ventre noué, je dois prendre des forces.

Je n'ai qu'une envie : faire vite demi-tour et me cloîtrer dans ma chambre, fermer les rideaux et laisser d'autres, plus courageux, plus forts, plus *capables,* se charger du Solarien, de la brèche dans la porte, des secrets de l'Héritière, s'occuper de tout. La moindre fibre de mon corps me pousse à trouver un refuge où me recroqueviller, à me cacher en attendant que le problème soit réglé. Le réflexe prévisible lorsqu'un prédateur rôde et qu'on est la proie.

Pendant que Graylin consacrait son temps libre à déverser sa magie sur Marcus, Willow s'est enfermée dans la bibliothèque pour chercher d'autres moyens qui pourraient nous permettre de sceller la porte. Tant qu'elle n'aura rien déniché, nous devrons nous contenter de poster davantage de gardes dans les tunnels et, dans le même temps, tenter de débusquer la créature avant qu'elle nous prenne en chasse. Graylin, Willow et Sal, le prince d'Argent et Enetta, ainsi que les agents de sécurité, feront partie du groupe de chasseurs. Je ne peux pas leur demander de risquer leur vie sans me joindre à eux. Nous devons trouver le Solarien et régler le problème. Nous n'avons pas droit à l'échec. J'espère seulement qu'il est encore dans le domaine, qu'il n'est pas descendu vers la vallée, où il pourrait tuer la sœur ou le frère de quelqu'un, briser une vie en mille morceaux impossibles à recoller.

Je me fige en voyant quelqu'un passer au bas de l'escalier. C'est un homme d'une quarantaine d'années aux cheveux blond roux très clairs, à la démarche furtive, qui est entré par la porte principale et se dirige vers les salles de réunion. Il disparaît au bout du vestibule sans que j'aie vraiment eu le temps de l'observer, mais je n'en suis pas moins interloquée.

Le problème, ce n'est pas que je ne le reconnais pas. Il y a des tas de gens ici que je ne reconnais pas, nouveaux employés ou délégués dont je n'ai pas retenu le nom, même si j'aurais droit aux remontrances de Marcus pour ces manquements. Non, le problème, c'est justement que je l'ai reconnu. Mais où l'ai-je déjà vu ? Sa posture – tête basse, épaules voûtées – me donne la chair de poule. Et le souvenir de son sourire enjôleur...

Ça me revient. C'est le type du car. Celui qui lisait le journal, qui a essayé de me tenir la jambe pendant le voyage.

Que fait-il ici ? Et comment a-t-il franchi la barrière magique dressée par le prince d'Argent ?

Sans réfléchir, je change de direction, prends non pas à gauche vers les cuisines, mais à droite, dans le sillage de l'homme. Devoir supporter un type louche dans un car, passe encore, mais le retrouver dans mon auberge, avant l'aube, précisément aujourd'hui, ça ne me plaît pas du tout. Je veux connaître la raison de sa présence à Havenfall. Alors que je tourne à l'angle, j'aperçois un pan de son manteau élimé qui disparaît au détour du suivant. Marchant sur la pointe des pieds et m'efforçant de garder mes distances, je le suis dans les couloirs du rez-de-chaussée. La pluie masque le bruit de mes pas.

Peu après, il s'éclipse derrière une porte. C'est une des salles de réunion, négligée par les délégués parce qu'elle est exiguë, austère et aveugle. Je m'arrête au bout du couloir, prête à vite me cacher au cas où il ressortirait.

Il n'en fait rien. En tendant l'oreille, je distingue un murmure de voix étouffées en provenance de la pièce. J'en ai la chair de poule : il n'est pas seul. Il a peut-être une raison valable d'être là, mais j'ai un mauvais pressentiment. Je m'approche à pas de loup afin d'être juste devant la porte, où la conversation devient audible.

– … excuses de débarquer comme ça à l'improviste, dit l'homme du car d'un ton obséquieux. Mais je voulais m'assurer que notre livraison de demain tenait toujours, avec votre associé qui n'est pas là et ces nouvelles… circonstances.

– J'y serai.

Je me mordille les jointures, un tic nerveux bien utile en cet instant, car ma main étouffe mon hoquet de surprise lorsque la voix de l'Héritière me parvient à travers le battant. Une voix froide, sèche et hautaine, reconnaissable entre toutes à son étrange accent de personne fortunée.

– Ce n'est pas une bête monstrueuse qui va me faire peur, déclare-t-elle.

Un frisson glacial me parcourt. Elle est au courant. Comment est-ce possible ?

La voix de l'homme se fait plus basse, cajoleuse.

– C'est important, vous comprenez. La marchandise attend…

Son laïus de vendeur automobile se fait alors un peu plus pressant :

– Alors je voulais être sûr que…

– Soyez rassuré, Whit, l'interrompt l'Héritière. J'y serai à l'heure convenue, avec ce que vous m'avez demandé.

Dans un autre contexte, son mépris évident pour ce Whit aurait pu m'arracher un sourire narquois. Mais, là, mon cœur bat à se rompre, mes entrailles se vrillent. Cette livraison dont ils discutent doit être celle dont il est question dans les papiers que Taya et moi avons volés. *Et cet associé absent, qui est forcément…*

Un goût amer m'envahit la bouche. Bien que tout ne se passe que dans ma tête, c'est un crève-cœur de songer à Brekken. Des images défilent dans mon esprit. *Son sourire quand il m'a embrassée. Mon trousseau de clés dans le bureau de l'Héritière*. Quoi que Brekken ait fait avec mes clés, c'était sûrement lié au trafic de l'Héritière. Le fait qu'elle soit au courant de l'intrusion du Solarien accroît ma conviction qu'ils ont également joué un rôle dans l'ouverture de la porte. En revanche, je ne sais toujours pas *pourquoi*.

Je repousse ces pensées. Il me paraît évident que l'Héritière vend des objets des Royaumes adjacents en dehors de Havenfall, à un humain. Un type douteux, qui plus est. Si cela se savait – si ce n'est pas déjà fait –, cela pourrait mettre l'auberge en danger. Détruire tout ce que mon oncle se démène tant à préserver.

La colère qui bout en moi est si tonitruante que je ne remarque pas que les voix se sont tues. Quand j'entends les pas qui approchent de la porte, il est déjà trop tard. Je fais un bond en arrière et file dans le couloir, mais je n'ai pas le temps de m'esquiver avant que la porte s'ouvre à la volée et que l'Héritière en sorte en trombe, le sale type du car sur les talons.

Tous les deux s'arrêtent net en me voyant. Je pivote vers eux, affichant un sourire pour tâcher de donner l'impression que je ne faisais que passer. Au fond de moi, pourtant, je sais que l'Héritière n'est pas dupe. Si menteuse, perfide et malhonnête soit-elle, elle n'est pas idiote.

– Madeline, chevrote-t-elle. Qu'est-ce que tu fais là ?

– C'est là que j'habite.

Ce devait être une réponse légère, une plaisanterie, cependant mes sentiments prennent le pas, confèrent à ma réplique un ton froid et cinglant. *C'est chez moi, ici*.

– Et *vous*, qu'est-ce que vous faites là ?

– J'avais quelques points à régler concernant le Sommet, ment-elle d'un ton désinvolte, sous lequel perce une certaine tension.

– Ah bon ? dis-je en regardant Whit avec insistance, attendant qu'elle fasse les présentations. Ce n'est pas un peu tôt ?

S'il m'a reconnue, il n'en montre rien. Il nous jette à toutes les deux des coups d'œil rapides et une pellicule de sueur se forme sur son visage.

– En effet, répond l'Héritière en reculant à petits pas. Il s'agit d'affaires sensibles.

Ulcérée, je m'avance pour qu'elle cesse de s'éloigner.

– Je suis navrée, Votre Seigneurie, dis-je, espérant qu'elle percevra à mon ton que je ne le suis pas le moins du monde. Comme vous le savez, mon oncle est encore souffrant, et je le remplace le temps qu'il soit rétabli. Le règlement stipule que les nouveaux visiteurs doivent recevoir l'approbation de l'Aubergiste avant d'accéder au domaine.

J'ignore si cette règle existe, mais ça me semble plausible. Une question de plus à poser à Marcus quand il se réveillera.

L'Héritière ouvre des yeux comme des soucoupes, étonnement et indignation s'affrontent sur son visage aux rides discrètes.

– Je suis désolée, Madeline, répond-elle au bout d'un moment, d'un ton blessé. Mais je...

Ce qu'elle s'apprêtait à dire est noyé par un coup de tonnerre fracassant qui fait trembler les vitres.

Ce vacarme m'arrache à mon emportement, et je sors précipitamment mon téléphone pour vérifier l'heure. 5 h 33. Merde. La chasse. Nous devions nous retrouver dans le vestibule à 5 h 30 précises.

Je fixe l'Héritière du regard, canalisant dans ma voix toute la froideur et l'autorité dont je suis capable.

– Il faut que j'y aille. Nous verrons ça plus tard.

– Madeline ! s'offusque-t-elle.

Son exclamation s'éteint derrière moi dans le néant, car j'ai déjà fait volte-face et tourné l'angle.

*

Le soleil aurait dû être en train de se lever à cette heure, mais les épais nuages prolongent la nuit, de sorte que nous ne distinguons du dehors que le brouillard et les gouttes de pluie qui s'écrasent sur les carreaux. Le prince d'Argent est le premier que je vois en déboulant dans le vestibule. Il fait les cent pas le long du mur du fond, une petite flamme danse au-dessus de sa paume levée devant lui. Tout en marchant, il l'entortille autour de ses doigts comme s'il s'amusait à un jeu de ficelle à une seule main.

– Maddie, retentit la voix de Graylin à ma droite.

Il se précipite vers moi et dépose deux objets dans mes bras. D'abord un haubert métallique, puis un revolver fiordien, gravé de loups montrant les crocs. Graylin en porte déjà un à la ceinture ; j'en aperçois l'acier étincelant sous sa cape en fourrure. Un peu plus loin, Willow, Sal et Enetta sont en train de s'armer eux aussi. La magnifique table ancienne incrustée de perles – celle, dit-on, qu'Annabelle chérissait – est couverte d'armes à feu, d'épées et de poignards. On n'entend que la pluie et les cliquetis de la cotte de mailles, il fait sombre à part la lumière des lanternes qui font vaciller les ombres sur les murs lambrissés.

Une fois tout le monde équipé, Willow circule parmi nous pour nous remettre à chacun un dernier objet qu'elle sort d'une bourse en tissu nouée à sa taille. Un sifflet ardantin, élégamment sculpté dans une sorte d'onyx.

– Nous allons nous disperser pour parcourir plus de terrain, explique-t-elle, haussant la voix juste assez pour se faire entendre malgré la pluie. La barrière gravitationnelle aura vraisemblablement empêché le Solarien de quitter le domaine, alors nous devons nous attendre à le trouver. Mais, surtout, ne l'attaquez pas seul. Donnez des coups de sifflet, et les autres accourront à votre aide.

La peur me secoue lorsque Graylin ouvre la porte, et qu'aussitôt les bourrasques et le grondement lointain de l'orage s'engouffrent dans le vestibule. Dehors, se découpant sur le clair-obscur de l'aube contrariée par la tempête, les pins se balancent vivement.

Graylin m'attrape par le bras alors que je m'apprête à rejoindre le reste du groupe qui se déploie déjà sur la pelouse, silhouettes ténébreuses s'enfonçant dans la pluie.

– Maddie, m'interpelle-t-il, la voix rendue rauque par le manque de sommeil. Tu n'es pas obligée de venir. Personne ne l'attend de toi.

– Je sais.

Je lui souris tant bien que mal avant de sortir, tressaillant au contact du déluge glacial qui me fouette aussitôt le visage.

– Mais je ne le fais pas pour les autres.

Je le fais pour moi.

Graylin et moi partons chacun de notre côté, et, sans m'accorder de temps pour réfléchir, je plonge tout droit dans les arbres. Je peux y arriver.

Je connais bien cette forêt. Brekken et moi y avons passé d'innombrables heures à jouer. Nous manions les bâtons que nous ramassions comme des épées et des baguettes magiques, nous pourchassions les écureuils en nous prenant pour des soldats ardantins en expédition après une tempête diluvienne, ou nous restions à l'affût, immobiles, dans le sous-bois, nous imaginant chasseurs-guerriers fiordiens. Je m'y suis promenée seule des journées entières à tenter d'apercevoir des renards ou des chevreuils. J'ai arpenté le domaine à la nuit tombée pour observer une pluie de météorites ou les fleurs fiordiennes à éclosion nocturne que Willow a plantées dans les bois.

Jamais je n'ai éprouvé la peur ici, pas une seule fois. Mais à présent elle m'étreint tout entière. Elle rampe sous ma peau, me donne l'impression qu'elle peut en jaillir à tout instant, transforme les silhouettes familières des arbres et des buissons en ombres étranges et menaçantes. Au moins, le couvert des arbres arrête l'essentiel de la pluie battante. De petits animaux détalent dans les broussailles, des cris lointains se mêlent au tonnerre qui m'ébranle jusqu'aux os. J'essaie d'entendre des coups de sifflet, mais les bruits semblent absorbés par la végétation, comme une pierre s'enfonçant dans l'eau sans produire la moindre ondulation.

La forêt est enténébrée, la luminosité plus proche du crépuscule que du lever de soleil. Je bifurque en direction de Mirror Lake, par la côte qui descend en pente douce.

Là, une forme bleue passe à la vitesse de l'éclair un peu plus loin. Alors que je lève vivement le regard dans sa direction, je me prends le pied dans une racine et tombe à la renverse, mes côtes et mes coudes heurtant violemment le sol. Le tapis de feuilles mortes et d'aiguilles de pin amortit le choc, mais pas assez, et une explosion de points lumineux envahit ma vision lorsque l'arrière de ma tête cogne le sol à son tour. Un goût cuivré m'emplit la bouche. Je me retourne en roulant sur moi-même, tâtonne pour attraper mon sifflet avant de souffler dedans. Le sifflement strident fend l'air et me transperce les tympans.

Quand un autre mouvement fugace bleu foncé paraît entre les arbres, la terreur me submerge. *Il est là.*

Je me relève et recule d'un pas titubant. La pluie s'écrase à grosses gouttes autour de moi. L'éclair bleu se trouvait à une vingtaine de mètres. Ma main file à ma taille, mais je n'y sens que ma ceinture, mon étui vide et léger. *Où est mon revolver ?*

Je le distingue par terre à ma gauche, à l'instant même où le Solarien surgit.

Son apparition me fige sur place. *Magnifique*. À ma grande surprise, c'est le premier mot qui me vient à l'esprit lorsque la créature s'immobilise à dix mètres de moi. Elle a le corps élancé d'un tigre. Des muscles puissants sous son pelage aux couleurs de l'océan arctique, où se mêlent bleu, noir et gris. Et des yeux pareils à des flammes.

Bien souvent, ce qui peut nous tuer est aussi d'une immense beauté. Une falaise vertigineuse. Un éclair. Une nuit glaciale dans la montagne.

Ça ne change rien au fait que c'est un monstre semblable à celui qui a emporté mon frère, ne laissant rien d'autre à ma mère et à moi que du sang par terre, une vie cassée nette. Un *avant,* et un *après*.

La bête et moi nous fixons du regard. Je détecte de l'intelligence dans ses yeux, de la ruse. Elle est plus rapide que moi. Plus massive. Plus forte. Elle pourrait me réduire en charpie si elle le décidait.

Pour l'instant, elle ne bouge pas ; elle estime peut-être que je ne constitue pas une menace. Son hésitation m'offre une chance. Un infime rayon de lumière. *Dégomme cette saleté. Et ramène tout le monde à l'auberge.*

La peur me paralyse, m'enjoint de rester immobile si je ne veux pas mourir. Mais personne d'autre n'est là pour intervenir à ma place, personne en vue. De plus… c'est à moi d'agir. C'est ce que Marcus ferait, en tout cas. S'il envoyait un groupe à la poursuite d'un monstre, il en prendrait la tête. Il se battrait.

J'inspire à fond, très lentement pour demeurer silencieuse, ne pas dévoiler le mouvement de mon corps. Le sang gronde à mes oreilles, étouffe tous les autres bruits.

Je me jette au sol vers le revolver. Le choc est violent, mais mes doigts se referment sur l'arme. Je pivote vers ma cible ; du bleu et des flammes fondent sur moi.

Je vise.

Je tire.

Le hurlement du Solarien couvre les échos du coup de feu. C'est le même que celui qui m'a réveillée la première nuit, maintenant si proche qu'il en est assourdissant, et le revolver tombe par terre parce que j'ai plaqué les mains sur mes oreilles. C'est plus fort que moi. Mais le monstre a déjà disparu, se frayant un chemin avec fracas dans le sous-bois. Le hurlement a cessé, mais il se répercute parmi les arbres, dans ma tête.

Je me redresse d'un mouvement mal assuré. Mes oreilles bourdonnent, mon thorax me fait souffrir, et mon sang fuse si vite dans mes veines que j'en ai le tournis. Au bout de quelques secondes, tout redevient silencieux alentour. Un calme absolu règne dans la forêt, où toute vie a fui ou s'est cachée.

Puis Graylin surgit des ténèbres et s'arrête devant moi, un poignard dans une main et son revolver dans l'autre. Son regard acéré balaie la clairière et se pose sur moi. Il écarquille les yeux, rengaine son arme, s'agenouille à côté de moi et donne un coup de sifflet.

– Qu'est-ce qui s'est passé ? demande-t-il.

Il m'examine de la tête aux pieds, à la recherche de blessures.

– J'ai…

Ma voix vacille. Je me traîne en arrière pour m'adosser à un arbre et reste là, tremblante, mes mains se refermant dans le vide devant moi. Je tends l'oreille, essaie de détecter d'autres hurlements, du mouvement.

– J'ai tiré sur le Solarien. Je crois que je l'ai touché. Ça l'a effrayé, mais visiblement ça ne l'a pas ralenti.

Ça va aller, me dis-je, consciente que je me mens à moi-même, mais je ne peux rien faire de plus de l'adrénaline qui coule encore à flots en moi. Quelqu'un d'autre va le retrouver et l'achever. En outre, ma cheville m'élance, sans doute foulée, et mes côtes me font mal quand je les palpe timidement. Contusionnées ou fêlées, difficile de le savoir. J'aurais été incapable de le poursuivre, de toute façon. L'épuisement et le choc de la confrontation étouffent ma peur, qui n'est plus qu'un bourdonnement assourdi, omniprésent sans être accablant, tandis que je reprends mes esprits et que Graylin me soutient par l'épaule. Je pourrais me passer de son aide, mais son contact me réconforte.

Lorsque nous émergeons de la forêt, Sal et le prince d'Argent sont sous le belvédère avec deux agents de sécurité, Ricky et Kara. Tous les quatre nous tournent le dos, occupés à observer quelque chose, et je jette un coup d'œil inquiet à Graylin.

Mon cœur se serre lorsque je découvre ce qu'ils regardent – ou plutôt qui ils regardent, assise sur un des bancs mouillés, la tête entre les mains, sa natte blonde pendant sur l'épaule de son blouson.

Taya.

– Salut, dit-elle d'une petite voix.

– Qu'est-ce que tu fais là ? je m'exclame.

Le prince d'Argent s'avance d'un pas, la mâchoire crispée, ses cheveux argentés luisant d'eau de pluie. D'un ton furieux, il déclare :

– J'accourais pour répondre au coup de sifflet quand je suis tombée sur cette domestique.

Ce mot me hérisse.

– Elle prétend qu'elle se promenait dans la forêt, reprend-il en fixant Taya d'un regard insistant, qu'il porte ensuite sur Graylin et moi. Est-ce que l'un de vous a vu le Solarien ?

– Moi oui, j'annonce laconiquement, ne voulant pas repenser à mon lamentable échec.

Après que je l'ai laissé s'échapper, il a croisé le chemin de Taya. C'est une chance inouïe que le prince ait été là et que le monstre ne l'ait pas tuée.

– Je lui ai tiré dessus, mais j'imagine que j'ai mal visé.

La nausée m'envahit tandis que, sous leurs regards, je cherche un moyen de rattraper le coup. J'avais pourtant enjoint à Taya de ne plus se promener la nuit. Mais je lui ai aussi menti sur la raison de ma mise en garde, avec mon histoire ridicule de puma. Pourquoi serait-elle restée dans l'auberge alors que je ne lui avais pas exposé la nature véritable du danger ?

Taya et le prince d'Argent se dévisagent, ce qui aggrave mon sentiment de culpabilité.

– J'ai vu le Solarien il n'y a pas longtemps, près de Mirror Lake, alors il ne doit pas être très loin, j'indique au prince, dans une tentative d'apaiser la tension. Je vais m'occuper de Taya.

Je n'ai pas besoin de feindre le regard courroucé que je lui décoche.

– On rentre, j'annonce en me tournant vers elle. Viens, c'est dangereux, dehors.

Elle hoche la tête, ses lèvres pincées en une ligne fine. Soudain, je m'aperçois qu'elle se tient bizarrement, voûtée vers l'avant, son bras gauche devant elle, et qu'elle se lève très lentement. Elle est blessée. Pourtant, elle ne se plaint pas, se contente de caler son pas sur le mien pour regagner l'auberge. La peur fait monter un goût amer dans ma gorge. Je lui offre mon bras, mais elle le refuse.

– Ça va, dit-elle, la mâchoire serrée. Il faut juste que je m'assoie un peu.

– Qu'est-ce que tu fichais dehors ? je m'enquiers, secouant la tête pour chasser la pluie qui me coule dans les yeux. Ce n'est plus une promenade nocturne, là, c'est un bain de minuit !

Je m'efforce de ne pas laisser paraître mon agacement dans ma voix, mais c'est difficile. Son incapacité à se confiner dans Havenfall comme tout le monde m'a fait passer pour une imbécile devant le prince d'Argent. Ça donne l'impression que je ne suis pas fichue de contraindre les employés à rester à l'intérieur quelques jours, et donc de diriger l'auberge.

– Je cherchais le Solarien.

Elle porte sur moi un vif regard chargé de défi, balayant mes reproches avant que j'aie pu les formuler.

– Et je l'ai trouvé, conclut-elle.

– Quoi ? je m'étrangle. Comment tu es au courant de ça ?

– J'ai fait le rapprochement. Ce n'est pas compliqué, se défend-elle.

Irritation et douleur se mêlent dans sa voix. Elle poursuit :

– Tu m'as expliqué que la porte était ouverte et qu'une créature dangereuse rôdait dans le domaine. Je sais me servir d'une arme. Je sais me battre. Je veux participer aux recherches, même si la créature m'a prise de vitesse et s'est enfuie. Tu m'as promis de m'aider à retrouver Terran. Moi je peux t'aider à régler ce problème.

Je tressaille à ce rappel. À la lumière du jour, cette promesse me semble creuse, insensée. Pourquoi me suis-je engagée à aider Taya alors que tout s'écroule autour de moi ? Vivrai-je même assez longtemps pour cela ?

– Mais tu es blessée.

Taya acquiesce d'un signe de tête sans me regarder dans les yeux.

– Question bagarre, j'ai des progrès à faire, hein ? plaisante-t-elle en resserrant autour d'elle les pans de son blouson. J'aurais bien voulu te dire que c'est juste une égratignure, mais malheureusement ce n'est pas le cas.

J'aperçois quand même la blessure à son épaule, vilaine plaie d'un rouge luisant qui me laisse sans voix.

Je passe devant pour la conduire dans une véranda chauffée, derrière la bâtisse, que Willow a transformée en infirmerie provisoire. Les guérisseurs doivent encore être dehors. Depuis le porche, on distingue Haven qui s'étend plus bas tel un village de maquette ferroviaire, épargné par l'orage. C'est étrange de voir le soleil illuminer les bâtiments lointains alors que le tonnerre continue à faire trembler Havenfall du sol au plafond.

Taya s'assoit sur un des lits garnis d'une couverture blanche. Elle se tient l'épaule, le regard perdu dans le vague en direction de la vallée et de la bourgade en contrebas. Je vais chercher le matériel de premiers soins dans le placard. Je me demande à quoi elle pense. Elle regrette sans doute d'être venue à l'auberge.

Tout ce que je voulais, c'était m'échapper, quitter Sterling, passer mon été à randonner dans les montagnes, à danser dans la salle de bal, à étudier auprès de Marcus, à embrasser Brekken. Mais maintenant tout a tellement dégénéré que la situation me semble irrécupérable. *Une bouchée à la fois, Maddie*, je me répète. Soigne Taya d'abord ; c'est tout ce que je peux faire pour l'instant.

Soigner Taya. Tuer le monstre. Fermer la porte solarienne. Réveiller Marcus.

Elle retire son blouson quand je reviens, et je m'arrête net, prise d'un vertige.

C'est plus grave que ce que je croyais. Bien plus. On dirait qu'un bout de son épaule a été arraché. Toute la manche et le haut du dos de son T-shirt bleu sont trempés de rouge, et je décèle aussi l'éclat blanc d'un os. Le matériel de premiers soins tombe bruyamment par terre lorsque je me rattrape au canapé pour ne pas m'écrouler. J'ai le tournis. C'est peut-être mieux que je n'aie pas déjeuné, parce que sinon j'aurais tout rendu.

– Oh, bredouille Taya en regardant son épaule. C'est... je ne m'étais pas rendu compte...

Je lâche une bordée de jurons.

– Tu ne t'es pas rendu compte que ton os dépassait ?

C'est déjà incroyable qu'elle ait eu la force de remonter la côte jusqu'ici. Antiseptique et bandage auto-adhésif ne suffiront pas. Je ne peux même pas me contenter de lui faire une suture. Elle doit aller aux urgences. Mais je ne peux pas l'envoyer à l'hôpital sans lui faire boire du vin amnestique, et dans son état c'est hors de question.

Continuant à jurer, je sors mon téléphone de ma poche en vitesse, donne une pression brusque sur l'icône du numéro de Graylin et plaque l'appareil contre mon oreille en déambulant nerveusement.

Ça sonne... ça sonne... Il est sûrement encore dans la forêt.

– Hé ! m'interpelle Taya d'une voix douce et traînante, suivant mes mouvements d'un regard alangui. Pourquoi tu as le droit de garder ton portable, toi ?

– Je suis la nièce de l'Aubergiste, je te rappelle...

Soudain ses paupières papillotent, et elle s'avachit sur le côté. Je me précipite pour la rattraper et la relever contre la tête du lit avant qu'elle bascule. Je frémis en sentant la chaleur poisseuse de son sang sur mes mains.

Ne tombe pas dans les pommes, Maddie.

Elle s'affale contre moi, puis cligne des yeux d'un air absent et se redresse.

– Désolée, marmonne-t-elle, la voix lointaine et faiblissante. Je ne sais pas ce qui s'est passé.

Graylin n'a pas répondu. Quand la boîte vocale s'enclenche, je raccroche et le rappelle. Cette fois je parviens à le joindre.

– Maddie ? Tout va bien ?

– Moi, ça va. Je suis à l'infirmerie avec Taya. Elle a été blessée par le Solarien. Tu pourrais venir nous aider ? Ou nous envoyer un guérisseur ?

Une pause.

– Juste pour confirmer : toi tu n'as rien ?

En d'autres circonstances, j'aurais levé les yeux au ciel, mais en cet instant mon inquiétude pour Taya prend toute la place.

– Je me suis tordu la cheville, mais ça va. Tu peux te dépêcher, s'il te plaît ?

Je raccroche et pivote vers Taya, ma main toujours sur son bras, m'efforçant de ne pas prêter attention au sang sous mes doigts. Nous ne pouvons pas nous évanouir toutes les deux.

– On va venir s'occuper de toi, je lui annonce, me sentant terriblement désarmée. Il faut que tu restes éveillée d'ici là.

Ses yeux sont voilés.

– Les So… la… riens, dit-elle en allongeant les syllabes de ce mot inhabituel pour elle. Pourquoi vous les appelez des dévoreurs d'âme ?

– Tu le sais bien ! On en a déjà discuté.

Je n'ai pas envie d'en parler, de penser que j'ai bien failli y passer, de me remémorer que le monstre est encore en liberté. Je la cale entre deux oreillers. Elle met du sang partout sur le lit, mais ce n'est pas grave. Ressentant le besoin de bouger, je me lève et me dépêche de ramasser le contenu éparpillé de la trousse d'urgence. Je peux au moins préparer Taya pour le guérisseur.

Je reviens près d'elle et me rassois avec précaution ; il ne m'échappe pas qu'elle inspire quand même brusquement lorsque le matelas s'enfonce sous mon poids. Je l'examine, déglutissant pour maîtriser mon tournis. Du sang coagulé colle des lambeaux de tissu à sa blessure. Il faut que je nettoie la plaie, je songe, dans un état second.

– Je vais devoir découper ton T-shirt, je la préviens, redoublant d'efforts pour chasser l'hystérie de ma voix. Tu es d'accord ?

– Pourquoi ?

– Parce que j'ai besoin de désinfecter ta…

Taya secoue la tête, mouvement qui lui arrache une grimace.

– Non, ce n'est pas de ça que je parle. Vas-y, coupe. Je te demandais pourquoi tu penses que le Solarien essaie de nous tuer.

Je me mords la lèvre tout en sortant les ciseaux de leur étui en plastique.

– Parce qu'il a faim, j'imagine.

– Et s'il voulait juste qu'on lui fiche la paix ? marmonne-t-elle.

Je ne rebondis pas. Je lui prends le bras et le tends aussi doucement que possible, mais elle serre quand même la mâchoire et les lèvres pour supporter la douleur.

– Pardon, désolée.

Je découpe depuis l'ourlet de sa manche jusqu'au col, en prenant soin d'éviter sa natte et la peau fine de son cou. L'arrière de son T-shirt retombe lorsque je donne le coup de ciseaux final, exposant une bretelle de soutien-gorge noir et une constellation de taches de rousseur sur son omoplate, mais l'avant ne bouge pas, collé par le sang.

L'odeur cuivrée menace de me ramener à la cuisine de maman, au sang de Nate qui se répandait par terre, au placard où j'étais cachée, inutile et impuissante. Mais ce n'est plus moi. Je ne suis plus une enfant. Si je veux aider Taya, je ne peux pas me comporter comme une gamine. Je me mords la joue pour chasser mon malaise, avant de déballer compresse et antiseptique.

– Les Solariens sont des êtres intelligents, lui dis-je, surtout pour me distraire de la vue du sang. Ça, c'est certain. Brekken m'a raconté qu'ils possèdent une technologie complètement dingue dans leur monde. Si ça se trouve, ils nous jugent tellement inférieurs à eux qu'ils nous mettent dans le même panier que les cerfs.

Taya me questionne lentement, comme si malgré le sang qu'elle a perdu elle choisissait ses mots avec soin :

– Il était comment, quand tu l'as vu ?

Je secoue la tête tandis que j'imbibe la gaze de désinfectant et revisse le bouchon.

– Terrifiant.

J'espère que la balle qu'il a reçue a fait son office et qu'il souffre. En rétribution de ce qu'il a fait à Taya. Mes mains tremblent.

Du calme, concentre-toi sur une pensée positive, j'entends papa me conseiller dans ma tête. Je ferme brièvement les yeux et vais puiser dans mes souvenirs de Nate – pas ceux de la cuisine, de la fin, mais des moments heureux. Quand nous nous amusions sur la butte derrière la maison, dévalant la pente sur des cartons aplatis en guise de luges d'été si souvent que la pelouse s'était mise à pousser de travers. Nate qui aidait maman à faire des brownies, sa tête dépassant à peine du plan de travail tandis qu'il remuait une épaisse pâte marron dans un saladier. Lorsque nous jouions à cache-cache et que je choisissais chaque fois la même cachette, recroquevillée dans le renfoncement derrière le vieux canapé en tweed, mais qu'il cherchait toujours ailleurs en premier et feignait la surprise quand il me trouvait.

Avec précaution, je retire les lambeaux de tissu collés à la plaie. Taya inspire brusquement entre ses dents à cause de la douleur. Puis je m'apprête à appliquer la compresse humectée, dont l'odeur chimique âcre me pique le nez.

– Désolée, dis-je.

Mes mots résonnent d'un curieux écho à mes oreilles. Comme si quelqu'un d'autre me prévenait :

– Ça va faire mal.

13

Une certaine nervosité imprègne Havenfall le restant de la journée.

Les gardes de Sal poursuivent leurs patrouilles, depuis presque seize heures à présent, mais personne n'a vu le monstre depuis qu'il a attaqué Taya et que je lui ai tiré dessus. Je crois que nous avons réussi à garder le secret sur notre expédition de chasse, mais les délégués ont compris que quelque chose ne tournait pas rond. Je l'ai lu dans le froncement de leurs sourcils et leurs regards agités au petit déjeuner, après que j'ai laissé Taya à l'infirmerie et que je me suis traînée à la salle à manger pour balbutier mes annonces. Tout au long de la journée, pendant les assemblées et les négociations auxquelles j'ai assisté, j'ai perçu cette nervosité dans les chuchotements qui s'élevaient dans mon sillage, même si je ne comprenais pas ce qui se disait.

Le monstre rôde toujours, la porte est encore ouverte. Je n'ai vu l'Héritière nulle part, aujourd'hui, par conséquent je n'ai obtenu aucune réponse de ce côté-là, et Marcus ne s'est pas réveillé. Rien n'est réglé.

L'orchestre joue maintenant dans la salle de bal comme tous les soirs, mais même depuis ma chambre j'entends que la musique est moins enjouée, moins dynamique que d'habitude. J'ai fait l'impasse sur la fête du soir pour examiner les papiers de l'Héritière, tâcher d'extraire un sens des centaines de lignes d'écriture compacte. Ça paraît complètement incohérent. Ce ne sont que références indirectes, dates et heures sans fil directeur apparent.

Mais, depuis que je l'ai surprise avec Whit, il me semble de plus en plus important de comprendre ce qu'elle manigance. Une chose ressort toutefois clairement dans les documents. Une liste de dates et d'heures à côté d'une adresse à Haven. La brocante. Un rendez-vous, qui aura lieu demain matin.

J'envoie un SMS à Willow et Graylin, prétextant que je ne me sens pas dans mon assiette et que je ne viendrai sans doute pas au petit déjeuner. Ce faisant, j'éprouve un pincement de culpabilité. Je sais que les délégués se poseront de plus en plus de questions à force d'être obligés de rester cloîtrés, et en délaissant l'auberge je leur jette Graylin et Willow en pâture. Mais je ne veux pas que ces derniers s'inquiètent pour moi pendant que j'enquête sur les agissements de l'Héritière, ce qui par ailleurs me permettra peut-être de récolter des indices sur la marche à suivre pour refermer la porte de Solaria. Si les émissaires découvrent qu'elle est ouverte, nous aurons une émeute sur les bras.

J'ai beaucoup de mal à trouver le sommeil, à cause des menaces qui nous guettent, à la fois la porte dans les sous-sols et le monstre dehors. Je ne sais pas ce qui serait le pire : que le Solarien soit encore dans les parages, ou qu'il ait trompé la vigilance des gardes et se soit enfui dans les montagnes. S'il est ici, tout Havenfall est en danger. S'il s'est échappé, c'est le reste du monde qui l'est.

Mon cœur est d'autant plus lourd que Marcus n'a toujours pas repris connaissance. La dernière fois que je suis allé le voir, il semblait aller mieux, sa respiration était régulière et la couleur de ses joues donnait l'impression qu'il était simplement endormi. Malgré cela, il ne revient pas à lui. Je suis restée à son chevet, je lui ai parlé, et je l'ai même secoué par l'épaule. Rien. Graylin est en permanence sur deux fronts, soit en train de m'aider pour les réunions, soit en train de soigner Marcus, et il a l'air éreinté, ses paupières se ferment parfois toutes seules pendant les entretiens, même si sa posture demeure parfaite en toutes circonstances. J'ignore combien de temps il pourra tenir ce rythme, à quelle magie il recourt sur mon oncle, mais je n'ai pas vraiment envie de le questionner à ce sujet. Car cela signifierait… Je ne veux pas penser à ce que nous ferons, lui et moi, si Marcus ne se réveille pas bientôt.

*

Je rêve que Brekken et moi nous promenons sur un des hauts sentiers de montagne au-dessus de l'auberge, pas main dans la main, mais assez proches pour que nos doigts s'effleurent à chacun de nos pas. Le ciel est azur, la vallée verte, Mirror Lake forme un croissant argenté loin en contrebas. Lorsque Brekken se tourne vers moi, je me souviens vaguement qu'il y a un problème, que je devrais être en colère, sans toutefois me rappeler pourquoi. Il est absolument craquant, ses yeux sont d'un bleu si éclatant qu'ils pourraient être les portes du ciel, ses cheveux et son sourire sont éblouissants. Il se penche pour m'embrasser, et mon cœur se met à galoper, mon souffle affolé s'échappe dans la brise.

Quand je lève les mains vers lui, ce n'est pas sa mâchoire carrée que je touche, ni son début de barbe, sa peau fraîche ou ses cheveux courts. Je sens sous mes doigts une gorge chaude, une douce chevelure fine. L'haleine qui me caresse le visage a un parfum de fleurs et de menthe, et quand j'ouvre les yeux ceux qui me contemplent sont marron, pas bleus. Taya me fait un clin d'œil et arque un sourcil, et je me rends compte que j'ai gardé les doigts dans ses cheveux lorsque le sol se dérobe sous nos pieds.

Soudain, nous tombons, tombons encore, le monde autour de nous se mue en un vide terrifiant de ciel, de pins et de montagnes escarpées. Arbres et pics défilent à une vitesse vertigineuse, aussi tranchants que des épées, et je ferme les yeux, je me prépare au choc...

Puis je me retrouve dans un placard. Toujours le même, près duquel du verre se brise. Mais je ne suis pas une petite fille. J'ai seize ans, mes coudes et mes genoux serrés contre les parois en bois me font mal. Dans la cuisine, quelqu'un hurle, me supplie de lui venir en aide. Quand je réponds en criant et cogne aux portes, rien ne se produit. Les cloisons se rapprochent et me compriment davantage.

Je me réveille dans un état second, le cœur battant à cent à l'heure, empêtrée dans mes draps trempés de sueur.

Je m'assois dans mon lit, lâche une expiration saccadée et jette un coup d'œil à mon téléphone. On est au beau milieu de la nuit. Si ce rêve m'a donné un indice, c'est que je dois suivre jusqu'au bout la piste de l'Héritière. Brekken y est mêlé lui aussi, et je dois découvrir la vérité, sous peine de ne jamais retrouver un sommeil paisible.

Quant à l'autre partie du rêve, avec Taya – qu'est-ce que ça signifie ? D'accord, elle est séduisante, malgré son côté râpeux et ses questions rentre-dedans. Si nos chemins se croisaient à Sterling, il se pourrait que je la drague, si je me sentais particulièrement hardie ce jour-là. Mais mon cœur appartient à Brekken depuis toujours.

C'est peut-être parce que je m'inquiétais pour Taya après l'avoir laissée entre les mains des guérisseurs d'Enetta. Et si c'était mon inconscient qui m'encourageait à prendre de ses nouvelles ? J'enfile un sweat à capuche par-dessus mon débardeur et mon legging, puis je descends à pas feutrés vers l'infirmerie.

Alors que je traverse le premier étage, je m'arrête net : la porte de la bibliothèque est ouverte, une lampe y est allumée. Je jette un coup d'œil par l'embrasure. Taya est blottie dans un canapé près de la baie vitrée, ses cheveux clairs presque luminescents à la clarté de la lampe. Derrière elle, la fenêtre est noire, on ne distingue rien dehors. Penser à ce qui pourrait rôder dans les ténèbres m'effraie, mais ça ne semble pas déranger Taya.

Je me fige dans l'encadrement. Sûre de la trouver endormie à l'infirmerie, je prévoyais juste de passer la tête, de m'assurer qu'elle allait bien et de retourner me coucher. Je me sens soudain gênée par mes cheveux en bataille et mon vieux sweat informe. Mais, avant que j'aie eu le temps de repartir, elle lève les yeux vers moi et hausse les sourcils d'un air surpris.

– Salut, fait-elle en me souriant.

Elle a encore de gros cernes sous les yeux et paraît fatiguée, mais quand même en bien meilleur état qu'hier soir. Avec sa chemise noire à manches longues, on ne voit plus rien de son horrible blessure à l'épaule.

J'entre et referme doucement la porte coulissante, soucieuse de ne réveiller personne. On n'entend que la pluie et l'infime bourdonnement de la lampe. L'odeur du papier et des livres est pour moi un réconfort et un coup au cœur à la fois. Depuis quelques jours, j'évite la bibliothèque. C'est là, l'année dernière, que j'ai enfin compris que Brekken partageait peut-être mes sentiments. Cloîtrés dans l'auberge à cause d'un orage, assommés d'ennui et ne tenant pas en place, nous nous lisions chacun notre tour des passages de la saga *Outlander,* exagérant les scènes d'amour dans le but de faire rougir l'autre. Jusqu'à ce que je me tende comme une corde à piano pendant une scène d'action et que Brekken me prenne la main avec le plus grand naturel.

J'avais cessé de lire et m'étais tournée vers lui ; je n'avais jamais remarqué auparavant combien des yeux pouvaient étinceler, mais il se passait dans les siens tout ce que l'on décrit dans les romans. Ils scintillaient, brillaient, flamboyaient. L'air entre nous était soudain devenu électrique. Nous nous serions sûrement embrassés si une bande de délégués ardantins n'avaient pas débarqué comme un troupeau d'éléphants au plus mauvais moment.

Un raclement de gorge de Taya me ramène brusquement à l'instant présent.

– Ça roule ?

Je cligne des paupières, priant pour que le rouge que je sens monter à mes joues se dissipe vite.

– Tu ne devrais pas plutôt te reposer ? je lui demande en avançant vers elle.

Elle lève sa main droite, jusqu'alors posée sur un livre, tend le bras devant elle et le fait pivoter sur lui-même.

– Pas besoin. Ces soins magiques, c'est trop bien !

Elle me fixe dans les yeux.

– Toi non plus tu n'arrivais pas à dormir ?

Je secoue la tête et me perche sur l'accoudoir du canapé. Je baisse le regard sur le livre qu'elle est en train de lire, apparemment traduit de l'ardantin et relativement récent, à la couverture marron ornée d'un filigrane ivoire brillant. L'ouvrage s'intitule *Le prince d'Argent*.

Surprise, je ris. C'est déroutant de penser que l'on consacre des livres entiers au prince d'Argent que j'ai rencontré ; à l'homme qui, je l'espère, commence à voir en moi plus que la nièce de Marcus, une personne qui mérite son respect. Même si bien sûr ça se comprend : il est du genre impressionnant.

– Il y a des détails croustillants, là-dedans ? je plaisante.

Mais Taya, elle, ne rit pas. Elle a les sourcils froncés, et son regard fait des allers-retours entre le livre et moi.

– J'ai juste eu envie d'en savoir plus, j'imagine, après avoir eu l'honneur de le croiser dans la forêt, répond-elle doucement.

Puis ses yeux se fixent sur moi.

– Maddie, il n'y a rien qui te semble… suspect ?

– À quel sujet ?

– Chez *lui*, quoi. Le prince.

Elle agite le livre.

– Hmmm…

Je me remémore la soirée d'hier, quand il m'a emmenée dans l'observatoire et m'a confié ses théories concernant la magie dans l'îlot de calme au cœur de la tempête.

– Non, pas vraiment. Il se prend un peu au sérieux, c'est sûr, mais…

Je me rappelle les étoiles filantes fusant au-dessus de sa tête.

– Je pense qu'il est bien intentionné.

– Il a parlé de toi… Il a dit un truc bizarre : « Elle est parfaite. Elle nous tirera d'affaire. »

Un mélange de fierté, de surprise et de malaise me fait monter le feu aux joues.

– Ça m'a plutôt l'air d'un compliment, franchement.

C'est réconfortant de savoir qu'une personne au moins à Havenfall hormis Graylin croit en moi. D'autant plus que de mon côté je me fais de moins en moins confiance pour débusquer le monstre, refermer la porte, mettre fin à la contrebande de l'Héritière. Tout arranger et assurer la sécurité de Havenfall. Mais je n'aime pas le tour que prend cette conversation.

– Quoi ? Tu ne partages pas son avis ? je rétorque d'un ton se voulant badin.

Mais ma réplique est balourde et poussive, presque implorante.

– Tu sais bien que si. C'est juste… la façon dont il l'a dit.

Taya semble chercher ses mots un instant, puis soupire et baisse le regard, avant de poser son livre de côté.

– Désolée, c'est rien. Pourquoi tu es réveillée, au fait ?

Je me sens étrangement vexée, sur la défensive.

– Pour rien. Juste des cauchemars, comme d'hab.

– Je connais ça, déclare-t-elle d'une voix douce. Tu veux qu'on en discute ?

Je m'apprête à secouer la tête, mais quelque chose m'en empêche. Ma réponse habituelle à cette question est « Plutôt crever », mais, si quelqu'un est en mesure de me comprendre, c'est bien Taya. Je prends une courte inspiration, m'efforçant d'oublier le poids qui m'écrase la poitrine, me comprime les côtes.

– Je t'ai raconté qu'un Solarien a tué mon frère, tu te souviens ?

Elle hoche la tête, l'air non pas surprise mais préoccupée.

– Et tu l'as vu.

– Plus ou moins, dis-je en contemplant mes mains nouées sur mes cuisses. J'étais à la maison avec ma mère et Nate, un soir. J'avais cinq ans et lui huit. On était en train de faire des brownies.

Je me frotte les yeux, comme si ce geste pouvait chasser les souvenirs qui défilent dans ma tête. Mais il n'en est rien. La scène est limpide : Nate protégé par un tablier d'enfant rouge, en train de verser de la pâte dans un plat avec la plus grande concentration. Je me rappelle que je mélangeais la pâte dans un autre saladier, profitant que maman contrôlait la cuisson dans le four pour lécher la cuillère.

– Et puis on a entendu une vitre se briser.

Je m'exprime tout d'abord lentement, avec soin, mais, à cause de l'attention silencieuse que Taya porte sur moi, mon débit devient de plus en plus rapide. Ça fait du bien de parler, d'être écoutée. Quand j'étais avec Brekken, je lisais en lui comme dans un livre, il me disait tout et réciproquement. Nous savions tout l'un de l'autre. C'est étrange, maintenant, d'essayer d'expliquer un traumatisme aussi énorme en reprenant tout à zéro. La plaie noire autour de laquelle ma vie s'est développée, qu'elle a recouverte, mais qui suppure toujours en profondeur sous la cicatrice.

– Maman m'a cachée dans un placard. Il n'y avait pas assez de place pour nous deux et le Solarien a dû surgir avant qu'elle ait pu trouver une autre cachette. J'ai... je l'ai entendu attaquer Nate, et je suis restée tétanisée.

D'habitude, c'est à ce moment du récit que je fonds en larmes, mais aujourd'hui je me sens vide, sans substance. Comme si un gouffre s'était ouvert dans ma poitrine. Mon cauchemar m'a peut-être vidée de mes sentiments jusqu'à la dernière goutte.

– Si j'étais ressortie plus tôt du placard, si j'avais essayé de faire diversion...

Mais il n'y a pas de *si*, seulement un *après*. Après, mes souvenirs se font fragmentaires, images isolées aussi tranchantes que des rasoirs : notre jardinet de devant baigné par le bleu et le rouge des gyrophares, un enterrement sans cercueil et sans maman. Moi, assise au premier rang entre papa et Marcus, trop assommée pour pleurer. Les regards insistants et les messes basses à l'école, les moments passés seule sur la balançoire, à regarder les autres enfants jouer avec leurs camarades, leurs frères et sœurs. Après, tous les bons souvenirs que j'ai de Nate sont gâchés par celui de son hurlement.

– Tu étais une gamine, tu n'y es pour rien, me réconforte Tanya. Mais...

Elle baisse les yeux, hésitante.

– Tu n'as rien vu, en fait. Comment sais-tu que c'était un Solarien, du coup ?

– J'ai vu un peu entre les portes. Un pelage bleu et des yeux orange.

– Et ta mère ne t'a rien dit ?

Je secoue la tête. Voilà le chagrin qui revient sournoisement, l'éléphant de ténèbres qui me traque.

– Nos voisins ont appelé les policiers, mais quand ils sont arrivés Nate et le monstre avaient disparu. Maman leur a dit qu'elle avait tué mon frère. Et c'est ce qu'elle répète depuis.

Elle ouvre des yeux comme des billes.

– Pourquoi ? Même si la police n'aurait jamais cru que le coupable était un monstre venu d'un autre monde, pourquoi s'est-elle accusée ?

– Nous n'en avons jamais discuté, mais je pense…

Une boule se forme dans ma gorge ; j'ai du mal à parler.

– Je pense qu'elle cherchait à protéger Havenfall. Elle avait peur qu'on la croie, au contraire. Que le secret des différents mondes et des portails soit révélé.

Taya a l'air horrifiée. Elle essaie de modeler son visage pour paraître impassible, mais sa voix tremble lorsqu'elle déclare :

– C'est noble, j'imagine.

Elle n'a pas l'air convaincue.

– Mais ça signifie que je l'ai perdue elle aussi, je murmure. Et c'est sa version officielle depuis si longtemps qu'à mon avis elle a oublié elle-même que ce n'est pas la vérité.

Aucun remords. C'est l'expression qui revenait sans cesse au tribunal et aux informations. Vue de l'extérieur, l'affaire semblait trouble – pas de corps, pas de passé violent, pas de mobile. Si maman s'était défendue, si elle avait clamé son innocence, les gens auraient peut-être trouvé une autre explication. Même si elle avait crié à qui voulait l'entendre que le tueur était un Solarien, un verdict d'aliénation mentale lui aurait évité la peine de mort.

Mais, elle s'est tenue strictement à la première leçon, la plus importante, qu'elle nous a enseignée, à Nate et moi, quand nous étions enfants : *Havenfall est notre secret. Tous les deux, vous devez le protéger coûte que coûte.*

Bientôt, elle donnera sa vie pour ça. Et parfois j'ai l'impression qu'elle a déjà sacrifié son âme.

14

Le matin arrive enfin. Je me réveille épuisée de ma conversation à cœur ouvert avec Taya en pleine nuit, la poitrine déjà encombrée d'une boule d'appréhension à cause de la tâche qui m'attend.

Une lumière matinale blafarde se déverse par mes fenêtres. Dehors, les oiseaux chantent, et quelque part un grand pic martèle allègrement un arbre, *tactactactactactac-tac*. Ce bruit fait remonter un souvenir : un jour, alors que j'avais treize ans, l'un d'eux s'est posé sur le rebord de ma fenêtre et s'est attaqué au mur comme si une colonie d'insectes se cachait dessous. Je me suis dépêchée d'aller chercher Brekken et nous avons observé l'oiseau tous les deux, admiré le panache rouge vif sur sa tête et ses ailes à bandes noires et blanches. Un sourire ravi a fendu le visage de Brekken, et, même s'il était déjà venu dans ma chambre à des centaines d'occasions, c'était la première fois que, assise sur mon vieux dessus-de-lit, j'avais été troublée par sa présence.

Une bouchée à la fois. C'est quelque chose que me dit souvent mon père et, depuis quelques jours, c'est devenu ma règle de vie. Je ne peux accomplir qu'une chose à la fois. *Alors choisis avec soin et, quoi que tu fasses, applique-toi*. Je lui envoie un SMS rapide avant de régler mon téléphone sur silencieux et de le remettre dans mon sac à dos. *Tu me manques*.

Pour l'heure, ma « bouchée » consiste à aller chercher mon vieux vélo – le 4 × 4 ne peut pas franchir la barrière gravitationnelle du prince –, et descendre la route sinueuse jusqu'à Haven, dans l'espoir de prendre l'Héritière en flagrant délit de contrebande. Je sais qu'elle revend des objets magiques (ou qu'elle prétend magiques), mais j'ignore encore pourquoi – et comment – elle parvient à sortir du domaine.

Est-ce pour l'argent ? L'Héritière m'a toujours semblé si impériale, tellement au-dessus des considérations terre à terre du commun des mortels ! Et si ce n'était pas le cas ? Cherche-t-elle la notoriété ? Même si seulement trois pour cent des habitants de la planète croyaient à une anecdote concernant Havenfall, cela suffirait à rendre célèbre le ou la responsable de la fuite, et à nous mener à notre perte. J'ai beau retourner ces explications dans tous les sens, aucune ne paraît plausible.

La barrière de gravité accrue du prince s'étend face à moi. À peine l'ai-je franchie, retenant ma respiration pour ne pas avoir la sensation qu'un poids immense m'écrase les poumons, que la pluie cesse. La forêt alentour est silencieuse, tout comme la route. Lorsque j'atteins le village, tout est si normal que j'en éprouve un profond sentiment d'étrangeté. Je ne suis à Havenfall que depuis quatre jours, mais j'ai l'impression d'être coupée du monde depuis des semaines.

Dans la bourgade, ce n'est qu'une matinée tranquille de juin comme les autres, le début d'une belle journée. Haven s'éveille aux rythmes indolents de l'été. Habitants en peignoir ou survêtement se prélassent sous leur porche, en fumant une cigarette ou en buvant un café. Une radio diffuse un morceau de Willie Nelson. Un vieil homme voûté nourrit des poules devant chez lui, une femme d'une cinquantaine d'années promène un beagle grassouillet sur les trottoirs lézardés. Mme Douglas dispose des biscuits dans la vitrine du seul café du village. Lorsque je passe devant la supérette, Lisa en sort pour retourner le panonceau à l'entrée du côté qui indique : *Bienvenue*.

Des volets s'ouvrent.

Les oiseaux chantent dans les arbres.

Mais une angoisse s'accumule quand même subrepticement dans mon ventre.

La brocante, où la transaction doit avoir lieu à huit heures et demie, se trouve tout au bout de la grand-rue. Il est huit heures dix. Je m'arrête à la station-service encore fermée et attache mon vélo à une pompe en panne, où l'on ne me verra pas depuis la route. Je reste assise là un moment, respirant à fond et me ressassant l'objectif que je me suis fixé : contrecarrer l'échange de l'Héritière et la forcer à m'expliquer ce qu'elle fabrique.

Nous la considérions presque comme un membre de la famille. Mais c'était avant qu'elle agisse dans le dos de Marcus et viole le secret de Havenfall pour de l'argent facile, avant qu'elle mette en danger la stabilité des portails et risque de révéler au grand jour l'existence des Royaumes adjacents. C'est une trahison d'une gravité incommensurable.

À huit heures et quart, je quitte mon vélo et prends la direction de la boutique d'antiquités en faisant le tour par-derrière la station-service, par le petit pâturage qui sépare deux bâtiments. Mes chaussures laissent des empreintes dans l'herbe mouillée de rosée, et des vaches me suivent de leurs grands yeux curieux.

Tout a l'air paisible, pourtant la crainte me hérisse la nuque, et je ne peux pas m'empêcher de jeter quelques regards rapides vers la forêt. Le Solarien pourrait être n'importe où. Les gens sur leur véranda, le type aux poules, la dame au chien rondelet, tous sont en danger tant que le monstre est en liberté. Je le suis moi aussi. Je dois régler ce problème très vite.

Soudain, alors que je me glisse dans un bosquet de pins qui borde la brocante, des claquements de sabots me parviennent en provenance de la route.

Il n'est pas inhabituel de voir des gens à cheval à Haven ; de nombreux chemins, trop étroits, caillouteux et tortueux, sont inaccessibles aux voitures. Mais il vaudrait mieux pour l'Héritière que les habitants dorment encore ou ne regardent pas par leurs fenêtres, car sa conception de la mode d'aujourd'hui est… à revoir. Ce matin, elle porte sa tenue de cavalière habituelle : un élégant pantalon d'équitation, une redingote, des bottes en cuir, ainsi qu'une cape verte flottante qui drape le dos de sa jument alezane. Et pour couronner le tout, un chapeau de cow-boy.

Je ravale un éclat de rire tandis que je sors du couvert des arbres et me plante en travers de son chemin. Mais mon hilarité s'éteint aussi vite que la colère m'envahit et me chauffe les joues.

L'Héritière sursaute en me reconnaissant, puis tire sur la bride de sa monture, qui s'arrête et reste tranquille.

– Maddie, dit-elle, d'une voix teintée de stupéfaction. Qu'est-ce que tu fais là ?

– J'essaie de découvrir ce que *vous*, vous faites là, je gronde.

Elle pâlit légèrement.

– Madeline, ce n'est pas du tout le moment.

Elle porte en bandoulière un sac en toile noire, enflé par une charge qui semble lourde.

– Pas le moment pour quoi ?

J'examine rapidement la route pour m'assurer qu'il n'y a personne. J'ai le plus grand mal à ne pas m'emporter.

– Depuis combien de temps vous livrez-vous à votre petit marché noir à vous toute seule ?

L'Héritière tire à nouveau sur les rênes, d'un geste vif, pour faire trotter sa jument jusqu'au bord de la route, en face de la brocante. Je ne la quitte pas d'une semelle.

– Chut, doucement, siffle-t-elle, en jetant un bref coup d'œil vers la devanture de la boutique – toujours calme, encore fermée, derrière son petit parking désert – avant de planter son regard dans le mien. Écoute, Madeline. Ce n'est pas ce que tu crois. Et je ne suis certainement pas toute seule dans cette affaire.

Elle descend de sa jument, avec une élégance incroyable pour quelqu'un de son âge, et pose le pied avec légèreté sur la chaussée.

– Mais nous ne pouvons pas en discuter ici. Ce n'est pas sûr.

– Parce que vous avez rendez-vous avec l'autre, Whit. Votre acheteur. Vous lui fourguez des objets qui proviennent des Royaumes.

– C'est faux, figure-toi.

L'Héritière s'approche de moi. Je ne recule pas, même si l'envie m'en démange, et elle entrouvre le sac pour me laisser entrevoir son contenu. Moi qui m'attendais à un fatras d'objets en argent, je n'aperçois qu'un amas de billets. L'Héritière trimballe une véritable fortune en espèces.

– C'est *moi* qui achète, rétorque-t-elle, en articulant exagérément. Je récupère des objets qui ont été disséminés aux quatre vents il y a longtemps déjà. Je les rapporte à l'auberge pour les mettre en sûreté. Alors peux-tu disparaître, je te prie ? Nous en discuterons plus tard.

– Non, je réponds, campée fermement sur mes pieds, m'efforçant de cacher que son explication m'a désarçonnée.

Alors qui les a vendus, à l'origine ?

– Si c'était vrai, vous n'agiriez pas comme une voleuse. Et, si un trafic de ce genre existait, Marcus serait au courant.

À ces mots, l'Héritière éclate d'un rire bref et sec.

– Tu crois que c'est moi qui ai développé ce commerce à Haven ?

– C'est-à-dire ?

– C'est-à-dire que ton oncle est loin de tout te raconter.

Ma colère s'embrase.

– Marcus ne ferait jamais ça. Havenfall, c'est toute sa vie, je rétorque, avant de faire un pas en avant. Jamais il ne mettrait l'auberge en danger de cette…

Un léger grondement nous fait toutes les deux tourner les yeux vers la route en contrebas. Un peu plus loin, un break rouillé des années 90 monte péniblement vers le village, le soleil se reflétant sur son capot caramel.

L'Héritière me fait sursauter lorsqu'elle me saisit par l'épaule. Son chapeau tombe dans la terre, mais elle ne s'en inquiète pas. Ses doigts puissants me serrent comme des griffes.

– Écoute-moi bien, Madeline, insiste-t-elle. L'achat que je m'apprête à réaliser… ça doit se concrétiser. Cache-toi dans le bosquet pour observer si tu veux, et je t'expliquerai tout après. C'est juré. Mais tu dois me laisser aller au bout.

Je décèle un nouvel élément dans son ton, une détermination farouche. Depuis que je la connais, seule sa voix profonde et rauque semble vieille de plusieurs siècles.

– Réfléchis, reprend-elle, une main sur la bride et l'autre sur moi. Si c'est moi qui orchestrais ces activités, pourquoi me serais-je absentée si longtemps de Havenfall ? C'était chez moi aussi, de même que le centre de ce commerce. Pourquoi aurais-je quitté la plaque tournante du marché noir ?

Je ne sais pas quoi lui répondre. J'ai le plus grand mal à tirer les conclusions de ce qu'elle m'explique. Elle accuse Marcus d'être impliqué dans ce trafic. Cette seule pensée fait fuser une rage folle dans mes veines.

Mais elle achète, elle ne vend pas. L'idée de rester en retrait pour l'observer me semble mauvaise, mais celle de laisser Whit repartir avec la moindre miette de Havenfall est encore pire. Si mon but est de garder les objets des Royaumes à l'abri dans Havenfall, cette acquisition doit être menacée à son terme.

Le break poursuit son ascension laborieuse ; il sera bientôt là.

– D'accord, j'accepte finalement.

D'une vive secousse, je me dégage de la main de l'Héritière puis je m'éloigne vers les arbres, d'où j'ai une vue nette sur la fenêtre de la brocante.

– Faites ce que vous avez à faire. Mais, après, vous m'expliquerez tout.

15

Je me sens idiote, cachée de la sorte dans les arbres. Ce n'est pas un jeu. Je devrais être dans la boutique avec l'Héritière, et pourtant je suis là, dehors, à poireauter.

Un peu plus tôt, quelqu'un a ouvert à Whit et à l'Héritière. Je ne vois plus à présent que leurs silhouettes se découpant derrière la fenêtre illuminée. De temps à autre, l'Héritière se détache pour déambuler dans la pièce, sa cape menaçant de faire dégringoler toute l'argenterie et la porcelaine poussiéreuses au moindre faux pas. Je sursaute lorsque mon téléphone vibre dans ma poche.

Je l'en sors maladroitement et constate que j'ai reçu un texto de papa. *Toi aussi tu me manques, ma puce !*

Je ne réponds pas. Ce n'est pas le moment.

*

Après une attente interminable, Whit repart enfin. L'Héritière ressort à son tour, et, dans un silence tendu, nous prenons le chemin du petit restaurant ouvert 24h/24. Elle marche à côté de son cheval, qu'elle guide sur le bas-côté.

Elle garde sa cape roulée sous son bras, son visage d'ordinaire serein ridé par l'inquiétude et l'agacement. Il commence à faire chaud, mais, à cause de la colère et du trouble qui m'assaillent, mes entrailles me semblent gelées.

Dans le *diner*, la fille de l'accueil (quinze ans peut-être, queue-de-cheval brune qui dépasse d'une casquette verte) nous observe d'un air hésitant, décelant clairement le malaise qui règne entre nous, sans toutefois ciller à la vue de la tenue singulière de l'Héritière. Elle nous installe dans un grand box du fond et nous abandonne à notre solitude, la vaste étendue de la table en formica tacheté formant un océan entre nous.

L'Héritière fulmine, visiblement perturbée. Elle contemple la grand-rue par la fenêtre ; je ne parviens pas à déterminer si elle est plongée dans ses pensées, si elle évite mon regard, ou les deux. Quoi qu'il en soit, je ne vais pas la laisser s'en tirer si facilement.

Je pose les coudes sur la table et me penche en avant pour la forcer à me regarder.

– Bon. Vous m'avez dit que ce n'était pas ce que je croyais. Mettez-moi au courant, alors. De quoi s'agit-il, au juste ?

L'Héritière tourne enfin le regard vers moi. On dirait qu'elle préférerait être ailleurs, n'importe où plutôt qu'ici. Sans maquillage, elle semble encore plus âgée, plus douce. Elle a un visage en forme de cœur, le menton pointu, ses yeux gris restent vifs et perçants.

– Que sais-tu ? me demande-t-elle.

– J'ai trouvé des documents dans votre chambre. (Inutile de s'appesantir sur mon intrusion dans sa suite pour l'instant.) Je sais que vous faites commerce d'artéfacts magiques. D'objets enchantés.

– Ça me surprend qu'une jeune fille moderne comme toi croie à ces choses-là, rétorque-t-elle d'un ton cinglant. Chacun sait que la magie des Royaumes adjacents est indissociable de ceux qui la manient. Seules les personnes peuvent porter la magie en elles.

Je me hérisse.

– Qu'importe que ce soit vrai ou pas. Vous dévoilez que la magie existe.

Ma colère, que j'ai réussi à contenir tant que j'étais dans le bosquet, finit par déborder.

– Vous l'avez dit à l'espèce de sale type de tout à l'heure : vous lui avez révélé qu'on la trouve à Havenfall.

Les yeux de l'Héritière papillotent lorsque je pousse un juron. L'argot lui est peut-être inconnu, mais elle comprend parfaitement mon ton.

– Je ne lui ai dit que ce qu'il savait déjà, répond-elle. Des tas de gens sont au courant de la véritable nature de Havenfall. Des humains partout dans ton monde. Et ce depuis toujours.

Mon visage doit trahir ma stupéfaction, car elle incline la tête d'un air surpris.

– Allons, Madeline, tu croyais vraiment qu'on pouvait garder le secret absolu sur un tel endroit ? C'est impossible. Songe aux enfants verts de Woolpit. Aux incendies inexpliqués de Canneto di Caronia. Au drapeau des fées. Je pourrais te citer d'autres exemples. Il y a forcément des fuites, mais le monde continue de tourner.

J'attends qu'elle m'en raconte plus, mais elle s'arrête. Les questions se bousculent dans ma tête. Si, comme elle le laisse entendre, la magie peut réellement être associée à des objets… qu'est-ce que ça signifie ? Je songe à sa chambre qui scintille de babioles poussiéreuses, je fais l'inventaire du domaine, des salles de Havenfall, de tous ceux qui franchissent ses portes tous les jours. Marcus se fiait à ses hôtes, et moi je lui faisais confiance. Comment pouvait-il ne pas être au courant ? Plus grave : s'il le savait, comment pouvait-il laisser faire ?

– Ça a commencé bien avant que Marcus devienne l'Aubergiste, reprend l'Héritière, qui lit dans mes pensées. Même avant que moi j'arrive. Les secrets, et la magie, trouvent forcément un moyen de s'échapper.

La tête me tourne tandis que je tâche de digérer cette révélation.

– Combien de personnes sont impliquées dans ce commerce ? je chuchote. Combien sont mouillées là-dedans ?

– Difficile à dire, répond-elle calmement. Des centaines. Peut-être plus d'un millier.

– C'est…

La peur se mêle à ma colère.

– Un millier ? Comment vous pouvez être aussi détendue, alors ?

– Nous sommes toujours là, non ? rétorque-t-elle. L'auberge est encore debout. Et je suis dans ton camp. J'essaie de rectifier les erreurs passées.

– Vous ne comprenez pas ! Dans ce monde, c'est impossible de ne divulguer un secret qu'à un certain nombre d'initiés !

Je serre les poings sous la table et sens mes ongles s'enfoncer dans ma peau. *Comment expliquer à l'Héritière le fonctionnement d'un monde pullulant de téléphones équipés d'une caméra et d'un micro ? D'Internet ?*

– On parle de tout sur les réseaux sociaux, maintenant. Si le secret n'est pas absolu, tout le monde finira par l'apprendre.

– Ah, mais tu oublies que les humains sont des êtres égoïstes par nature, rétorque l'Héritière d'un ton posé. S'ils ont un gain à en retirer, ils tiendront leur langue.

Je mords la mienne lorsque la serveuse nous apporte notre commande : un sandwich au poulet pour moi, un café et des scones pour l'Héritière.

Elle détache un morceau de sa pâtisserie et le mange délicatement, avant de faire la grimace.

– Trop sucré.

C'est une plaisanterie entre nous depuis que je suis petite. Je lui fais goûter des aliments de Haven, et elle fait semblant de ne pas les aimer. Mais, nostalgie ou pas, je ne suis pas d'humeur à plaisanter.

– Depuis combien de temps ça dure ? je l'interroge.

Elle garde un air placide. Au lieu de m'apaiser, le calme inébranlable de sa voix m'énerve encore plus.

– Je ne sais pas. Ça a commencé bien avant notre naissance à toutes les deux. Dès que les portails ont permis de circuler entre les mondes, je suppose.

– Et vous, vous tentez d'y mettre un terme. En rachetant les objets…

– Et en les restituant aux Royaumes adjacents d'où ils viennent, termine-t-elle à ma place. En substance, c'est ça. Actuellement, j'utilise leur magie pour franchir la barrière du prince d'Argent.

– Pourquoi n'avez-vous jamais prévenu Marcus, alors ?

Pour la première fois dans notre discussion, je distingue chez elle un soupçon d'émotion. Son visage s'allonge, quoique légèrement, et juste un instant, mais ça ne m'échappe pas.

– Madeline, reprend-elle lentement. Je vais te révéler quelque chose, et tu ne vas pas vouloir me croire, pourtant il le faut. C'est la vérité.

Une profonde angoisse m'envahit, lourde, glaciale.

– C'est quoi ?

Elle me regarde droit dans les yeux.

– Ton oncle est au courant du commerce. Le vendeur, c'est lui.

*

Je n'y crois pas. Je m'y refuse. Même à notre retour à l'auberge, lorsque L'Héritière m'emmène dans sa chambre pour me montrer des documents sur lesquels figure l'écriture de Marcus, je suis incapable de l'accepter.

Et pourtant… je ne vois pas d'autre explication. Pas d'autre raison qui puisse justifier l'existence de ces lettres tracées de l'écriture penchée de mon oncle, promettant à des acheteurs des trésors dépassant l'entendement, de l'argent de Havenfall imprégné de magie. De longues listes de noms et d'adresses postales, des dates et des prix – informations notées à côté des articles acquis. Ces registres remontent à des décennies, bien avant ma naissance, on les tenait déjà avant que Marcus prenne la succession de mon arrière-arrière-grand-mère à Havenfall. Il existe des copies des reçus pour les transactions. Je ne peux plus nier ce que l'Héritière avance. Elle n'est qu'une acheteuse. Et mon oncle, celui en qui j'ai une confiance absolue était – est encore – le vendeur.

L'Héritière attend d'un air impatient et nous sert du thé pendant que je parcours les documents, sans cesser de m'observer. J'ai les tripes nouées. Mon corps rechigne à accepter la vérité bien que mon esprit y soit contraint.

– Donc, c'était ça le motif de votre grosse dispute, je commente au bout d'un moment, tout en lâchant négligemment les papiers sur le bureau. Vous, vous tentez de récupérer les objets, et Marcus, il les…

– Il les vend, complète l'Héritière lorsque ma voix s'étrangle. C'est ça.

– C'est pour ça que vous êtes partie.

Elle hoche la tête.

– Un certain temps. Mais…

Elle contemple les montagnes, et les rides aux commissures de ses yeux se creusent.

– Je me suis rendu compte que Havenfall, et le sanctuaire magique qu'il représente, primaient sur mon orgueil. Qu'il valait mieux laisser croire à Marcus que je m'étais résignée à ses activités, et faire le maximum de mon côté pour les contrebalancer.

Je baisse le regard en clignant vivement des paupières. *Comment peut-il se fourvoyer ainsi ?* Havenfall, c'est chez nous – c'est encore plus vrai pour lui que pour moi. Marcus y vit à l'année. Je ne me rappelle pas la dernière fois qu'il s'en est absenté.

À ta connaissance.

Si l'on en croit ces documents, il voyage sans cesse aux quatre coins du pays pour vendre de l'argent de Havenfall associé à la magie des Royaumes adjacents. On recense des noms de chauffeurs, de personnes à qui il se fie assez pour qu'ils se chargent de livraisons. Parfois, pour un objet magique particulièrement rare, par exemple un vase ardantin porteur de magie des marées, ou une montre fiordienne recelant la capacité de manipuler les émotions, il s'est rendu sur place lui-même. À Denver, Phoenix, Seattle, Minneapolis. Et même plus loin parfois :

New York, Vancouver, Mexico. On trouve aussi des reçus de billets d'avion, des itinéraires. Marcus est méticuleux, c'est indéniable.

– Comment avez-vous mis la main sur tout cela ? je demande à l'héritière d'un chuchotement rauque.

Je ne tiens pas vraiment à le savoir, car peu m'importe comment ces archives ont atterri dans les tiroirs de l'Héritière, mais cette question m'est plus facile à poser que celles qui me taraudent vraiment. C'est-à-dire pourquoi, pourquoi, pourquoi, et pourquoi il ne m'a rien dit.

Au lieu de me répondre, l'Héritière formule une exigence.

– Avant que je t'en dévoile davantage, tu dois promettre de ne rien divulguer de mon projet à ton oncle.

– Même si je le voulais, je ne le pourrais pas, je lâche bêtement, sans réfléchir. Il est encore inconscient.

L'expression de l'Héritière se détend un peu, mais son regard demeure fixé sur moi, dans l'expectative.

– Quand il reviendra à lui, alors. Tu ne dois rien dire non plus à Graylin, ni à Willow. Ils ne savent rien de tout ça. Ils n'en ont pas besoin.

Je voudrais protester. Lui rétorquer que c'est quand même mon oncle. Comment pourrais-je lui faire cette promesse ? Mais c'est comme si les documents me chuchotaient à l'oreille. Me rappelaient que Marcus gardait des secrets dangereux, les cachait, à moi et à tout le monde. Peut-être ne mérite-t-il pas ma loyauté.

C'est un des derniers proches qu'il me reste. Papa ignore une bonne moitié de ma vie, Nate est mort, et ce sera bientôt le tour de maman.

Mais Marcus m'a menti.

– D'accord, je cède.

Et, bien que ma voix soit chevrotante, je suis sincère.

L'Héritière a dû le percevoir, car, après m'avoir longuement observée, elle hoche la tête.

– Très bien, déclare-t-elle avec gravité. J'ai une dernière révélation à te faire. C'est Brekken de Myr qui a volé ces papiers dans le bureau de Marcus.

Ce nom s'abat sur ma poitrine comme un poing de glace, et je suis si sonnée que ma voix sort avec un temps de décalage.

– Brekken ?

– Oui. Il m'aidait.

Sa voix s'adoucit.

– Je sais que vous êtes proches, tous les deux. Il adore cet endroit autant que toi, et il ne reculerait devant rien pour le sauver.

– Qu'est-ce qui lui est arrivé ? je murmure. Où est-il ?

Elle baisse piteusement les yeux vers ses mains, comme une vieille reine vaincue.

– Je ne sais pas. Il a fui à Fiordenkill, mais j'ignore pourquoi.

Notre soirée passée ensemble me revient brusquement. Son baiser. Je me rappelle ses lèvres sur les miennes.

Sa peau était fraîche, mais sa bouche était chaude, comme si le fait de me toucher embrasait son âme.

Est-ce pour dérober des documents dans le bureau de Marcus que Brekken était descendu dans les souterrains ? Si ce que l'Héritière raconte est vrai, il n'est pas impliqué dans l'ouverture de la porte solarienne. Le prince d'Argent s'est trompé : Brekken est innocent. Cela devrait me réconforter, mais je ne peux m'ôter de la tête que, même s'il a agi pour une cause noble, il s'est servi de moi. Je croyais qu'il me confiait tout, que je le connaissais mieux que quiconque. Il préparait ce stratagème, menait une vie secrète que je ne soupçonnais pas. Il m'a emmenée à l'écurie, m'a enivrée de ses baisers avant de me voler mes clés.

Je repousse cette pensée. J'ai mille sources d'inquiétude plus pressantes, notamment découvrir où est Brekken en ce moment. Peut-être a-t-il croisé le chemin du premier Solarien dans les galeries et préféré se réfugier sur Fiordenkill pour se mettre en sécurité ? Ou alors Marcus l'a surpris en train de fouiner avant l'irruption du Solarien, et il a dû fuir. Quoi qu'il en soit, l'Héritière ignore l'existence de la brèche dans la porte solarienne. Avec un peu de chance, elle croit que le monstre qui rôde dans le domaine s'est introduit de l'extérieur. Je baisse rapidement les yeux vers le bureau, afin qu'elle ne déchiffre rien sur mon visage. Les papiers occupent une large moitié du bois ciré, le reste est encombré par un bric-à-brac d'objets en argent.

– Quels enchantements renferment-ils, ceux-ci ? je la questionne, surtout pour combler le silence et me donner du temps pour réfléchir.

Elle sourit d'un air peiné, comme si elle devinait que la réponse m'importe peu, mais elle joue le jeu.

– Je n'en sais rien. C'est une livraison d'artéfacts fiordiens que je viens de récupérer. Je dois justement les tester et les cataloguer.

Attirée par la correspondance, je reporte le regard sur elle. Il y a là l'équivalent d'innombrables années de courrier. J'en ai déjà assez vu pour savoir que l'Héritière me dit la vérité concernant l'implication de Marcus, mais examiner cette documentation abondante nécessiterait des jours. Il faudrait pourtant que je lise tout, sans exception. Je dois comprendre, mais cette perspective m'épuise d'avance.

Je n'ai qu'une envie, celle de me glisser dans mon lit, puis de découvrir à mon réveil que tout est revenu à la normale. Je descendrais au rez-de-chaussée et écouterais les annonces de mon oncle au petit déjeuner. Je passerais la journée à me promener dans le domaine, à tenter d'épier des réunions ou de m'esquiver avec Brekken. Je ne serais presque qu'une invitée comme les autres. Rien ne dépendrait de moi, et je pourrais savourer toute la splendeur du Sommet depuis les coulisses. Je ne connaîtrais rien du fardeau qui pèse sur les épaules de son élément central.

Mais pour l'instant je suis l'Aubergiste, et je déteste ça.

Un détail sur les documents accroche mon regard, et je suis le tracé du bout du doigt. Un nom : Sylvia Morrow.

Maman.

Son numéro de téléphone est inscrit à la suite. C'est toujours le seul que je connaisse par cœur, le seul que je pourrais composer les yeux fermés. Le souffle coupé, je remonte jusqu'au haut de la page. L'intitulé indique : LOGEURS.

C'est quoi, ce délire ?

Je lève les yeux vers l'Héritière pour obtenir une explication, mais des coups retentissent à la porte, et nos têtes pivotent brusquement vers l'entrée.

D'un geste, l'Héritière me fait signe de cacher les feuilles. Je les fourre précipitamment dans le tiroir resté entrouvert, puis le referme en prenant soin de ne pas le claquer. Je prends alors une tasse de thé sur la table et la tiens près de mes lèvres, comme si nous étions en train de bavarder tranquillement. L'Héritière va ouvrir.

Taya se tient dans le couloir, prête à toquer de nouveau. Elle fait un pas en arrière et s'excuse de la déranger, puis elle m'aperçoit dans la salle et se fige, son regard faisant de rapides allers-retours entre la vieille dame et moi.

– Bonjour, Votre Seigneurie. Salut, Maddie, dit-elle, visiblement étonnée de me trouver ici. Graylin vous cherche depuis ce matin. Nous avons pourtant vérifié partout.

Je me lève et m'occupe les mains avec le plateau du thé. Les rangées d'objets fiordiens étincelants m'attirent, surtout une coupelle ornée d'une incrustation en or représentant un serpent enroulé autour d'un bâton, semblable à ceux qu'on trouve sur les plaques des médecins. Ce symbole familier – je ne me rappelle pas son nom, un truc latin ou grec ? – capte mon attention, et instinctivement je saisis l'opportunité de le glisser dans ma poche, sans vraiment savoir ce qui m'y pousse. Peut-être l'espoir de découvrir pourquoi on s'arrache ces objets. De comprendre le fonctionnement de la magie.

– Merci pour cette charmante conversation, je lance à l'Héritière, en emportant la coupelle dans le couloir.

Lorsque Taya et moi atteignons l'escalier, où la vieille dame ne pourra pas nous entendre, mes épaules se relâchent pour la première fois depuis une éternité.

– Qu'est-ce qui se passe ? Comment tu te sens ? je demande à Taya à mi-voix.

Elle se dandine nerveusement. Elle semble encore pâle et fatiguée, comme la nuit dernière, mais je décèle autre chose enfoui sous ses traits tirés. Le désarroi. La peur.

– Il y a un gros problème, annonce-t-elle d'un ton sinistre.

Un grommellement s'échappe entre mes dents.

– Quoi, encore ?

Taya me regarde droit dans les yeux.

– Les gens savent qu'il y a un Solarien dans le domaine. Et que la porte solarienne est ouverte.

16

Un homme crie dans le salon de réception.

– J'aurais dû m'en douter ! hurle-t-il.

Alors que j'approche seule dans le couloir, Taya étant allée chercher Graylin, je reconnais la voix de Lonan, le compagnon du prince d'Argent qui a échangé des potins avec moi au bar, lors de ma première soirée à Havenfall. Ses mots cinglants s'abattent comme des coups de massue qui feront voler en éclats notre paix fragile si je ne désamorce pas la situation. Haletante, je saisis la poignée de la porte.

– Ce n'est pas nous qui l'avons ouverte, se défend la princesse Enetta.

Sa colère baigne la pièce, ses échos se répercutant entre les cloisons.

– J'ai déjà expliqué à votre prince d'Argent que…

Elle se tait lorsque j'entre avec fracas. Le battant rebondit violemment contre le mur. Je le rattrape d'une main, puis le referme doucement, mon cœur cognant à se rompre.

Lonan et Enetta se font face devant la cheminée, un petit groupe de délégués inquiets restant en retrait derrière le cercle de fauteuils. Le feu craque et flamboie avec une vigueur dangereuse, et ce n'est peut-être que mon imagination, mais le sol semble trembler un peu. L'air crépite de tension et de magie.

Lonan porte son attention sur moi.

– Madeline, dit-il d'un ton glacial.

Sa voix n'est plus tonitruante, mais monocorde et déconcertante.

– Peut-on avoir des explications ? Pourquoi ne nous as-tu pas prévenus que le portail de Solaria était ouvert ? Qu'une bête sanguinaire rôdait dans les parages ?

Mon souffle, déjà poussif, s'éteint dans ma poitrine. Tous les regards se braquent sur moi.

– C'était par souci de garantir votre sécurité à tous, je réponds précipitamment. Nous ne voulions pas provoquer l'affolement général. J'ai posté des gardes devant la porte en permanence, et, pour ce qui est de la brèche, nous l'aurons bientôt refermée.

Ma voix se brise sur mon mensonge. Mes mots doivent sonner aussi faux que je me sens hypocrite.

C'est un prétexte minable. Même moi j'en ai conscience. Maintenant que je suis clouée sous le poids de leur stupéfaction et de leurs yeux scrutateurs, toutes les raisons que j'avais de garder le secret sur ces nouvelles m'échappent. *Les hôtes de Havenfall ne méritaient-ils pas de savoir qu'ils étaient en danger ? N'est-ce pas le comble de la bêtise ou de l'arrogance que de dissimuler une chose pareille ?*

– Et ce monstre qui erre dans la forêt, poursuit Lonan. Est-il arrivé de l'extérieur, par Haven, ou s'est-il introduit par la porte solarienne ?

– Je ne sais pas, je chuchote.

Tous me fixent d'un air méprisant. Jamais je ne me suis sentie si inutile, pas même quand j'étais petite à Havenfall. Pas même quand Elirien, le père d'Enetta, m'a surprise en train de jouer à cache-cache avec Brekken sous la grande table de la salle à manger et nous a réprimandés devant toute la délégation. Jamais je ne me suis sentie si indigne de remplacer Marcus en tant qu'Aubergiste.

– Je vais m'entretenir avec les délégués fiordiens ce soir, annonce Enetta, haussant la voix pour s'adresser à toute l'assemblée. Si les miens estiment que nous devons partir, c'est ce que nous ferons.

Un sentiment de trahison me transperce. Enetta savait déjà que la porte était ouverte, mais, maintenant que c'est le cas de tout le monde, elle veut repartir avec ses émissaires ?

– Mais…

Ma voix échappe à mon contrôle et s'envole dans les aigus. Je me tais le temps de prendre une inspiration, j'imagine que je débarrasse ma voix de ma panique comme on retire l'écorce d'un arbre, afin qu'elle soit lisse et mesurée. *Respire à fond, recommence.*

– Votre Altesse, sauf votre respect, je ne crois pas que ce soit une bonne idée. Comme vous le savez, la magie qui alimente les portes est très instable. Un départ anticipé de la délégation fiordienne pourrait la perturber. Et ce déséquilibre pourrait agrandir la brèche dans le portail solarien.

– Et nous, nous serons dans notre monde, avec notre armée prête à repousser tout ce qui pourrait faire irruption, réplique-t-elle. Nous ne serons pas pris au piège ici, comme… comme des…

– Comme des rats ? je suggère, ma voix surgissant de son propre chef.

Encore une fois, j'éprouve une envie absurde de rire, comme à l'enterrement de Nate.

Cette saillie intempestive me vaut des regards noirs d'Enetta et Lonan. Ils croient que je me moque d'eux. Je m'efforce d'afficher un air neutre, de sembler me repentir suffisamment de leur avoir caché des secrets, sans toutefois paraître saisie d'une panique incontrôlable – une expression signifiant : *Je suis désolée, mais je sais ce que je fais.*

À voir combien tout le monde est à cran dans la pièce, ça ne marche pas. Où sont Graylin et Willow ? Pourquoi Marcus n'a-t-il toujours pas repris connaissance ? *J'ai besoin de toi*, je songe, l'adjurant par la pensée de m'entendre, où qu'il soit.

La porte du salon claque de nouveau, et je me retourne. C'est Taya.

– Maddie, dit-elle, sans se soucier des regards autoritaires des émissaires. On te réclame à l'infirmerie.

Marcus ?

– C'est Marcus ? je demande malgré moi.

Taya jette un rapide coup d'œil en direction des émissaires, et l'angoisse me saisit. Quelle que soit la nouvelle qu'elle apporte, elle ne veut pas la divulguer devant eux. Ce n'est pas bon signe. J'inspire à fond.

– D'accord, dis-je, avant de reporter mon attention sur les délégués, Lonan et Enetta. Nous pourrons… nous en reparlerons plus tard, je leur promets. Mais surtout, je vous en conjure, ne prenez pas de décision hâtive d'ici là. Je vous jure que je vais tout arranger.

Ce serment tombe à plat. Tout le monde garde la même expression, sauf la princesse Enetta, dont le visage se durcit. C'est justifié. Je mets les siens en danger. C'est le plus difficile à encaisser.

Sur le chemin de l'infirmerie, Taya ne m'interroge pas sur ce qui s'est passé dans le salon de réception, et quant à moi je ne lui demande pas ce qui nous y attend. Ne pas parler ne réglera rien, mais j'ai besoin de ce moment de répit. Nous empruntons les couloirs étroits et tortueux réservés au personnel, heureusement déserts. Je n'ai à peu près aucun réconfort à offrir à quiconque.

Tout soupçon de soulagement s'évapore lorsque nous entrons dans l'infirmerie. Graylin s'y trouve en compagnie de guérisseurs fiordiens. Ils sont réunis autour du lit, où gît une forme qui me semble très petite. Trop petite. Glacée d'effroi, j'ai le plus grand mal à respirer.

Un espace se crée un instant dans le cercle quand certains changent de place d'un pas traînant, et je vois le patient – Max, un humain, un commis de salle. Purée, il a quinze ans à tout casser ! Couvert d'un drap blanc, il est livide, son souffle est très faible.

– Qu'est-ce qu'il a ? je demande d'un ton affolé en me précipitant vers lui, Taya sur les talons.

C'est Graylin qui me répond. Les autres guérisseurs et lui ont les mains tendues à plat au-dessus du garçon. De la magie miroite sous leurs paumes telle une pluie lointaine.

– Je l'ignore, dit-il d'une voix râpeuse. Nous l'avons trouvé dehors.

J'aperçois le visage de Taya, lequel reflète les sentiments qui m'assaillent : désarroi, terreur.

– Il va s'en sortir ?

La bouche de Graylin se pince. Il abaisse le drap quelques secondes afin de me montrer les épais bandages qui entourent le torse frêle et pâle de Max.

– Il va survivre, mais il est dans un état grave. Nous l'avons plongé dans un sommeil magique, pour soulager sa douleur le temps que nous avancions dans le traitement.

– Qu'est-ce qui lui est arrivé, à votre avis ? s'enquiert doucement Taya.

– Le Solarien ? je suggère.

Graylin réfléchit, les lèvres toujours serrées.

– Possible. Mais ses blessures sont différentes de celles de Marcus et de la tienne, Taya. Il a été lacéré.

Au moment où j'ouvre la bouche pour répondre, même si je ne sais pas quoi dire, la terre semble trembler et gronder sous nos pieds. Ça ne dure qu'un instant, mais tout le monde relève la tête aussitôt, et Graylin écarquille des yeux horrifiés.

– Putain, mais c'était quoi, ça ? lâche Taya d'une voix basse et rauque qui trahit sa peur.

Graylin me regarde.

– Les portails.

*

Graylin, Taya et moi descendons à toute vitesse dans les souterrains, déjà en proie à un désordre sans nom. Délégués fiordiens et ardantins s'amassent dans la croisée, les lampes murales suffisant à peine à les éclairer, de sorte qu'on a d'abord l'impression de se trouver face à un océan de corps. Des cris se répercutent contre la roche, se superposant les uns aux autres, brouhaha de bruit et de panique. Je voudrais pouvoir me cacher, me recroqueviller dans un coin en me bouchant les oreilles, le temps que tout se termine. Mais je ne le peux pas. C'est impossible.

– Ils franchissent le portail ! Les Fiordiens franchissent le portail ! hurle quelqu'un lorsque nous surgissons dans le souterrain d'accès.

Une poignée de Fiordiens s'est agglutinée à l'entrée de la galerie menant à leur monde, et tous crient sur Sal, qu'ils ont acculé contre la paroi rocheuse. Quelques soldats parmi ceux qui se sont joints à nous hier pour la traque se sont enfoncés plus loin et forment un cordon en travers du couloir, armes à la main, comme pour intercepter tout ce qui pourrait arriver par l'angle en provenance de la porte solarienne. À travers le vacarme, mots et exclamations arrivent jusqu'à moi.

– Vous ne pouvez pas nous empêcher de partir.

– Laissez-nous passer !

Graylin pose une main protectrice sur mon bras, mais je m'en libère et me fraie un chemin dans la foule, les oreilles bourdonnant sous l'effet de la panique qui me pousse à intervenir. Je ne peux pas rester en retrait. Je joue des coudes pour me faufiler jusqu'à l'avant de l'attroupement et m'immiscer dans l'espace dégagé à côté de Sal, alors je me retourne pour affronter les regards hargneux des Fiordiens. La porte n'est pas loin derrière nous. Un vent froid et envoûtant, chargé d'une odeur de neige, s'anime dans mon dos, effleure ma nuque. Comme s'il essayait de m'attirer, m'invitait à m'aventurer dans un monde où je risque de mourir gelée en quelques minutes, ce qui vaudrait quand même mieux que de finir réduite en charpie par les griffes et les crocs d'un Solarien. Ou par ceux d'une foule déchaînée. Je me demande où est Brekken en ce moment, quelque part dans cet univers glacial.

J'ignore ce que je vais leur dire, mais je dois vite songer à quelque chose, car, lorsque je lève la main, le silence se fait aussitôt. Je sens le poids de leurs regards sur moi, pareils à des missiles à tête chercheuse. Marcus trouverait les mots, lui. Mais il n'est pas là. Il n'y a que Sal. Et moi.

– J'espère que tu sais ce que tu fais, Maddie, déclare-t-il à mi-voix.

– Chers délégués, je commence, mobilisant toute ma volonté pour empêcher ma voix de trembler.

Je me rends alors compte que je n'ai pas parlé assez fort ; je refais une tentative.

– Chers délégués. Je suis désolée de ne pas vous avoir informés que la porte de Solaria s'était entrouverte. Je craignais justement que nous en arrivions là.

Silence. J'aperçois les visages de Graylin et Taya au bout du souterrain, mais la foule est trop dense pour qu'ils puissent s'avancer.

– Je comprends que vous ayez peur, je poursuis. Moi aussi, j'ai peur. Mon oncle étant souffrant, je n'ai pas toujours fait les meilleurs choix. Mais, la dernière fois que les Solariens ont menacé Havenfall, nous les avons vaincus en nous serrant les…

– Même si les fondus de la glace avaient d'abord fait alliance avec eux ! accuse un Ardantin.

Une onde de colère se propage dans l'assemblée, des regards hostiles fusent en tous sens et l'animosité se répand d'un visage à un autre telle une traînée de poudre, une infection. L'air est lourd de tension.

– C'était il y a plus d'un siècle, je tempère, cherchant à calmer les esprits. La délégation fiordienne est attachée à la paix autant que nous tous. N'est-ce pas ?

J'adresse cette question avec une pointe de défi aux Fiordiens amassés autour de nous. Nessa, la dame de la cour qui était au bar avec Lonan le premier soir, est la plus proche ; je soutiens son regard, la tête haute. Pendant un court instant, j'ai le sentiment de les avoir convaincus, d'avoir gagné.

Puis Nessa dégaine son épée – une élégante rapière sertie de pierres précieuses que j'ai toujours crue seulement décorative – et s'élance vers le portail.

Sal m'écarte du passage d'une vive bourrade, puis brandit sa matraque télescopique juste à temps pour bloquer l'attaque avec un fracas métallique bref et sec. Les autres Fiordiens se jettent quand même en avant, et lorsque Sal pivote pour parer un autre coup de Nessa, un délégué se faufile derrière lui à toute vitesse.

La porte s'anime d'ondoiements, un bruit percussif pareil à un coup de timbale au plus bas du spectre auditif humain retentit, une bourrasque d'air glacial jaillit dans le souterrain soudain baigné par une lumière d'étoiles, et l'émissaire disparaît.

Il n'en faut pas plus pour que tout dégénère. L'épée de Nessa fend l'air et du sang gicle. Sal pousse un cri de douleur et recule d'un pas vacillant en se tenant l'épaule.

Le claquement de sa matraque sur le sol rocheux ouvre les vannes.

Tout le monde se rue vers le portail, et je m'agrippe aux aspérités de la paroi pour ne pas être emportée de l'autre côté de la porte fiordienne. Des corps me bousculent, impossibles à distinguer dans la cohue et le vacarme. On crie et hurle en trois langues. Je les implore d'arrêter, mais personne ne m'entend ; n'était la douleur qui me râpe la gorge et les poumons, je ne serais même pas sûre que des sons sortent de ma bouche. Je suis comme paralysée, je respire à peine. Je ne sais pas quoi faire.

Puis la foudre, un véritable *éclair*, s'abat au bout du tunnel, m'aveugle et laisse une traînée lumineuse sur mes pupilles. Une vive chaleur fouette mon visage levé, puis la puissante détonation qui retentit peu après vibre dans ma poitrine et déclenche une pluie de poussière. Le vacarme cesse aussitôt, aussi soudainement que si on avait pressé un bouton pour couper le son. Tout le monde se tourne vers l'entrée de la galerie, où la silhouette du prince d'Argent se détache sur la lumière du couloir menant au rez-de-chaussée.

Dans l'immobilité et le silence, je remarque que la foule a diminué. Certains se sont jetés à terre, d'autres se sont accroupis et tremblent, d'autres encore sont partis. Au milieu de la panique, combien sont passés dans Fiordenkill ?

– Assez ! crie le prince, dont la voix fait écho au tonnerre.

Son regard se pose sur moi, et il me fait signe de venir :

– Madeline.

Je ne suis pas enchantée qu'on me donne un ordre dans mon auberge, mais je suis trop sous le choc pour ne pas obéir. Les délégués encore présents dans les galeries, en sueur, blêmes et l'air hagard, se dispersent sans un mot, et quant à moi je me faufile devant Graylin et Taya pour rejoindre le prince. Il pointe le doigt dans les ténèbres au-delà des portes fiordienne et ardantine, vers celle de Solaria.

– Le voilà, l'ennemi, assène-t-il, d'une voix sinistre, effrayante et autoritaire. Nous avons subi dix années de guerre pour retenir cet enseignement, mais certains semblent l'avoir déjà oublié.

Il braque le regard vers la porte fiordienne et les délégués qui s'attardent encore à ses abords, figés dans leur tentative de la franchir.

– Comme l'a déclaré la nièce de l'Aubergiste, seule l'unité nous permettra de triompher d'eux. Nous devons préserver la paix coûte que coûte.

Ce n'est pas exactement ce que j'ai dit, mais ce n'est pas le moment de protester.. Les délégués écoutent le prince comme ils ne m'ont jamais écoutée.

– Quiconque essaiera de quitter Havenfall par un portail sera arrêté, les met-il en garde. Mes soldats et moi collaborons avec Madeline pour fermer la porte solarienne. Soyez certains que vous serez protégés dans l'intervalle.

Il fait un pas en arrière pour me laisser en première ligne, seule face à l'assemblée. Je me sens toute petite, si jeune et si faible, mais le prince d'Argent continue :

– Il convient de rappeler que vous devrez tous considérer Madeline Morrow comme investie des devoirs et de la pleine autorité de l'Aubergiste. L'Aubergiste, c'est elle.

Les regards des uns et des autres se tournent vers moi dans la pénombre. Je me tiens droite pour les affronter, mais les larmes me piquent les yeux.

C'est l'annonce à laquelle j'aspire depuis toujours.

Pourtant ces mots me paraissent tout à fait creux et insipides.

17

La lune ascendante brille par la fenêtre de la chambre de Marcus, les carreaux projetant des ombres cruciformes sur le parquet. En comparaison, la lampe de la table de nuit paraît bien terne. Les montagnes teintées d'argent ont un aspect singulier, pareil à un paysage sur une photo en noir et blanc. L'état de Marcus est le même que ce matin, sa respiration peu profonde et silencieuse. Mais, à la place de Graylin, c'est le prince d'Argent et moi qui sommes à son chevet.

Une heure s'est écoulée depuis l'épisode chaotique des souterrains. Employés et délégués, du moins ceux qui n'ont pas fui à Fiordenkill, sont dans leur chambre, où ils sont astreints par un couvre-feu que le prince a instauré. À cause d'un filet d'adrénaline qui s'attarde dans mes veines, mon cœur bat encore à cent à l'heure et mon corps tout entier est impatient de bondir, de bouger, d'agir.

La présence du prince me rend nerveuse. Il est assis en silence à côté de moi, attendant que je sois prête à parler, mais je m'en sens incapable. Je lui suis reconnaissante d'être intervenu tout à l'heure, je suppose, sinon tous les délégués fiordiens seraient partis, au lieu d'un tiers seulement.

Je n'aurais pas pu les en empêcher. J'en ai conscience. Pourtant je me sens… affaiblie, en quelque sorte, depuis que le prince d'Argent s'est interposé pour prendre les choses en main. Et je ne me sens pas plus en sécurité. Ce serait délirant de considérer son acte comme un coup de force… mais je ne parviens pas à me départir de ce sentiment. La réaction qu'a eue Taya en découvrant l'existence des Royaumes m'obnubile. *Si ça se trouve, il se trompe. Ou il ment.*

Au bout du compte, je l'ignore. Mais ce que je sais, c'est que j'ai besoin que le prince d'Argent soit de mon côté. Seule, je n'ai aucune autorité. Aucun pouvoir.

– Savez-vous si quelqu'un a déjà récupéré son âme après une attaque de Solarien ? je m'enquiers en désignant la forme presque immobile de mon oncle.

Le prince d'Argent secoue la tête.

– C'est étrange. Passé ce délai, dans tous les cas dont j'ai été témoin, les victimes s'étaient remises ou étaient…

Il s'interrompt par délicatesse.

– Il va bientôt se réveiller, j'affirme, ces mots s'échappant de mon profond épuisement telle une prière fébrile. C'est lui, l'Aubergiste, pas moi.

Parce que j'ai besoin de toi… et que j'ai une question à te poser.

Le prince d'Argent me fixe d'un air interrogateur. Je suis tellement à cran que son regard me désarçonne, et je lâche brusquement :

– Quoi, qu'est-ce qu'il y a ?

Il me répond d'un ton mesuré, en prenant des pincettes :

– Je m'étais mis en tête que, peut-être, tu aspirais à endosser cette fonction toi-même, de façon permanente. Me suis-je trompé ?

Un mélange de honte et de chagrin m'embrase les joues. Si nous vivions dans un conte de fées, mon ambition à peine voilée de devenir l'Aubergiste aurait pu plonger Marcus dans son sommeil maléfique. Mais ce qui arrive n'a rien d'un conte, et j'ai toujours pensé que Marcus souhaitait que je lui succède.

– Pas maintenant, en tout cas, j'affirme. Et pas dans ces circonstances. Pas avant des années, quand il voudra prendre sa retraite.

La nausée me prend à la gorge lorsque je me rappelle les révélations de l'Héritière concernant le rôle actif de Marcus dans le marché noir. *Pourquoi ne m'a-t-il pas mise au courant ? Parce qu'il n'avait pas confiance en moi, ou parce qu'il jugeait préférable que j'ignore tout de ce trafic ? Ou les deux ?*

– Quand bien même…

Le prince s'exprime avec douceur, pourtant chacun de ses mots me semble fracassant dans la pièce silencieuse.

– Tu te sous-estimes, Maddie. Je suis convaincu que tu ferais une excellente Aubergiste. Peut-être même meilleure que Marcus l'a jamais été.

Un éclat de rire désabusé m'échappe, si sonore que j'en tressaille et plaque aussitôt la main sur ma bouche. Mais bien sûr mon oncle ne se réveille pas.

– Meilleure que lui ? je murmure, incrédule, après avoir recouvré la maîtrise de ma voix. Ça fait moins d'une semaine que j'ai pris la direction de l'auberge, et c'est déjà la catastrophe.

– À cause de décisions qui étaient les siennes, rétorque le prince, qui tourne ses yeux étincelants vers Marcus. Il a bâti une tour sur du sable. Si elle commence à s'effondrer, ce n'est pas de ta faute.

Un frisson glacial parcourt mon dos, en résonance à la froideur qui s'est soudain immiscée dans le ton du prince.

– C'est-à-dire ?

Le prince d'Argent pivote sur son siège pour me faire face. La lumière de la lampe semble ne pas l'atteindre ; le clair de lune se reflète sur sa peau et ses cheveux argentés, souligne le discret motif écailleux qui quadrille ses joues.

– Toi, tu aimes l'auberge pour ce qu'elle est, pas pour le profit que tu peux en tirer, déclare-t-il. Ce qui te plaît ici, c'est la magie, l'immense champ des possibles, les portails. La vie ne t'a pas épargnée, alors tu te réconfortes en sachant qu'il existe de la vie ailleurs, même si tu ne peux pas y accéder. Il en va de même pour les Ardantins.

Je distingue un soupçon de tranchant dans son ton, comme une lame de rasoir flottant dans du miel.

– C'est le cas aussi pour Marcus, je rétorque, sur la défensive.

– Ça se peut, répond-il, son regard inébranlable rivé droit dans le mien par-dessus la forme inerte de Marcus. Mais tu dois savoir qu'il n'est pas aussi pragmatique que toi. Il cherche le bien là où il n'y en a pas. Avant, il croyait qu'on pouvait trouver un terrain d'entente avec les Solariens. Même si cela menaçait de faire voler en éclats la paix entre les Royaumes adjacents. Même quand cela mettait sa propre famille en danger.

Je ne comprends pas ce qu'il essaie de me dire. À ma connaissance, jamais Marcus n'a été clément envers les Solariens. Ce serait étonnant, après ce qui est arrivé à Nate et maman.

– Sa famille… c'est-à-dire ?

– Je parle de l'attaque contre ta mère et ton frère, confirme le prince d'Argent, légèrement surpris.

Il baisse un regard dur sur Marcus.

– Tout le monde sait que ça s'est produit parce que Marcus a invité un Solarien chez vous. Il a voulu l'accueillir, et ce monstre a tué ton frère.

C'est soudain une eau glacée qui coule dans mes veines.

– Où avez-vous entendu ça ? je demande dans un chuchotement rauque.

Le prince d'Argent incline la tête, ses yeux filant vers le visage blême et inexpressif de mon oncle.

L'eau glacée se fige. Je suis incapable de bouger, d'organiser mes pensées. L'espace d'un instant, je suis à nouveau dans le placard, les hurlements de Nate me déchirant et marquant mon cœur au fer rouge. Puis…

– Vous vous trompez, dis-je d'une voix étranglée.

La commisération que je lis sur le visage du prince me semble étrange, forcée.

– Je suis désolé, Maddie. Je croyais que tu étais au courant...

– Je voudrais être seule, maintenant.

Je regrette aussitôt mes paroles. Le prince est la personne la plus puissante à Havenfall, sûrement le seul qui nous protège du chaos absolu, et j'ai besoin de lui. Mais il n'a pas l'air en colère. Et il ne bouge pas.

En contemplant Marcus, j'ai la nausée, je me sens vide. Même dans le sommeil, son visage m'est si familier, si rassurant. Chaque été, quand il venait me chercher au carrefour et que, par la vitre du car, je le voyais s'illuminer d'un grand sourire, je savais alors que je ne craignais rien, que j'étais chez moi.

Il déborde de compassion, et fait toujours passer les autres avant lui. Est-ce possible que le prince d'Argent dise vrai, et que la bonté sans limites de mon oncle se soit étendue aux Solariens, les monstres qui ont tué mon frère ?

Il y a eu un bruit de verre brisé. Des milliers d'éclats gisaient sur le lino de la cuisine. Mais, en y repensant, je ne me rappelle pas si j'ai entendu le carreau se casser *avant* que maman me pousse dans le placard, quand nous n'étions encore qu'une famille comme les autres en train de faire des brownies, heureux et ensemble, ou *après*, lorsque la créature a emporté le corps de Nate avant de disparaître dans la nuit.

Marcus a-t-il pu permettre *sciemment* à un Solarien d'entrer ?

Maman, Nate, Graylin et moi étions ses proches. Nous devions passer en priorité.

Mais maintenant Nate est mort et maman va être exécutée, Marcus dépérit, et un monstre se cache dans la forêt. Si le prince raconte la vérité, la bonté inconsidérée de mon oncle a déjà détruit la moitié de notre famille, et risque de nous mener à notre perte, Graylin et moi, d'un jour à l'autre.

Comment aurait-il pu faire ça ?

– Je vais te laisser, annonce le prince, me ramenant brusquement à l'instant présent.

Sa voix est aussi calme qu'une mer d'huile, sans le moindre soupçon de colère.

– Quand tu seras prête, viens me retrouver. Il faut que nous réagissions à la défection des délégués fiordiens.

– Que pouvons-nous y faire ? je demande, la voix rocailleuse. Ils sont partis.

– Justement, il doit y avoir des conséquences.

Puis son ton repasse d'autoritaire à doux.

– C'est la deuxième fois que les Fiordiens trahissent Havenfall. Rappelle-toi Brekken.

– Je me rappelle, oui, je confirme, préférant ne pas en entendre davantage à son sujet.

J'ai conscience qu'il pensait servir une bonne cause lorsqu'il m'a volé mes clés pour enquêter sur l'implication de Marcus dans le marché noir, mais je souffre amèrement qu'il ne m'ait rien dit. Qu'il ne se soit pas confié à moi. Qu'il m'ait abandonnée.

– Nous voulons tous croire que les autres sont animés des meilleures intentions, reprend le prince.

Aussi immobile qu'une statue, projetant une ombre encore plus grande et plus mince qu'il ne l'est, il semble plus âgé, plus proche de l'être magique, puissant et inquiétant qu'il est vraiment.

– Mais ce n'est pas toujours la réalité.

Bien qu'il ne connaisse pas les véritables motivations de Brekken, il n'a pas tort à mon sujet. J'accorde ma confiance trop vite, trop facilement, et à présent ce défaut me met en danger, ainsi que l'auberge et tous ses occupants. Je me sens pétrifiée.

– Que devrions-nous faire ?

Les lèvres du prince esquissent un petit sourire chargé de regret.

– Fiordenkill doit être sanctionné, déclare-t-il. Ses délégués ont perturbé l'équilibre des portails, et la brèche dans la porte solarienne s'est élargie. Mes soldats élémentaux l'ont barricadée derrière une chape de fer, mais, si d'autres Solariens devaient la franchir, même cette défense risque de ne pas tenir.

Il se penche en avant, les coudes sur les genoux, et semble lire à livre ouvert dans mon âme.

– Quel est selon toi le prix adéquat à payer pour le danger qu'ils nous font courir, Aubergiste ?

Je ferme les yeux et tente de réfléchir.

– Je n'ai pas beaucoup de leviers. Je ne peux pas leur interdire de revenir à Havenfall ni interrompre les échanges commerciaux. Pas tant qu'ils font partie de l'alliance scellée par les Accords.

– Les alliances, ça se renégocie.

Il s'exprime doucement, mais chacun de ses mots est limpide lorsqu'il ajoute :

– Les traités aussi.

J'ai l'impression fugitive que mon cœur suspend ses battements.

– Vous voudriez exclure Fiordendkill ? Mais l'alliance des Trois Royaumes dure depuis plus d'un siècle.

– Pour certains d'entre nous, un siècle, ce n'est pas très long. Et quelle autre solution avons-nous ? Serais-tu prête à réinstaurer les exécutions, que ton arrière-arrière-grand-mère imposait aux traîtres ?

Mon souffle se coince dans ma gorge. J'ignorais que mes ancêtres avaient tué. Je m'imagine soudain sur la pelouse, une épée à la main, un condamné aux cheveux roux agenouillé devant moi, tête basse, et mon estomac se soulève si violemment que je dois me courber et plonger la tête dans mes mains un instant.

– J'ai besoin de réfléchir.

D'un mouvement fluide, il se lève et se dirige vers la porte.

– Le temps presse, Aubergiste.

Un frisson de jubilation et de dégoût me parcourt lorsqu'il m'appelle ainsi.

– Je vous donne une réponse très vite. Je vous le jure.

– Entendu, dit-il, sans me quitter du regard. Ne doute pas de toi, Maddie. Tu possèdes ce qui fait défaut à Marcus. Tu es assez forte pour faire des choix difficiles afin de servir l'intérêt général.

Puis il disparaît.

J'ai envie de pleurer, mais j'en suis incapable. Les larmes ne sont pas là, elles refusent de venir. Comme si on m'avait évidée et qu'il ne restait dans ma carcasse qu'échos et poussière.

Je m'avachis, le visage dans les mains, parfaitement immobile à l'exception des battements lents de mon cœur et de ma respiration douloureuse à chaque souffle. C'est ainsi que Graylin me trouve lorsqu'il entre en bâillant quelques minutes plus tard.

Il se fige un instant en me voyant. Puis ses épaules se relâchent, et il vient s'asseoir à côté de Marcus. Il était censé faire une sieste, mais il n'a pas l'air très reposé.

– Comment va-t-il ? s'enquiert-il, en caressant la main de son mari du bout des doigts.

J'ai cependant l'impression qu'il a posé cette question pour la forme, sans attendre de réponse.

Je ne peux pas lui répéter ce que m'a dit le prince au sujet de Marcus qui aurait accueilli des Solariens. Pas tant que mon oncle n'est pas en état de donner sa version des faits. Graylin porte déjà un trop lourd fardeau. Je ne peux pas rajouter ce souci sur ses épaules.

– Il n'y a pas d'amélioration, je déclare d'une voix rauque.

Un silence.

– Malheureusement, non, dit Graylin au bout d'un moment. Pas que je voie, en tout cas.

– On ne peut rien tenter de plus ? je demande, aux abois.

Je souhaite que Marcus se remette, évidemment. Mais il me faut aussi des réponses. Au sujet du trafic d'objets en argent. Des Solariens, de ma mère et de Nate. Et ces réponses, Marcus les détient. Obligatoirement.

– Si c'était le cas, je l'aurais déjà fait, tu t'en doutes.

Je perçois dans sa voix le reflet du désespoir qui m'anime. Elle est empreinte d'une grande fragilité, comme si le moindre coup pouvait nous briser en mille morceaux.

Mon dos émet un craquement étouffé lorsque je pivote dans mon siège. Mes muscles sont endoloris. Je me sens vieille, ce qui me fait penser de nouveau à l'Héritière. Je dois encore lui demander pourquoi le nom de ma mère figure sur la liste intitulée « LOGEURS ». Je songe aux marchandises enchantées entreposées dans la chambre de l'Héritière, aux rangées d'objets en argent étincelants encombrant son bureau telle une colonie de fourmis, au registre noirci de descriptions, tracées d'une écriture compacte, à la magie renfermée par chacun d'eux. D'une magie comme le pouvoir de guérison.

Je sors de ma poche la coupelle que j'ai subtilisée dans la suite de l'Héritière et la montre à Graylin. C'est celle qui est incrustée du symbole doré représentant un bâton autour duquel s'enroule un serpent. J'ai fait une recherche sur cet emblème, hier. C'est le bâton d'Asclépios, le dieu de la médecine dans la Grèce antique. Peut-être que les Fiordiens ont leurs propres versions de nos mythes, à moins que nos histoires des temps anciens aient circulé entre les Royaumes. Peut-être nous sont-elles arrivées d'un autre monde il y a de cela des millénaires.

Quelle que soit la raison pour laquelle cet accessoire d'argent a été orné de ce dessin, c'est forcément encourageant, non ? La coupelle paraît presque ordinaire, hormis la faible lueur qui émane du métal, visible seulement maintenant qu'il fait nuit. Je ne comprends toujours pas comment il est possible que la magie anime un objet si commun. Mais pourquoi ne pas tenter le coup ? Qu'est-ce qu'on risque ?

Graylin l'observe et cligne des paupières. Il se redresse, comme s'il était soudain tout à fait réveillé. Lui aussi distingue la lueur qui s'en dégage.

– Qu'est-ce que c'est ?

– Euh... Brekken me l'a offerte il y a des années, j'improvise. Il m'a dit que ça contenait de la magie médicinale fiordienne.

Si je ne suis capable de protéger personne des dangers réels, je peux au moins préserver Graylin de ce sac de nœuds un peu plus longtemps. Lui permettre de se concentrer sur les soins à prodiguer à mon oncle afin que nous puissions apprendre de quoi il retourne *vraiment*.

Graylin prend une brusque inspiration lorsque je pose la coupelle dans sa main tendue. Il l'examine à la lumière de la lampe, sous tous les angles, cherchant je ne sais quoi.

– Alors ? je le questionne.

Il se renfrogne.

– Je ne comprends pas trop ce que je vois là, déclare-t-il, en partie pour lui-même.

Lorsqu'il reporte le regard sur moi, j'y décèle une certaine méfiance.

– Tu dis que c'est Brekken qui te l'a offerte ?

Je confirme d'un signe de tête, en espérant qu'il ne détectera pas mon mensonge. Marcus me démasquerait, mais j'ai toujours eu plus de facilités à embobiner Graylin. Je m'efforce de ne pas déglutir pour ne pas lui mettre la puce à l'oreille.

– Ça contient en effet de la magie. Je sens sa présence.

Alors qu'il tourne l'objet dans tous les sens, j'y entraperçois des reflets fugaces – la lumière tamisée de la lampe, le visage basané de Graylin, la culpabilité dans mes yeux.

– Par contre, je ne comprends pas comment on l'y a associée. Elle semble… animée de vie.

Je hausse les épaules, en prenant soin de garder une expression impassible.

– Alors là, mystère. Mais tu crois que tu peux l'utiliser ?

– Je peux, mais est-ce que je dois ? réplique-t-il en laissant retomber sa main, avant de me fixer d'un regard dur. Maddie, Brekken nous a trahis. Tu en as conscience, n'est-ce pas ?

Non, pas lui, ai-je envie de rétorquer.

Mais Marcus, oui.

Incapable de soutenir son regard, je préfère contempler mes mains, que je remue nerveusement contre mon jean.

– Je sais, oui. Mais, si cette magie était néfaste, tu ne le détecterais pas ?

– Si, peut-être.

Il s'anime, gagné par l'agitation.

– Mais j'ignore d'où provient cet objet. Je ne sais plus rien. Je croyais pouvoir guérir Marcus moi-même, et regarde ce que ça a donné…

Sa voix s'éraille, puis il se tait, ferme les yeux et gonfle ses poumons. Je respire à peine tandis qu'il tente de se ressaisir.

C'est un sentiment déchirant très particulier qui nous assaille lorsque nous voyons échouer ou s'effondrer ceux en qui nous plaçons toute notre confiance. Ceux qui sont censés prendre soin de nous. Ce sentiment m'a terrassée par deux fois déjà, pour maman et Marcus, et m'a ébranlée à des centaines d'occasions plus mineures, quand papa était trop fourbu pour voir les problèmes qui m'accablaient, ou quand mes professeurs ne prêtaient pas attention aux railleries ignobles qui pleuvaient sur moi dans la cour de récréation. Je sais que ce n'est pas la faute de Graylin ; je ne peux pas attendre de lui qu'il reste calme et maître de lui alors que son mari ne reprend pas connaissance. Pour autant, je me sens très seule dans cette épreuve.

Au bout d'un long moment, Graylin reprend la parole :

– Je vais essayer d'utiliser cette magie.

Il resserre les doigts autour de la coupelle, son regard alternant rapidement entre elle et Marcus.

– Mais je ne te promets rien.

– Non, bien sûr.

Soudain, une vague de fatigue me submerge, plus puissante que toutes les précédentes. Si je m'attarde ici plus longtemps, je m'effondrerai dans mon fauteuil, et je ne serai d'aucune aide à Marcus. Non pas que je le sois en ce moment, mais passons. Je me lève.

– Va dormir, me recommande Graylin tandis que je me dirige vers la porte. Ça va aller.

Il n'a pas l'air convaincu.

*

Alors que je regagne ma chambre, j'aperçois du coin de l'œil du mouvement dehors. Par réflexe, je me fige, puis je m'approche discrètement, demeurant sur le côté de la fenêtre pour que la personne – ou la créature – qui se trouve en bas sur la pelouse ne me voie pas au cas où elle lèverait la tête.

Mon cœur se contracte lorsque je reconnais la silhouette en train de longer la lisière de la forêt, ses cheveux clairs brillant au clair de lune. Taya. Elle jette de fréquents regards en arrière, en restant dans l'obscurité des arbres, comme pour ne pas être vue. Elle tient dans sa main un outil ou une arme, qu'à cette distance je ne parviens pas à identifier.

Une colère ardente me gagne. Elle sait que le Solarien rôde dans les parages. Il l'a déjà attaquée. Elle a vu ce qui est arrivé à Max. Alors à quoi joue-t-elle ? Malgré moi, je l'imagine blessée à l'infirmerie, couverte de bandages et sans connaissance.

Sans réfléchir, je dévale l'escalier et traverse le vestibule à toutes jambes. Deux gardes sont postés devant la porte, des hommes de Sal qui me considèrent d'un air inquiet, mais je leur fais signe de s'écarter et ils me laissent passer. Comment Taya a-t-elle franchi ce barrage ? Le poignard ardantin et le revolver fiordien que je porte à la requête de Graylin cognent inconfortablement contre ma hanche.

Le terrain est détrempé à cause des orages provoqués par le prince d'Argent depuis plusieurs jours, du brouillard s'accroche au sol et voile les montagnes dans le lointain, mais la nuit est dégagée et les étoiles brillent. Je m'engage sur la pelouse à temps pour voir Taya s'enfoncer dans la forêt. Sachant que les gardes m'observent sûrement, je me fais violence pour la suivre en marchant au lieu de lui courir après.

Une fois dans les bois, les bruits nocturnes s'intensifient autour de moi, beaucoup plus forts que lorsque j'étais à découvert. Grenouilles, grillons et chouettes, le vent dans les pins. Au loin retentit un hurlement plaintif, qui pourrait être celui d'un chien, d'un coyote, ou même d'un loup.

Je m'arrête juste derrière la bordure des arbres, préférant ne pas m'aventurer plus loin sans savoir où est Taya, ni crier ou dévoiler où je me trouve à ce qui rôde dans la forêt. Je reste tout à fait immobile, retiens mon souffle et guette le moindre son qui détonnerait.

C'est là que j'entends ce bruit désormais gravé à jamais dans ma mémoire : les coups sourds et les frottements, métalliques et rythmés, d'une pelle qui creuse la terre.

C'est quoi, ce délire ?

Je me remets en mouvement, en faisant attention où je pose les pieds, en m'efforçant d'être aussi silencieuse que possible. Pendant que ma vue s'adapte, je songe avec angoisse que je connais cet endroit. J'approche de l'emplacement où Graylin et moi sommes allés la nuit de mon arrivée. Là encore, les bruits de la forêt s'estompent dans la clairière, comme si même les insectes et les chouettes percevaient la gravité de la situation.

Taya. Taya se tient là, en effet munie d'une pelle. Ce qu'elle fait est évident, pourtant il me faut quelques instants pour le comprendre. Pour analyser ce que je vois. Un tas de terre à côté d'elle, et l'outil qui brille au faible clair de lune.

Comme lorsque je l'ai trouvée dans la bibliothèque la nuit dernière, une partie de moi voudrait s'en aller. Partir et faire semblant de n'avoir rien vu, prétendre que tout peut demeurer comme avant entre nous.

Mais j'en suis incapable. Parce qu'elle est en train d'exhumer le Solarien.

– Qu'est-ce que tu fais ? je lui demande.

J'ai juste chuchoté, mais ma voix fend l'air dans la clairière silencieuse. Taya s'immobilise et relève vivement la tête. Elle a de la terre sur les mains, sur la figure et dans les cheveux.

Lorsque j'approche, elle ne bouge pas, ne cille même pas. Pas avant que je lui arrache la pelle, d'un geste tremblant. Elle laisse alors retomber ses bras et fait un pas en arrière. Elle tremble elle aussi ; est-ce à cause du froid, de la peur, ou de tout autre chose ?

Je formule la seule pensée qui m'occupe l'esprit :

– Mais qu'est-ce que tu fous, Taya ?

Je braque les yeux sur son joli visage, évitant de regarder dans le trou qu'elle a creusé. Je ne veux pas voir quelle est sa profondeur, ni ce que je pourrais y distinguer.

– Je suis désolée, dit-elle, d'une voix qui me paraît trop sonore, aiguë et chevrotante. Il fallait que je vérifie un truc.

– Que tu vérifies quoi ?

L'épouvante m'enveloppe telle une couche de glace, le froid s'infiltre par mes veines jusqu'à mon cœur.

– Comment as-tu su où nous avions enterré le Solarien ?

Je laisse tomber la pelle et saisis Taya par le bras. Je l'éloigne de la tombe, l'emmène vers un tronc couché au bord de la clairière. Je m'assois en la forçant à prendre place à côté de moi. Malgré l'épaisseur de son blouson, je la sens qui frissonne.

– Ce n'est pas moi qui ai découvert la tombe, s'explique-t-elle, ses mots entrecoupés de souffles haletants.

C'est Max. Il en a parlé aux autres employés, et juste après il a été attaqué.

Un frisson glacial me parcourt le dos.

– Qu'est-ce que tu insinues ?

– Je ne pense pas que ce soit le Solarien qui s'en est pris à lui.

Je m'efforce toujours de ne pas contempler la fosse, mais Taya semble incapable d'en détacher la vue, et j'ai le plus grand mal à ne pas suivre son regard. Lorsque je cède, très brièvement, j'aperçois des écailles d'un orange terne et mon cœur se soulève, un vertige me saisit.

Max est revenu à lui, Graylin me l'a dit tout à l'heure. Il refuse de parler de ce qui lui est arrivé, malgré les efforts de Graylin pour lui tirer les vers du nez, mais son âme ne lui a pas été volée.

– Regarde, dit Taya.

Elle tient quelque chose sur ses genoux – une dague longue comme mon avant-bras, finement ouvragée, mais maculée de boue et de vieilles taches de sang. La tête me tourne à toute vitesse. La nausée m'envahit tandis que Taya frotte de la terre sur la poignée avec le pouce, faisant apparaître un blason qui m'est inconnu. Une fleur à cinq pétales façonnée en or.

– C'est le poignard de Bram, annonce-t-elle après un silence. Pas celui du prince.

Je considère tour à tour l'arme et Taya. Elle a l'air terrifiée et semble ne pas avoir dormi depuis des jours, mais c'est tout ce que je parviens à lire sur son visage, ses iris marron étant devenus noirs sous la clarté de la lune.

– Je ne comprends pas, je murmure. C'est quoi, le rapport ? Pourquoi as-tu déterré le corps ?

– Le prince d'Argent s'est trompé au sujet de Brekken, pas vrai ? Et s'il se trompait aussi sur d'autres points, comme ce qu'il a vu la nuit où le portail s'est ouvert ? Ou s'il mentait ?

Les yeux de Taya flamboient.

– Maddie, je ne crois pas que le danger vienne d'un Solarien en cavale dans la forêt.

Elle pointe l'index vers l'auberge, dont nous devinons les fenêtres illuminées à travers les arbres.

– Je pense que la véritable menace se cache entre ces murs.

– Et puis quoi encore ?

J'ai envie de rire – seule l'expression sinistre de Taya m'en dissuade.

– Je suis à peu près sûre que le prince d'Argent est l'unique rempart qui nous sépare du chaos absolu.

– Max est devenu livide quand le prince est venu à l'infirmerie, reprend Taya d'un ton funeste. J'ai tout vu. Il était terrifié, le pauvre.

J'ai l'impression que le sol vacille sous mes pieds, de la même façon qu'il a tremblé quand les Fiordiens sont repartis en nombre dans leur monde.

– J'avoue qu'il fiche les jetons. Il possède une magie puissante, mais ce n'est pas une raison pour le détester.

– Ce n'est pas ça que je dis, s'emporte Taya. Je te dis de pas lui faire confiance, putain. T'as compris ce qui est arrivé à Max, ou il faut que je te fasse un dessin ?

Elle dirige un doigt accusateur vers la fosse.

– Personne n'était au courant pour ce cadavre à part toi, Graylin et le prince. Et j'imagine mal Graylin ordonner une attaque contre un gamin.

– Arrête de tourner autour du pot, et dis ce que tu as à me dire.

Je n'ai pas le temps de jouer aux devinettes. Je suis venue dans la seule intention de la protéger, et j'ai l'impression qu'elle crache sur toutes mes décisions en tant que Gardienne de l'auberge.

– Très bien, déclare Taya, avant de prendre une profonde inspiration, la mâchoire serrée. À mon avis, c'est le prince qui a ouvert la porte de Solaria. Il a trouvé une bête sanguinaire je ne sais où, ou bien il l'a fait entrer par la ruse, et il se sert de cette menace comme d'une diversion afin de prendre le pouvoir à Havenfall.

Une profonde stupéfaction me secoue. Je manque d'éclater de rire, convaincue qu'elle plaisante, mais ses yeux sont impassibles, son visage empreint de la plus grande gravité.

– Et le Solarien, c'est quoi ? je riposte d'un ton incrédule. Une victime innocente ?

Je l'entends grincer des dents.

– C'est possible…

Elle désigne l'auberge d'un signe de tête.

– Combien de temps les Solariens ont-ils vécu en paix avec tout le monde avant que ça dégénère ? Si ça se trouve, ce ne sont pas vraiment des monstres. Peut-être qu'ils ne font que se défendre quand on les menace, comme par exemple, je sais pas, moi, tout le monde sur cette planète.

Je ne me souviens pas d'avoir décidé de me lever, mais je suis soudain debout, mes ongles imprimant des demi-lunes douloureuses dans mes poings serrés.

Nate n'a jamais menacé personne.

– Tu te trompes, je rétorque, d'une voix basse et froide. Ou bien tu mens.

Elle se lève à son tour, les yeux plissés.

– J'essaie juste de me rendre utile, assène-t-elle, d'un ton aussi tranchant qu'une lame de rasoir. Étant donné que tu as l'air un peu dépassée par la situation.

Une violente colère s'empare de moi.

– Pars, dans ce cas, je m'emporte. Je fais de mon mieux, mais si ça ne suffit pas je ne sais pas quoi te dire.

J'arrache le bracelet de cristal que le prince d'Argent m'a offert, la breloque qui me permet de franchir la barrière gravitationnelle, et le casse en deux. J'en tends une moitié à Taya.

– Tiens, prends ça et rentre chez toi, si tu veux. Au moins, je ne serai plus obligée de te coller aux basques pour t'empêcher de te faire tuer.

Elle saisit le bracelet brisé, mais ne mord pas à l'hameçon.

– Toi aussi tu pourrais partir de Havenfall, répond-elle doucement. Maintenant, avec moi. Nous pourrions trouver une…

Je rends ma voix aussi glaciale que possible.

– Jamais de la vie. C'est chez moi, ici. Mais, si tu veux t'en aller, je ne te retiens pas.

Taya blêmit, la moue contrariée.

– Je vais peut-être te prendre au mot, conclut-elle, avant de quitter la clairière.

18

Après quelques heures d'un sommeil agité, je renonce à lutter et, cédant à l'obsession qui me taraude, je me rends à la chambre de l'Héritière.

Mon esprit est un vrai parcours d'obstacles, encombré de considérations que je voudrais ignorer mais qu'il m'est pourtant impossible d'éviter, chaque collision me foudroyant d'une nouvelle décharge de douleur. La disparition de Brekken, ma dispute avec Taya, ce qu'elle m'a dit à propos de Max. La contrebande d'objets en argent, le fait que Marcus soit encore inconscient, le prince insinuant que mon oncle aurait conclu un marché avec un Solarien, qu'il l'aurait invité chez nous le jour où Nate est mort, où ma vie et celle de ma mère se sont effondrées. Quoi que l'Héritière sache à ce sujet, je dois le savoir aussi. C'est peut-être en rapport à la liste intitulée « LOGEURS » ?

Quand l'Héritière m'ouvre, elle n'a pas l'air surprise de me voir. Elle s'écarte pour me laisser entrer, et je m'assois lourdement dans un de ses gros fauteuils, relève les genoux contre ma poitrine et les entoure de mes bras.

Des images défilent à toute allure dans ma tête : la cohue dans les galeries, la clarté fugace des étoiles de Fiordenkill, le frémissement de magie lorsque les délégués s'engouffrent par le portail, le prince d'Argent qui m'enjoint de faire un choix. Et Taya qui me tourne le dos et s'éloigne, ses cheveux maculés de terre humide luisant au clair de lune. Un poids énorme, plus lourd à chaque instant, me cloue sur place.

L'Héritière me laisse tranquille un moment ; elle déambule calmement dans la pièce et saisit ses babioles en argent, les range dans des placards et des tiroirs.

– J'ai appris ce qui s'est passé dans les souterrains, me confie-t-elle, en me lançant un regard en biais tout en alignant des bagues dans un coffret doublé de velours.

Elle prend soin de garder une voix et une expression neutres.

– J'ai senti la perturbation. Le… déséquilibre.

À ce souvenir, la honte m'embrase le visage. Je me revois pétrifiée, m'en remettant au prince d'Argent pour régler le problème devant lequel j'étais désemparée.

– Un tiers des délégués de Fiordenkill sont partis. Je…

Ma voix s'éraille, et j'appuie la tête contre mes genoux ; je n'ai pas très envie de me livrer à l'Héritière, mais il faut que j'en parle à quelqu'un.

– Avec Marcus, ça ne se serait jamais produit.

Alors même que je prononce ces mots, la question de la culpabilité me noue toutefois de nouveau les entrailles. Puis-je encore idéaliser Marcus, si le prince d'Argent dit vrai ? Si mon frère est mort en partie à cause de lui ?

L'Héritière s'approche et prend place dans le fauteuil en face de moi.

– Marcus n'est pas là, répond-elle, la douceur le disputant à la sévérité dans sa voix. Quand il reprendra connaissance, il pourra peut-être tout nous expliquer. Tous les choix qu'il a faits. En attendant, c'est à nous de faire les choix qui nous semblent les plus pertinents.

J'entends bien ce qu'elle est en train de me dire : *Ça ne sert à rien de tergiverser. Prends le taureau par les cornes.* Elle a raison, mais j'en suis incapable. Je sens le poids de quatre mondes qui me presse de toutes parts, m'emprisonne dans ce fauteuil, inerte, bonne à rien.

Le registre où figure le nom de ma mère est sur le bureau. Je le désigne du menton.

– Les archives de Marcus indiquent que ma mère a été une logeuse, dis-je, m'efforçant d'empêcher ma voix de trembler. Qu'est-ce que ça signifie ?

– Je ne sais pas.

Une chaîne en argent est encore suspendue à une main en porcelaine posée sur une console. Elle l'en décroche et la fait glisser entre ses doigts d'un air songeur.

– Elle gardait des objets magiques pour Marcus. Elle les achetait et les revendait. Mais « logeuse » me semble un terme bien étrange pour ça, non ?

Elle lève les yeux vers les miens.

– Tu en as déjà discuté avec elle ?

Je secoue la tête. Cette idée m'a traversé l'esprit. Nous sommes mercredi, le jour des visites à la prison de Sterling. Je pourrais prendre le 4 × 4 de Marcus et y être dans quelques heures. Mais je ne peux pas abandonner Havenfall dans une pagaille pareille, et, surtout, la perspective d'affronter le regard morne de maman en plus de tout le reste m'est insupportable. Autrefois, j'adorais ses yeux vairons. J'aurais voulu en avoir un vert comme elle, plutôt que deux marron.

– Vous croyez qu'elle était au courant des autres activités de Marcus ?

– Je n'en ai aucune idée, répond-elle, le regard triste.

Soudain, mes mots se bousculent :

– Le prince d'Argent m'a dit que mon oncle passait des arrangements avec des Solariens. Il m'a dit que Marcus en a invité un chez nous. Celui qui a tué Nathan.

– On a longtemps ignoré qu'ils étaient si dangereux, commente l'Héritière.

Je songe alors à Taya, qui cette nuit remettait en question leur dangerosité.

– Pendant des siècles, ils ont participé au sommet avec nous. On peut encore visiter l'aile de l'auberge à l'abandon pour en voir la preuve.

Elle soupire.

– Puis, un jour, la situation a basculé. Les choses finissent toujours par changer. Néanmoins, Marcus estime quand même qu'ils sont nos semblables. Il pense qu'on se trompe sur leur compte, et qu'il faut les aider, pas les bannir. Mais en tant qu'Aubergiste il était tenu à la neutralité… du moins publiquement.

Je me frotte les paupières. Je n'ai plus de larmes à pleurer, pourtant mes yeux n'en sont pas moins douloureux.

– Ça me paraît tellement difficile à croire. Et ça n'explique pas pourquoi Marcus et maman ne m'en ont jamais parlé par la suite.

– Peut-être qu'ils se sentaient coupables, suggère l'Héritière. Ou bien ils craignaient que tu sois en danger si tu étais au courant. Je n'approuve pas tous les choix de ton oncle, Maddie, mais je sais qu'il t'aime. Ta mère aussi.

Ces mots me semblent néanmoins vides de substance. Je voudrais croire l'Héritière, mais je n'y parviens pas. À cause du chaos et de la violence qui frappent Havenfall, je ne peux pas accorder le bénéfice du doute à mes proches. Je cherche un moyen de changer de sujet.

– Le livre que vous préparez, dis-je au bout d'un moment. C'est vraiment une histoire de Havenfall ?

L'Héritière rit discrètement et secoue la tête.

– Non, ce n'est pas à moi qu'il revient de l'écrire. Ce sera peut-être à toi, un jour.

– Alors à quoi travaillez-vous ? Quand vous vous entretenez avec tous ces gens ?

– C'est la magie qui m'intéresse, répond l'Héritière, laissant la chaîne se faufiler entre ses doigts et s'amasser dans sa main. Je veux en connaître la nature profonde, savoir comment elle se manifeste dans les différents mondes. Les Fiordiens ont le don de guérir et d'interagir avec la nature, les Ardantins maîtrisent les éléments, les Solariens sont capables de changer de forme. On a imprégné ces objets de cette magie.

Elle se penche en avant et le collier lui échappe, mais elle le rattrape au dernier moment, puis se redresse.

– Malheureusement, j'ignore par quel procédé. Ces objets sont à Havenfall depuis toujours, sinon c'est Marcus et moi qui les avons rapportés d'ailleurs. Je ne sais pas comment on les crée. Je n'ai jamais assisté à la conception de l'un d'eux. Selon moi, il existe un peuple vivant dans un des mondes aujourd'hui coupés de nous qui a la capacité de lier la magie à la matière. Lequel, c'est la grande question.

Je songe aux souterrains, aux dizaines de portes condamnées, portails enténébrés ne conduisant nulle part.

– Comment allez-vous le découvrir, si ce peuple n'est plus dans les parages ?

Son regard fait de rapides allers-retours entre le collier et moi.

– Je ne sais même pas si j'y parviendrai. L'histoire, y compris celle dont j'ai été témoin, m'échappe très vite si personne n'est là pour se la rappeler avec moi. Et je me suis mis en tête d'écrire sur quelque chose que je n'ai même pas vu. Je n'ai que des informations de seconde main.

Elle sourit, d'un air plus triste et fatigué que sincère.

– Tout serait beaucoup plus facile si ton Brekken chéri était encore là, tu sais. Il devait se charger des transactions pendant que je me consacrais à mes recherches. Mais maintenant je dois me rendre au village pour traiter avec cet homme odieux…

Ton Brekken chéri. Ces mots se plantent dans mon cœur telles des épines. Je sais désormais qu'il luttait pour la bonne cause. Qu'il coopérait avec l'Héritière pour assurer la sauvegarde d'objets magiques. Mais la blessure qu'il m'a infligée en me volant mes clés est encore à vif, doublée de la stupéfaction et de l'incrédulité que je ressens après avoir découvert que Marcus a laissé prospérer le marché noir. Je ne sais même pas si je reverrai Brekken un jour. Dans le tourbillon d'émotions de ces derniers jours, cette possibilité n'a pas complètement fait son chemin, mais à présent elle me heurte de plein fouet. C'est mon meilleur ami. Je l'aime, et il est parti.

Je repousse ces pensées pour ne pas m'y embourber.

– À quelle heure allez-vous à la brocante ? Je peux charger des agents de sécurité de vous…

Des coups à la porte m'interrompent avant que j'aie pu aller au bout de ma suggestion. L'Héritière est soudain sur le qui-vive, raide comme un soldat, les yeux braqués sur le battant. Puis elle me montre la penderie dans l'encoignure.

Je lui renvoie un regard interrogateur. Malgré le couvre-feu, aucune règle ne nous interdit de nous rendre visite. Mais, alors qu'elle pointe plusieurs fois l'index vers le placard avec insistance, mon instinct me souffle de ne pas protester.

Je me lève silencieusement et m'éloigne à pas feutrés, puis m'enferme dans un cocon de fourrure, de soie et de velours parfumés pendant qu'on frappe de nouveau et qu'une voix masculine retentit :

– Votre Seigneurie ?

L'Héritière va répondre.

Je ne reconnais pas la voix qui me parvient par la porte à peine entrouverte, mais le visiteur s'exprime avec un accent d'Oasis. Sans doute un délégué ardantin.

– Le prince d'Argent m'a demandé de prévenir toutes les personnes d'importance que le monstre solarien a été capturé.

Je ne peux retenir une brusque inspiration de surprise, la gorge aussitôt irritée par le parfum floral qui imprègne les vêtements de l'Héritière. Mais visiblement le messager ne m'a pas entendue, car il poursuit :

– Ceux qui le souhaitent sont invités à venir voir la créature dans la salle de bal.

– Elle est encore en vie ?

Même dans ma cachette, je perçois l'incrédulité dans la voix de l'Héritière.

– Le prince est en train de débattre de la suite avec ses conseillers. Il a l'intention d'interroger le monstre.

– Dans ce cas, je lui souhaite bien du courage, rétorque-t-elle, d'un ton froid et piquant.

La porte se referme. Des pas s'approchent, puis la penderie s'ouvre, et l'afflux de lumière m'éblouit quelques secondes.

– Alors ? me demande-t-elle, tandis que je lutte contre un éternuement, le cœur affolé par un mélange de soulagement et d'effroi. Je suppose que tu vas vouloir aller voir cette bête sanguinaire ?

*

À notre arrivée, plus d'une dizaine de délégués sont déjà sur place – surtout des Ardantins, mais aussi quelques-uns des Fiordiens encore présents, ainsi qu'une poignée d'agents de sécurité. Sal et son équipe de gardes forment un cercle au centre de la pièce, tournés vers le petit groupe pour l'empêcher de passer.

Derrière eux, j'aperçois la partie haute de barreaux métalliques qui s'incurvent pour se rejoindre. Je ne vois pas grand-chose d'autre, mais mon corps, lui, sait. Il m'en informe, à travers les battements précipités de mon cœur, la sueur qui me poisse les mains et dégouline dans mon dos, et la nausée qui m'enserre le ventre.

Un Solarien.

Un prédateur.

Un ennemi.

Un peu en retrait, le prince d'Argent s'entretient avec Willow. Quand l'Héritière et moi entrons, il capte mon regard et m'adresse un discret sourire. Ni par fierté, ni par satisfaction, seulement pour me saluer, comme si en capturant le monstre il n'avait fait qu'accomplir ce qu'on attendait d'un responsable de Havenfall. C'est ce qu'il veut.

Il désigne la cage de la main pour nous inviter à nous approcher, et l'assemblée s'écarte comme par magie.

Mes pieds me donnent l'impression d'être animés d'une volonté propre. Ils me portent vers l'avant. La situation ne ressemble en rien à ma confrontation avec le Solarien dans la forêt, quand l'adrénaline et l'instinct de survie empêchaient la panique de m'envahir. À présent, je n'éprouve qu'une peur profonde. Je sens tous les regards posés sur moi et je sais qu'on m'observe, qu'on scrute ma réaction. Mon environnement se brouille et s'assombrit, les bruits se font étouffés, comme s'ils m'atteignaient à travers une muraille d'eau. Seul le monstre face à moi est limpide.

Le Solarien.

La paroi de la cage entrave la vue que j'ai de lui, épaisses barres d'acier quadrillant une longue courbe de pelage bleu. Le monstre est étendu sur le flanc et me tourne le dos, sa fourrure collée en paquets par du sang comprimée contre les dalles de carrelage. On devine ses muscles sous sa peau lorsqu'il respire, mais ses mouvements sont tremblants, saccadés. Il a la tête renfoncée contre la poitrine, sa queue repose mollement par terre. Son épaule a été entaillée par une lame, et je suis incapable de m'attarder sur la chair bleu-noir sanguinolente sans avoir envie de vomir. Du sang bleu macule le sol autour de lui, mais je me rends compte qu'il forme aussi une traînée jusqu'à l'entrée de la salle de bal. Des empreintes de pas bleues tachent le sol aux endroits où les uns et les autres l'ont piétiné. J'en ai sous mes chaussures.

Le prince a-t-il traîné le Solarien sur tout le chemin depuis la forêt ? Pourquoi l'a-t-il amené ici pour nous l'offrir en spectacle, au lieu de le jeter dans une cellule de haute sécurité dans les souterrains ? Pourquoi ne l'a-t-il pas simplement tué ?

Une décharge de culpabilité me traverse, et j'écarte ces considérations en pressant fort mes ongles contre mes paumes. Si j'ai retenu une leçon de la semaine passée, c'est bien que je ne peux pas me fier à mon instinct. Mon intuition m'a été mauvaise conseillère. C'est le prince d'Argent qui, au bout du compte, a mis le monstre hors d'état de nuire, alors, s'il pense que nous pouvons en tirer des enseignements, ma petite âme sensible ne doit pas contrecarrer ses plans.

Si j'oubliais la vraie nature des Solariens, je ne vaudrais pas mieux que Marcus. Maintenant que la créature a été capturée, Taya n'est plus en danger, au moins. Malgré la colère que j'éprouve envers elle, cela me réjouit. J'espère qu'elle est sur sa moto, loin d'ici.

Je me détourne pour rejoindre le prince d'Argent, et constate qu'il est déjà juste derrière moi. Je ne l'ai pas entendu approcher. Une goutte de sueur ruisselle dans mon dos, mais je prends sur moi pour rester impassible.

– Merci, lui dis-je, avec un geste vague en direction du Solarien. Merci d'avoir été si efficace.

Je déteste mon intonation. Faible, tremblante. En nous regardant, personne ne penserait que c'est moi l'Aubergiste.

Mais le prince d'Argent se contente de hocher la tête avec son élégance habituelle.

– Je craignais que nos battues l'effraient, alors je suis allé seul dans la forêt.

En effet, l'affrontement a laissé des traces. Je distingue les griffures de branches sur son visage, je vois qu'il s'appuie davantage sur sa jambe gauche. Il s'est lancé seul à la poursuite de cette bête sauvage. Il a pris tous les risques pour accomplir ce dont j'étais incapable.

Tout à coup, un choix s'impose à moi.

Être l'Aubergiste implique d'agir pour le bien de Havenfall en toutes circonstances. Même si cela vous accable. Même si les mots que vous prononcez sont d'une amertume infecte.

– J'ai pris ma décision, j'annonce. Je vais exclure Fiordenkill. J'accepte votre alliance.

19

Le prince d'Argent convoque une réunion dans la foulée. Il m'y convie, mais je prétexte que je dois aller voir Marcus. J'ai conscience que c'est une esquive lâche, cependant je ne supporte pas l'idée d'être à côté du prince dans le bureau de mon oncle et de faire semblant que j'ai encore le moindre pouvoir de décision.

Je pense sans arrêt à Brekken, à ce qu'il éprouverait s'il savait ce que je viens de faire. Mettre un terme à notre alliance avec Fiordenkill a pour moi une dimension plus que politique. J'ai l'impression de m'être tranché un membre. Moi qui rêvais de voir un jour le monde de Brekken de mes propres yeux, les voiles lumineux des aurores boréales, les grands loups courant comme le vent, le palais de glace étincelant du reflet de milliers d'étoiles, tout s'évapore. En signant un seul document officiel, en serrant la main du prince d'Argent, j'ai claqué la porte au nez de mon plus vieil ami, coupé le pont qui reliait nos Royaumes. J'ai renoncé à la dernière personne qui me connaissait telle que suis. Qui *m'aimait* telle que je suis.

Du moins le croyais-je.

J'en ai la nausée.

Je dois fournir un effort surhumain pour me contenter de marcher et ne pas quitter la salle de bal à toutes jambes. Le danger ayant été écarté, les délégués se moquent du Solarien en cage, l'observent comme une bête curieuse, ou se gargarisent des exploits du prince. L'ambiance à Havenfall a changé du tout au tout.

Moi, je suis incapable de penser à autre chose qu'à l'odeur du sang, aux taches bleues sur le carrelage. Je garde le dos droit et la tête haute, mais je dois vite partir d'ici. M'éloigner du prince, du Solarien, de tout le reste. Pourquoi ce spectacle me dégoûte-t-il autant ? Pourquoi l'image du Solarien est-elle gravée dans mon esprit ? Pourquoi ai-je l'impression de voir son regard rivé sur le mien ?

Je croise des hôtes qui vont voir le Solarien, plus souriants et rieurs que jamais. Je plaque moi aussi un sourire sur mes lèvres, tout en conservant les yeux braqués au sol et en pressant le pas afin que personne ne m'arrête.

Quand j'aperçois Willow au bout d'un couloir, je tourne brusquement à gauche et fais un détour par les quartiers des employées. Je n'ai pas la force de lui parler. Ni à personne d'autre. Comme j'aimerais que Taya soit là. J'ai le sentiment qu'elle me comprendrait. Mais je l'ai chassée. Où prévoyait-elle d'aller ? A-t-elle atteint sa destination ? J'ai les boules de ne même pas avoir pris son numéro.

Quand le calme se fait enfin et que je m'autorise à relever la tête, je constate que je suis dans l'aile solarienne. D'un coup d'œil en arrière, je vois l'escalier hâtivement condamné avec des planches de pin, dont une, disjointe depuis toujours, gît à présent par terre. Je ne me rappelle pas l'avoir décrochée. Le vieux papier peint à motifs floraux se décolle, laissant paraître du chêne gauchi, et la lumière qui filtre par les lucarnes est chargée de poussière.

Je regarde de nouveau devant moi ; j'ai peur de m'aventurer plus loin, mais quelque chose m'empêche de faire demi-tour.

– C'est quoi, ton problème ? je me murmure à moi-même, comme si ça pouvait m'aider.

Le Solarien a été capturé, et nous allons trouver un moyen de refermer le portail. Tout danger est écarté. Je devrais m'en réjouir. Alors pourquoi suis-je contrariée que ce soit le prince d'Argent qui a débusqué le monstre ? Je n'ai pas la vanité de faire passer mon orgueil avant la sécurité de tous. Mes responsabilités me l'interdisent.

Non. La raison est autre, plus profonde, plus pernicieuse. Une raison que j'ai peur de contempler de plus près.

C'est la pitié. De la pitié pour ce Solarien en sang dans sa cage.

Je souffle entre mes dents, dégoûtée par ma faiblesse. Cette bête sauvage a failli me tuer. Elle a lacéré l'épaule de Taya. Ce pourrait être celle qui a emporté Nate. Pourtant, ça m'a fait mal au cœur de la voir emprisonnée ainsi.

On a longtemps ignoré qu'ils étaient si dangereux, a dit l'Héritière.

Marcus ne le savait pas. Mais moi, si.

Je n'ai jamais été à l'aise dans cette aile à l'abandon. L'atmosphère y semble encombrée de fantômes, et j'y sens presque le sang qui y a été versé il y a un siècle. L'agencement de l'étage est le même que celui où je vis un niveau plus bas, mais les embrasures sont plus hautes, adaptées à la carrure bestiale de ses anciens occupants. Les portes sont toutes fermées, mais je me représente des hôtes solariens attendant derrière.

Mon regard est attiré par la porte de la chambre située juste au-dessus de la mienne. Une épaisse couche de poussière s'est accumulée devant et n'a jamais été dérangée ; personne n'est entré là depuis des années, voire des décennies. Je suis sûre que Willow ne sait pas que c'est si poussiéreux, là-haut, et qu'elle croit sur parole les employés quand ils lui certifient qu'ils y ont fait le ménage.

Cette poussière me fait penser à Nate. Petits, quand tombait la première neige, nous nous précipitions pour être le premier dehors, le premier à laisser nos empreintes de pas dans le fin tapis blanc.

Machinalement, je tourne la poignée. Ce n'est pas fermé à clé. Le battant s'ouvre en grinçant sur la pièce plongée dans une épaisse pénombre.

J'entre, avec l'impression qu'on tire sur des ficelles de marionnette attachées à mes membres. Pendant que ma vue s'adapte, j'ignore ce que j'espérais trouver. Ce n'est qu'une chambre, identique à la mienne, mais dépourvue des petits détails qui la rendent vivante, les livres sur le bureau, les vêtements et les couvertures jetés négligemment qui impriment ma marque, attestent ma présence.

C'est étrange d'imaginer un Solarien occupant ces lieux. J'ai beau savoir que ses congénères passaient la majeure partie de leur temps à Havenfall sous leur forme humaine, je ne parviens pas à me les représenter ainsi, je suis incapable de m'ôter de la tête la bête sauvage que j'ai vue dans la forêt et dans sa cage. J'ai du mal à concevoir qu'une telle créature puisse choisir de prendre une apparence humaine, de circuler dans ces couloirs étroits, tout en ayant conscience que la puissance de ses crocs et de ses griffes sommeille en elle. C'est pourquoi je me demande s'il n'y avait pas un fond de vérité dans ce que Taya m'a dit avant de partir. Que les Solariens sont comme tout le monde, qu'ils souhaitent seulement qu'on les laisse tranquilles.

Mais ça n'explique pas le sort qu'a connu Nate, ni l'incident sanglant qui a provoqué la fermeture de la porte solarienne.

Je m'assois sur le lit, dont la courtepointe bleu foncé est poussiéreuse mais soigneusement bordée. Le plancher grince exactement de la même façon que celui de ma chambre. Et soudain une idée me traverse l'esprit.

Il y a un espace au fond de mon placard, un renfoncement créé par quelque particularité de la plomberie, trop petit pour servir de véritable rangement mais assez large pour accueillir – et cacher – mes trésors secrets. Des livres volés à la bibliothèque municipale de Sterling, des CD de punk-rock récupérés de Marcus et un vieux walkman ayant appartenu à papa, des cailloux d'un noir brillant provenant de Fiordenkill offerts par Brekken. Les osselets de Nate, de jolies feuilles d'arbre, et les poèmes de Brekken. Je vais voir si c'est le cas aussi dans cette chambre.

Le placard est vide, mais je constate que la même lame de plancher est bancale. Je la soulève par la tête d'un clou qui en dépasse.

Je ravale alors un hoquet de stupéfaction.

Dans le compartiment est dissimulée une boîte pentagonale, dont le couvercle est gravé d'ornementations délicates. Elle est faite d'une matière semblable à du bois, mais d'un violet foncé qui n'a rien perdu de son éclat.

Procédant à présent par gestes automatiques, j'emporte le lourd coffret sur le lit. Lorsque je le pose, le matelas s'enfonce sous son poids en expulsant un petit nuage de poussière.

Le couvercle s'ouvre avec un léger couinement de protestation. À l'intérieur, un épais bracelet en argent repose sur un coussin de velours. Je le sors et le retourne. Le bijou est beau, sobre, son argent de Haven iridescent est paré d'un subtil motif de tresse.

Puis je découvre la lettre. Une petite enveloppe d'un délicat papier couleur crème, glissée dans le pli du velours.

La culpabilité m'assaille au moment où je m'en empare, mais je repousse ce sentiment. Quelle que soit la nature de cet objet, il appartenait à un Solarien. Ils ont vécu ici, et ils ont tué des innocents. C'est tout ce qu'on retient de leur passage. La personne – ou plutôt la créature – qui possédait cet objet ne mérite pas mes égards.

Le message que je déplie semble toutefois avoir été rédigé par une main humaine. Le papier a jauni, l'écriture au tracé démodé, hâtive et penchée, déborde presque de la page.

Annabelle,

Tu avais raison de vouloir condamner la porte. Je regrette tout ce qui s'est passé. Mets ceci dans un endroit sûr : une part de moi y est liée. Ce sera peut-être la seule chose qui me survivra.

Ce message n'est pas signé. Mais… Annabelle.

C'est le prénom de mon arrière-arrière-grand-mère.

Une part de moi y est liée.

J'ai alors une révélation soudaine, comme si on m'avait dévoilé la vérité il y a longtemps et que je l'avais refoulée jusqu'à cet instant.

Ce n'est pas un peuple oublié dans les profondeurs des âges qui détient le pouvoir de lier la magie à l'argent.

Ce sont les Solariens.

*

Sous le coup de la stupéfaction, je sors de la chambre d'un pas vacillant et quitte précipitamment l'aile solarienne, dévalant l'escalier caché au fond du couloir. J'ai perdu du temps à déambuler à cet étage. Bientôt, l'Héritière va aller au village pour son rendez-vous avec son contact, Whit. Je dois la prévenir de ma découverte.

Alors que je sors à toutes jambes dans l'air frais et fonce vers les écuries pour récupérer mon vélo, avec dans la poche le talisman cassé qui me permet de sortir de Havenfall, je sens le poids du bracelet à mon poignet. L'argent bourdonne de puissance, diffuse un picotement électrique dans mes os et le long de mon bras. C'est peut-être une erreur de le porter.

Je pédale sur le sentier étroit qui serpente entre les arbres à l'autre bout du jardin, certaine qu'à tout moment un autre monstre va surgir, mais rien ne se produit.

Je m'arrête devant la barrière enchantée érigée par le prince d'Argent, l'endroit où l'air se fait flou, la ligne où la forêt chatoie, telle la chaleur formant un mirage sur une autoroute écrasée de soleil. Je serre plus fermement les poignées de mon guidon, prends une profonde inspiration, et m'avance.

L'air se densifie autour de moi et dans mes poumons, mon corps se fait lourd, et chaque pas exige de moi un effort herculéen, comme si je me traînais dans des sables mouvants. Mon cœur cogne à se rompre rien que pour propulser mon sang dans mes veines. Je ferme énergiquement les yeux, indisposée par la pression qui enserre mon crâne.

Puis tout cesse. Le bracelet de cristal que le prince m'a confié est sûrement imprégné de magie, lui aussi. Dire que je n'y avais même pas songé jusqu'à présent.

Je réfléchis à toute vitesse en descendant la route de montagne plus vite que de raison, le cœur battant. À un moment donné, je manque de percuter un arbre lorsqu'une biche surgit devant moi. Peu après, un nid-de-poule me secoue si fort que je sens un goût de sang dans ma bouche après m'être mordu la langue. J'ai l'impression que le sort s'acharne pour m'empêcher de rattraper l'Héritière. Pourtant je n'ai pas le choix. Je dois lui dire ce que je sais avant qu'elle prenne plus de risques.

Je ne comprends pas tout de ce que j'ai lu dans l'aile solarienne, mais, pour l'essentiel, l'enseignement est limpide. Bien que les objets en argent contiennent de la magie provenant des différents mondes, l'association de la matière et des enchantements, elle, n'est l'œuvre que des Solariens. À en croire la lettre, celle que l'un d'eux a adressée à mon arrière-arrière-grand-mère, l'Aubergiste, il semblerait qu'à travers ce lien il reste quelque chose des Solariens… dans chaque objet. Lesquels tiendraient donc de l'horcruxe et de la lampe d'Aladin, recéleraient des monstres plutôt qu'un génie. Et l'Héritière les touche sans cesse, les manipule, en est entourée.

Cette découverte va quand même à l'encontre de tout ce que je sais au sujet de la magie. Depuis toujours, on m'a enseigné qu'elle est circonscrite à ceux qui la portent. Qu'on ne peut pas la transférer. Pourtant, l'Héritière et Marcus prendraient-ils autant à cœur ce marché noir, chacun dans un objectif différent, si l'on ne faisait qu'escroquer des acheteurs sans scrupule de quelques dollars en leur vendant de l'argent ordinaire ? Ce ne peut pas être qu'une question d'enrichissement. Les Solariens doivent être impliqués dans ces manœuvres, lier de la magie véritable pour en faire commerce.

Et si les objets contiennent une part de Solarien en eux, alors… que signifie le fait que le nom de maman figure sur une liste intitulée « LOGEURS » ? Que signifie l'accusation du prince d'Argent, quand il reproche à Marcus de trop faire confiance aux Solariens, d'avoir tenté de coopérer avec eux ?

Ces considérations me donnent la chair de poule. Je ne comprends pas ce qui se passe, mais je sais que l'Héritière est en danger. Elle doit à tout prix savoir ce que j'ai appris.

Malgré le ciel couvert, il fait chaud au village. Les nuages forment comme une chape qui enferme la chaleur de juin. C'est sans doute pourquoi tout le monde semble être resté chez soi. Dans les rues désertes, le bourdonnement des insectes paraît particulièrement bruyant. Les volets fermés partout alentour me donnent l'impression d'être dans une ville fantôme du Far West. Les aboiements d'un chien résonnent dans le silence. Très vite, mon T-shirt à manches longues est trempé. J'ai la sensation de suffoquer, comme si la barrière du prince restait accrochée à ma peau.

Je rate presque l'embranchement qui mène à la brocante et tourne vivement mon guidon vers la gauche, ma roue arrière projetant une pluie de gravillons. Je consulte ma montre. 15 h 41. Ça va. Avec un peu de chance, je réussirai à intercepter l'Héritière avant l'arrivée de son contact et pourrai lui expliquer ce que j'ai découvert, ce que je pense avoir compris. Elle ignore forcément le lien qui existe entre les objets d'argent et Solaria, sinon elle aurait fait en sorte qu'ils ne changent pas de main. Ma peau se hérisse à l'idée qu'ils sortent en quantité de Havenfall et circulent dans le monde extérieur.

Je laisse mon vélo contre le mur, invisible depuis la rue, puis pousse la porte de derrière. Une clochette tinte lorsque j'entre, mais il n'y a personne.

Tout est éteint. La lumière du soleil filtre par les fenêtres de devant, mais des ombres s'étirent sur les rayonnages, s'accrochent au bric-à-brac qui les encombre. Piles de faïence ancienne, tasses ébréchées, bibelots en porcelaine. Couvertures et pulls tricotés, décorations de Noël, poupées, petites voitures et figurines démodées de quelques années.

Les mains moites, je balaie les lieux du regard. Mon souffle me paraît assourdissant dans ce silence. Ce ne sont là que des objets ordinaires, pourtant une menace à peine perceptible semble en émaner. Combien d'artéfacts solariens ont-ils transité par ici ? Avant cet été, la magie représentait pour moi une croyance à laquelle me raccrocher, un aperçu sur une lueur éclatante, et plus encore, dans un monde ennuyeux et implacable. Mais ce qui se joue là… ça me semble funeste. Oppressant, violent.

Une porte dans le fond de la boutique attire mon attention. Un escalier enténébré mène au sous-sol, mais je distingue de la lumière en bas. Pourvu que ce soit l'Héritière ! Je m'approche à pas de loup et descends, éprouvant chaque marche en bois de la pointe du pied pour m'assurer qu'elle ne grince pas.

Je parviens à un sous-sol étroit au sol de terre battue et aux murs en parpaings. Il y fait nettement plus frais – je ne peux réprimer un frisson –, et la lumière, diffusée par une ampoule nue vacillante suspendue au plafond, n'atteint pas le fond de la pièce. Il n'y a rien ici. Mais, alors que je m'apprête à retourner dans la chaleur estivale, un mouvement fugace, près du sol dans l'obscurité, me fait un coup au cœur.

Un visage se matérialise à l'autre bout de la cave. Pas celui de l'Héritière. Il est trop pâle, ses yeux sont trop grands. Les battements de mon cœur grondent à mes oreilles tandis que cette personne s'approche.

Putain, c'est une gamine ! Une fillette, âgée de huit ou neuf ans, bien que ce soit difficile à déterminer tant elle est petite et fluette. Ses cheveux bruns sont tressés en deux nattes, elle porte un jean retroussé et un T-shirt imprimé du nom de Haven. Elle est pieds nus. Sa cheville est enchaînée à un radiateur, que je distingue à présent contre le mur du fond.

Des ondes glaciales se répandent dans mon corps. Je ressens la même peur qu'au moment de mon affrontement avec le Solarien. Je voudrais m'enfuir à toutes jambes, car mon instinct me hurle que je cours un immense danger, mais je ne peux pas abandonner cette enfant.

Je tarde trop à comprendre pourquoi elle lève brusquement la tête, pourquoi ses yeux écarquillés se braquent sur un point derrière moi. Je tarde trop à réagir aux pas lourds qui claquent dans l'escalier. Lorsque je fais enfin volte-face, l'homme est déjà là, qui, tout en me bloquant le passage, me scrute d'un air songeur.

Il est d'une grande pâleur – je me rends compte avec stupéfaction que c'est un Ardantin, comme l'indique le léger motif d'écailles qui sillonne son front. Je m'attendais à voir surgir un humain, voire un Solarien. En tout cas, ses intentions envers moi ne sont pas amicales.

Je m'élance vers lui. Je n'ai pas de meilleure idée ; je sais juste que, si un inconnu vous coince dans son sous-sol, vous êtes cuit. Il lève alors la main, et une bourrasque sortie de nulle part déferle dans la petite pièce et me propulse en arrière.

Je heurte violemment le mur. Une déflagration de douleur me foudroie l'arrière de la tête, puis je retombe mollement au sol. Bien que tout tourbillonne autour de moi et que des élancements sourds me martèlent le crâne, je tente de me relever. L'homme n'a pas perdu de temps : il arrache une manche de mon T-shirt et s'en sert pour me bâillonner. J'expédie des coups de poing sans force, qui ne rencontrent que du vide. Peu après, j'entends un bruit de gros scotch qu'on déchire, puis on m'attache moi aussi au radiateur.

La peur n'est qu'une sensation vague. Je ne parviens pas à me concentrer sur l'homme qui s'éloigne. Ses mouvements sont trop rapides, alors je regarde la fillette. Recroquevillée dans l'encoignure opposée, elle m'observe avec ses grands yeux foncés. Des yeux qui, étrangement, me semblent familiers.

Mais j'ai à peine le temps de m'attarder sur cette impression, car aussitôt la porte en haut de l'escalier claque, et je perds connaissance en même temps que la lumière se retire.

20

Je reviens lentement à moi. C'est un murmure de voix lointaines qui me parvient en premier. L'une d'elles m'est familière. Vient ensuite une étrange lumière, dont je perçois la lueur à travers mes paupières closes.

Je me force à les ouvrir. C'est douloureux. Elles sont collées par quelque fluide séché, une croûte qui tire sur mes cils. Ce n'est pas tout : j'ai un mal de tête plus violent que la pire migraine qu'ait pu me valoir une sinusite, et de loin. Mon corps est endolori, lui aussi, comme si on m'avait passée à tabac, et une peur écœurante m'imprègne tout entière, sans que je me rappelle pourquoi.

Puis tout me revient d'un seul coup.

J'essaie de lever la main pour chasser le dépôt qui encombre mes yeux, mais la douleur m'en empêche. Mes poignets sont ligotés ensemble avec du gros scotch, attachés à une chaîne qui produit un cliquetis contre un objet métallique quand je bouge. Je force pour ouvrir les yeux quand même, et la cave de la brocante m'apparaît. L'ampoule nue au plafond, toujours éteinte. Le radiateur froid, inutile, auquel je suis entravée. Et la fillette. La lumière émane d'elle, ou plutôt de quelque chose dans sa main.

Une cuillère ?

C'est inconcevable. Pourtant, c'est un fait. Elle tient une cuillère en argent, son bout arrondi dressé telle une torche, qui diffuse une légère lumière blafarde, toutefois assez vive pour que je voie qu'elle s'approche de moi autant que le lui permet sa chaîne, son petit visage crispé par l'inquiétude.

Génial. Elle ne peut pas venir jusqu'à moi, et moi je ne peux pas parler.

– *Neru galtiya* ? me demande-t-elle, en bafouillant un peu, dans un chuchotement hésitant.

Je secoue la tête, me creusant les méninges pour essayer d'identifier dans quelle langue elle s'adresse à moi. Ça ne ressemble à aucun des idiomes ardantins ou fiordiens que je connais. Sa présence a un je ne sais quoi de troublant. C'est peut-être parce que je n'ai pas l'habitude d'être en compagnie d'enfants, ou parce qu'ils me rappellent trop Nate et moi, des souvenirs que je préférerais oublier.

– Sura, dit-elle en se montrant du doigt.

Je tente de lui indiquer mon prénom moi aussi, mais mon bâillon m'en empêche.

Nous nous observons quelques instants toutes les deux. Je produis un son interrogateur, mais elle se contente de secouer la tête à son tour et de pointer l'index vers le plafond, comme pour me mettre en garde. Elle a les mains libres, même si visiblement ça ne lui a pas été d'une grande utilité.

Ces voix, quand même. Je suis sûre d'en connaître une des deux, celle d'une femme. Mon esprit, d'une extrême lenteur et instabilité, se rétracte tel un escargot dans sa coquille chaque fois que je cherche à me concentrer. Cette voix de femme… Aristocratique et hautaine en cet instant, mais je me rappelle qu'elle était douce, attentionnée, même pour me dire des choses désagréables.

C'est l'Héritière. Je suis venue ici pour l'aider, pour la sauver, pourtant me voilà captive, et elle est plus en danger que jamais. Mon éternel sentiment de culpabilité revient avec fracas. Quoi que je fasse, je suis incapable de sauver qui que ce soit.

J'essaie de hurler. Le bâillon vibre entre mes dents. Peut-être que mon cri se faufile au travers, car j'ai l'impression qu'à l'étage la conversation s'interrompt un instant. Puis un phénomène affecte l'air de la pièce. Tout à coup, il semble s'évaporer, tout comme celui qui se trouvait dans mes poumons.

Je ne peux plus respirer. La panique m'envahit ; je tire de toutes mes forces sur mes liens, mais ne parviens qu'à faire résonner le radiateur d'un puissant bruit métallique. Puis l'air revient aussi vite qu'il a disparu. Je me relâche, abasourdie et terrifiée, et je jurerais entendre une voix masculine se plaindre des vieilles canalisations.

Sura tend sa cuillère luisante vers moi, apparemment pour attirer mon attention. Elle me fixe droit dans les yeux et lève son autre main, décrivant des rotations comme pour enrouler de la barbe à papa autour d'un bâton. Une douce lumière semble émaner de sa peau, et une brise légère me caresse le visage, réplique menaçante de la magie ardantine qui m'a volé mon souffle quelques instants plus tôt.

Un frisson me traverse. *Que se passe-t-il, là ?*

Elle incline la main comme pour verser la lumière sur la cuillère, qui luit plus fort brièvement. Soudain, je me rappelle le message que j'ai trouvé dans l'aile solarienne, la boîte et le bracelet qu'on a remis à mon arrière-arrière-grand-mère.

Mets ceci dans un endroit sûr : une part de moi y est liée.

Gagnée par une sueur froide, j'ai envie de lui hurler d'arrêter, mais le tissu dans ma bouche étouffe ma voix. Sura serre très fort la cuillère entre ses doigts, qui paraissent blancs dans l'obscurité. Quand la clarté s'atténue, elle bascule dos contre le mur, les yeux papillotants, comme vidée par l'acte magique qu'elle vient de pratiquer. J'ai l'impression funeste que la lumière était une partie d'elle, qu'elle s'est amputée d'un élément important. Cette magie a l'air éprouvante.

Puis elle rouvre les paupières et, le regard fiché dans le mien, elle me lance la cuillère.

Interdite, je me traîne en hâte vers l'objet, car ce que la fillette attend de moi est évident. Curieusement, cette énigme est pour moi une bénédiction ; elle tient ma peur à distance, me permet d'oublier que je suis attachée dans une cave et que personne, à part cette fillette, ne sait où je suis. Mais c'est à présent une autre peur, plus étrange, plus discrète, qui croît au plus profond de moi.

Je tends maladroitement mes mains liées et ramasse la cuillère. Elle est presque brûlante. Elle vibre entre mes doigts comme le bracelet que j'ai encore au poignet, mais cette fois cette sensation est trop forte pour être le fruit de mon imagination. Une brise à peine perceptible effleure mes bras. Elle ne peut provenir de nulle part, sauf de…

La magie. La fillette a capturé la magie éolienne de notre ravisseur et l'a associée à cette cuillère.

Ce qui signifie…

Mon corps comprend le message avant mon cerveau. Ma tête se relève brusquement, et je recule en rampant jusqu'à ce que mes épaules meurtries heurtent le mur et qu'une douleur cinglante irradie dans tout mon dos. Mon souffle s'affole, mon cœur cogne de plus belle. Sura m'observe calmement, d'un air impassible.

Ils sont capables de changer de forme. Ils peuvent prendre une apparence humaine.

La fillette – la *Solarienne* – continue à me scruter un moment, pendant lequel son visage s'allonge et se fait triste. Une compassion instinctive m'envahit. Mais il ne faut pas, elle n'est pas humaine, ce n'est peut-être même pas une fillette. L'esprit en surchauffe, j'essaie de lire au-delà de ses yeux, de voir ce qui se dissimule derrière.

Elle n'a pas l'air d'un monstre.

Réfléchis.

Le monstre qui a tué Nate, à quoi ressemblait-il ? Je n'ai fait que l'entrapercevoir depuis ma cachette. Je tente de remonter dans ma mémoire, avant que maman me pousse dans le placard.

La réminiscence d'une terreur enfouie s'immisce en moi. Ce jour-là déjà, j'étais acculée, dos au mur. La porte d'entrée de notre vieille maison tremble et s'ébranle sous les coups venant de l'extérieur. Un goût amer envahit ma bouche.

Le prince d'Argent a dit que Marcus avait invité le Solarien chez nous. Alors pourquoi celui-ci aurait-il dû entrer par effraction ? Qu'il ait eu l'aspect d'un humain ou qu'il ait eu griffes et crocs, j'ai forcément dû le voir. L'entendre. Pourquoi mes souvenirs sont-ils si flous, si parcellaires ?

Sura détourne le regard, la mâchoire crispée, et son geste me rappelle fortement Taya. Ma poitrine se serre, des mots montent confusément dans ma gorge, quelque excuse ou justification. La fillette qui se trouve en face de moi est une Solarienne. Mais elle est captive elle aussi, et c'est une *enfant*. Elle a quelque chose d'inquiétant, pourtant je ne peux pas rester éternellement à l'observer, à avoir peur. Elle est si fluette. Un sentiment se fait de plus en plus pressant, celui que je passe à côté d'un élément essentiel, la clé commune à toutes ces énigmes. Une larme ruisselle sur ma joue, vite suivie d'une autre. Je touche quelque chose du doigt, je suis tout près de comprendre, mais je risque de ne pas vivre assez longtemps pour y parvenir.

Dans la foulée de cette pensée, la porte de la cave s'ouvre et des pas pesants descendent. L'angoisse s'empare de moi. Il n'y a plus de voix au rez-de-chaussée ; l'Héritière a dû repartir.

J'ai laissé filer ma chance, je songe vaguement tandis que le manieur de vent apparaît, Whit sur les talons. Ce dernier sursaute en me voyant.

Je glisse la cuillère sous la manche qui me reste tandis que l'Ardantin hoche la tête et ordonne :

– Tue-la.

Ce ne sont pas ces mots qui font ressurgir ma peur, mais l'idée que, puisque je vais mourir, nul ne saura que Sura est ici. Qu'elle va moisir dans ce lieu obscur et froid, et que ce sera par ma faute. Ma faute, ma faute, ma faute.

J'essaie d'expédier un coup de poing, mais peut-être me suis-je cogné la tête plus fort que je le croyais, car mon corps ne m'obéit pas. Mon attaque ressemble davantage à un faible mouvement du bras. L'Ardantin me saisit par les poignets et me redresse.

La dernière image que je vois lorsqu'ils me hissent dans l'escalier, ce sont les immenses yeux tristes de la fillette.

*

Je m'attendais à être tétanisée par la panique, mais une partie de moi s'engourdit, et mon esprit s'en trouve aussi clair et calme que Mirror Lake.

Pendant que Whit me faisait sortir de la brocante, j'avais l'impression de flotter hors de moi, de tout voir de loin. Whit qui me traînait dans l'escalier, ses manœuvres maladroites pour me guider dans les allées étroites de la boutique. Dans un sursaut de hargne, j'ai donné un coup d'épaule à une étagère chargée de vaisselle ancienne et fait dégringoler une avalanche d'assiettes et de tasses à thé à motifs de rose, ainsi que des verres en cristal, qui se sont brisés dans un grand fracas. Les éclats de porcelaine m'ont valu quelques coupures aux mollets, mais malgré cela et la main moite de Whit qui m'a enserré la nuque, je me suis momentanément sentie mieux.

Sans un mot, Whit me pousse par la porte de derrière, puis vers son break beige pouilleux. Alentour, il n'y a qu'une vache, qui observe la scène d'un regard curieux depuis le pré voisin. J'ai quand même envie d'appeler au secours, mais Whit est armé d'un couteau pliant. Il le garde près de sa hanche et en partie caché, mais prêt à servir. En nage et visiblement nerveux, il jette des coups d'œil dans tous les sens.

Si j'avais les mains libres, je pourrais peut-être avoir le dessus sur lui. En tout cas, j'aurais une chance. Malheureusement le scotch ne me laisse aucun mou. Je pourrais tenter de lui donner un coup de tête, mais j'ai peur que ce soit le meilleur moyen de me faire poignarder… Et merde, merde, merde, il ouvre le coffre et m'y pousse. Une décharge de douleur me foudroie lorsque j'atterris violemment sur le flanc. Je trouve ma voix et hurle à travers le bâillon, mais le hayon s'est déjà refermé et m'enferme dans l'obscurité étouffante.

Des larmes mêlées à la sueur ruissellent sur mon visage, me piquent les yeux. Une portière claque et la voiture s'ébranle. Où m'emmène-t-il ? Il a reçu l'ordre de me tuer, alors pourquoi ne l'a-t-il pas fait dans la brocante ? Marcus, l'Héritière, Brekken, Taya – l'un d'entre eux apprendra-t-il jamais ce qu'il est advenu de moi ? Et Sura, quelqu'un sait-il qu'elle est dans la cave ? Ou ma mort prochaine la condamne-t-elle, elle aussi ?

Dans le noir et la chaleur du coffre, je suis incapable d'estimer le temps qui s'écoule. Je perçois que la voiture monte ; je sens la pente de la montagne, mes oreilles se bouchent. Nous nous approchons forcément de Havenfall, car c'est le seul endroit plus élevé que Haven. Ce type a-t-il eu des remords ? Me ramène-t-il chez moi ? C'est un espoir ténu, mais je me raccroche à ce que je peux.

Quand le coffre se rouvre, cependant, je ne vois pas l'auberge, juste le ciel bleu, les pics montagneux et les arbres. Il faut quelques instants à mes yeux pour s'adapter à la luminosité, mais quand je comprends où nous sommes l'effroi m'envahit de nouveau.

Le lac. Le break est arrêté sur le pont et Whit me fait sortir du coffre. Il est face à moi, à portée de main, son couteau pressé contre ma gorge. Si je pouvais parler, je le supplierais de me laisser partir. Mais je ne peux pas et, s'il choisit de se débarrasser de moi, je ne veux pas que son visage soit la dernière image qui se sera offerte à moi.

Je tourne donc la tête et contemple Havenfall sur la berge d'en face.

La situation chaotique qui l'affecte n'en a pas amoindri la beauté. Le bâtiment se dresse fièrement, de toute sa hauteur, bois, ardoise et verre miroitant sous le soleil estival. Je suis trop loin pour voir derrière les vitres, mais j'espère qu'à l'intérieur la quiétude et la sécurité finiront par reprendre leurs droits. J'ai rendu visite à Marcus ce matin, et il avait meilleure mine, sa peau irradiait de santé. Il va revenir à lui. Il va tout arranger, et même si pour cela il faut s'en remettre au concours du prince d'Argent, peu importera tant que personne n'est plus en danger.

Et puis, il y a pire endroit pour mourir.

– Fait chier, bordel, maugrée Whit.

Je me risque à lui jeter un coup d'œil. J'essaie de déceler son humanité dans sa main tremblante, dans son regard fuyant. Je me rends compte, avec calme et détachement, que je n'ai pas considéré les choses sous le bon angle. Ce qui différencie les monstres des autres, ce n'est pas une fracture entre Solariens et humains, ni aucune distinction de ce genre. Ce sont nos actes. Et ce type peut basculer d'un côté ou de l'autre. J'écarquille les yeux, dans une tentative de m'adresser à lui. De faire en sorte qu'il reste du bon côté, parce que je n'ai pas le choix.

– Je peux pas faire ça, marmonne-t-il, avant de me pousser dans le lac.

21

Je m'enfonce dans l'eau tête la première ; douleur, stupéfaction et froid m'enveloppent en un instant. La panique m'envahit, exerce une pression intérieure tandis que l'eau m'oppresse du dehors, expulsant l'air de mes poumons – hurlement vain formant une nuée de bulles qui caracolent vers la surface. J'aurais dû prendre ma respiration, mais je ne l'ai pas fait. Je pivote sur moi-même, et la clarté du soleil tourne en spirale autour de moi, de plus en plus faible.

Ne laisse pas de place aux pensées effrayantes, me conseille papa dans ma tête. J'ai le sentiment d'être redevenue la petite fille qui se fie systématiquement à la parole des plus grands que moi. Papa, Marcus, le prince d'Argent, maman, Nate.

Nate, surtout, qui serait encore en vie si j'avais été plus courageuse.

Je suis désolée, lui dis-je, et aussitôt de l'eau s'engouffre dans ma bouche. Dans mon esprit, son regard s'adoucit. *Pardonne-moi*.

Puis son visage s'efface et se reforme, le petit garçon disparaît, remplacé par une fille de dix-neuf ans, belle comme le jour, à l'air renfrogné. Je me rends compte que depuis le début quelque chose chez elle me rappelle Nate. La flamme qui les anime l'un et l'autre. *Tu n'y es pour rien, bécasse. Nate voudrait que tu t'en sortes. Alors vis. Bats-toi.*

Soudain, autre chose pointe sous la panique. Une vive colère, qui s'élève et diffuse de la chaleur dans mes membres, jusqu'à mes orteils et mes doigts engourdis. Tout autour de moi jaillit une éruption de bulles, l'eau devient chaude comme la fureur qui se déverse de ma peau. Une sensation de brûlure fuse en moi, réplique de celle qui envahit mes poumons à mesure que l'oxygène me manque, et tout à coup le scotch qui m'enserre les poignets et les chevilles se détache. Par réflexe, je bats des pieds, arrache mon bâillon. Autour de moi, l'eau bouillonne, tourbillonne telle la lave dans le cratère d'un volcan. Je n'ai plus d'air, et le vide dans ma poitrine m'élance, m'implore d'ouvrir la bouche et d'inhaler, tant pis pour l'eau. Ma vision est déformée, des points lumineux virevoltent devant mes yeux, mais je fends l'eau en suivant la direction des bulles, jusqu'à ce que ma tête crève la surface.

La lumière du soleil et l'air libre me brûlent le visage, les yeux. J'aspire de grandes goulées, toussant et crachant dans mon effort de gonfler mes poumons au maximum. Par-dessus le martèlement frénétique de mon sang dans mes oreilles, j'entends le grondement d'un moteur, et je me détourne à temps pour voir le break disparaître par-delà une élévation de la route en projetant des gravillons dans son sillage. Le ciel, encadré par les cimes des arbres et les calottes neigeuses des montagnes, ne m'a jamais semblé si bleu, si magnifique.

Je fais du sur-place un moment pour m'assurer que Whit est parti, puis je rejoins la berge, claquant des dents à cause du reste de terreur et d'adrénaline qui perdure en moi. Je me hisse en rampant sur la pente caillouteuse, sous le pont, où personne ne me verra, et ramène les genoux contre ma poitrine, m'efforçant de reprendre mon souffle, de réfléchir. Le lac et la forêt sont calmes et silencieux, d'une quiétude contrastant violemment avec l'ouragan de peur, de colère et de confusion qui se déchaîne en moi.

La petite Solarienne. L'Ardantin. Whit, qui me jette à l'eau comme un sac plein d'une portée de chatons. La certitude que, si j'étais restée sous l'eau quelques secondes de plus, j'aurais perdu connaissance, je serais morte.

Mes bras m'élancent encore après le mystérieux phénomène qui est survenu dans l'eau. Je retrousse la manche qui me reste pour examiner ma peau. Je m'attends à voir des rougeurs et des brûlures, mais elle est pâle, couverte de chair de poule, intacte hormis un hématome autour de mes poignets, où j'ai tiré sur mes liens. Le scotch a disparu. Mon téléphone aussi, sans doute au fond du lac. Mais quelque chose appuie sur mon biceps, sous ma manche enroulée. Je glisse la main dessous pour extraire l'objet.

C'est une cuillère. Celle que m'a donnée la fillette de la brocante.

Elle est encore tiède, presque chaude entre mes mains. Je perçois les pulsations de la magie qu'elle contient. Je n'ai pas tout utilisé pour me libérer. Je repense à Sura penchée au-dessus. Une minute…

Un autre frisson, moins dû au froid que les précédents, me parcourt et me fait claquer des dents.

Je l'ai abandonnée. Je l'ai laissée dans cette cave. Je me rappelle la façon dont ses yeux se sont affaissés, dont elle a frémi après avoir enchanté la cuillère, comme si cela l'avait vidée de ses forces. Comme si cela lui avait pris une part d'elle.

Ce n'est pas l'ennemi, me susurre mon intuition.

Les Solariens sont rusés, je me mets en garde. Ils participaient aux Sommets, autrefois. Je ne devrais pas éprouver de la pitié à leur égard. Mais elle m'a offert la cuillère. Cuillère qui, sans que je sache comment, a propagé une puissante énergie sous l'eau et rompu mes entraves.

De plus, ce n'est pas un Solarien qui a donné l'ordre de me tuer.

Je contemple les images jumelles de Havenfall devant moi, le bâtiment et son reflet dans Mirror Lake. La requête que Taya m'a adressée hier me revient.

Pars tout de suite, avec moi.

Bien que tout aille au plus mal, l'auberge m'appelle à elle. *Omphalos*. Où pourrais-je aller, sinon ?

*

Une déléguée ardantine, une femme prénommée Kel, monte la garde à l'entrée lorsque j'émerge de la forêt. Elle a échangé ses vêtements civils contre une tenue de soldate et arbore une cuirasse d'un rouge brillant, constituée d'écailles superposées, que complètent une ample tunique noire et des cuissardes. Elle porte aussitôt la main à la poignée de son épée, puis elle me reconnaît et me fixe d'un regard incrédule.

– Aubergiste ?

Je ne peux retenir le rire qui s'élève dans ma poitrine, me râpe douloureusement la gorge en s'échappant, mes cordes vocales encore à vif après que j'ai frôlé la noyade. Ce titre me paraît tellement faux, maintenant que j'ai bafoué une tradition de cent ans en m'alliant au prince d'Argent. À ce qu'il semblerait, il fait déjà étalage de sa nouvelle autorité. Je songe à l'homme de la brocante, m'efforce de me remémorer ses traits. Que faudra-t-il en conclure si le prince le connaît ? Et si ce n'est pas le cas ?

Je n'ai qu'une envie : prendre une longue douche bien chaude, puis dormir pendant une semaine. Ou m'asseoir un moment avec Graylin et Willow, tout leur déballer, et attendre qu'ils me disent quoi faire pour la suite. Mais je ne suis plus une gamine, et ces problèmes ne disparaîtront pas parce que je m'en serai déchargée sur des grandes personnes. C'est à moi d'assumer.

Alors que je gravis l'escalier quatre à quatre, dégoulinante et tremblante, une pensée exclut toutes les autres : c'est vraiment le gros bordel. Carrément la cata.

Lorsque j'ouvre ma porte, ma chambre est calme et plongée dans la pénombre, comme je l'ai laissée. Ou plutôt non – je détecte une anomalie. Une présence, un mouvement dans la semi-obscurité, pareil à un vent froid sur ma peau. Je croyais avoir évacué toute ma peur, mais elle ressurgit de plus belle, me submerge. J'atteins à tâtons l'interrupteur, mais trop tard. Une main se plaque sur ma bouche et étouffe mon cri.

Le battant claque derrière moi, et soudain j'ai le dos contre le mur, et des yeux que je connais bien apparaissent devant moi.

Brekken.

22

Tout se fige autour de moi. J'ai l'impression que mon cœur a cessé de battre, que mes nerfs ne transmettent plus de signaux. Brekken semble s'être affiné, il a les traits plus saillants. Comme si les jours qui se sont écoulés depuis son départ l'avaient affaibli, avaient creusé ses joues et rougi ses yeux. Ses vêtements sont maculés de saleté, il a les cheveux humides, les pommettes empourprées.

– Qu'est-ce qui t'a pris, Maddie ? chuchote-t-il, d'une voix sans timbre.

Ses mains me tiennent toujours les bras, sans les serrer, mais elles sont tendues, comme s'il craignait que je me débatte. Devrais-je le repousser ? Je le fixe du regard, incapable de concilier les sentiments qui s'entrechoquent en moi.

D'un côté, la peur, la colère – il m'a *menti*. J'ai eu tellement tort de lui faire confiance. Mais soulagement et joie ne sont pas en reste. Il est sain et sauf, il est *là*. Je cligne vivement des paupières, je déglutis, dans un effort surhumain pour me concentrer sur l'instant présent.

– Tu es revenu.

– Parce que tu as rompu l'alliance.

La douleur perce dans sa voix, où affleure aussi la colère. Il émane de lui une odeur de glace. Mon instinct me pousse à me défendre, à me justifier. Ce qu'aurait fait la Maddie d'il y a une semaine. Pourtant, je m'écarte de lui, pétrie d'indignation.

– Il s'est passé beaucoup de choses depuis que tu es parti. Qu'est-ce que tu faisais, toi, d'ailleurs ?

Alors que je recule et traverse un rayon de la lueur du couchant, il ouvre des yeux comme des soucoupes. Il les promène sur moi, et ce qu'il s'apprêtait à me rétorquer s'évapore à mesure qu'il découvre mes vêtements trempés, mes hématomes.

– Maddie, qu'est-ce qui t'est arrivé ? s'étrangle-t-il au bout d'un moment.

– Quelqu'un a essayé de me tuer, je réponds, d'une voix trop forte, sur le point de se briser.

La vive colère qui irradie de ses muscles crispés, l'éclair de rage qui brille dans ses yeux, pourraient forer un trou dans la porte derrière moi.

– Qui ça ? s'enquiert-il. Il est à Havenfall ?

Je prends une profonde inspiration.

– C'est un enfoiré qui s'appelle Whit. Et non, il ne réside pas ici.

Par contre..., murmure une petite voix dans ma tête. Qu'en est-il de l'Ardantin qui a donné l'ordre de me tuer ? Quel est son objectif, pour qui travaille-t-il ?

Brekken balaie les cheveux qui lui tombent devant la figure et pousse un soupir contrit.

– Désolé de t'avoir parlé sèchement. Tu as raison, je ne sais rien de ce qui s'est passé. Mais nous allons tout arranger.

Il s'approche et pose doucement la main sur ma joue. Je lève les yeux vers lui, figée par la confusion et le doute, mais brûlant de me blottir contre lui.

Puis une vibration à peine perceptible effleure ma peau. Le contact d'une chose invisible, douce, chaude et plus légère que l'air. Celle-ci se répand depuis mes lèvres, sur mon visage et dans mes cheveux. Lorsqu'elle s'évapore, la douleur dans ma tête, le martèlement sourd dû aux chocs contre le mur de la cave, le fond du coffre, la surface de Mirror Lake... tout s'est envolé.

Officiellement, Brekken est mon *ennemi*, maintenant. Mais, après que j'ai profité de sa magie guérisseuse, le sentiment que je compte pour quelqu'un me submerge tel un raz-de-marée. Quoi qu'il se soit passé, où qu'il soit allé, je sais que Brekken m'aime. Et, même si j'éprouve encore de la colère et un profond désarroi, que je me pose encore mille questions, un hoquet étranglé m'échappe, puis je m'avance vers lui machinalement et me jette dans ses bras.

Je ne m'étais pas rendu compte qu'il m'avait manqué à ce point, ni combien j'ai vraiment cru que je ne le reverrais jamais, sans toutefois me l'avouer. Mais maintenant il est là. Il est revenu. Avant que lui ou moi ayons pu nous lancer dans des explications, je précipite ma bouche contre la sienne pour l'embrasser, malgré les larmes qui trempent mes joues.

– Ces derniers jours, quand tu avais disparu, quand je ne savais pas si tu allais bien…

Mes mots se bousculent dès que nous nous écartons pour reprendre notre souffle, ma gorge se serre d'émotion. J'ai une main dans les cheveux de Brekken, l'autre sur sa hanche. Lui me tient toujours le visage, et les effets de sa magie combinés à ses baisers me donnent soudain le tournis. Je vacille, et un léger halètement affolé s'échappe de ses lèvres. Il me guide vers l'arrière, me fait asseoir sur le lit et s'agenouille devant moi. Des larmes scintillent sur sa peau ; j'ignore si ce sont les miennes ou les siennes. Irrémédiablement attirée vers lui, je l'embrasse de nouveau, son odeur de neige m'enveloppant tel un blizzard dépourvu de froid. Un fondu au blanc.

Ses mains descendent le long de mes joues, de mes bras, jusqu'à ma taille. Lentement, en douceur.

– Maddie, murmure-t-il d'une voix rauque, avant de relâcher son souffle.

Dans la pénombre qui s'épaissit, ses pupilles sont dilatées.

– Quelqu'un a essayé de te tuer. Occupons-nous d'abord de ça, d'accord ? Après on pourra faire ça – il me caresse la joue – sans risque.

Ses mains décrivent de petits cercles dans le bas de mon dos, et quand je cherche à l'embrasser encore il s'écarte légèrement, d'un air taquin, mais les yeux empreints de gravité.

Un grognement de frustration vient s'échouer derrière mes lèvres. Les problèmes qui s'accumulent au-dehors de ma chambre sont si nombreux et enchevêtrés que je suis démunie face à eux. Brekken a raison, bien sûr, mais il ne comprend pas que ce qu'il demande est impossible.

Et ce n'est pas tout : les doutes et les ténèbres qui encombraient mon esprit, un moment repoussés par l'adrénaline et le désir, reviennent subrepticement. Je n'ai pas envie d'attendre, parce qu'à la vérité je ne sais pas ce que je veux. J'ignore ce que je ressens. Je n'éprouve pas de culpabilité, et pourtant, il y a quelques jours à peine, je flirtais avec Taya, je m'intéressais à son passé avec une curiosité qui ne m'avait pas animée depuis longtemps. Je songe à son petit air retors, à sa façon de voûter les épaules et de souffler quand elle est agacée, c'est-à-dire souvent. Je songe à la tristesse incandescente dans son regard, aux secrets qu'on y devine. Je ne peux pas reprendre ma relation avec Brekken comme si rien n'avait changé.

Tout a changé.

Moi la première.

– Bon, d'accord, je susurre d'une voix éraillée. Tu as raison, parlons. Pour commencer, où étais-tu passé ?

– Au palais de Myr, répond-il, en me décochant son sempiternel sourire en coin, qui ressemble plus à une tentative de me rassurer qu'autre chose. C'est compliqué, mais je n'ai jamais eu l'intention de t'abandonner, je te le jure.

– Je sais.

Je me décale de côté sur le lit et l'attire pour qu'il s'assoie à côté de moi.

Mille questions se bousculent au bord de mes lèvres, poussées par la masse de tout ce que j'ai appris ces derniers jours – cet écheveau complexe de culpabilité, de tromperies et d'inconnues.

Marcus et l'Héritière, Brekken et les clés volées, ma mère qui serait une logeuse, quoi que ce mot signifie.

La fillette de la brocante et l'étincelle qui a jailli entre mes doigts quand j'ai touché le métal qu'elle avait enchanté.

La magie, qui plus tard a ressurgi dans le lac, dégageant une chaleur brûlante sur ma peau et brisant mes liens. La fillette, qui, après avoir lié la magie à la cuillère, semblait diminuée, amputée d'une partie d'elle-même.

– L'Héritière m'a tout expliqué à propos du marché noir, je continue d'une voix haletante. Je sais que Marcus vendait des artéfacts enchantés, que l'Héritière les rachète, et que ma mère a joué un rôle dans tout ça. Et je pense…

Je bute sur les mots, tout à coup assaillie par le doute, mais le regard posé de Brekken m'encourage à poursuivre :

– Je pense que des Solariens sont impliqués dans cette affaire. Je crois que ce sont eux qui sont capables de lier la magie aux objets.

Il me tient les mains, et de son pouce décrit machinalement des cercles sur ma paume. Soudain il s'arrête. Il fronce les sourcils, l'air grave. Je le fixe dans le clair-obscur, me remémorant la multitude d'objets accumulés partout chez l'Héritière. Je frémis à l'idée que chacun d'entre eux soit passé entre les mains d'un Solarien. J'ignore si c'est à cause de ma peur ancienne de ces êtres, ou si c'est parce que Sura est encore dans la brocante. Monstre ou pas, on la retient contre son gré. *Je dois la libérer*, je songe vaguement. Dès que le danger aura été écarté, dès que nous aurons compris ce qui se passe.

Brekken ferme brièvement les yeux, puis les rouvre et me regarde.

– Tu as vu juste.

Mon souffle se glace. Malgré tout ce que j'ai vu, je m'attendais quand même à me tromper. Je voulais me tromper. Je voudrais tellement qu'il existe une explication anodine, que Brekken me confirme que les Solariens encore présents en ce monde représentent une anomalie, que ce sont des monstres tapis dans les profondeurs de la nuit et pas tout près de nous, imbriqués dans cet enchevêtrement de secrets.

– Maddie, dit Brekken d'une voix soyeuse, tout en me caressant le pouce avec le sien d'un geste réconfortant. Je suis allé enquêter sur ce marché noir à Fiordenkill, et… les Solariens… Je sais que tu les détestes, mais…

– Brekken, je l'interromps.

Parce que je ne veux pas qu'on me réconforte, je refuse que mes peurs d'enfance obscurcissent mon jugement maintenant que tout ce que je savais ou presque a été chamboulé.

– Dis-moi juste ce que tu sais sur les Solariens. Sur tout ça. S'il te plaît.

Il prend une grande inspiration et la relâche.

– Ils ont le don de lier toutes les formes de magie, explique-t-il. Ils peuvent capturer les enchantements ardantins et fiordiens et les associer à un objet. Généralement en métal, l'argent étant le meilleur.

Il contemple nos mains entrelacées.

– Tout le monde peut utiliser les objets enchantés, simplement en les touchant et en ordonnant à la magie de s'en échapper. Je ne comprends pas complètement comment ça fonctionne, mais…

Un frisson d'une douceur traîtresse me traverse. Je ne devenais pas folle, tout à l'heure. J'ai bel et bien fait jaillir la magie de la cuillère. Je me rappelle cette éruption de puissance, la sensation que le monde s'ouvrait à moi. Pourtant, je sais aussi qu'il ne s'agit pas d'une magie de conte de fées. Pour la manier, il y a un prix à payer.

– Je devais résider à Havenfall tout l'été et acheter des artéfacts pour l'Héritière, murmure-t-il.

Bien que l'hésitation dont il faisait preuve un peu plus tôt m'ait donné l'impression qu'il prenait des pincettes, à présent il me semble juste qu'il choisit ses mots avec précision.

– Puis le prince d'Argent m'a surpris dans les souterrains, la nuit où nous nous sommes embrassés.

Je hoche la tête, les lèvres pincées.

– La nuit où la porte solarienne s'est ouverte.

Brekken écarquille les yeux.

– La porte solarienne… elle est ouverte ? répète-t-il. Et l'un d'eux s'est échappé ?

– Voilà, je confirme en serrant fort ses mains, pour l'empêcher de s'égarer. Et donc, tu n'étais pas là quand ça s'est produit ? Ce n'est pas toi qui l'as… ouverte ?

Brekken secoue lentement la tête.

– Je l'ignorais.

Son regard se perd dans le vague, son front se plisse comme s'il essayait de résoudre une équation complexe.

– Je ne comprends pas…, je reprends, en cherchant les bons mots.

Si Brekken a fui à Fiordenkill avant même que la porte soit ouverte, quel problème l'a opposé au prince d'Argent ?

– Pourquoi t'es-tu enfui ?

Brekken frémit ; une ombre passe sur ses traits, un tremblement parcourt ses doigts.

– J'ai assisté à une scène que je n'aurais pas dû voir, murmure-t-il. Tu te rappelles le garde du corps du Prince ? Bram.

Je hoche la tête, secouée par un nouveau frisson. Bram, celui qui a été dévoré.

– C'était un Solarien, Maddie. Je l'ai vu changer de forme. Le prince lui a ordonné de prendre son apparence bestiale, puis il lui a enfoncé son épée dans le ventre. Ça m'a pétrifié. J'ai tout vu depuis le bureau de Marcus.

Mon esprit me semble figé, paralysé par l'effroi. Bram. Même si je ne l'ai rencontré qu'une fois, je le revois distinctement, comme s'il se tenait devant moi. Pâle, silencieux, yeux éteints, pareil à une ombre vivante.

Taya m'a demandé comment il pouvait ne rien rester de Bram, pas même des os. Je n'y ai pas réfléchi, je ne l'ai pas écoutée. Si l'histoire de Brekken est véridique… Ça veut dire que Bram n'a pas été dévoré. Son cadavre gisait sur le sol du bureau, cette nuit-là, enroulé dans un tapis. À présent, il est en train de se décomposer dans la forêt.

Ce qui signifie…

Mon cerveau tourne au ralenti.

– Bram était un Solarien, je résume, étourdie. Et le prince d'Argent… il l'a tué ? Mais pourquoi ?

En cet instant, j'ai le sentiment que *pourquoi* est le seul mot qui surnage dans mon esprit.

– Bonne question. Je la lui ai posée, moi aussi, quand je me suis arraché à ma stupéfaction et que je me suis précipité pour tenter de l'arrêter. Mais il a juste ri et tourné son épée contre moi.

Il relève les yeux et détourne le regard, l'air soudain absent.

– C'est peut-être lié à l'ouverture du portail solarien. Une sorte de magie funeste. Tout ce sang… je ne me souviens que de ça.

Du sang. Je songe au jour où Graylin, Willow, Enetta, le prince et moi avons essayé la magie fiordienne sur la porte. À la pierre qui avait semblé s'animer sous mes doigts ensanglantés.

– Le prince d'Argent voulait que le portail soit ouvert, je murmure, tandis que les éléments de l'histoire se réagencent dans ma tête. Il voulait que Havenfall soit en proie au chaos, afin de pouvoir en prendre les rênes. Il savait forcément que Bram était solarien. Il savait ce que nous supposerions en découvrant le corps.

La bouche de Brekken se pince et forme une ligne fine. Je décèle une discrète étincelle de colère dans ses yeux.

– Et Marcus, alors ? s'enquiert-il. Comment il a pu laisser ça se produire ?

Mon cœur et mon ventre se serrent de concert.

– Tu n'es pas au courant. Marcus est… souffrant. Il a perdu connaissance ce soir-là et il n'est toujours pas revenu à lui.

Brekken en reste bouche-bée.

– Comment ça se fait ? Qu'est-ce qui s'est passé ?

Les larmes me montent aux yeux.

– Nous pensions qu'un Solarien s'en était pris à lui, qu'il avait dévoré son âme.

Je baisse le regard, comme si je pouvais voir à travers le plancher et distinguer la cage du Solarien dans la salle de bal. Je me rappelle les yeux flamboyants rivés sur moi dans la forêt, et des frissons me parcourent l'échine.

– Mais je crois que cette théorie n'est plus valable.

Brekken suit mon regard.

– Il y a un autre Solarien, c'est ça ?

– Oui, mais celui-là ne s'est pas introduit avant le lendemain. Ce qui est arrivé à Marcus a eu lieu la première nuit.

Brekken cligne des paupières et appuie sa tête contre la mienne. La fatigue pèse sur mon corps comme si le prince d'Argent avait augmenté la pesanteur dans l'auberge tout entière. J'aimerais que Brekken et moi puissions nous serrer dans les bras l'un de l'autre, nous enfoncer dans le matelas et dormir en attendant que cet imbroglio se soit démêlé de lui-même d'un coup de baguette magique.

– L'Héritière répète sans cesse que l'Aubergiste est lié à l'auberge, déclare Brekken, d'un débit lent et saccadé.

Blottie contre lui, je perçois les vibrations dans sa poitrine lorsqu'il parle.

– Si ça se trouve, l'ouverture du portail solarien a affecté ton oncle.

– Nous ignorons comment le refermer. Graylin a tenté de guérir Marcus avec la magie qui circule au marché noir, mais ça ne fonctionne pas.

Brekken se raidit brusquement. Surprise, je me redresse et le regarde ; il blêmit.

– Qu'est-ce qui ne va pas ?

– Je…

Pour la première fois de la soirée, et peut-être même la première fois tout court, Brekken semble tout à fait démuni. Il se passe les mains dans les cheveux, contemple ma chambre où l'obscurité gagne du terrain, comme si les réponses qu'il cherche pouvaient être inscrites sur les murs.

Une angoisse glaciale m'envahit.

– J'ai appris quelque chose au sujet du marché noir quand j'étais à Fiordenkill, dit-il. L'Héritière voulait seulement mettre les objets en sécurité. Empêcher la magie de tomber entre de mauvaises mains, et rapporter tous les artéfacts à Havenfall. Mais ce qu'elle ignorait, c'est que... c'est pour une raison précise que ton oncle vend les objets.

Le froid s'étend à ma poitrine, à mes bras.

– Brekken, explique-toi.

– Marcus essaie de sauver les Solariens, me confie-t-il. Ce ne sont pas des bêtes sanguinaires, Maddie. Ce sont des êtres doués de sensibilité comme toi et moi.

Tandis que ses révélations font leur chemin dans mon esprit, je me cuirasse en prévision du choc. Mais celui-ci n'arrive pas. Je me rends alors compte que d'une certaine manière je le savais déjà.

– Et le portail scellé ? Le traité ? je l'interroge.

Mais, là encore, je n'ai pas besoin qu'il me réponde. *La guerre existe depuis la nuit des temps. Ça ne fait pas des monstres de nous tous.*

Brekken secoue la tête.

– Je ne sais pas exactement ce qui a provoqué ce conflit, reconnaît-il, mais la condamnation de la porte a piégé des innocents dans les différents mondes, et des négociants d'Ardant, de Fiordenkill ou de Haven en profitent encore. Ils capturent les Solariens et leurs descendants, leur volent leur magie. Ce sont eux que Marcus essayait de sauver.

Il prend une brusque inspiration avant de poursuivre :

– Parce que ces Solariens sont mourants. Chaque fois que l'un d'entre eux lie la magie à la matière, il y laisse une partie de lui-même. Il existe un terme, *selu*, pour désigner l'âme, l'esprit, ou l'essence de l'être, comme on veut… Partout dans les Royaumes adjacents, il y a des Solariens retenus en captivité qu'on oblige à associer la magie, et eux-mêmes, à des objets, et ça les tue.

Il se met debout, fait les cent pas, et je me lève moi aussi, la panique s'insinuant lentement dans toutes les cellules de mon corps.

Sa voix s'éraille, des ombres vacillent dans ses yeux.

– Marcus remontait la trace de ces objets et les « vendait », entre guillemets, à des refuges sûrs, où les mercenaires ne pouvaient pas les retrouver. Ensuite, les logeurs…

Les logeurs ? Comme maman ? Je serre les poings, mes ongles creusent des marques dans mes paumes.

– Les logeurs libéraient le *selu* et rendaient leur intégrité aux Solariens, termine Brekken. J'ignore comment ils s'y prenaient. Je ne savais rien de tout ça avant la nuit de mon départ. L'Héritière croyait, ou me soutenait, que nous redressions les torts de Marcus.

Sa voix paraît lointaine, comme si nous nous tenions chacun de part et d'autre d'un abîme. Mais en même temps elle est proche, plus que mon souffle et mes propres pensées. Comme s'il s'exprimait depuis mon for intérieur.

Car je le savais déjà, moi, n'est-ce pas ? Je savais ce qu'il en avait coûté à Sura d'enchanter cette petite cuillère, de m'offrir la magie qui allait me sauver la vie. À présent, cet objet me semble lourd dans ma poche. Contient-il un morceau de son âme ? S'est-elle délestée d'une part d'elle-même pour me venir en aide ?

Avant que j'aie pu m'expliquer tout ce qui se bouscule dans ma tête, on martèle la porte de ma chambre, qui s'ouvre avec fracas sous un coup puissant et claque violemment contre le mur.

– Traître !

Brekken fait volte-face lorsque trois soldats ardantins apparaissent par l'embrasure. Les secondes, comme fragmentées, s'écoulent à la fois lentement et à une vitesse folle. Les gardes font irruption avant que j'aie pu former une pensée, s'emparent de Brekken et lui tordent les bras dans le dos.

– Conduisez-le aux tunnels, ordonne une voix glaciale.

Les soldats emmènent Brekken, qui vrille son regard dans le mien, puis le prince d'Argent se tient face à moi dans ma chambre à présent vide. J'ai de nouveau l'impression de flotter hors de mon corps, comme si rien n'était réel.

– Tu l'aimes encore, fait remarquer le prince.

Aucune chaleur n'imprègne sa voix, on n'y perçoit aucune émotion, seulement une curiosité détachée, presque scientifique. Disparue, la compassion qu'il me témoignait quand nous discutions au chevet de Marcus. Il ne cherche plus à se montrer proche (ou à flirter ?) comme dans l'observatoire. J'ai devant moi le prince qu'on décrit dans les livres de la bibliothèque. Je me rappelle un autre détail, lointain et discret, mais charrié par les courants d'adrénaline réactivés par la tentative de meurtre que j'ai subie ce matin. Il m'avait confié que tout le monde n'était pas animé de bonnes intentions.

Un calme déroutant s'empare de moi. Je n'ai pas d'autre choix que de mentir.

– Je ne savais pas qu'il allait revenir, dis-je.

– Tu avais pourtant l'air ravie de le revoir.

– Ça tombe bien que je l'aie retenu ici pour vous, je rétorque, refusant de céder d'un pouce.

Une pointe de défi perce dans ma réplique, mais le prince d'Argent ne mord pas à l'hameçon. Il se contente de sourire, faiblement.

– Peut-être es-tu devenue moins crédule, alors. Je me suis posé des questions quand j'ai vu cette employée s'enfuir. Taya ?

L'angoisse m'étreint le cœur, et je tressaille malgré moi.

– Que vient-elle faire là-dedans ?

Est-il furieux que je n'aie pas fait boire de vin amnestique à Taya ? Et comment connaît-il son nom, au juste ?

– C’est une menteuse, affirme le prince avec un sourire glacial. Disons que j’en ai l’intuition. Quand tu auras régné depuis suffisamment longtemps, tu comprendras. Tu es encore jeune… ce n’est pas grave d’avoir accordé ta confiance aux mauvaises personnes.

Une grande froideur se déverse dans mes veines, mais elle est là parce que je le veux. C’est un froid protecteur, puissant, comme le vent fiordien qui repousse l’ennemi.

– Vous avez raison, je réponds, en soutenant son regard. J’accorde ma confiance aux mauvaises personnes depuis le début.

23

Dès que le prince d'Argent a quitté ma chambre, je file tout droit aux souterrains.

Quatre gardes ardantins surveillent la croisée ; l'équipe de Sal n'est plus là. Un Ardantin est posté devant chacune des trois galeries qui mènent respectivement à Fiordenkill, Ardant et Solaria, et le quatrième se tient devant le tunnel qui conduisait auparavant à Tiria, un monde disparu, et où le prince a dû mettre aux fers Brekken et la créature solarienne.

Si j'ai déjà vu ces gardes lors du sommet, je ne me souviens pas d'eux, mais tout chez eux respire le professionnel. Armés de bâtons métalliques aux pointes acérées, ils me scrutent quand j'entre. Un treillage d'acier terne interdit l'accès aux galeries de Fiordenkill, Solaria et Tiria. Le prince n'a peut-être pas le pouvoir de condamner la porte de Fiordenkill, mais il peut empêcher les allées et venues entre Haven et ce monde de glace.

La nervosité diffuse des picotements dans mes mains, mais je me tiens bien droite, m'efforce de paraître calme et autoritaire lorsque je m'adresse à celui qui monte la garde devant le tunnel de Tiria.

– Je suis Maddie Morrow. L'Aubergiste. Je viens voir le prisonnier fiordien.

Le soldat est un homme de grande taille, aux cheveux blancs et à la peau hâlée d'une nuance verdâtre. Il s'avance vers moi et me considère d'un air dubitatif. Lorsqu'il se penche, son bâton miroite à la lumière blafarde, et je me raidis malgré moi, rattrapée par le souvenir de l'Ardantin de la brocante, de la magie éolienne surgie de nulle part.

Je perçois l'énergie magique qui émane de ce garde et des autres, ce qui est étrange, car avant cet été la magie n'avait jamais été synonyme de danger. Je lève la tête afin qu'il voie bien mon visage. Je tâche de ne pas laisser paraître l'inquiétude qui me consume tout entière.

Pour Marcus. Pour Havenfall. La fillette solarienne, Sura. Taya. Et Brekken.

Le soldat m'examine quelques instants, puis recule sans un mot. Il lève son bâton de quelques centimètres et frappe le sol de roche, après quoi la barrière métallique qui ferme le tunnel tirien réagit et ses croisillons métalliques réintègrent la pierre d'un mouvement ondoyant.

La part de mon esprit encore lucide, celle qui n'est pas engourdie par la stupéfaction et la peur, s'émerveille de ce prodige. Les Ardantins contrôlent-ils aussi le métal présent dans le sous-sol de la montagne ?

Le scintillement d'un trousseau de clés à la ceinture du garde m'attire l'œil. Je vais en avoir besoin pour sortir Brekken de là.

– Vous voulez bien m'accompagner dans le tunnel ? je lui demande.

J'ai à peine besoin de forcer le tremblement dans ma voix.

L'air exaspéré, il serre les mâchoires, mais acquiesce d'un signe de tête et s'engage dans le souterrain obscur. Restant une demi-longueur en arrière, je glisse la main dans ma poche et la referme sur la cuillère enchantée. Lorsque j'étais en train de me noyer, convoquer cette magie m'a paru instinctif, mais à présent je dois me concentrer pour faire surgir le vent magique que la fillette a emprisonné et canalisé dans la cuillère. À mon injonction mentale, une forte bourrasque balaie l'autre bout de la galerie.

Le garde se raidit et allonge le pas en serrant la poignée de son épée à sa hanche gauche. C'est le moment d'agir. Mon poignard déjà en main, je tranche le cordon de cuir qui tient ses clés, que je rattrape avant qu'elles aient pu produire le moindre bruit.

Pendant une fraction de seconde, rien qu'un instant, je ressens une bouffée de puissance. Lorsque nous arrivons en vue du coude du tunnel, je pose la main sur son bras.

– Merci. Je vais me débrouiller, maintenant.

Je ferme le poing pour cacher les clés dérobées. Combien de temps ai-je devant moi avant qu'il s'aperçoive de leur disparition ?

Le garde me scrute de la tête aux pieds.

– Très bien. Soyez prudente… La cellule du Solarien est là aussi. Vous allez devoir passer devant d'abord.

Seule, je m'enfonce dans la pénombre. La grille métallique se reforme derrière moi et me bloque l'issue. Il n'y a pas de lampes, et plus j'avance, moins j'y vois. La température chute également, et je frissonne sous mes vêtements collés à ma peau moite.

Plus loin, tout est silencieux. *Brekken est-il vraiment emprisonné ici ?*

Dans l'obscurité de plus en plus dense, je tends les bras pour me guider à tâtons grâce à la paroi. Mes yeux s'habituent lentement, juste assez pour que je distingue la forme vague de la galerie. Je m'enfonce, toujours plus loin, puis…

La roche laisse place au métal sous ma main gauche, et je sais qu'il s'agit d'un autre maillage de fer. Quelque chose bouge derrière les barreaux, une forme plus claire que la pierre foncée, et je m'immobilise. Mon cœur bat la chamade, mes mains tremblent.

Dans le noir, j'entends une respiration rauque, mais je ne sais pas si c'est la mienne, celle de quelqu'un d'autre, ou celle de quelque chose d'autre.

Une lueur émane de cette cellule, une clarté si faible qu'on la devine à peine. Alors que je m'approche des barreaux, je constate qu'elle provient d'une étoile en plastique, comme une veilleuse ou une lampe porte-clés. L'objet gît par terre derrière le treillage de fer. Entre les pattes du Solarien.

Je songe vaguement aux délégués solariens qui ont passé l'été à Havenfall au fil des siècles. Ils s'aventuraient parfois dans la forêt sous leur forme animale, et à d'autres moments on aurait pu les prendre pour des humains, eux qui dormaient dans les mêmes petites chambres en soupente que tout le monde, prenaient leurs repas dans la salle à manger, participaient aux débats politiques, dansaient dans la salle de bal. Tout sauf des monstres.

La créature m'observe. On devine une conscience profonde dans sa posture. Dans sa façon de tenir sa patte avant gauche tendrement contre son corps. Dans ses yeux.

Ces yeux que j'ai l'impression d'avoir déjà vus quelque part.

Subitement, le déclic se fait. Une autre plaque tectonique s'ajuste en grinçant, de quelques millimètres à peine, mais en cet instant mon univers tout entier bascule.

Mes genoux cèdent sous moi. Je me rattrape à la grille, enchevêtrant mes doigts aux barreaux. Je ne vois plus que le Solarien, qui emplit tout mon champ de vision.

– C'est toi…

Mes mots se bousculent dans un chuchotis rocailleux.

– C'est toi, pas vrai ?

Le Solarien cligne des yeux. Noirs, bleus, puis de nouveau noirs. Débordant d'une tristesse incommensurable.

Puis de la fumée se répand par-dessus son corps, noire comme de l'encre, provenant de je ne sais où.

Lorsqu'elle se dissipe, Taya est étendue sur la roche.

*

Ses cheveux traînant par terre sont ce qu'il y a de plus clair dans le tunnel enténébré.

Elle est nue, le corps couvert d'hématomes, les paupières désormais closes.

Par gestes machinaux, je déverrouille la porte grâce aux clés du garde. Bien que je sois encore sous le coup de la stupéfaction, je retire mon T-shirt et le laisse tomber à côté d'elle. En jean et caraco, je cours un peu plus loin dans la galerie et appelle doucement Brekken.

Pendant un instant, rien ne passe, puis on craque une allumette et une lampe à pétrole s'illumine. Une lumière jaune éclaire les contours du visage de Brekken, et mon cœur cogne si fort qu'il semble vouloir s'échapper de ma poitrine.

Adossé contre la paroi du fond d'une autre cellule improvisée, il lâche l'allumette et lève les yeux vers moi.

– Chut, je fais, en m'approchant du grillage de fer qui nous sépare, avant de poser les mains sur le métal froid, aux mailles trop fines pour que je puisse y glisser autre chose que les doigts.

Je déverrouille la serrure.

– Ta cape, je lui demande dans un halètement.

Il ne proteste pas et, le visage fermé par l'inquiétude, retire sa cape en fourrure et pousse la porte pour me la passer.

À mon retour, Taya s'est assise. Elle a l'air très mal en point, blême et émaciée, le visage, le torse et les membres couverts de contusions. Pourtant, je décèle dans son expression une détermination inouïe, inébranlable et immuable, comme taillée dans le marbre, et une légère lueur anime ses yeux semblables à des flaques d'huile. Noirs, mais miroitant de toutes les couleurs à la fois.

J'ouvre la porte de sa cellule et me faufile à l'intérieur à l'instant même où elle bascule vers l'avant. Je me précipite pour la rattraper et soutiens son épaule d'une main, avant de lui fourrer T-shirt et cape dans les bras. Elle les serre contre sa poitrine, mais ne bouge pas davantage. Elle a la tête baissée, son dos se soulève par à-coups pendant qu'elle tente de reprendre son souffle, et je sens son cœur cogner comme s'il affleurait sous son épaule.

– Ça va aller, murmure-t-elle au bout d'un long moment, d'une voix qui donne pourtant l'impression qu'elle a avalé du papier de verre. Je vais bien.

Elle se redresse, et je me retire dans le tunnel pour qu'elle puisse se couvrir. J'ai la bouche sèche et des frissons se succèdent par vagues sur ma peau. Mon cœur est plus affolé que jamais.

Puis la voix de Taya me parvient doucement.

– C'est bon.

Je me détourne lentement, effroi et stupéfaction se déversant à parts égales dans mes veines, lorsque Brekken me rejoint. Deux mots occupent tout l'espace dans ma tête, excluant tout le reste, me faisant oublier comment on respire, comment je m'appelle.

Taya.

Solarienne.

Elle porte mon grand T-shirt et s'est enveloppée de la cape de Brekken. Serrant ses pans d'une main et s'appuyant à la paroi de l'autre, elle nous adresse un petit sourire tendu, les yeux braqués sur Brekken.

– Moi, c'est Taya. Enchantée.

En d'autres circonstances, je me serais moquée de Brekken en voyant l'expression de confusion absolue sur son beau visage. Au bout d'un moment, il reprend ses esprits et fait un pas vers elle, lui présente sa main, puis se ravise et se contente d'un signe de tête.

– Brekken de Myr.

Le silence s'installe, aucun d'entre nous ne sachant quoi faire ensuite. Taya a reporté son attention sur moi, me regarde vraiment pour la première fois, une question brûlant dans ses yeux, aussi vive que la flamme que j'y ai décelée quelques minutes plus tôt.

– Eh bien, voilà, dit-elle, d'un ton résolument neutre. Je suis une Solarienne, il faut croire.

– Je suis désolée de t'avoir tiré dessus, je lâche aussitôt.

Ses lèvres tremblotent.

– Et moi de t'avoir effrayée.

Elle prend une inspiration saccadée et jette un coup d'œil vers le mur à sa droite : dans la direction, je m'en rends compte avec un frisson, du portail solarien, si l'on creusait tout droit à travers la roche.

– Depuis combien de temps tu le sais ? je m'enquiers avec précaution.

– Jusqu'à hier, j'avais encore quelques doutes.

Elle sourit sans conviction.

– À notre deuxième jour ici, je me suis sentie attirée par les souterrains. J'ai soudoyé un garde pour qu'il me laisse y descendre. Quand je me suis trouvée devant la porte solarienne, je suis tombée dans les vapes. Il y a quelques minutes dont je n'ai aucun souvenir.

Elle tend la main devant elle, comme si elle s'attendait à y voir des griffes.

Je me rappelle avoir croisé Willow qui la réprimandait dans le salon commun après son escapade dans les galeries. Des griffures que nous avons découvertes autour de la porte solarienne.

– Ça s'est produit de plus en plus souvent, poursuit-elle, le regard perdu dans le vague. Je me rendais compte que je changeais d'apparence, mais je croyais que c'était juste un rêve ou une hallucination. Je ne suis pas capable de le contrôler. Je sais seulement que je dois sortir quand je sens que ça vient. Un peu comme par instinct.

Elle me fixe d'un air implorant.

– J'ignorais ce qui se passait, Maddie. Ça ne s'était jamais produit avant.

Elle a l'air normale. Ébranlée. Mais elle n'est plus la même. Je sens la puissance qui émane d'elle, la magie, aussi intense que chez un noble fiordien ou un soldat ardantin. On dirait des étincelles, une neige légère, incandescente et invisible, qui tombe sur ma peau. C'est une étrange sensation, et pourtant j'ai envie de m'approcher, d'écarter les bras et d'en absorber autant que possible.

Mais non. Je dois réfléchir.

– La faille dans la porte s'est élargie après ton passage, je lui indique. Tu crois que c'est toi qui as provoqué ça ?

Si l'ouverture du portail est ce qui perturbe l'équilibre et empêche Marcus de revenir à lui… Si c'est le sang de Bram qui a ouvert la porte, Taya pourra-t-elle la refermer ?

Elle nous observe tous les deux et hausse les épaules. Brekken se mord la lèvre, les yeux rivés sur elle.

– Ce qui est certain, c'est que tu possèdes une magie puissante, déclare-t-il, d'un ton poli malgré sa voix légèrement tremblante.

Tous les deux me regardent, attendant de moi que j'intervienne, mais je n'ai rien à proposer. La stupéfaction m'a rendue muette.

– Maddie, reprend Taya, d'une voix douce, mais chevrotante, empressée. Je ne voulais pas te mentir. Et je n'ai pas attaqué Max.

J'inspire à fond pour recouvrer mes esprits.

– Je te crois.

C'est la vérité. Je ne devrais peut-être pas, et d'autres interrogations fusent dans ma tête, mais pour ça, au moins, je la crois.

– Pourquoi es-tu allée à la porte ? je la questionne au bout d'un moment.

Un sentiment étrange, déroutant, me triture le ventre.

– Est-ce que tu veux… tu veux la franchir ?

– Non.

Elle semble pourtant moins certaine de cette réponse.

Elle se laisse glisser pour s'asseoir par terre, aussitôt imitée par Brekken et moi. Le froid du sol traverse mon jean humide, et de loin j'ai encore conscience de la présence des gardes quelque part derrière nous, mais tout cela me paraît sans importance en comparaison des paroles qui se déversent de la bouche de Taya.

– Ici, sur Terre, c'est chez moi, affirme-t-elle, en tripotant une boulette de terre. Tout ce que je t'ai raconté sur les familles d'accueil, sur Terran, c'était vrai. Ma vie est ici, mon frère est ici. Mes parents ne m'ont jamais dit que nous étions solariens. Je ne sais même pas ce que ça signifie, en fait. Je pensais que j'étais exactement comme toi.

– Et avant ça ? intervient Brekken. Que te rappelles-tu de l'endroit d'où tu viens ?

Elle baisse les yeux sur ses mains, les lèvres pincées. Je repense à tout ce qu'elle m'a confié au sujet de sa famille. Leur voiture qui tombe d'un pont. Le défilé des familles d'accueil. Sa détermination à retrouver son frère jumeau, Terran.

– Mon frère était comme moi, répond-elle lentement. Je me rappelle qu'un jour il m'a dit que nous étions différents, magiques. Nous étions encore tout mômes, mais je crois que d'une certaine manière il savait.

Ses doigts blancs s'entrecroisent dans l'obscurité.

– Nous avons vécu dans le Nevada jusqu'à mes trois ans. Puis nos parents sont morts, et Terran et moi avons été placés chacun dans un foyer. Tout était normal, plus ou moins, jusqu'à ce que j'arrive ici.

Dans ma tête, j'entends la voix de Brekken. *Chaque fois que les Solariens lient la magie à la matière, un morceau d'eux y est lié aussi*. Je revois la fillette de la brocante affalée contre le mur. Un sombre pressentiment et une question se forment dans ma poitrine. Je ne suis pas sûre de vouloir connaître la réponse, mais nous manquons de temps et nos choix sont limités. Je me force donc à l'interroger :

– Est-ce que tu te souviens d'avoir vu des objets bizarres quand tu étais petite ?

Je me fais violence pour ne pas laisser ma peur percer dans ma voix.

– Des objets en argent, en particulier ?

Taya incline la tête de côté.

– Comme des bijoux ?

– Ça ou d'autres choses, j'indique d'un air détaché. Des bijoux, oui, ou des coupelles, des stylos, des billes… Ça aurait pu être n'importe quoi.

Elle me considère en cillant.

– En fait, maintenant que tu m'en parles, ouais, reconnaît-elle au bout d'un moment. Mon frère, Terran, avait un jeu d'osselets.

Mon souffle se coupe.

Un faible sourire sans joie se dessine sur les lèvres de Taya.

– C'était une vraie obsession, chez lui.

Ces derniers mots s'écrasent sur moi comme des gouttes de pluie et glissent à la surface de ma conscience, que rien n'atteint plus sauf l'infime pincement de douleur sous mon col, si léger que je ne le remarque presque plus.

Là où l'un des vieux osselets de Nathan, enfilé sur une chaîne en argent, repose sur ma gorge.

– Quand vous avez été séparés, tous les deux..., je murmure.

Brekken a dû déceler le ton inhabituel de ma voix ; dans ma vision périphérique, je le vois qui me jette un coup d'œil, mais je suis incapable de détacher mon regard de Taya. De me retenir de scruter son visage à la recherche d'indices, comme si je pouvais trouver des éléments dans le noir de ses yeux au-delà même de ce qu'elle-même se rappelle.

– Qui l'a recueilli ?

Elle se renfrogne.

– Deux travailleurs sociaux, répond-elle avec un petit haussement d'épaules.

Je vois bien qu'elle ne comprend pas l'importance de cette information. J'ai moi-même du mal à la mesurer. Une fièvre soudaine embrase mes veines ; des souvenirs affleurent, mais chaque fois que je tente de m'en saisir ils glissent entre mes doigts et retombent dans les ténèbres.

– Ça remonte à tellement longtemps, commente Taya, en soutenant mon regard.

Elle pose la main sur la mienne, et je la lui prends avec gratitude, contente de pouvoir me tenir à quelque chose. Sa peau est très chaude, presque fébrile, mais j'entrelace mes doigts dans les siens et me laisse gagner par la chaleur.

J'ai comme l'impression qu'elle devine que j'ai besoin de quelque chose pour m'ancrer au sol, que la terre se dérobe sous mes pieds.

– C'était deux travailleurs sociaux, répète-t-elle, avant de préciser : un homme et une femme. Ils nous ont expliqué qu'ils étaient frère et sœur, comme nous, mais que nous ne pouvions pas rester ensemble, sinon des gens très méchants risqueraient de nous trouver.

Elle s'interrompt brusquement et cligne des yeux ; une larme ruisselle sur sa joue.

– Je n'ai jamais compris. Pourquoi aurait-on pu vouloir s'en prendre à nous ?

C'est Brekken qui répond d'un ton très doux :

– Parce que vous étiez des Solariens.

Il me lance un regard et revient à Taya.

– Certaines personnes mal intentionnées chassent les tiens pour leur magie. Et ça aurait été plus facile pour eux de vous retrouver si vous étiez restés ensemble.

Elle secoue la tête, l'air sombre.

– Peut-être, mais quand même.

La douleur est encore vive dans sa voix.

– Les travailleurs sociaux, est-ce que tu te rappelles leurs noms ? je m'enquiers.

Peut-être pourrai-je les recouper avec la liste d'hôtes de l'Héritière, découvrir qui a pris Terran et où.

Taya secoue de nouveau la tête.

– En tout cas… l'homme était petit, avec des cheveux frisés et des lunettes. Et la dame… Je me souviens d'elle parce qu'elle avait des yeux de couleur différente. Un marron et l'autre vert.

Cette fois, ce n'est pas seulement mon souffle qui se fige. C'est moi tout entière.

Mon cœur, mes pensées, le monde qui m'entoure. L'espace d'un instant, tout n'est qu'un silence bourdonnant, comme la neige sur les vieilles télés.

Car elle vient de décrire ma mère. Marcus et maman.

– Ensuite, qu'est-ce qui s'est passé ? je demande, bien qu'au plus profond de moi je connaisse déjà sa réponse.

Je la tiens toujours par la main, mais je m'agrippe à Brekken avec l'autre tant j'ai l'impression que je pourrais dériver comme un ballon si je ne m'accrochais pas à eux deux.

Nate n'a jamais eu le même physique que nous, il n'était pas trapu et carré des épaules comme papa, il n'avait pas les yeux châtains et les taches de rousseur de maman. C'était un garçon fluet et gracieux, aux cheveux blonds, aux yeux foncés et au sourire espiègle. Maman répétait sans cesse qu'il était son cadeau des fées.

Tant de fils s'emmêlent. Des mercenaires. Un commerce clandestin de magie et d'âmes. La corruption et des enfants volés.

Ce n'était réellement pas ma faute.

Le cours du temps a ralenti. Mon cœur martèle mes côtes. Brekken me serre l'épaule. Son contact frais et familier devrait me rassurer, mais je le sens tendu, j'entends son vif halètement, qui suit le mien de quelques secondes lorsqu'il comprend à son tour.

– C'est l'homme qui m'a emmenée, continue Taya. Il m'a conduite chez la famille d'accueil. Je me rappelle qu'il était gentil, même si j'étais terrifiée.

La douleur leste sa voix. Elle baisse la tête.

– Et la femme a pris mon frère.

Elle relève alors les yeux vers moi et fronce les sourcils.

– Ça ne va pas ? On dirait que tu vas avoir une crise cardiaque, Maddie.

Ses doigts glissent autour de mon poignet et, par plaisanterie, elle fait mine de prendre mon pouls avant de les entrecroiser de nouveau dans les miens. Mais je suis incapable de rire. De penser. Je n'arrive même pas à respirer.

– Il existe un mot en solarien, intervient Brekken. *Nahteran*. Ça signifie « soldat ».

– Je ne comprends pas.

Taya nous regarde l'un après l'autre, perplexe, puis s'attarde sur mon visage.

– Quel est le rapport avec…

– *Nate*.

C'est plus un souffle qu'un mot qui sort de ma bouche.

Je devine à quel moment elle a le déclic ; sa main se raidit dans la mienne, son dos se redresse d'un coup, ses yeux s'écarquillent. Ils se vrillent dans les miens.

– Tu veux dire que…

– Nous avons le même frère.

24

Alors que je prononce ces mots, mon cœur réagit plus vite que mon esprit. Une sorte de bulle d'hélium gonfle dans ma poitrine. Les yeux de Taya sont rivés aux miens, grands comme des soucoupes, et j'ai l'impression que nous sommes sur un point de bascule, mais mes pensées me parviennent en fragments tranchants, éclatants.

Maman et Marcus, collaborant pour sauver des Solariens prisonniers du trafic de magie.

Deux travailleurs sociaux correspondant à leur description, qui recueillent Taya et Terran à la mort de leurs parents, les séparent et les envoient chacun à un bout du pays, loin l'un de l'autre, mais en sécurité.

Maman qui figure sur la liste des logeurs accueillant les Solariens kidnappés.

Taya, qui a dix-neuf ans, exactement l'âge qu'aurait Nate.

Le cadeau des fées de maman. Mon grand frère, que j'aimais plus que tout. Qui n'a jamais ressemblé à personne dans la famille, avec ses beaux cheveux blonds et ses yeux foncés.

Mon grand frère, dont on n'a jamais retrouvé le corps.

Et les osselets qui bourdonnent presque contre ma poitrine.

– Il n'est pas mort, affirme Taya avec certitude. S'il l'était, je le sentirais.

Mon instinct premier me pousse vers l'amertume. *Réponds-lui qu'elle n'en sait rien.* Mais quand j'ouvre la bouche aucun son n'en sort ; mes mots se sont taris.

Une part de moi n'a jamais voulu croire à la mort de Nate. Et maman savait, elle, depuis le début. Qu'il a été adopté. Que c'est un Solarien. Et qu'il n'est pas mort cette nuit-là, mais qu'il a été enlevé. Qu'il est peut-être en vie.

Je n'ai pas l'occasion d'exprimer ces réflexions, car une voix nous parvient depuis la galerie, un peu plus loin.

– Aubergiste ! appelle un des gardes. Tout va bien ?

J'entends aussi ses pas, mais ils n'ont pas encore franchi le coude.

Brekken me lâche pour saisir son épée et jure dans sa barbe en se rappelant qu'on la lui a confisquée. Je me relève d'un bond, mais Taya, elle, s'est figée.

– Je vais bien ! je réponds.

Je tourne le dos aux deux autres, un fol espoir le disputant à la peur dans mon cœur. *Nate est peut-être en vie. En vie !*

Mais, avant que nous nous lancions à sa recherche, je dois libérer Brekken et Taya. Je dois déjouer les plans du prince d'Argent, après m'être laissé embobiner si longtemps. Même si je sais, maintenant, qu'il n'hésite pas à tuer.

– Je vais aller chercher de l'aide, je leur chuchote. Je vais revenir vous sortir de là…

– Ne te fais pas de souci pour nous, répond Taya, avec une intensité qui me surprend. Ça va aller.

Elle me presse la main une dernière fois avant de se lever pour regagner sa cellule, dont elle referme la porte. L'espoir dans ma poitrine pépie comme un petit oiseau.

– Tu as encore des alliés, ici, Maddie, déclare Brekken. Ça fait des années que j'entends ce que les délégués racontent au sujet du prince d'Argent, même les Ardantins. Ils ont peur de lui. Ils te soutiendront si tu reprends le contrôle.

– Ou alors ils se rangeront de son côté parce qu'ils le craignent.

Ma voix chevrote, et je dois fournir un gros effort pour ajouter :

– Mais je vais essayer.

Parce que je n'ai pas le choix.

Je ne le formule pas, mais nous savons tous les trois que c'est la vérité. Celle-ci reste en suspens entre nous tandis que Brekken retourne à son tour à son cachot.

– Pour l'instant, les gardes ne sont pas revenus nous voir, indique Taya. Il faudra bien que ça arrive, sauf s'ils veulent nous affamer.

– Taya, dis-je d'une voix fluette, chargée de douleur. Je… Je suis désolée.

C'est mon amie. Et c'est une Solarienne. Il y a une semaine, cette idée m'aurait paru délirante. Je sens encore l'endroit dans mon ventre où se consumait ma haine pour les Solariens, pareille à un moteur brûlant, alimenté par l'amertume. Mais à présent cet emplacement est vide, asséché. Une seule pensée m'anime : arranger cette situation afin que nous puissions retrouver Nate.

Mes erreurs leur ont gravement nui à tous les deux, mais pour Brekken, au moins, ce sont ses choix personnels qui lui valent d'être emprisonné dans une cellule souterraine. Taya ne savait pas dans quoi elle s'engageait. Pourtant, elle continue à me sourire à travers les barreaux, et soudain j'ai pour unique objectif de la sortir de là, de la mettre en sécurité très loin.

– Reste ici pour l'instant, je lui murmure. Je vais essayer d'éloigner les gardes pour que vous puissiez vous échapper.

Une question me brûle les lèvres, mais je ne veux pas la lui poser alors qu'elle semble encore si vulnérable. Mais il le faut.

– La métamorphose, je chuchote d'un ton hésitant. Tu crois que tu peux la maîtriser, maintenant que tu connais la vérité ?

Les griffes et la force de la créature bestiale pourraient se révéler utiles lorsqu'ils devront s'enfuir.

Un voile assombrit ses yeux. Elle secoue la tête.

– Ça vient quand je suis en colère ou quand j'ai peur. Ce n'est pas moi qui décide.

Je songe à la scène classique qu'on retrouve dans tous les films de superhéros, la séquence où l'héroïne parvient à contrôler ses pouvoirs à mesure qu'elle s'accepte telle qu'elle est. Je pense au conseil de papa : *Ne laisse pas tant de place aux pensées qui te font peur.* Je sais que ce n'est pas si facile. On n'échappe pas toujours aux ténèbres. Je sais qu'elles vous poursuivent, qu'elles vous parasitent.

– Tu as le droit d'être en colère, je la rassure. Tu as raison de l'être.

*

Je retourne à la croisée, dans l'espoir qu'en baratinant les gardes je les convaincrai de s'absenter quelques minutes. J'affecte un air détaché, priant pour qu'ils ne remarquent pas mon changement de tenue ou la disparition des clés, mais je découvre que quelqu'un d'autre se dresse dans le passage menant au reste de l'auberge.

C'est le prince d'Argent.

Maintenant que je sais de quoi il est capable, difficile de ne pas avoir peur de lui. Mon corps tout entier réagit : ma peau se tend, mes muscles se crispent, mon cœur bat à se rompre.

Quand j'arrive à la croisée, les gardes se postent à ses côtés. Très grand, il touche presque le plafond de la galerie. Ses yeux clairs sont fixés sur moi.

– Maddie, dit-il, d'un ton relativement courtois, bien que l'intonation glaciale de sa voix me pétrifie. Je vois que tu as trouvé nos prisonniers. Et les clés que mon garde a perdues.

Je serre le trousseau dans mon poing. Mon bras se fait lourd comme le plomb. Je ne sais plus comment on se tient normalement, quelle posture je dois prendre.

– Pardon ? je réponds, en faisant une moue perplexe. Comment ça ?

Le sourire du prince me déplaît. Cette réaction signifie qu'il n'est pas dupe, mais qu'il se moque de mon mensonge, parce qu'il m'a acculée.

– Alors, que devrions-nous faire de nos détenus ? s'enquiert-il.

La peau de mes bras nus et de mes épaules se hérisse. J'avance vers le prince et ses soldats, malgré mon instinct qui me souffle de partir en courant dans l'autre sens. Si je parviens à sortir des souterrains et à regagner l'auberge, en compagnie des autres, je trouverai un moyen de faire quitter la croisée aux gardes. Mais, ici, il n'y a que roche et ténèbres.

– Je n'ai pas encore pris de décision, je réponds sans cesser de marcher, m'efforçant de ne pas trop cligner des paupières, de ne pas montrer que je mens. Je vais m'entretenir avec Graylin pour voir ce qu'il en pense. Je vous tiendrai au courant de…

Mon babillage confus s'interrompt, car le prince d'Argent me bloque le passage. J'aimerais pouvoir appeler Brekken à l'aide et puiser de la force dans sa voix, mais je n'ose pas.

– L'idée de nous en remettre à un autre Fiordien pour décider du sort du soldat ne me plaît guère, rétorque le prince.

Il continue à s'adresser à moi sur le ton léger de la conversation, mais ses yeux me transpercent. Je me sens nue, comme s'il voyait à travers ma peau et ma chair, distinguait clairement ma faiblesse et mes mensonges.

Je relève toutefois le menton, songeant à mes amis cachés au bout du tunnel derrière moi. Si j'échoue maintenant, qu'adviendra-t-il d'eux ?

– Je consulterai Willow, alors. Est-ce acceptable ?

Il éclate d'un rire mauvais.

– Une femme qui moisit ici depuis si longtemps qu'elle n'a plus rien d'une Ardantine ? Non, je ne crois pas.

L'hostilité dans sa voix est moins dissimulée. C'est de mauvais augure. Je laisse paraître la peine que je ressens, de sorte que ma profonde colère n'affleure pas. Si je ne trouve pas les arguments pour me dépêtrer de lui, peut-être puis-je le pousser à me donner congé. À le persuader que je suis effectivement l'enfant dépassée que je parais à ses yeux.

– Je ne sais pas quoi faire, je déclare doucement, sans avoir beaucoup de mal à sembler au bord des larmes. Il faut que je parle à Graylin et Willow.

Je fais un pas en avant, mais le prince ne s'écarte pas.

– Pardon, dis-je, en le fixant droit dans les yeux.

En essayant de lui transmettre un message avec le regard : *Je suis toujours l'Aubergiste. Laissez-moi passer.*

– Madeline, répond-il, affichant un sourire qui ne transparaît pas dans sa voix. Tu te doutes bien que je ne peux pas te laisser partir.

La panique enveloppe mes pensées d'un brouillard blanc et glacial. Je tente de passer en force, mais les deux gardes me saisissent par les bras, qu'ils serrent assez fort pour laisser des bleus. Je leur donne des coups de pied et me débats, mais très vite il devient clair que c'est inutile.

– Fabrique une autre cellule, ordonne le prince au soldat à sa droite. Enferme-la et…

Un bruit métallique retentit alors derrière moi, et Brekken se précipite sur le prince d'Argent comme une tornade.

C'est la première fois que je le vois combattre, et c'est spectaculaire.

Du verre brisé – celui de la lanterne ? – scintille dans sa main tandis que le prince abat son épée. Brekken esquive le coup au dernier moment, pivotant en une fraction de seconde vers les gardes et moi.

Ils sont pris par surprise. Du sang gicle, quelqu'un pousse un cri de douleur. La pression sur mes bras se relâche, et je me baisse vivement, me jetant à l'écart des combattants tandis que Brekken arrache à l'un d'eux son épée encore dans son fourreau et fait volte-face pour se dresser entre eux et moi.

– Va-t'en ! me hurle-t-il.

Mais le prince s'avance vers moi d'un air assassin.

Ce que je vois alors à l'autre bout de la galerie me fige d'effroi.

Taya, sous sa forme bestiale, est aussi fulgurante et fluide qu'un jet de flamme bleue. Elle bondit sans mal par-dessus Brekken et les gardes, passe au-dessus de moi et fond sur le prince. L'épaule lacérée par un coup de griffes, il se jette en arrière, et ses soldats s'écartent d'un bond. L'un d'eux se précipite vers la croisée, l'autre porte contre Taya une attaque qui lui vaut une entaille à la cuisse. Il s'effondre, mais le prince s'apprête à abattre sa lame sur elle. Avec un grondement rageur, Taya bloque l'attaque avec ses griffes. Des étincelles illuminent la pénombre.

Entre mes mains, la cuillère est inerte, sans vie. Rien ne se produit quand je tente de rappeler le vent. Puis je me souviens que j'ai un autre objet enchanté sur moi. Le bracelet que j'ai trouvé dans le placard de la chambre solarienne à l'abandon. Il pèse lourd à mon poignet, mais, lorsque je ferme les yeux et me concentre, je sens la magie qui l'imprègne, un courant discret, mais vivace et dangereux.

J'ignore quel pouvoir il contient, mais, serrant plus énergiquement les paupières, je commande à celui-ci de se libérer.

Chaleur et lumière surgissent tout autour de moi. Lorsque je rouvre les yeux, des flammes jaillissent de mes paumes. L'espace d'un instant, tout le monde cesse le combat – Brekken, Taya, le prince d'Argent et les trois gardes, le flamboiement conférant un aspect démoniaque à leur visage. Brekken s'écarte du jet ardent avec l'agilité d'un renard, mais le soldat qu'il affronte, lui, n'a pas cette chance. Alors qu'il lance une attaque contre Brekken, le feu s'enroule autour de lui tel un organisme vivant, et il s'écroule en hurlant. L'épouvante paralyse mes pensées.

Puis le prince d'Argent braille un mot dans une langue qui m'est inconnue. Il lève les mains vers le plafond, le front dégoulinant de sueur.

De la pluie se matérialise de nulle part à l'autre bout de la galerie et me fouette le visage. Elle n'étouffe pas le feu, mais de la vapeur envahit le couloir avec un sifflement grésillant. Je tends les bras, cherchant le mur à tâtons, mais les gouttes se transforment en grêlons. Les milliers de petits coups cinglants sur ma peau me font perdre ma concentration, et le feu s'éteint. Je pousse un cri de frustration, fais volte-face et m'abrite le visage derrière mon avant-bras, mais ça ne m'offre aucun répit. La pluie martèle mes épaules nues, traverse la fine étoffe de mon caraco. L'eau s'amasse, de la blancheur de la glace fondue, sur le sol rocheux. Elle me force à battre en retraite vers la croisée.

Un puissant cri de guerre fend le brouillard, et un instant plus tard Brekken en surgit, tenant un barreau de fer cassé entre ses mains comme un pied-de-biche.

Adrénaline et espoir me redonnent énergie et maîtrise de mon corps. Me protégeant les yeux d'une main, je pivote vers le prince pour lui faire face.

Des flammes jaillissent de mon poing tendu devant moi, se déploient dans la croisée et nous baignent d'une clarté bleu-vert. D'un mouvement net, Brekken abat sa barre contre les genoux d'un garde, qui s'effondre. Plus loin, Taya affronte le prince, tentant de le rabattre vers mon feu. Les battements de mon cœur cognent à mes tempes. Je dois fournir un gros effort de volonté pour maintenir les flammes, mais j'y parviens. Au fond de moi, loin sous la peur qui m'étouffe, frémit une lueur d'émerveillement. *De la magie dans mes mains*.

Du coin de l'œil, je remarque que le mur côté nord semble enfler, surface sombre et brillante prenant par endroits un aspect blanc écumeux. Dans un premier temps, je ne comprends pas ce que je vois, et lorsque l'explication m'apparaît – c'est de l'*eau*, une muraille d'eau – la masse énorme dégringole déjà sur nous. Les flammes s'éteignent dans un vif chuintement et une explosion de vapeur qui m'aveugle. Une eau glaciale me heurte à la taille ; je titube et percute Brekken, assaillie par une terreur égale à celle que j'ai éprouvée dans le lac. Sa main se referme autour de mon poignet, avant d'en être aussitôt arrachée.

– Accroche-toi ! me lance-t-il dans un souffle haletant.

Puis il disparaît. Je l'appelle, mais le brouillard l'a déjà englouti. Il s'insinue dans mes yeux brûlants, dans mes poumons. Je m'agrippe au mur pour résister au courant qui entraîne mes jambes.

– Tu n'es pas à la hauteur, Maddie !

La voix du prince me parvient à travers le brouillard. C'est terrifiant, comme s'il était dans ma tête. Des larmes coulent sur mes joues, mais je reste instinctivement silencieuse.

– Havenfall mérite un chef fort à sa tête, crie-t-il. La puissance réclame la puissance, Maddie Morrow, et tu n'es pas la bonne candidate !

J'ai beau savoir qu'il cherche à me pousser à l'erreur, je ne peux empêcher ma colère de sourdre.

– Ah ouais ? je réponds, essayant d'être aussi froide que lui, mais ma voix chevrote. Et pourquoi ?

– Tu es faible, rétorque-t-il d'une voix presque mélodieuse, présente partout et nulle part à la fois. Sous ton règne, l'auberge périclitera et tout sombrera dans le chaos. Je vais prendre le pouvoir et donner à ce lieu la stature qui lui revient. Ça ne sera pas qu'un carrefour, mais une salle du trône. Pour tous les Royaumes.

– Bon courage, je crache, en saisissant mon poignard à ma ceinture.

J'aimerais pouvoir expédier plus de flammes vers lui, malheureusement ma magie volée est tarie, le bracelet est maintenant froid et inerte.

– Havenfall n'est pas conçue pour servir le pouvoir, je poursuis, mais la paix.

– Elle est ce que l'Aubergiste veut en faire. Mais seulement s'il est assez fort pour s'en emparer.

Bien que je ne le voie pas, je perçois à sa voix qu'il sourit. Je sais que je mords à l'hameçon, mais c'est la fureur qui parle :

– Ce n'est pas à moi de garder ou de céder Havenfall. Havenfall ne m'appartient pas. C'est moi qui lui appartiens. Comme nous tous.

Il rit.

– C'est une pensée charmante, Maddie. Mais l'*omphalos* sera mien.

Ces derniers mots sont plus sonores, plus proches de moi.

– Je t'aurais bien proposé une place à mes côtés, malheureusement je crois que tu représenterais surtout une source d'ennuis.

– Je vous emmerde…

Un autre bruit envahit alors les galeries. Un hurlement de vent surnaturel, qui en un instant devient assourdissant et nous fond dessus, me projette contre le mur et dissipe aussitôt la brume.

Willow court à toute vitesse vers la croisée, les mains déployées vers l'avant, les cheveux fouettés par les bourrasques. Elle est encadrée par Graylin, poignard au poing, et Brekken. Le prince d'Argent n'est qu'à quelques pas de moi, armé de deux longues dagues.

Il se tourne vers l'escalier, un petit sourire aux lèvres. Pendant quelques instants, tout se fige. Son cri semble résonner dans la croisée, s'accrocher aux parois et s'échapper en ondoyant par les souterrains comme le brouillard qu'il a créé.

*L'*omphalos *sera mien*.

Des javelots de glace fusent vers Willow, Graylin et Brekken. L'épée de ce dernier taille dans la volée de projectiles et expédie des éclats en tous sens. La tempête de grêle les bombarde, mais Willow lève les mains en grimaçant, et devant eux l'air se met à miroiter.

On s'agite aussi derrière eux, mais je n'entends presque rien à cause du martèlement des grêlons et des vociférations du vent, des crépitements sonores de la magie élémentaire. À travers les scintillements, je vois des silhouettes qui se précipitent par l'escalier, puis s'immobilisent derrière mes trois amis. Les autres délégués. Yeux écarquillés, mâchoire pendante.

Quelques-uns dégainent leur épée ; la nervosité m'étreint lorsque je me rends compte que ce sont essentiellement des Ardantins. Vont-ils nous attaquer pour aider leur souverain ?

– Nous sommes beaucoup trop nombreux pour vous, je lance au prince d'une voix rauque, en espérant instiller dans ma voix une assurance que je ne ressens pas vraiment. Je suis l'Aubergiste. Et je veux que vous quittiez les lieux.

Je resserre davantage les doigts autour de mon couteau, hésitante. Une petite voix me souffle : *Tue-le*, m'incite à lui planter ma lame dans la gorge, mais je redoute ce qu'il adviendra quand ce calme sera brisé. Willow ne pourra pas maintenir éternellement son bouclier éolien. Tous ceux dont je dois garantir la sécurité sont réunis dans les galeries. Tout peut basculer.

Le prince se met alors en mouvement, si rapide que dans la pénombre ses gestes en sont flous. En un clin d'œil, il est derrière moi, son poignard contre mon cou.

La tempête cesse subitement, des paquets de glace se décrochent des parois, dégringolent de toutes parts et fondent dans l'eau qui tourbillonne autour de nos chevilles. Je n'entends plus que ma respiration haletante et le martèlement de mon cœur, le clapotis des vaguelettes contre la roche et les craquements arctiques de la glace, ainsi qu'un bourdonnement grave en provenance du portail solarien. Brekken s'approche de moi, mais se fige quand le prince incline la tête vers lui. Graylin a l'air pétrifié. La dizaine de délégués présents dans le souterrain reste silencieuse. Trop loin de nous pour tenter quoi que ce soit.

Dans le silence tendu, je sens le cœur du prince qui bat dans mon dos. *Quel est le but de tout ça ?* ai-je envie de lui demander. Mais, peut-être parce que j'ai la quasi-certitude que je vais mourir, je suis incapable de prononcer le moindre mot.

– Où est-il, ton Solarien ? me chuchote-t-il à l'oreille, d'un ton moqueur.

Je déglutis, et le fil du poignard m'entaille légèrement la peau. Une chaleur humide dégouline dans mon cou. J'ignore où est Taya.

De l'autre côté de la croisée, je vois le visage de Graylin. Ses yeux sont braqués sur un point derrière moi, comme ceux de toutes les personnes présentes. Le prince d'Argent se détourne, me faisant pivoter avec lui.

Taya se dresse plus loin, dans les profondeurs du tunnel solarien. De nouveau sous sa forme humaine, elle porte les séquelles de l'affrontement : elle a les bras maculés de sang, et un filet rouge coule au coin de ses lèvres. Enveloppée de brume, elle se tient juste devant la porte, encadrée par sa lumière inquiétante. La brèche dans le portail solarien est plus large que jamais. Sa lumière orangée se déverse autour de Taya, donnant l'impression que celle-ci a été forgée dans l'or. Ses cheveux virevoltent en tous sens, ses bras sont légèrement levés en position défensive.

Et le portail *réagit* à sa présence, semble se dilater et se contracter chaque fois que sa poitrine se soulève et s'abaisse. Des jets de couleurs surnaturelles s'animent sur son pourtour et s'échappent par les fissures ouvrant sur le monde au-delà. J'entraperçois un ciel doré ardent et une colline scintillante de bâtiments.

Son monde.

Taya a le menton haussé et les yeux flamboyants. Bien qu'elle soit trempée, fluette et frissonnante, et qu'elle baigne jusqu'aux genoux dans le torrent créé par le prince, elle se tient droite, fière. Auréolée de lumière solarienne, elle est aussi belle qu'impressionnante. Comment ai-je pu croire un seul instant qu'elle était humaine ? Elle est unie à la porte, et la porte à elle. Je le sens jusque dans ma moelle. Une puissance incommensurable émane d'elle tels les rayons du soleil. Aussi palpable que le feu et la grêle.

Les lèvres du prince d'Argent sont encore figées en un sourire mauvais, mais il a les yeux écarquillés. Il est effrayé. Il a peur de Solaria, comme c'était mon cas, mais je sais que la peur est aussi explosive que la poudre à canon. Je veux rejoindre Taya et l'éloigner de la porte, du précipice au bord duquel elle semble être en équilibre, mais le prince me bloque toujours avec son couteau.

– Rentrez à Oasis, lui ordonne Taya. Sinon, je détruis cet endroit et vous n'aurez jamais votre salle du trône.

Sa voix chevrote, comme si elle supportait un poids immense. Elle lève haut sa main droite. Lorsqu'elle pose sa paume ensanglantée contre la roche, une onde de choc ébranle les souterrains, le sol tremble sous nos pieds.

Le prince et moi titubons, et je me libère de lui d'un vif mouvement juste avant de heurter le sol. Il s'élance vers Taya, mais, repoussé par une secousse du sol, il repart vers la croisée à reculons et en vacillant, après avoir lâché son poignard. Je m'empare de l'arme qui dérape jusqu'à moi, puis me dresse entre Taya et lui, afin qu'il se trouve pris en tenaille entre nous et l'épée de Brekken.

– Allez-vous-en ! gronde Taya.

La terre continue à trembler, à ruer comme un animal gigantesque. Si je fermais les yeux, je pourrais me croire dans l'allée d'un vieux bus branlant en train de gravir une route de montagne.

Le prince reste figé pendant un moment qui paraît interminable, livrant bataille par le regard.

Puis il cède.

Il se détourne et fonce dans la galerie ardantine. Lorsque la porte s'ouvre devant lui, je vois là aussi un ciel orangé ardent, une vaste muraille métallique. Puis il disparaît, le sol convulsant cependant qu'une ultime bourrasque balaie la croisée.

Submergée par le soulagement, je me tourne vers Brekken, un immense sourire aux lèvres. Pendant un court instant, il me le rend. Puis son sourire s'efface, aussi rapidement que la glace qui se fissure.

– Taya ! hurle-t-il. Reviens…

Je fais volte-face alors que la terre est secouée par un nouveau soubresaut, si violent que je tombe à genoux. Le portail solarien s'embrase, grand ouvert pendant une fraction de seconde, et déverse une clarté dorée aveuglante. Celle-ci enveloppe Taya, qui regarde en l'air, frappée d'émerveillement ou d'épouvante.

Puis la porte se referme brusquement, et Taya n'est plus là.

25

Ce soir-là, le crépuscule colore le visage de Brekken d'une lumière mauve à travers le pare-brise du 4 × 4 de l'auberge. Nous sommes garés devant la pizzeria du village, où nous attendons qu'on nous prépare notre commande – *toutes les pizzas que vous pourrez faire*. La radio est allumée, trop doucement pour qu'on entende les paroles des chansons, juste assez fort pour meubler le silence.

C'est le genre de situation à laquelle je n'avais pas pensé quand je me rêvais Aubergiste : la nécessité de s'alimenter alors que la terre s'est véritablement dérobée sous vos pieds, alors que plusieurs personnes ont essayé de vous assassiner et que vous avez vu votre amie s'évaporer dans un autre monde. Sans savoir si Solaria l'a aspirée ou si elle est partie de son plein gré. Sans savoir ce qui serait le pire.

Même quand Nate – et j'ai encore le plus grand mal à le concevoir – pourrait être en vie. Même quand la quasi-totalité de vos employés de cuisine a décampé et que la seule perspective de vous servir un bol de céréales, sans parler de trouver de quoi nourrir cinquante délégués effrayés et sous le choc, vous semble insurmontable. Malgré tout ça, il faut manger.

De là, les pizzas.

– Taya ne craint rien, ne t'inquiète pas, me rassure Brekken, en m'observant depuis le siège passager. C'est son monde.

– Ça, on ne peut pas le savoir, je réponds, en gardant le regard dirigé sur l'enseigne lumineuse tremblotante du restaurant.

J'ai entrouvert les vitres ; le bruit des grillons, des grenouilles et du vent qui s'engouffre entre les pins nous parvient du dehors. Tout à l'air si paisible ici qu'on ne croirait jamais que seuls huit cents mètres de route et quelques heures nous séparent de notre affrontement avec le prince d'Argent, de la grêle, des flammes et du sang répandus dans les souterrains. Une part de moi voudrait continuer à rouler pour rentrer à Sterling. Là-bas, je ne suis confrontée à aucun choix. Personne d'autre n'y sera blessé par ma faute.

Tu as déjà fait du mal à certains dans ton monde, me susurre une voix. Celle de la culpabilité. *Si tu avais crié, si tu avais agi, Nate n'aurait pas disparu*.

Mais ce ne sont pas mes choix qui ont fait du mal à mon frère, je le sais à présent. Quelqu'un s'est introduit chez nous. Quelqu'un l'a *enlevé*. Pas un dévoreur d'âme affamé, mais l'exécutant d'une conspiration trop vaste, trop dangereuse pour que je puisse l'envisager à l'époque.

Et trop puissante pour que je puisse l'affronter. Pas tout de suite. Mais bientôt.

– Nous ignorons tout de Solaria, je reprends. Ça pourrait être un désert.

J'ai beau savoir que les Solariens, du moins certains, ne sont pas maléfiques, j'ai encore du mal à effacer l'image que je m'en suis faite pendant des années. À me défaire de l'idée que Solaria est un monde de ténèbres, de faim insatiable et de monstres. Je ne veux pas y imaginer Taya. Ni *Nate*. Mon frère. Pas biologique, comme je le croyais, mais mon frère quand même. Un Solarien, depuis toujours.

Brekken me regarde fixement, une question dans les yeux. Je lui rends son regard et lui souris, mais je me sens tiraillée.

Il est exactement comme je me souviens de lui lors de notre première soirée ensemble au début de l'été, les traits un peu plus tirés, l'air un peu plus triste. Même vêtu d'un jean et d'un T-shirt emprunté à Jayden, occupé à tripoter la languette de sa cannette de Coca, il a l'air d'un soldat, avec sa posture raide et ses cheveux cuivrés soigneusement peignés. Il respire la force. La sécurité. J'ai le sentiment que je pourrais blottir ma tête au creux de son épaule et me couper du monde.

Il me laisserait faire. Il me protégerait. Je pourrais me pencher vers lui, lui donner un baiser sur la joue et ne plus penser à rien un moment. Je pourrais remonter le temps et redevenir la fille qui l'embrassait dans le grenier à foin, n'éprouvant qu'insouciance et attirance, grisée par l'été qui s'étend devant nous tel un scintillement de soleil sur Mirror Lake.

Mais quelque chose a changé entre nous. J'ai envie de poser mes lèvres sur les siennes, de sentir ses bras autour de moi, pourtant il y a un tesson tranchant enfoui dans ce désir. Je sais que s'il m'a caché tant de secrets, c'était dans le seul but de me protéger. Je sais qu'il croyait que Marcus alimentait le marché noir en sortant clandestinement des objets en argent de Havenfall, avant de découvrir ce qu'ils étaient vraiment – des fragments d'âmes de Solariens captifs –, et que peut-être il craignait que ma loyauté envers mon oncle m'empêche de faire les bons choix.

Ça fait tout de même beaucoup à encaisser. Tout aurait pu être beaucoup plus simple s'il m'en avait parlé. S'il m'avait fait confiance, à moi, sa meilleure amie.

Et puis il y a Taya. Je vois son visage quand je ferme les yeux. Je ne pense pas qu'embrasser Brekken pourrait effacer l'image d'elle en train de quitter Havenfall, quand bien même je le souhaiterais de tout mon cœur. Je gaspille mon énergie en m'inquiétant pour elle, moi qui ne peux absolument rien faire pour lui porter secours ni la retrouver. Mais je veux quand même essayer, c'est plus fort que moi.

– C'est une Solarienne, déclare Brekken. C'est elle la mieux placée pour s'en sortir.

Je hoche la tête et cligne des paupières pour refouler un afflux de larmes. Je dois le croire. Je n'ai pas le choix. Je ne peux pas aider Taya – du moins pas pour l'instant, alors que d'autres ici ont besoin que je sois à ce que je fais.

De petits coups à ma vitre affolent mon cœur un instant. Je pivote brusquement, mon esprit chamboulé s'attendant presque à voir surgir le prince d'Argent, mais ce n'est que Jorge, le patron du Pizza Palace, l'air éreinté et les épaules voûtées sous le poids de deux sacs de livraison isotherme en plastique rouge vif. Derrière lui, deux garçons en tablier qui apportent d'autres pizzas fixent Brekken d'un air méfiant tandis qu'il se dépêche d'aller ouvrir le coffre. Je sors moi aussi et suis Jorge dans le restaurant avec mon portefeuille.

– Grosse fiesta ? me demande-t-il en me présentant l'addition.

J'affiche un sourire forcé, qui doit ressembler davantage à une grimace.

– Le frigo de l'hôtel est en panne. Tout s'est perdu.

Les rides d'agacement de Jorge s'adoucissent et laissent place à la compassion. Quelques clients attablés dans l'établissement à la déco années 80 m'observent d'un air curieux alors que je lui tends la carte de crédit de Marcus.

J'essaie de ne pas trop penser au montant faramineux de l'addition pendant que je calcule le pourboire. Un jour, il faudra que je découvre d'où viennent les fonds nécessaires au fonctionnement de Havenfall. Là encore, c'est une question qui devra attendre.

La nuit commence à tomber lorsque Brekken et moi remontons la côte en direction de l'auberge, le crépuscule lilas virant au violet. Je m'arrête sur le bas-côté afin que nous puissions admirer le spectacle. La lune se lève, éclatante comme une pièce d'argent flambant neuve, et, en équilibre entre elle et son reflet dans Mirror Lake, se dresse Havenfall, silhouette indigo se découpant sur le ciel.

Malgré les évènements récents, Havenfall continue à m'époustoufler. Je connais si bien sa forme que je pourrais en dessiner le contour les yeux fermés. Mais, tandis que le vent dévale les montagnes et secoue tous les arbres à la fois, courant invisible formant des tourbillons autour de l'auberge, elle me semble quand même différente. Plus grande et plus sombre. Et de cette bâtisse s'étirent des ombres gigantesques tels les membres d'une créature vivante.

J'y perçois de la vie, en tout cas. J'en sens presque les battements d'énergie qui se répandent sous terre, les souterrains qui se déploient dans ses profondeurs, pareils à des veines. Après ce qui s'y est produit, Havenfall tient encore debout, splendide et dangereuse. Même si je ne m'en rendais pas compte auparavant, elle a toujours été dangereuse, mais cela n'amoindrit pas sa beauté.

Omphalos.

Le centre de tout, le cœur. Un havre pour les peuples des différents mondes. Si je suis assez forte pour que cela perdure.

Quand Brekken pose la main sur la mienne sur le levier de vitesse, une décharge électrique me traverse. Je doute que son contact cessera un jour d'avoir cet effet sur moi. Sa poigne est chaude, douce, mais ferme. Avant de reprendre la route, je retourne ma main un moment et laisse nos doigts s'entrelacer, nos paumes serrées l'une contre l'autre. J'ignore ce que ça signifie, mais je sais que, d'une certaine manière, nous sommes liés l'un à l'autre. Que notre histoire est encore en train de s'écrire.

Il me reste deux mois d'été, deux mois pour recoller les morceaux brisés de Havenfall, regagner la confiance des délégués, que mes erreurs m'ont coûtée. Deux mois pour décider quelles mesures je dois prendre ensuite. Il y a tant à accomplir. J'ai besoin de toute la force que pourra me donner Brekken.

Alors que les émissaires se réunissent dans la salle à manger, je jette un coup d'œil par la porte du fond. Avant de me présenter devant eux, il me paraît prudent de m'assurer que la révolte ne couve pas chez les hôtes. Les cartons de pizza sont répartis sur les immenses tables. L'odeur familière de la pâte et du fromage gratiné m'offre un soupçon de réconfort, me ramenant chaque fois à mes quatre ans, quand maman coupait ma part en petits carrés de la taille d'une bouchée. Que penserait-elle de moi si elle pouvait me voir en ce moment ?

Traversée par un élancement de culpabilité, attristée d'avoir perdu tant de temps, je me rappelle soudain que je peux aller lui parler. Depuis mon arrivée à Havenfall, depuis sa condamnation, je pense à elle comme si elle était déjà morte. J'ai pris son silence pour une capitulation. Mais ce n'est pas la mère dont je me souviens, ni la femme qui figure dans les documents de l'Héritière. Elle prenait une part active dans ce jeu, travaillait de concert avec Marcus pour sauver les Solariens captifs. Je dois lui annoncer que je connais la vérité. Lui dire que Nate est peut-être encore en vie.

Je sais maintenant que ce qui est arrivé à Nate et maman n'est pas ma faute, pourtant j'ai commis tant d'erreurs depuis : penser que maman était une cause désespérée, ne pas insister davantage pour découvrir la vérité au sujet de Nate. Mais je ne peux pas m'enliser dans un bourbier de honte. Si je veux les retrouver, je dois aller de l'avant. Et commencer par gagner le cœur des délégués.

Quelques tables plus loin, Brekken découpe une part de pizza en petits morceaux, comme ma mère le faisait pour moi, et pose l'assiette devant Sura. Elle est assise entre l'Héritière et lui, les yeux écarquillés, tressaillant au moindre bruit, même si la salle est plus calme que d'ordinaire.

Pendant que les guérisseurs soignaient nos blessures, Brekken et moi avons expliqué à Graylin, Willow, Sal et, comme cela s'imposait, à l'Héritière, ce que nous avons appris sur les Solariens, le *selu* et le commerce des objets en argent. Je suis restée aussi sereine que possible, m'efforçant de ne pas laisser paraître ma colère en m'adressant à l'Héritière. Elle était horrifiée par son erreur, même si elle avait cru bien faire. Elle ignorait que l'argent qu'elle achetait recelait des portions d'âmes volées, et par sa faute davantage de morceaux de *selu* sont entre les mains de trafiquants.

Après notre récit, tous les quatre ont foncé à la brocante pour libérer la fillette et la ramener. Mon cœur se serre lorsque je repense à la magie dont elle m'a fait don, à son *selu*.

Pourra-t-elle la récupérer ? Les Solariens qui ont souffert du marché noir peuvent-ils recouvrer leur intégrité ? Je l'espère. Je me demande si la légende selon laquelle les Solariens dérobent les âmes ne serait pas, encore une fois, une façon dont leur histoire a été déformée pour leur nuire.

Je détourne le regard pour observer les autres tables. J'ai envie de sourire à la vue de ces élégants délégués jetant des coups d'œil discrets à la table des humains pour savoir comment on mange une part de pizza. Ce mets n'existe pas dans les Royaumes adjacents, évidemment. Mais je suis trop inquiète de constater que tous les humains sont réunis à une même table. Que, dans cette atmosphère d'incertitude et de soupçons, chacun s'est débrouillé pour n'être assis qu'avec ses semblables. La délégation ardantine occupe une table entière. Quant au peu de Fiordiens et d'employés humains qui restent, assis à deux tablées différentes, leurs rangs semblent bien clairsemés en comparaison.

Tous savent de quoi le prince d'Argent s'est rendu coupable – son stratagème pour prendre le contrôle de l'auberge, l'assassinat de Bram et l'attaque contre Max. J'ai un nouveau plan. Graylin et Willow se sont d'abord montrés sceptiques, mais ce sont les secrets et les mensonges qui nous ont menés à cette situation. Je n'ai pas pu me justifier davantage. Dans peu de temps, nous atteindrons le jalon des deux semaines, le moment où l'alignement des mondes permettra aux uns et aux autres d'aller et venir par les portails fiordien et ardantin. Si les délégués partent, soit.

Il se peut encore qu'ils choisissent de le faire.

Mais il me reste une chose à faire avant de me présenter devant eux pour tenter de les rallier à ma cause.

26

Lorsque je me glisse dans la chambre de Marcus, la joie inonde mon cœur avant même que je prenne tout à fait la mesure de ce que je vois.

Il est assis dans son lit. Il a les yeux ouverts.

Assaillie par mille émotions à la fois, je me précipite jusqu'au lit. D'un bond, Graylin s'écarte de mon passage juste à temps.

L'état de Marcus s'est amélioré dès la fermeture de la porte solarienne. Pourtant, il a quand même une drôle de mine. Il a les joues d'un rouge écarlate, et ses yeux, qui brillent d'un éclat surnaturel, sont lents à se fixer sur moi.

Étourdie de soulagement, je repousse mes doutes pour laisser toute la place à ma joie incommensurable de retrouver mon oncle. Quelle que soit la tâche qui m'attend ensuite, qu'il s'agisse d'affronter le prince d'Argent ou de remettre de l'ordre à Havenfall, nous trouverons une solution. Je ne suis plus seule.

– Salut, ma grande, dit-il, d'une voix rendue rocailleuse par l'inactivité.

Je m'assois lourdement au bord de son lit, en levant le regard vers Graylin pour m'assurer que je ne suis pas en train de rêver. Il m'adresse un hochement de tête accompagné d'un étrange sourire crispé, mais peut-être que je ne vois pas très bien à cause des larmes de bonheur qui me montent aux yeux. Je les chasse d'un clignement de paupières et me tourne de nouveau vers Marcus.

Il tend la main pour me toucher le menton, l'air hésitant.

– Sylvia ?

– Je…

J'en demeure perplexe un instant.

Sylvia. Le prénom de maman.

– Non, moi c'est… C'est Maddie.

La douce mélodie qui résonne dans mon cœur déraille un peu, mais je m'efforce de ne pas le laisser paraître. Il est resté sans connaissance pendant une semaine. C'est sans doute normal qu'il n'ait pas encore récupéré toutes ses facultés.

– En quelle année sommes-nous ? je l'interroge pour plaisanter.

Marcus fronce les sourcils.

– Eh bien, on doit être en…

Une soudaine inquiétude m'aiguillonne le cœur.

– T'occupe.

Je lui prends la main et la presse entre les miennes.

– Comment tu te sens ?

– Bien, répond-il en soutenant mon regard. Mais j'ai chaud. Trop chaud.

Je remarque alors qu'on gèle, dans cette chambre. Le climatiseur au-dessus de la fenêtre tourne à plein régime, mais Marcus est assis par-dessus les draps, en jean et T-shirt, la figure aussi rouge que s'il suait sous les tropiques.

Je vais au panneau de commande de la clim, qui est déjà réglée au maximum. Le simple fait de m'en approcher me fait frissonner. Alors que je trifouille les boutons le temps de reprendre mon calme, Graylin me rejoint.

– Ça fait une demi-heure qu'il est comme ça, m'explique-t-il doucement. Je suis désolé. Je ne savais pas comment te prévenir.

– Qu'est-ce qu'il a ?

Deux heures plus tôt, après notre combat contre le prince et la volatilisation de Taya, et avant que Willow vienne m'annoncer que Marcus s'était réveillé, je me sentais à plat, léthargique, au comble de mon quota d'émotions pour la journée. Pourtant, il faut croire qu'il reste toujours un peu de place en moi pour la peur.

– Je ne sais pas précisément, avoue Graylin, d'une voix douce et mesurée. Mais Willow a une théorie.

– Laquelle ?

Il prend une grande inspiration.

– La magie contenue dans les objets en argent l'aurait transformé.

Culpabilité et panique me font comme un coup de poignard. C'est moi qui lui ai suggéré de recourir aux artéfacts enchantés.

– Dans quel sens ?

Graylin met un certain temps à me répondre.

– Je pense qu'il n'est plus complètement humain.

J'en reste abasourdie.

Ce n'est pas possible, je songe, par réflexe.

Mais, après tout ce qui s'est passé au cours des derniers jours, plus rien ne me semble impossible.

J'ai tant de choses à raconter à Marcus. Mais ce n'est pas le moment, alors que Graylin vient de retrouver son mari et que dans la salle à manger les délégués attendent d'avoir des nouvelles de leur Aubergiste. Je me limite donc à une seule question :

– Tu savais que Nate était un Solarien ?

Marcus cille encore, mais pas comme la fois précédente – son regard se fait lointain, signe évident qu'il se souvient.

– Oui, reconnaît-il.

– Et il n'est pas mort. Ce sont les trafiquants qui l'ont enlevé.

Ces mots se déversent sans que je puisse me contrôler. Ça fait plus qu'une seule question, j'avoue.

Il tressaille, puis hoche la tête. Ma culpabilité redouble. C'était la nuit la plus horrible de sa vie, à lui aussi – il a de fait perdu sa sœur et son neveu adoptif, il a vu ses efforts pour sauver un enfant solarien réduits à néant.

J'ai étouffé mes espoirs pendant des années, mais ils reviennent, plus forts que jamais.

– S'il est vivant, je le retrouverai.

– S'il est dans notre monde, répond Marcus.

Il ferme les yeux et les presse avec la base de ses poignets. Graylin s'approche pour lui déposer un baiser sur la tête.

J'ai des tas d'autres questions, mais je les ravale. Avant de pouvoir découvrir toute la vérité sur Nate – *Nahteran* –, maman, les Solariens et le trafic d'argent, je dois d'abord faire en sorte que cette journée se passe bien. Le prince reparti, et avec lui la menace la plus immédiate, je peux prendre le temps de remettre de l'ordre dans ma vie, et dans Havenfall.

Même si ni l'une ni l'autre ne sera plus jamais la même.

Installée dans la salle à manger, je grignote une part de pizza du bout des dents. Graylin, lui, pianote nerveusement des doigts à côté de moi. Il n'est pas tout à fait convaincu par mon projet, je le vois bien. Mais nous devons faire toute la lumière sur les objets en argent et la magie qu'on lie à eux.

Nous devons retrouver Taya et découvrir ce qu'il est advenu de Nate. Et comment guérir Marcus.

Tout nous ramène au même lieu. Au même monde. À la même porte.

Un autre *omphalos*.

Je tourne et retourne des mots et des formulations dans ma tête, en quête des tournures de phrase qui apaiseront les craintes de tout le monde, me vaudront de regagner la confiance et l'autorité que le prince d'Argent a usurpées. Hélas, mes pensées sont confuses et s'éparpillent vite. Des images ne cessent de faire irruption dans ma réflexion : Brekken agenouillé dans sa cellule, s'échinant à faire durer la clarté. Le prince d'Argent fondant sur moi, pluie et grêle se déchaînant au bout de ses doigts. Marcus réveillé, délirant, qui réclame de la fraîcheur. La silhouette de Taya se découpant sur le portail solarien, meurtrie, mais farouche et fière.

Que me conseillerait-elle, maintenant ?

Un sourire se dessine sur mes lèvres, car la réponse me vient aussitôt. *Fonce. Ne te pose pas de questions. Tu vas assurer.*

Pourvu que ce soit vrai.

Personne n'est très bavard, et les quelques murmures de conversation qui surnagent çà et là se taisent lorsque je repousse ma chaise et me lève. La salle à moitié vide résonne, et je ressens brièvement l'instinct puéril de crier rien que pour entendre l'écho.

– Bonsoir, dis-je.

Fais en sorte que ta voix porte, je me répète, comme me le recommanderait Marcus.

– Merci d'être présents.

Quelques hochements de tête épars, mais, pour l'essentiel, des regards fixes.

– Certains d'entre vous savent qu'on s'est attaqué à moi, aujourd'hui, ici même à Havenfall, je reprends d'un ton haletant. Et que mon agresseur a pris la fuite. J'ai le regret de vous informer, de façon officielle, que l'assaillant était le prince d'Argent.

Ils sont au courant. Je le sais. Malgré tout, le silence semble s'épaissir davantage. Comme si tout le monde retenait son souffle.

– Il y avait une Solarienne dans le domaine de l'auberge, qui a regagné Solaria et refermé la porte reliant ce monde à Haven, mais ce n'est pas elle qui a tué Bram et blessé notre employé, je poursuis.

J'adjure ma voix de ne pas trembler, moi qui étais incapable de l'en empêcher lorsque je répétais devant ma glace, seule dans ma chambre.

– Là encore, c'était le prince.

Quelques convives ont un hoquet de surprise.

– Il a fait porter le chapeau à la Solarienne, je reprends, gagnant en assurance à mesure que ma colère se réveille. Il voulait semer le trouble à Havenfall pour en prendre le contrôle. C'est la Solarienne qui nous a sauvés et qui a contraint le prince à fuir. J'ignore s'il reviendra pour tenter de nouveau sa chance. Mais voilà ce que je tiens à dire : j'ai conscience que nous avons traversé des évènements effrayants, et je n'ai pas forcément fait les bons choix en tant qu'Aubergiste. Mais nous sommes en sécurité, désormais, et je veux vous rappeler que les principes qui constituent les fondements de Havenfall, la neutralité, la non-violence et la coopération, que ces principes valent toujours.

J'inspire à fond, puis j'écoute les puissants battements de mon cœur.

– Si le prince revenait, il serait considéré comme un ennemi. Mais je ne veux pas qu'il en aille de même pour Ardant ou sa délégation. Si parmi vous certains veulent repartir maintenant, ils sont libres. Mais j'espère que vous resterez tous. Que vous m'aiderez à rétablir la confiance entre nos mondes.

D'autres murmures. On échange des regards, on contemple son assiette. J'ai l'impression d'être dans une sorte de brouillard, les bruits de la salle forment comme un grésillement, les visages sont flous. C'est peut-être mieux ainsi. Si tous paraissaient dubitatifs, je ne sais pas si je pourrais continuer.

– Nous allons remettre les Accords à plat et élaborer un nouveau traité, à partir de demain midi, dans l'observatoire. Tous ceux qui souhaitent y apporter leur pierre sont les bienvenus.

Un brouhaha de voix s'élève, plus bruyant qu'auparavant. Quelqu'un se lève de la table ardantine et quitte la salle. Le claquement de la porte me semble dix fois plus sonore que d'ordinaire. Mon cœur fait un bond, mais je prends sur moi pour ne pas réagir. Pour rester immobile.

– Notre objectif, je reprends d'une voix puissante, est de bâtir une nouvelle alliance qui inclura les peuples de *tous* les Royaumes adjacents, tous ceux qui ont pour but de vivre en paix. Cela englobera Haven, Fiordenkill, Ardant et Solaria. La guerre qui nous a opposés aux Solariens est finie depuis longtemps, et les survivants ont payé pour la violence des autres. Nous n'avons plus de griefs contre eux, et le moment est venu de travailler à notre réconciliation.

Dès que je me rassois, étourdie de nervosité et d'épuisement, les bavardages enflent dans la salle. Ils me submergent, mais c'est moins un ensemble de mots distincts qu'un déferlement d'émotions : colère, perplexité, soulagement, espoir.

Il y a tant de voix à Havenfall, tant de sensibilités différentes que ce fragile équilibre pourrait facilement basculer. Le prince d'Argent m'a dit que je n'étais pas assez forte pour le maintenir. Que sous ma direction l'auberge allait sombrer dans l'anarchie. Il a peut-être raison.

Mais je sais aussi que je refuse de renoncer, de me dérober. Tant que je serai l'Aubergiste, officiellement ou pas, je serai tout ce dont Havenfall a besoin. Je *deviendrai* assez forte. Coûte que coûte, pour que ce lieu redevienne un havre.

Un refuge aux portes grandes ouvertes.

REMERCIEMENTS

Havenfall n'aurait pas pu voir le jour sans le concours de tout un tas de gens formidables. Je remercie donc mes géniales éditrices Cindy Loh, Hali Baumstein et Claire Stetzer, ainsi que ces monstres du marketing que sont Erica Barmash, Faye Bi, Beth Eller, Phoebe Dyer et Courtney Griffin. Merci à Diane Aronson, à la fabrication, et Katarine Wiencke à la correction (qui a subi sans se plaindre mon incapacité à rester carrée en ce qui concerne la chronologie et les tenues vestimentaires !). Merci à tous ceux qui chez Bloomsbury ont contribué à l'élaboration de ce livre. Merci aussi à toutes les maisons d'édition à l'étranger qui ont eu confiance en moi et en Havenfall, notamment Rebecca McNally, Mattea Barnes, et tout le monde chez Bloomsbury Royaume-Uni, ainsi qu'à Leo Teti et toute l'équipe des éditions Puck. Mille mercis aussi à Sarah Baldwin, John Candell, Donna Mark et Peter Strain pour la splendide couverture !

Je remercie tout le monde chez Glasstown Entertainment, en particulier Lexa Hillyer et ses conseils toujours avisés, la championne toutes catégories du marketing Emily Berge, et l'exceptionnelle éditrice Deeba Zargapur. Vous avez toutes les trois fait de moi une meilleure autrice, je vous adore ! Merci à tout mon cercle élargi de soutiens, particulièrement Stephen Barbara, Lyndsey Blessing et Pete Knapp. Sans vous, je n'y arriverais pas !

Je suis infiniment reconnaissante envers mes amis et confrères qui sillonnent avec moi les terres de l'écriture et de l'édition. Cela inclut (sans s'y limiter) l'équipe de Curtis Brown : Celine Aenlle-Rocha, Liz Trout, Ronnie Alvarado, Mark Oshiro, Arvin Ahmadi, Dhonielle Clayton, Zoraida Cordova, Laura Sebastian et Patrice Caldwell. Mention spéciale à Alexa Wejko : je me rappelle encore notre conversation téléphonique quand les premières ébauches d'idées au sujet de montagnes et d'hôtels enchantés ont commencé à s'imbriquer pour former une histoire qui tenait debout.

Merci, encore et toujours, à ma famille, mes plus grands supporters et mes soutiens les plus solides. Vous êtes les meilleurs !

Everless

par Sara Holland

Traduit de l'anglais (États-Unis)
par Éric Moreau

Êtes-vous prêts à vendre votre sang pour vivre plus longtemps ?

Julie vit dans la misère avec son père. Pour pouvoir payer ses dettes, celui-ci se rend régulièrement chez l'extracteur de temps. Car au royaume de Sempera, tout se paie en fers-de-sang, un métal précieux obtenu à partir du temps de vie qui coule dans vos veines. Pour éviter que son père se condamne en procédant à une nouvelle saignée, Julie se fait engager comme domestique à Everless, la résidence des Gerling, la famille la plus puissante du royaume. Or, Julie a vécu à Everless dans son enfance, avant qu'un accident les oblige à fuir, son père et elle. Depuis, ce dernier lui a toujours interdit d'y retourner. Car si on la reconnaît, Julie court un grand danger...

Rule

par Ellen Goodlett

Traduit de l'anglais (États-Unis)
par Éric Moreau

Une couronne, trois prétendantes prêtes à tout pour accéder au pouvoir.

Zofi, Ren et Akeylah vivent au royaume de Kolonya. Elles ne se connaissent pas et n'ont rien en commun. Lorsque le roi les convoque, elles s'attendent au pire. Chacune d'entre elles cache un lourd secret qui pourrait porter atteinte à leur vie. Quand le souverain leur révèle qu'elles sont ses seules héritières, le combat est lancé et chacune est bien décidée à prouver qu'elle mérite de régner. Mais quelqu'un à Kolonya connaît leurs secrets, et ne reculera devant rien pour les manipuler et les empêcher de conquérir le trône…

Cet ouvrage a été mis en pages
par DV Arts Graphiques à La Rochelle

Impression réalisée par
GRAFICA VENETA
en novembre 2021
pour le compte des Éditions Bayard

Imprimé en Italie